TIEMPOS DIFÍCILES

SARA PARETSKY
TIEMPOS DIFÍCILES

Traducción de Mireia Puig

ALFAGUARA

ALFAGUARA

Título original: Hard Time
© 1999, Sara Paretsky
    Publicado de acuerdo con Lennart Sane Agency AB
© De la traducción: Mireia Puig
© De esta edición:
    2002, Santillana Ediciones Generales, S. L.
    Torrelaguna, 60. 28043 Madrid
    Teléfono 91 744 90 60
    Telefax 91 744 92 24
    www.alfaguara.com

• Aguilar, Altea, Taurus, Alfaguara S. A.
Beazley 3860. 1437 Buenos Aires. Argentina
• Aguilar, Altea, Taurus, Alfaguara S. A. de C. V.
Avda. Universidad, 767, Col. del Valle,
México, D.F. C. P. 03100. México
• Distribuidora y Editora Aguilar, Altea,
Taurus, Alfaguara, S. A.
Calle 80 nº 10-23
Santafé de Bogotá. Colombia

    ISBN: 84-204-4350-6
    Depósito legal: M. 21.749-2002
    Impreso en España - Printed in Spain

© Cubierta:
    Jordi Salvany

Para Miriam…

La reina de la nota al pie, sin atribución,
En aquel año en que no escribías
(Bueno, salvo el ensayo sobre Shanghai, y este otro sobre
Benjamin, y alguna cosilla más de teoría crítica…)

El año en que escribas,
Déjame que yo también tenga una.

1. Circo mediático

Con sus jugosos pechos erguidos, Lacey Dowell agarraba el crucifijo con fuerza mientras se apartaba del agresor oculto. De la gorra le salían mechones pelirrojos; con los ojos cerrados y la frente arrugada parecía haber cruzado la línea que separa la agonía del éxtasis. Demasiado fuerte para mí desde tan cerca.

Me volví y me asaltó su imagen otra vez, con el pelo rojo y alborotado a propósito, y los pechos todavía erguidos mientras recibía el premio Hasty Pudding de manos de un montón de licenciados en Harvard. Me negué rotundamente a mirar a la pared de mi derecha en la que Lacey echaba la cabeza hacia atrás riéndose de las ocurrencias del hombre que estaba sentado frente a ella. Conocía a aquel hombre, y me caía bien; me daba vergüenza verle con aquella actitud de falsa adulación y alegría. Murray Ryerson era un periodista demasiado bueno para prostituirse de aquella manera.

—¿Se puede saber qué le pasa? O más bien, ¿qué me pasa a mí que he dejado que convierta mi bar en esta jarana de circo mediático?

Sal Barthele, propietaria del Golden Glow, se había escurrido entre los huecos que dejaban los famosos para poder llegar hasta mí. Su altura —más de un metro ochenta— le había permitido localizarme entre la multitud. En un momento dado, mientras observaba las imágenes que proyectaban las pantallas en la pared, se le escapó una amable sonrisa de anfitriona y arrugó la nariz con desagrado.

—No sé... —dije—. A lo mejor quiere demostrar a los de Hollywood que está tan integrado en la ciudad que conoce un pequeño bar del que ellos nunca han oído hablar.

Sal soltó una risotada sin apartar los ojos del local, controlando que no hubiera clientes cansados de esperar su bebida o camareros atrapados entre la muchedumbre. La multitud incluía famosillos de televisiones locales que buscaban con ansiedad el ángulo adecuado para que sus cámaras pudieran filmarlos junto a Lacey Dowell, si se dignaba a aparecer. Mientras tanto, se arremolinaban alrededor de los ejecutivos de Global Studios. Incluso Murray estaba pegado a una mujer con un vestido de raso. Con el pelo cortado casi al cero, enseñaba orgullosa sus prominentes pómulos y una gran boca embadurnada de rojo pasión. Como si hubiera notado mi escrutinio, me miró un momento e interrumpió la cháchara de Murray para volver la cabeza hacia mí.

—¿Con quién está hablando Murray? —pregunté a Sal, pero ya se había alejado para servir a un cliente quisquilloso.

Me deslicé entre la marabunta y tropecé con Regine Mauger, la arrugada columnista de cotilleos del *Herald-Star*. Me lanzó una mirada furiosa: no sabía quién era yo, y, por tanto, no le servía.

—A ver si vigila dónde pone los pies, señorita —a Regine la habían cosido y recosido tantas veces que tenía la piel como papel de fumar—. ¡Estoy intentando hablar con Teddy Trant!

En realidad intentaba acercarse a Trant mediante empujones de sus huesudos hombros. Trant era el director de las operaciones comerciales de Global en el centro de EEUU, designado por Hollywood cuando el año pasado Global compró el *Herald-Star* y sus correspondientes periódicos locales. Nadie en Chicago le había prestado demasiada atención hasta la semana pasada, cuando Global irrumpió con su cadena de televisión. Habían comprado el Canal 13 como buque insignia, y habían traído a Lacey Dowell, estrella de películas de terror y romance que estaban arrasando en taquilla, para aparecer en la primera parte de *Behind Scenes in Chicago,* presentado por Murray Ryerson, «el hombre que revuelve las entrañas de Chicago».

Global lanzaba un programa *Behind Scenes* en cada uno de sus mercados importantes. Lacey era la chica perfecta para el lanzamiento en Chicago. Había nacido aquí y además era una estrella de Global. Montones de adolescentes tan emocionados como los de mi generación con los Beatles se apiñaron en el aeropuerto de O'Hare para recibirla. Aquella noche esperaban su llegada a la entrada del Golden Glow.

Con el entusiasmo provocado por las series y películas de estreno, todo el mundo quería saber más de Edmund Trant. Dónde cenaba, cómo decoraba la mansión de Oak Brook su fotogénica esposa... Todo era contado con afán por periodistas como Regine Mauger. Y cuando enviaron las invitaciones para la fiesta de aquella noche, todo el círculo mediático de la ciudad miró con ansia el buzón esperando encontrar la entrada de bordes plateados.

Trant no mostraba excesivo interés por Regine ni por los otros columnistas de cotilleo que se encontraban en el bar. Prefería rodearse por el gobernador de Illinois y por un par de políticos de otros estados; el hombre con el que más hablaba supongo que era un empresario, como él. Regine, de malhumor al sentirse acorralada, inspeccionó el dobladillo de sus negros pantalones de satén haciendo aspavientos para que me diera cuenta de que se los había rasgado o rozado o qué sé yo. Mientras atravesaba el tumulto para llegar a un rincón del bar, oí cómo decía a su homóloga del *Sun-Times:*

—¿Quién es esa mujer tan torpe?

Me deslicé como pude hasta la pared de detrás de la barra caoba que tenía forma de herradura. Como mi ayudante, Mary Louise Neely, y su joven protegida, Emily Messenger, habían venido conmigo, la noche se presentaba larga. En el estado de histeria en el que se encontraba, Emily no haría ni caso de mis súplicas para irnos antes de la una. No era muy habitual hacer algo que sería la envidia de los de su edad, y estaba decidida a sacarle todo el jugo posible.

Como casi todos los de su generación, Emily estaba absorta en la *Laceymanía.* Cuando les dije a ella y a Mary Louise que podían ser las acompañantes a las que mi invitación daba derecho, Emily se puso pálida de emoción. Al cabo de una semana se marchaba a un campamento de idiomas en Francia, pero aquello le parecía mortal de aburrimiento comparado con estar en el mismo local que Lacey Dowell.

—La Virgen Loca —suspiró de forma teatral—. Vic, lo recordaré hasta el día en que me muera.

El apodo de Lacey se debía a que había protagonizado la serie de películas de terror en las que interpretaba a una mujer medieval que moría, supuestamente, para defender su castidad. De vez en cuando volvía a la vida para vengarse del hombre que la atormentó, ya que éste seguía apareciendo y amenazando a otras mujeres jóvenes. A pesar del puntillo seudofeminista del argumento, Lacey siempre acababa muriendo después de haber derrotado al enemigo eterno, mientras que un estúpido héroe abrazaba a una chica mona pero insulsa que había estado gritando sin descanso durante noventa minutos. Esas películas eran consideradas de culto por la generación X; se lo tomaban tan en serio que se convertían en una sátira de ellos mismos un tanto exagerada. Pero la mayor parte del público se componía de Emily y sus amigas adolescentes, que copiaban con descaro el peinado de Lacey, sus botas hasta el tobillo con bandas cruzadas y los tops negros que lucía fuera del plató.

Cuando llegué al final de la barra, cerca de la puerta de personal, me puse de puntillas para intentar ver a Emily o Mary Louise, pero la multitud estaba demasiado apretujada para ver algo. Sal había bajado todos los taburetes al sótano. Me apoyé en la pared ocupando el mínimo espacio posible para que pasaran los camareros ajetreados con botellas y canapés.

Murray estaba en la otra punta del bar, todavía con aquella mujer del vestido de raso plateado. Parecía que la estaba deleitando con la historia de cómo Sal consiguió la barra caoba en forma de herradura de una mansión abandonada. Unos años atrás, cuando Sal empezaba, nos pidió a sus hermanos y a mí que subiéramos a los escombros y la ayudáramos a arrastrarla. Viendo cómo la mujer echaba la cabeza hacia atrás con una risa teatral, apostaría algo a que Murray se estaba incluyendo en la hazaña. Me sonaba aquella mujer; la forma de su cara y las muecas que hacía con la boca mientras escuchaba a Murray, pero no sabía de qué la conocía.

Sal apareció a mi lado con una bandeja de salmón ahumado.

—Yo tengo que quedarme hasta que se larguen todos, pero tú no. Anda, vete a casa, Warshawski.

Tomé un poco de salmón y le expliqué con aire taciturno que tenía que esperar a Mary Louise y a Emily.

—¿Quieres que te ayude en la barra? Al menos me entretendré con algo.

—No, necesitaría a otra persona en la cocina, lavando platos. Como no acostumbro a servir comida, mi pequeño lavavajillas está a punto de explotar. ¿Quieres que te traiga un Black Label?

—Conduzco yo. San Pellegrino* es lo máximo que me puedo permitir.

Murray se escurrió hasta el final del bar con su acompañante y rodeó a Sal con el brazo.

—Gracias por acoger a esta marabunta del espectáculo en tu bar. Pensé que teníamos que celebrarlo en un sitio auténtico de Chicago.

Sin apartar el abrazo protector que envolvía a Sal, le presentó a su acompañante.

—Sal Barthele, una histórica de Chicago. Alexandra Fisher, una fugitiva de Chicago. Y a V. I. Warshawski ya la conoces.

—Claro que conozco a Vic —dijo Sal librándose de las garras de Murray—. Y deja de exhibirte, Murray. No se nos cae la baba a todos por tus quince minutos de gloria ante la cámara.

Murray echó la cabeza hacia atrás y soltó una risotada.

—Esto es lo que hace que esta ciudad sea genial. Pero estaba hablando con Alex. Ella y Vic estudiaron juntas en la facultad.

—¿Ah sí?

Aquel nombre no me sonaba de nada.

---

* Marca de agua mineral. (*N. de la T.*)

—Es que he cambiado un poco.

Alex también se echó a reír y me dio un fuerte apretón de manos.

Le devolví el apretón con tanta fuerza que abrió los ojos como platos. Tenía la musculatura típica de la mujer que levanta pesas y el esternón prominente de quien limita su dieta a hojas de lechuga entre una sesión de gimnasia y otra. Yo tenía la complexión de una broncas de barrio obrero y, seguramente, el mismo tipo de modales.

Seguía sin reconocerla. Su pelo, teñido de color rojizo, era muy cortito por los lados y el del centro de la cabeza se lo echaba hacia atrás con algo tipo Brill Cream, aunque seguro que mucho más caro. Antes de que pudiera averiguar quién era, un joven con camisa blanca sin cuello le murmuró unas cuantas frases de disculpa acerca del «Señor Trant». Alex hizo un leve gesto con los dedos hacia mí y Murray, y siguió al acólito hasta el centro del poder. La arrugada columnista de cotilleos, todavía pululando por el perímetro, la alcanzó para decirle unas palabras, pero Alex fue aspirada por el vórtice y desapareció.

—¿Qué te ha parecido, V. I.? —Murray cogió la mitad del salmón de la bandeja de Sal y se lo zampó con un trago de cerveza.

Entonces me di cuenta de que se había afeitado la barba para su debut televisivo. Había visto la barba pasar de rojo ardiente a caoba y a grisáceo en los años en que él y yo habíamos colaborado y competido en la investigación de los escándalos financieros de Chicago, pero nunca lo había visto sin barba.

Me daba un poco de pena: pobre tonto, acicalándose para gustar a los dioses mediáticos... Así que solté con brusquedad:

—Tiene unos omóplatos preciosos.

—Mi programa, Warshawski.

No aparté la vista de la barra de caoba.

—Creo que has suscitado el mismo interés en Lacey que el que suscitaste en Gantt-Ag y los Afiladores y todas las historias que hemos investigado juntos.

—¡Oooh, Warshawski! Deja de fastidiar.

—Te deseo lo mejor, Murray. De corazón.

Mi mirada lo perturbó; no sé lo que vio en mis ojos, pero tuvo que apartar los suyos. Volvió a sonreír y a abrazar a Sal con aspavientos y se fue a buscar a su acompañante. Mientras seguía sus pasos con la mirada, me di cuenta de que nos habían estado filmando: Murray había abrazado a Sal porque lo estaban grabando.

—Me apuesto algo a que Murray escogió el Glow para fardar de colegas negros ante los de Hollywood —dijo Sal con los ojos clavados en la espalda de Murray.

Yo no lo admitiría en voz alta, pero, por penoso que pareciera, seguramente Sal tenía razón.

—Esta Alex Fisher les lleva los temas legales —añadió Sal sin apartar los ojos de la gente—. La trajeron de California para que cuidara de los asuntos de aquí. Tuve que discutir varias veces con ella sobre los seguros de Lacey. En realidad, he tenido que contratar un seguro para cubrir el acto de esta noche. Los estudios se negaban a pagarlo hasta que les dije que los de sanidad estaban haciendo tantas preguntas sobre la comida en el Glow que tendría que cancelar el acto.

—¿Y a ellos qué más les da? Si podían ir a cualquier otro sitio...

—Ellos pagan la comida, y no les había dicho nada hasta esta mañana. He oído que en Hollywood dicen que nadie le planta cara a Global, pero aquí son forasteros.

Se echó a reír y desapareció en la minúscula cocina.

Hacia medianoche se oyó un barullo en la puerta. Ojalá se tratara de la dramática aparición de Lacey para que pudiéramos irnos de una vez con Emily, pero sólo eran un par de jugadores de los Bulls: un coñazo para Emily Messenger y sus amigas. Aproveché que la gente se arremolinaba hacia ellos para buscar a Mary Louise y a Emily, situadas en un lugar en el que Emily pudiera conseguir un autógrafo en cuanto Lacey entrara por la puerta. Emily llevaba el uniforme de la Virgen Loca: top negro, elásticos y zapatos de plataforma de la marca Virginwear, propiedad de Global.

Seguro que Mary Louise se había camelado a uno de los agentes que vigilaban aquel acto. Había sido policía durante diez años, y cuando dejó el cuerpo dos años atrás, lo hizo de forma que no perdiera a ningún amigo. El agente que estaba de servicio aquella noche había colocado a Emily detrás de las cuerdas de terciopelo que simulaban un vestíbulo. Incluso le había conseguido un tabure-te. Me dio un poco de envidia: me dolían las pantorrillas de estar tanto rato de pie.

—¿También espera a Lacey?

Me volví y vi a un extraño que se dirigía a mí, fortachón, bastante más joven que yo, con el pelo castaño y rizado y un amago de bigote.

—Soy amiga del novio —dije—, pero he venido con una invitada que no dejará que nos vayamos hasta que consiga un autógrafo de Lacey.

—Amiga del... ¡Ah! —dijo con brillo en los ojos captando el chis-te—. Yo soy amigo de la novia. Al menos nos criamos en la misma calle y me dijo por teléfono que estaba emocionadísima de volver a Chicago.

—¿Es realmente de Chicago? Cuando los actores dicen que son de Chicago, normalmente se refieren a Winnetka o New Trier, no a la ciudad en sí.

—Ah, no. Crecimos en Humboldt Park. Hasta los doce años siem-pre íbamos juntos porque éramos los más pequeños y no queríamos que los chicos mayores se metieran con nosotros. Pero después con-siguió un papel en la tele y, ¡buf!, empezó una carrera meteórica. Ahora, todos aquellos chicos que la asustaban en la escalera dicen que eran sus amigos, pero Lacey no es idiota.

—¿Y se acuerda de ti?

No es que me interesara demasiado pero incluso una conversa-ción trivial me ayudaría a pasar la velada.

—Sí, sí. Me envió una carta con la invitación. Pero no me querrá ver a solas —alargó el brazo para coger una botella de cerveza y sa-cudió la cabeza como si quisiera alejar un pensamiento—. ¿Y por qué debería? ¿De qué novio es amiga? ¿Trabaja para la televisión?

—No, no. Sólo conozco a Murray Ryerson.

—¿Trabaja para él?

Cogió un plato de minibocadillos que llevaba un camarero y me lo ofreció.

No me gusta contar a la gente que soy detective privada: es casi tan pesado como ser médico en una fiesta. A todo el mundo le han timado o robado alguna vez y piensan que les solucionarás el problema al momento. Aquella noche no era ninguna excepción. Cuando admití mi profesión, aquel chico me dijo que tal vez podría ayudarle. En su fábrica habían pasado cosas muy raras últimamente.

Reprimí un suspiro y hurgué en mi bolso de gala hasta encontrar una tarjeta de visita.

—Llámame si quieres que hablemos en un sitio donde pueda prestarte más atención.

—¿V. I. Warshawski? —pronunció con esmero—. ¿Estás en Leavitt con North? Mi fábrica está muy cerca de ahí.

Antes de que pudiera añadir algo más, se organizó otro revuelo en la entrada. Esta vez era Lacey en persona. Y comenzó el espectáculo: Edmund Trant se deshizo de la marabunta que lo rodeaba y se acercó a la puerta para besar las manos de Lacey mientras las cámaras empezaban a ronronear de nuevo. Murray sacó partido de su volumen y como un bólido se puso al lado de Trant a tiempo de ser besado por Lacey ante las cámaras. El policía de la entrada saludó a Lacey y la dirigió a Emily. Vi cómo la abrazaba, le firmaba el libro que tenía en las manos y se lanzaba a los brazos de un actor de Global que quedaría estupendamente en el vídeo.

Mientras me deslizaba hacia la salida arrimada a la pared para recoger a Mary Louise y Emily, Lacey dirigió su séquito hacia el centro del local. El chico con el que había estado hablando se las arregló para situarse detrás del camarero que le llevaba una bebida. Me paré para observar. Lacey lo saludó con entusiasmo, así que seguramente me había contado la verdad sobre su infancia. Pero parecía que él quería hablarle de algo importante: un error en un acto social. Incluso bajo los tenues colores de las lámparas Tiffany, aprecié cómo Lacey se sonrojaba. Se apartó de él con desdén, y el chico cometió la imprudencia de agarrarla por los hombros. El policía que había conseguido un asiento para Emily se adentró entre la masa y lo echó. Cuando salimos del bar unos minutos más tarde, el chico estaba en medio de la calle mirando fijamente el Golden Glow. Hundió las manos en los bolsillos y se fue.

—Vic, me has hecho taaaan feliz —suspiró Emily mientras dejábamos atrás la cola de fans de Lacey.

—Míralos. Esperando horas sólo para verla, y a mí me ha besado y me ha firmado el libro. A lo mejor incluso salgo en la tele. Si alguien me hubiera dicho hace dos años que todas las chicas de Chicago estarían celosas de mí, no me lo habría creído por nada del mundo. Pero al final se ha hecho realidad.

2. La mujer del arcén

Emily parloteó con entusiasmo de camino al coche y después se durmió profundamente en el asiento trasero. Mary Louise se reclinó en el asiento del copiloto y se quitó los zapatos de tacón.

—A su edad yo me quedé despierta toda la noche para ver la boda de la pobre Lady Di con el cretino del príncipe aquel —comentó—. Por lo menos Emily ha conseguido tocar a Lacey.

Yo había querido ir al aeropuerto a esperar a John y a Ringo, pero mi madre ya estaba muy enferma entonces y no quise que se preocupara por los autobuses y metros que tendría que coger por la noche.

—Había un chico que intentaba hablar con Lacey cuando nos íbamos. Me dijo que se habían criado juntos en Humboldt Park. ¿Es cierto?

—Me alegro de que lo preguntes —bajo las luces de sodio de Inner Drive percibí la sonrisita de Mary Louise—. Estas dos últimas semanas no he hecho más que tragarme la vida entera de Lacey, desde que nos dijiste lo de la invitación. Ya era hora de que compartieras este privilegio conmigo. El nombre verdadero de Lacey es Magdalena Lucida Dowell. Su madre era mejicana y su padre, irlandés. Es hija única, se crió en Humboldt Park y estudió en San Remigio. Participaba en todas las obras de teatro de la escuela y ganó una beca para estudiar en Northern Illinois. Tienen muchas asignaturas de teatro allí. Su primera aparición en una película fue hace doce años cuando...

—Ya, ya basta. Seguro que también sabes cuál es su color favorito y qué número calza.

—Verde, y cuarenta y uno. Y le sigue gustando más el chorizo de su barrio que cualquier otra comida que se ponga de moda en Los Ángeles. ¡Ja, ja! Su padre murió en un accidente de trabajo antes de que ella empezara a forrarse, pero su madre vive con ella en Santa Mónica, en una preciosa mansión frente al mar. Dicen que Lacey da dinero a San Remigio, que impidió que el cardenal cerrara la escuela dando dinero periódicamente para becas. Si eso es verdad, dice mucho a su favor.

—Es cierto.

El semáforo de Lake Shore Drive se puso verde y me deslicé por los carriles dirección norte.

—Ahora que lo pienso, la mitad de lo que te he dicho ya lo habrás oído en la entrevista que le hizo Murray. ¿No la viste?

Hice una mueca al salpicadero.

—Me daba tanta vergüenza verlo haciendo esto, que ni siquiera me fijé en lo que decía.

—No seas tan dura con él —dijo Mary Louise—. De algo tiene que vivir. Y fuiste precisamente tú la que me dijo que los de Global le vetaron sus mejores reportajes.

Tenía razón. Murray había pasado una mala época desde que Global compró el periódico. No le impidieron que investigara, pero no publicaban nada que considerasen políticamente incorrecto. «En este Estado debemos tener en cuenta a la gente que nos hace favores», dijo Murray citando a su jefe con amargura cuando le impidieron publicar un reportaje sobre la nueva prisión de mujeres en Coolis en el que había estado trabajando durante meses. Murray lo imitó en una cena el invierno pasado: «En los Estados Unidos nos gustan las cosas que venden. El sexo, los deportes y la violencia venden. Desviar fondos de las pensiones y sobornar a la asamblea, no. ¿Lo captas, Murray?».

Había olvidado que en realidad Murray era un superviviente. Nadie estaba más sorprendido que yo al recibir aquellas preciadas invitaciones para la fiesta de postlanzamiento de Global, y seguramente nadie se sorprendió más que yo al leer que estábamos celebrando el debut televisivo de Murray como presentador de *Behind Scenes*. Qué había hecho para conseguir el trabajo, no quería ni planteármelo. Él tampoco me lo diría; ni eso ni otras cosas. Cuando lo llamé, hablé con una secretaria que me dijo muy educadamente que le comunicaría mis mensajes, pero él no me llamó.

Sabía de sobra que Murray había tanteado el terreno prudentemente por todo el país con sus reportajes, pero era un par de años mayor que yo, y a partir de los cuarenta las empresas te miden por los gastos que les puedas causar. Cuestas mucho dinero y estás en una franja de edad en la que seguramente empezarás a utilizar el seguro de enfermedad. Tenía otro punto en su contra, al igual que yo, para trabajar fuera de la ciudad: todo lo que sabía era sobre Chicago. Así que había observado el terreno desde todos los puntos de vista, y cuando vio lo que se cocía, jugó la última carta que le quedaba. ¿Acaso era eso un delito?

A las dos de la madrugada de un día entre semana el tráfico era muy fluido. A mi derecha, el cielo y el lago se fundían en una mancha negra. Descontando las farolas, que cubrían el parque con una pátina plateada, parecía que estuviéramos al borde del abismo. Me gustaba tener a Mary Louise al lado; aunque estuviera haciendo un monólogo sobre lo que le cobraría la canguro por cuidar de los hermanos pequeños de Emily y sobre todo lo que tenía que hacer antes de que empezara el verano (aparte de trabajar media jornada para mí, también iba a la facultad de derecho). Su tono me tranquilizaba. Su verborrea me impedía pensar que mi propia vida también estaba al borde del abismo y eso exacerbaba mi rabia contra Murray por venderse de aquella forma.

Aun así, me puse a 110, como si pudiera dejar atrás mi irritación. Mary Louise, con ramalazos de poli todavía arraigados, se quejó cuando el coche saltó por el monte de Montrose. Frené obedientemente y reduje para salir de la autopista. El Trans Am tenía diez años, con las abolladuras y problemas técnicos que esto significaba, pero todavía se agarraba a las curvas como una pitón. En el semáforo de Foster se oyó un resuello del motor.

A medida que nos adentrábamos en la parte norte de la ciudad, la soledad de la noche se dejaba palpar: latas de cerveza y borrachos aparecían de entre las sombras. En esa zona, cada pocas manzanas son un mundo aparte: se pasa de un enclave de familias tranquilas en el que vive Mary Louise, a un desembarcadero de inmigrantes en el que raramente se mezclan los judíos de origen ruso con los hindúes, y después a un vertedero en el que se hallan los más desamparados de Chicago. La zona más deprimente es la que está más cerca del lago. En Broadway vimos a un hombre meando detrás de los mismos contenedores en los que una pareja practicaba el sexo.

Mary Louise echó un vistazo por encima de su hombro para comprobar que Emily seguía durmiendo.

—Ve hasta Balmoral y sube por ahí; es más tranquilo.

En el cruce había un hombre que pedía comida con un cartón mugriento. Movía un extraño hilo delante de las luces del coche. Reduje la velocidad al máximo hasta que lo adelanté sana y salva.

Más allá de Broadway la mayoría de las farolas habían desaparecido, por disparos o porque no las habían cambiado. No vi el cuerpo en el arcén hasta que estuve a punto de atropellarlo. Mientras frenaba y giraba bruscamente hacia la izquierda, Mary Louise pegó un grito y me agarró el brazo. El Trans Am derrapó y se empotró contra una boca de incendios.

—Lo siento, Vic. ¿Estás bien? Es una persona, pensaba que ibas a atropellarla. Y Emily...

Se desabrochó el cinturón con dedos temblorosos.

—Yo también la he visto —dije con voz ahogada—. Estaba frenando. ¿De qué podía servir que me tiraras del brazo?

—Mary Lou, ¿qué ha pasado? —dijo Emily con voz asustada desde el asiento trasero.

Mary Louise ya estaba detrás con Emily mientras yo seguía peleándome con el cinturón. Emily se había pegado un buen susto pero no estaba herida. No paraba de asegurar a Mary Louise que se encontraba bien y al final salió del coche para demostrárselo. Mary Louise le tocaba el cuello y los hombros mientras yo buscaba una linterna en la guantera.

Cuando Mary Louise se convenció de que Emily estaba bien, corrió hacia el cuerpo del arcén. Su experiencia profesional le hizo olvidar las cuatro cervezas que había tomado aquella noche. Su vacilante forma de andar se debía al impacto que yo también sufría y que me hacía temblar las piernas cuando me dirigía hacia ella después de haber encontrado la linterna. No nos habíamos hecho daño porque no íbamos deprisa.

—Vic, es una mujer, y apenas respira.

La luz de la linterna iluminó a una mujer muy joven. Tenía la piel oscura y el pelo negro y revuelto sobre una cara demacrada. La respiración era áspera y a borbotones como si tuviera los pulmones llenos de líquido. Había oído aquella respiración cuando mi padre se estaba muriendo de enfisema, pero aquella mujer parecía demasiado joven para sufrir aquella enfermedad.

Enfoqué la linterna hacia su pecho como si pudiera verle los pulmones, y retrocedí con horror. Tenía la camiseta manchada de sangre oscura. Había traspasado el fino tejido y se le había pegado al cuerpo como un gran vendaje. En los brazos tenía restos de sangre y suciedad; el húmero izquierdo le salía de la piel como una aguja clavada en una madeja de lana. Quizá había pasado deambulando delante de un coche, demasiado aturdida por la heroína o el Wild Rose para saber dónde estaba.

—¿Qué pasa, Vic? —Emily se había arrimado a mí y estaba temblando.

—Cariño, está herida y tenemos que ayudarla. Tengo unas cuantas toallas en el maletero. Ve a buscarlas mientras yo llamo a una ambulancia.

La actividad es el mejor antídoto contra el miedo. Los pies de Emily crepitaban sobre cristales rotos mientras yo buscaba el móvil para pedir ayuda.

—Tú saca las toallas. Ya me encargo yo de la ambulancia.

Mary Louise sabía lo que tenía que decir para que una ambulancia llegara enseguida.

—Parece que se trata de un conductor que se ha dado a la fuga. Sí, mal. Estamos en Balmoral con... con...

Acabé de tapar los pies de la mujer y corrí hasta la esquina para ver el nombre de la calle. Glenwood, al este de Ashland. Un coche estaba a punto de girar por la calle; le hice gestos para que se desviara. El conductor dijo a grito pelado que vivía allí, pero yo me imaginé a mi padre, guardia de tráfico, y le dije de malas maneras que la calle estaba cerrada. El conductor me insultó, pero se fue por otro lado. Al cabo de pocos minutos una ambulancia giró a toda velocidad. Un coche patrulla la seguía, con luces azules que nos cegaron.

El personal sanitario saltó de la ambulancia y se puso manos a la obra. Mientras le ponían oxígeno y la metían en la ambulancia, empezó a formarse una piña de gente, una mezcla del Uptown: negros, árabes de Oriente Medio, apalaches. Los observé intentando descubrir alguna cara más ávida que el resto, pero era complicado verles la expresión con las luces rojas y azules como único foco. Un par de chicas con pañuelos en la cabeza nos señalaban y charlaban; de un edificio cercano salió un adulto que dio un bofetón a una de ellas y les ordenó que volvieran a casa.

Agarré la linterna y empecé a escudriñar la calle, esperando encontrar una cartera, un documento o algo que me permitiera identificar a aquella mujer, pero un agente me interrumpió, me llevó junto a Mary Louise y me dijo que investigar el escenario del crimen era un trabajo exclusivo de la policía.

Mary Louise rodeaba a Emily con un brazo protector mientras contestábamos las preguntas que nos hacían. Los agentes me ayudaron a inspeccionar el Trans Am. La boca de incendios había topado con el capó y abollado el eje frontal.

—¿Conducía usted, señora? —me preguntó uno de los policías—. ¿Me enseña su permiso?

Lo saqué de la cartera. Copió mis datos en su informe y luego tecleó mi nombre y número de matrícula para comprobar si tenía amonestaciones en el DIU*. Cuando la respuesta fue negativa, me pidió que anduviera de puntillas en línea recta: fui la diversión de la noche de la multitud que me señalaba con el dedo y se reía.

—¿Puede explicarme qué pasó, señora?

Dirigí una mirada a Mary Louise, pero me tuve que despabilar yo sola: no había luz en la calle, no vi a la mujer hasta que la tenía a dos metros, giré bruscamente para no arrollarla y me estampé contra la boca de incendios.

—¿Qué la trajo hasta esta calle, señora?

No acostumbro a dejar que la policía se meta en mis asuntos pero tampoco acostumbro a llevar a una adolescente pálida de remolque. Pobre Emily, su aventura más emocionante arruinada por la víctima de un accidente: no quería prolongar su sufrimiento discutiendo con la poli acerca de la cuarta enmienda. Dócilmente les expliqué que llevaba a Emily y Mary Louise a casa y que decidimos tomar un atajo por las calles interiores. Que al final resultó mucho más largo de lo esperado, pero ¿quién podría habérselo imaginado? Al menos nuestra llegada serviría para que la chica tuviera una oportunidad de sobrevivir. Lo que realmente lamentaba era la suerte de mi coche. ¡Qué vergüenza! Una chica estaba en las puertas de la muerte y a mí sólo me preocupaba mi coche. Las reparaciones costosas o un nuevo vehículo estaban fuera de mi presupuesto aquel verano. Estaba un poco celosa de Murray: se había pinchado con las espinas, pero ahora estaba en un lecho de rosas.

—¿Y adónde han llevado a la señorita? —dijo achicando los ojos como diciendo qué hacen dos adultas con una adolescente si no son de la familia.

—Teníamos una invitación para el acto de Lacey Dowell de esta noche —dijo Mary Louise—. Yo soy la madrastra de Emily y no me

---

* Registro de multas y accidentes relacionados con la conducción bajo los efectos del alcohol. (*N. de la T.*)

gusta que vaya a este tipo de sitios sola por la noche. Si quiere corroborar mi historia puede llamar al detective Finchley del distrito uno: fue mi jefe durante cuatro años y conoce la historia de Emily y mía.

Después de esta explicación el ambiente se relajó. Uno de los agentes conocía a Finchley, y además, si Mary Louise había sido uno de ellos, no podía estar implicada en ningún tipo de delito. Los agentes me ayudaron a apartar el Trans Am de la boca de incendios para que no me pusieran una multa. Incluso nos llevaron a casa. No me importó ir apretujada en el asiento trasero: era mucho mejor que tener que esperar el autobús 22 que nos llevaría a paso de tortuga por Clark Street.

A medida que nos alejábamos de la acera, la gente amontonada en la calle nos miraba con una sonrisa. Final feliz de su salida nocturna: tres mujeres blancas acababan la noche en un coche patrulla.

3. Tenemos visita

Mi padre yacía en un arcén en los últimos momentos de su enfermedad. Se había dejado la botella de oxígeno en la acera y le costaba respirar. Antes de que pudiera recogerlo de la calle, un coche patrulla apareció de detrás de una esquina y lo atropelló. Lo habéis matado, lo habéis matado, intenté gritar, pero no me salió ningún sonido. Bobby Mallory, el mejor amigo de mi padre en el cuerpo de policía, salió del coche. Me miró sin compasión y dijo: quedas arrestada por alteración del orden público.

El teléfono se apiadó de mí arrancándome del sueño. Alargué el brazo y balbuceé «¿Quién es?» en el auricular.

Era el vecino de abajo, con la voz grave en tono de preocupación:

—Siento haberte despertado, cielo, pero han venido unos polis diciendo que ayer por la noche te diste a la fuga en un atropello. Estaban llamando a tu piso y los perros se estaban poniendo como locos así que fui a ver qué estaba pasando, y claro, Mitch pegó un salto para ver quién era y el tipo va y me dice que debería atarlo, que si no sé que existe una ley en esta ciudad sobre los perros y yo no me corto y le digo que nunca había oído que debieras tener a tu propio perro atado en casa y además, quién es usted, interrumpiendo el descanso de los vecinos de esta manera, y me enseña la placa...

—¿Ha dicho que me di a la fuga? —quise saber mientras intentaba librarme del sueño.

—Me enseña la placa y me pregunta por ti, no sabía pronunciar tu nombre, claro. Pero ¿qué ha pasado, cariño? Viniendo de ti no puedo creérmelo, que atropellaras a alguien y lo dejaras en medio de la calle. Aunque te he dicho mil veces que no conduzcas tu deportivo a tanta velocidad dentro de la ciudad, pero sé que eres consecuente con tus actos y no dejarías a alguien tendido en el arcén, y eso es lo que le he dicho al inútil este que se creía Harry el Sucio, como si a mí me asustara un Hitler de pacotilla como él cuando puedo con tipos el doble de fuertes que...

—¿Dónde están?

El señor Contreras es capaz de hablar durante un día entero cuando mete el turbo. Es un operario jubilado, y aunque sé que hizo un poco de torno en Diamondhead Motors, sólo me lo imagino con un martillo en la mano, emulando a John Henry y haciendo cosas puramente mecánicas.

—Están en el vestíbulo, pero será mejor que te levantes y vayas a hablar con ellos, cielo, aunque sean un coñazo, perdona mi vocabulario, no como el teniente o Conrad u otros polis que tú conoces.

Qué osadía incluir a Conrad Rawlings en la misma categoría que el teniente Mallory. Al señor Contreras no le gustó que me liara con Conrad, sus típicos celos de los hombres con los que salgo, agravados por su actitud racial. Incluso se quitó un peso de encima cuando Conrad decidió que no nos iba demasiado bien, hasta que vio que me había afectado mucho. Me ha costado bastante recuperarme de aquella pérdida.

Colgué y entré en el baño arrastrando los pies. Cuando tenía treinta años me bastaba con una ducha para despejarme después de haber dormido poco. A partir de los cuarenta la única forma de recuperarme es durmiendo lo suficiente. Dejé caer agua fría sobre mi cabeza hasta que me castañetearon los dientes. Al menos me circulaba la sangre, aunque necesitaba más riego hacia mi cerebro para enfrentarme a un interrogatorio de la policía.

Mientras me secaba con la toalla, oí cómo llamaban a mi timbre del tercer piso. Pegué el ojo a la mirilla. Había dos hombres, uno bajito con un traje marrón de poliéster que había pasado demasiadas veces por la secadora, y uno alto con la cara marcada por el acné.

Abrí la puerta con la cadena puesta y asomé la cabeza para que no pudieran ver mi cuerpo desnudo.

—Estaré con ustedes en cuanto me ponga algo encima.

El más bajito se abalanzó para abrir la puerta, pero yo la cerré de un golpe y me llevé los vaqueros a la cocina para vestirme al mismo tiempo que ponía la cafetera *espresso* a hervir. Tengo una de esas de metal, baratas, que no hacen crema pero sí un café fuerte. Me vestí en dos segundos y volví a la puerta.

El bajito del traje marrón mostraba sus pequeños dientes en un círculo como un lucio.

—¿V. I. Warshki? Policía. Tenemos que hacerle unas cuantas preguntas.

—*Warshawski*, no Warshki —dije—. Mi vecino me ha dicho que eran policías, por eso he abierto la puerta, pero quiero ver alguna prueba. Las placas por ejemplo. Y luego me pueden decir a qué han venido.

El alto se sacó la placa del bolsillo del chaquetón y me la mostró durante una milésima de segundo. Le sujeté la muñeca para poder inspeccionarla.

—Detective Palgrave. ¿Y su compañero? Detective Lemour. Gracias. Pueden sentarse en el salón mientras acabo de vestirme.

—Mmmh, señora —dijo Palgrave—. No nos importa que vaya descalza. Sólo queremos hacerle un par de preguntas sobre la mujer que encontró anoche.

Se oyó el golpe seco de una puerta al final de la escalera. Mitch y Peppy empezaron a subir los escalones corriendo, seguidos por el paso firme del señor Contreras. Los perros entraron en estampida ignorando a los detectives y gimiendo como si hiciera doce meses en vez de doce horas que no me veían. Lemour dio una patada a Mitch, pero sólo le tocó la cola. Sujeté a los dos perros por el collar antes de que la cosa fuera a peor.

Cuando acabaron de saltar y de darme besitos, los perros, especialmente Mitch, tenían ganas de dar la bienvenida a Lemour. Peppy es un golden; Mitch, su hijo, es un labrador medio negro y enorme. Como todos los retrievers, es muy juguetón, pero cuando salta enseñando las zarpas y los dientes, tiene un aire feroz que intimida a los que no lo conocen. Nuestra visita se sintió con pocas ganas de enfrentarse a ellos.

El señor Contreras había llegado a la puerta justo cuando Lemour dio una patada a Mitch.

—Oiga, joven, me da igual si es detective o guardia urbano, pero estos perros viven aquí y usted no. No tiene por qué patearlos. Lo podría denunciar a la asociación de defensa de los animales. ¿Dónde se ha visto, un policía pateando al mejor amigo del hombre? ¿Cree que a su madre y a sus hijos les gustaría leerlo en el periódico?

Aquel detective no era el primero que se llevaba un sermón del señor Contreras.

—Hemos venido para hablar con la señora acerca de un accidente que sucedió ayer y en el que el conductor se dio a la fuga. Llévese a sus animales a casa y déjenos en paz.

—Pues resulta, joven, que el golden es de la señora. Los dos nos encargamos de los perros, aunque esto no es asunto suyo, así que si quiere que se queden aquí, por mí no hay ningún problema. Y respecto a las preguntas que tengan que hacer, están muy equivocados si creen que atropelló a alguien y se fugó. Hace doce años que la conozco y puedo asegurarles que no es capaz de atropellar a nadie y dejarlo en medio de la calle, de la misma forma que no subiría a la luna en una escalera. Así que si tienen alguna víctima de un accidente que reclama, les han informado mal. ¿Por qué no llaman a su jefe y comprueban que tienen la dirección correcta o el número de la matrícula o lo que sea, porque les aseguro que quedarán como unos idiotas cuando vean cómo están perdiendo el tiempo, el suyo y el de los demás, y...

—Mmm, señor —hacía rato que Palgrave intentaba cortarle—. Señor, no la estamos acusando de haber atropellado a nadie. Sólo queremos hacerle unas cuantas preguntas acerca del incidente.

—¿Y por qué no lo han dicho antes? —inquirió el señor Contreras exasperado—. Su compañero hablaba como si ella hubiera atropellado al Papa y lo hubiera dejado en medio de la calle sangrando.

—Tenemos que asegurarnos de si Warshki atropelló a la mujer o no —dijo Lemour.

—Warshawski —dije—. Siéntense. Estoy con ustedes en un minuto.

Volví a la cocina para apagar el fuego; por suerte, llegué en el momento en que estaba aspirando agua hacia arriba, por el filtro, pero aún no había llenado la casa de aquel olor a metal chamuscado. Lemour, temeroso de que hubiera ido a esconder o destruir pruebas, tal vez mi coche, me siguió hasta la cocina.

—Hay para dos tazas. ¿Quiere una?

—Oiga, Lady Di, no se pase de lista conmigo. Quiero que conteste a unas cuantas preguntas.

Me serví una taza de café y abrí la nevera. Había pasado unos días en Springfield testificando en una vista sobre contratos fraudulentos. Lo más parecido a comida que encontré fue un pedazo seco de pan de centeno. Lo miré con suspicacia mientras Lemour rabiaba a mis espaldas. Sin hacerle el menor caso, me llevé el café al salón. Palgrave estaba de pie, tenso, mientras el señor Contreras estaba sentado en mi magnífico sillón sujetando a Mitch por el collar.

—Agente, ¿sabe algo de la mujer a la que socorrí anoche? —pregunté a Palgrave.

—La llevaron al hospital Beth Israel, pero...

Su compañero lo cortó en seco.

—Las preguntas las hacemos nosotros, Warshki, y usted contesta. Quiero que me haga una descripción detallada del encuentro de anoche en la calle.

—Es *Warshawski*. Seguramente tiene dislexia si es incapaz de pronunciar todas las sílabas de una palabra larga, pero un logopeda le ayudaría a superarlo, incluso siendo ya un adulto.

—Mmm, señora —dijo Palgrave—, ¿puede explicarme lo que pasó ayer por la noche? Intentamos investigar el incidente y necesitamos a alguien que pueda explicarnos lo que pasó.

Negué con la cabeza.

—No sé nada sobre aquella mujer, estaba tendida en medio de la calle. En aquella parte de Balmoral no había luz y no la vi hasta que estaba a unos tres metros de ella. Frené, giré bruscamente y me empotré contra una boca de incendios, pero no la atropellé. Mi acompañante, que trabajó diez años en el cuerpo de policía de Chicago, llamó a una ambulancia. Vimos que la mujer tenía un brazo roto y le costaba respirar; creo que tenía manchas de sangre en la camiseta. No sé nada más de ella. No sé cómo se llama, cómo llegó hasta allí o si aún sigue viva.

—¿Qué bebió ayer por la noche?

—Tres botellas de agua mineral.

—¿Está segura de que no la atropelló y ahora intenta disfrazarlo como un acto de buena samaritana?

—Eh, ¿por qué no hablamos con su acompañante para que nos confirme la versión de la historia de la señora Warshki?, disculpe, ¿cómo es? ¿Warshaouski?

—Ha tardado tanto en abrir la puerta que seguramente ya ha llamado a su amiga para contarle lo que nos diría —rezongó Lemour.

—Pueden hablar con la señora Neely —dije—, pero los agentes que vinieron anoche redactaron un informe detallado. Incluso me hicieron la prueba de alcoholemia. ¿Por qué no le echan un vistazo?

A Palgrave se le congeló la expresión.

—Disculpe, ¿su acompañante vio cómo le hacían la prueba de alcoholemia? Porque nos han dicho que no se la hicieron, que se negó a soplar.

Le miré fijamente a los ojos.

—Firmé el informe y había un párrafo que decía que no había bebido nada. Déjeme verlo.

Palgrave se revolvió de una forma un tanto incómoda y dijo que no lo tenían allí. Lemour quería detenerme como fuera. Estaba convencido de que intentaba escabullirme del DIU. Palgrave le pidió que se calmara y me preguntó si era verdad que Mary Louise había estado diez años en el cuerpo.

—Pues claro que es verdad. Puede preguntárselo a Bobby Mallory, al teniente Mallory del distrito central. Fue su subordinada durante unos años —dije—. Voy a llamarlo ahora mismo para que pueda hablar con él. O con Terry Finchley: era su superior más inmediato.

—No será necesario, señora —dijo Palgrave—. Hablaremos con la señora Neely, y si fue testigo de la prueba de la alcoholemia, seguramente ya será suficiente. Para curarnos en salud, echaremos un vistazo a su coche, simplemente para comprobar que no tuvo nada que ver con el accidente.

—¿Quién es la mujer a la que ayudé? —inquirí—. ¿Por qué están tan interesados en cargarle el muerto a alguien?

—No estamos intentando cargarle el muerto —dijo Palgrave—. Se trata de una víctima de un accidente y usted estaba ahí.

—Vamos, agente —dije—. Yo llegué ahí después de que alguien la dejara tirada en la calle. Yo no la dejé allí, ni la atropellé, ni hice nada excepto dañar mi coche al esquivarla.

—Si eso es cierto, echaremos un vistazo al coche y la dejaremos en paz —dijo Palgrave—. Lo llevaremos al laboratorio de la policía y la avisaremos cuando pueda pasar a recogerlo. ¿Dónde está ahora?

—No arrancaba. Está donde tuvo lugar el accidente. Pueden mirar la dirección en el informe cuando lleguen a comisaría.

Mi comentario hizo enfurecer a Lemour, pero Palgrave lo calmó de nuevo. Cuando se fueron me sentí muy vulnerable. ¿Quién era aquella mujer que merecía tanta atención? Pero no podía preocuparme por aquello hasta que no hubiera solucionado el asunto de mi coche. Si la policía estaba empeñada en encontrar a un autor del crimen, quería que alguien hiciera un análisis fiable del Trans Am antes de que fuera a parar a manos de la policía.

Llamé al mecánico al que voy cuando no me queda más remedio. Luke Edwards es uno de los pocos tipos que todavía saben reconocer el ruido de un carburador, pero es tan deprimente que lo evito siempre que puedo. Se puso al teléfono con su típica voz mustia. Se identifica tanto con las máquinas que le cuesta hablar con las personas, pero nuestra relación es un poco tirante desde que me prestó uno de sus coches y un camión lo destrozó. Antes de que pudiera acabar de explicarle lo que quería, Luke me cortó diciendo que no quería oír mi desgracia, que desde que destrocé el Impala sabía que no podía confiar en mí al volante.

—Tardé tres meses en conseguir que todas las piezas del motor sonaran al unísono. No me sorprende que te hayas cargado el Trans Am. No sabes cuidar de un coche.

—Luke, olvídate de todo eso por un momento. Quiero que un laboratorio privado inspeccione mi coche y certifique que no atropellé a nadie. No te pido que lo arregles hoy, sólo quiero que me digas el nombre de un buen laboratorio privado.

—Todos quieren ser los primeros, Warshawski, pero tendrás que hacer cola, como todo el mundo. No puedes saltarte la cola por las buenas.

Contuve un grito.

—Luke, necesito que un laboratorio examine mi coche antes que la policía. Me empotré contra una boca de incendios al esquivar a una víctima de un accidente, y hay un policía que ha escogido el camino más fácil en lugar de ponerse a investigar. Quiero un informe de un laboratorio por si acaso no hace los deberes.

—¿La policía te acusa? Ya era hora de que alguien te diera un toque sobre tu forma imprudente de conducir. Es broma. Tranquilízate y te ayudaré. Cheviot es el laboratorio que necesitas. Está en Hoffman Estates. Es caro pero tienen credibilidad en los tribunales. Mis amigos y yo lo hemos utilizado un par de veces. Si quieres llamo yo y me encargo de todo. Dime dónde está tu niño y mandaré a Freddie con el camión para que lleve el Trans Am a Cheviot. Si ve un poli, ¿le digo que lo atropelle?

Cuando Luke intenta hacerse el gracioso es mucho peor que cuando está deprimido. Solté una risa forzada y colgué. El señor

Contreras, observándome todo el rato con los ojos brillantes de preocupación, me dijo que había hecho lo correcto, pero que tenía que hacer algo más.

Yo no veía qué más podía hacer, aparte de llamar a Mary Louise. Estaba intentando vestir a uno de los hermanos pequeños de Emily, que se quejaba con gritos estridentes. Cuando entendió lo que le estaba contando, soltó al niño y me dedicó toda su atención.

—No conozco a nadie que se llame Lemour, pero ya se lo preguntaré a Terry —me prometió—. Leí el informe y estaba clarísimo que no atropellamos a la pobre criatura. No tendría que haber ningún problema. Cuando vengan ya se lo diré. Tengo que llevar a Nathan al campamento, pero llamaré a Terry en cuanto esté de vuelta.

Mary Louise podía hacer aquella llamada mucho más fácilmente que yo. Terry Finchley, su jefe durante sus últimos cuatro años de servicio, está haciendo carrera en la Unidad de Crímenes Violentos. Cuando Mary Louise dimitió, fue lo suficientemente lista para quedar como amigos.

De hecho, conocí a Mary Louise en casos en los que coincidí con Terry Finchley. Siempre me había caído bien, pero desde que Conrad y yo lo dejamos, está un poco distante conmigo. Él y Conrad son muy amigos; aunque fue Conrad quien rompió conmigo, Terry cree que no traté bien a su amigo. Aun así, es demasiado honesto para extender su frialdad a Mary Louise simplemente porque trabaja para mí.

—¿Por qué no llamas al teniente y pones una denuncia? —preguntó el señor Contreras, refiriéndose al amigo de mi padre, Bobby Mallory.

—No, me parece que no.

Bobby sería capaz de echarme la bronca por interferir en una investigación policial antes que llamar a la comisaría central de Rogers Park y presentar una queja sobre Lemour. Seguramente me diría: si quieres jugar a cacos y a polis, tienes que apechugar con todas las consecuencias.

4. Necesito un coche

—¿Y qué harás ahora, muñeca? —preguntó el señor Contreras. Fruncí el ceño.

—Me gustaría averiguar quién es aquella mujer para intentar entender por qué a los policías les interesa tanto colgarle el muerto a alguien. Mientras tanto, necesito un coche. No sé cuándo podré volver a conducir el Trans Am, sobre todo si se convierte en la prueba principal de la policía.

Llamé a mi compañía de seguros, pero fue inútil. El Trans Am tenía diez años; sólo les interesaba como chatarra. No pensaban ayudarme con la grúa, ni con la reparación, ni mucho menos iban a prestarme un coche. Le canté las cuarenta al agente, que se limitó a decirme sin elevar el tono que no debería exigir nada con un coche tan viejo.

Colgué el teléfono con un golpe brusco. ¿Por qué estaba mandando dinero a aquel idiota y a la compañía de ladrones que representaba? Llamé a unas cuantas agencias de alquiler de coches, pero si tardaban varias semanas en devolverme el Trans Am, estaría dejándome cientos de dólares, incluso mil, para alquilar algo que no llegaría nunca a ser mío.

—Quizá sería más rentable comprar un coche de segunda mano. Algo decente que pudiera revender en cuanto recuperara mi coche. O una moto. ¿Te imaginas ver el mundo desde una Harley?

—No te compres una Harley —suplicó el señor Contreras—. Uno de mis viejos amigos, antes de que te conociera a ti, el pobre Carmen Brioni, iba con su Honda 650 por la ciudad, un trasto impresionante, aunque entonces era un adolescente, hasta que un camión lo embistió en Lockport. Nunca más volvió a hablar; vivió como un vegetal durante siete años hasta que el Misericordioso tuvo la bondad de llevárselo.

Juntos miramos los anuncios en el periódico, pero sólo sirvió para que me desmoralizara más. Los que valían un poco la pena no bajaban de tres o cuatro mil dólares. Y perdería un día entero en encontrarlo.

—¿Por qué no me lo dejas a mí, lo de buscar un coche? —dijo el señor Contreras—. Vendí el mío cuando vine a vivir aquí porque pensé que no podría permitirme los extras de los seguros, sobre todo teniendo en cuenta mi pensión. En realidad, por eso me fui del barrio cuando Clara murió; además, la mayoría de mis amigos se habían asustado y se habían marchado de la ciudad, así que tampoco podía echarlos de menos. Pensé que aquí estaría cerca del metro y que incluso podría ir andando a comprar. Así tampoco tengo que preocuparme por aparcar, pero todavía distingo un motor que funciona bien de uno que no. ¿Qué te gustaría?

—Un Jaguar XJ-12 —dije de repente—. Aquí hay uno por sólo tres mil seiscientos. Cambio estándar, descapotable y con carrocería antigua, antes que los ingenieros de la Ford le metieran mano.

—No es práctico. Los descapotables no tienen asiento trasero. ¿Dónde se sentarían los perros?

Me hizo reír, y él se hinchó de orgullo.

—Es verdad, los perros —dije—. Pues tendrá que ser un coche más grande. A menos que decida echar el Trans Am al desguace. Pero sólo quiero comprar algo si es una buena alternativa a alquilarlo.

El señor Contreras empezó a recorrer la página con su uña negruzca, hablando entre dientes mientras leía, y con los ojos resplandecientes de ilusión. Tiene sus propios amigos y cuida del jardín del patio de atrás con mucho esmero, pero le faltan estímulos en la vida: por eso se involucra demasiado en mis asuntos.

Hojeé la sección de noticias para ver si nuestra víctima había llegado a la edición de la mañana, mientras el señor Contreras se dedicaba a los anuncios. La incapacidad de la Commonwealth Edison para proveer de luz a la ciudad merecía unas cuantas líneas, al igual que los incendios de Florida, pero el debut televisivo de la Global ocupaba casi toda la portada.

Murray tenía una columna aparte, en la que se describía su entrevista con Lacey Dowell. Era la primera vez que salía en portada en los últimos diez meses. La primera vez en el periódico en los últimos tres. «No has cubierto las noticias que tocaban, Murray», musité. Primero, el periódico se pasa cuatro días dando publicidad al nuevo canal de televisión de Global. Después estrenan el canal. Y luego escriben sobre lo que se vio en televisión. Muy buena promoción, pero ¿acaso son noticias?

Incluso habían colocado la columna de Regine Mauger en una página más privilegiada porque hablaba del lanzamiento en televisión. *Anoche Teddy Trant estuvo radiante, y no sólo por las tenues luces de las lámparas Tiffany de Sal Barthele,* escribía coqueta. *Con el gobernador de Illinois Jean-Claude Poilevy a un lado y Lacey Dowell al otro, tiene todo el derecho a estar orgulloso de la impresión que está causando en Chicago.*

Regine continuaba describiendo a los asistentes, entre los cuales se incluía la Comisión del Comercio de Illinois, el alcalde y su mujer, a los que yo no había visto entre la multitud, y, por supuesto, a los individuos de las televisiones locales, que se sienten heridos si no les nombran.

Murray Ryerson, que se había afeitado su típica barba pelirroja para la ocasión, estaba como pez en el agua delante de la cámara. Como acompañante eligió —¿o fue ella quien le eligió a él?— a Alexandra Fisher, del gabinete de abogados de Global, despampanante con un conjunto de Armani. Pero no os dejéis engañar por el esco-

te: cuando se pone vestidos poderosos, es tan invencible como Dick Butkus.

Por supuesto siempre surgen algunos problemas en ocasiones como ésta. Un pajarito nos ha dicho que Lucian Frenada, del antiguo barrio de Lacey, se las ingenió para conseguir una invitación e intentó seducir a la estrella, pero el agente Mooney, del cuerpo de policía de Chicago, lo echó antes de que pudiera montar una escena. Lacey no comentó nada al respecto, pero Alex Fisher nos ha dicho que la estrella está preocupada por el malentendido. En la fiesta había otros parásitos como la detective de Chicago V. I. Warshawski, que en otra época formó pareja con Ryerson, seguramente esperando que le cayera alguna miga de una de las mesas más ricas que jamás ha visto la ciudad.

La última frase me sobresaltó tanto que Peppy se puso a ladrar. Zorra engreída y anoréxica con cincuenta *liftings*, cabreada porque le rocé los pantalones Chanel. ¿Que yo estaba esperando las migas de alguna mesa de Hollywood? ¿Y que perseguía a Murray? No sabría decir qué me ofendía más.

Es verdad que una vez tuve un lío con Murray, pero esa historia era tan antigua que ni siquiera quedaban restos arqueológicos. Y colgada de él, ¡ja! Al cabo de unas semanas me di cuenta de que acostarme con alguien tan competitivo había sido un error garrafal. ¿Y a quién le importaba tanto como para contárselo a Regine Mauger? Murray... ¿rencoroso porque no había mostrado suficiente entusiasmo ante su debut televisivo? «Se pegaba a la cámara como las moscas a la mierda», dije furiosa.

Aquella historia me hizo recordar que Alexandra Fisher dijo que habíamos estudiado juntas en la facultad. Mientras el señor Contreras seguía con su minucioso estudio de los anuncios, yo fui hasta el vestíbulo para sacar del armario el baúl en el que guardo retazos del pasado. Encima de todo, envuelto en una tela de algodón, tenía el vestido de los conciertos de mi madre. No pude resistirme a desenvolverlo y acariciar los encajes plateados, la suave seda negra. El tejido me la recordó tan intensamente como si estuviera en la habitación de al lado. Mi madre quería que yo fuera independiente, y que no hiciera concesiones por razones de seguridad, como hizo ella, pero cuando agarraba el vestido anhelaba tenerla a mi lado, para que me protegiera de los palos, grandes y pequeños, que nos da la vida.

Dejé el vestido a un lado y empecé a rebuscar en el baúl hasta que encontré el anuario de mi curso. Había un tal Michael Fisher y un Claud, pero ninguna Alexandra. Cuando estaba cerrando el librito me fijé en el nombre escrito encima del de Claud: Sandra Fishbein.

En la foto sonreía una bocaza con cara de mal genio y una buena mata de rizos. Era la segunda de la clase y los profesores la consideraban una agitadora. Recordé cuando me daba la lata por no querer unirme a sus sentadas en los lavabos de mujeres de la facultad.

«Tú eres de clase obrera», me arengaba con un lenguaje que ya había utilizado anteriormente, «deberías ser la primera en impedir que el sistema se ría en tu propia cara».

Me acordaba perfectamente de aquel numerito; ella pertenecía al tipo de familia que regala un viaje a Europa a sus hijos cuando se gradúan. El hecho de que yo fuera de familia obrera, quizás la única en mi clase, le hacía sentir que necesitaba mi apoyo, mi aprobación o mi respeto, nunca supe exactamente qué.

«Querrás decir tu sistema y tu cara», le contesté en aquella ocasión, consiguiendo ponerla más tensa. «Si no eres parte de la solución, eres parte del problema», me espetó. ¡Qué retórica! Me felicitó cuando me puse a trabajar de abogada de oficio y ella se fue de ayudante de juez en el elitista Sixth Circuit.

Vaya, vaya. La niña radical se había ido a Hollywood, se había cortado el pelo rebelde, se había cambiado de nombre... y había pasado sus ideas políticas por el bisturí. No me extrañaba que me hubiera mirado de aquella forma tan desafiante la otra noche.

Guardé el anuario. El enfisema dejó a mi padre postrado durante mucho tiempo mientras yo estudiaba en la universidad. Su enfermedad me afectó en todo en aquel momento, desde mi decisión de casarme para poder darle un nieto antes de que muriera hasta mi desinterés por la política en el campus. Si me acogí a la abogacía de oficio fue para quedarme en Chicago y poder estar con él. Dos años más tarde murió. Mi matrimonio no sobrevivió durante mucho más tiempo. Y nunca llegué a tener un hijo.

Los perros iban para arriba y para abajo muy nerviosos, señal de que necesitaban un paseo con urgencia. Guardé el vestido de seda cuidadosamente y metí el baúl en el armario. Les prometí a los perros que estaría con ellos en cuanto hubiera consultado mi agenda electrónica. A la una tenía que encontrarme con uno de los pocos clientes importantes que tenía, o dicho de otra forma, anticipo generoso, factura considerable y prontitud en el pago. Gracias a Lemour y al jaleo que había armado, ya eran las once pasadas. Apenas me daba tiempo para sacar a los perros y comprar algo para comer. Ya que en mi nevera sólo había una naranja, aparte del pan seco, puse la correa a los perros y salí con la mochila a cuestas en busca de comida.

El frescor de la primavera se había transformado de la noche a la mañana en el bochorno sofocante del verano. No hay ningún parque cerca de casa y no podía pretender que los perros corrieran cinco kilómetros hasta el lago y de vuelta bajo aquel aire que nos asfixiaba como una malla en la cabeza. Cuando llegamos a la tienda, incluso Mitch había dejado de tirar de la correa y se tumbó a la sombra aliviado. Saqué un bol plegable de la mochila y les compré una botella de agua antes de comprar mi propia comida y un cappuccino en el bar de enfrente.

Mientras regresábamos tranquilamente a casa, seguía pensando en la mujer del arcén. Con la calle a oscuras, no pude ver lo que le había pasado, pero aquel húmero saliente delataba una terrible historia de violencia. Al agente alto e imperturbable se le escapó que se la habían llevado a Beth Israel. Había tenido un golpe de suerte porque Max Loewenthal, el director general de aquel hospital, era pareja de una de mis más viejas amigas. Con el café en una mano y los perros en otra, no podía coger el móvil para llamar al hospital, así que dejé a los perros sueltos y los soborné con un poco de pan.

Mientras girábamos por Racine, un Chevrolet marrón repleto de antenas aminoró la velocidad. El detective Lemour bajó la ventanilla y gritó: «Warshki». Yo seguí andando.

Conectó el altavoz e hizo saber a todo el vecindario que sería mejor que no dejara a los perros sueltos.

—Te crees muy lista, Warshki, alardeando de tus amigos en el departamento de policía, pero este verano voy a estar pegado a ti como tu sombra. Ni se te ocurra saltarte un stop porque te estaré vigilando. Así que ten cuidado.

Una mujer que iba con un niño pequeño miraba de un lado para otro, del coche de policía a mí, mientras que a dos chicos que estaban en la acera de enfrente se les quedó la mandíbula descompuesta y los ojos desorbitados. Me detuve y le tiré un besito a Lemour. Enrojeció de rabia, pero su compañero lo contuvo; se fue con un fuerte chirrido de goma.

¿Por qué le preocupaba tanto a la poli aquella mujer herida? A lo mejor sólo le preocupaba a Lemour, pero su amenaza me puso casi tan nerviosa como se proponía. Me llevé los perros deprisa hasta casa. Estaba comenzando a pensar que llevar el Trans Am a un laboratorio era lo mejor que había hecho aquel año.

El señor Contreras me había dejado una nota en letras grandes y caligrafía inexperta para decirme que estaba en su piso haciendo unas cuantas llamadas que parecían prometedoras y pedirme que le dejara los perros cuando me fuera al centro. Me duché otra vez para quitarme el sudor del pelo y llamé a Max Loewenthal mientras me secaba.

Max estaba reunido con alguien, lo cual no me extrañó en absoluto. Afortunadamente, su secretaria no se había ido a comer y estuvo encantada de comprobar la información que le pedí de la señora X. Le di mi número de móvil y me vestí en un tiempo récord con un traje de color paja, una camiseta negra ajustada y unos pendientes de plata. En el metro ya me empolvaría un poco la cara.

No tenía tiempo de desayunar. Cogí una manzana de las que acababa de comprar, apretujé los zapatos en el maletín y bajé las escaleras corriendo con los perros. El señor Contreras me paró para informarme del estado de la cuestión, pero le dije que iba a ver a Darraugh Graham.

—En ese caso, vete, cielo —dijo acompañándome hasta el vestíbulo y abriéndome la puerta—. No quiero que hagas esperar al único que te paga las facturas a tocateja. He encontrado un Buick Century que cuesta unos nueve mil setecientos y un Dodge un poco más barato pero seguramente más viejo. ¿A qué hora crees que volverás? ¿O prefieres que vaya a mirarlos yo solo? ¿Qué me dices?

—Lo dejo en tus manos. Escoge el coche de tus sueños y esta noche te llevo al Berghoff a cenar.

Los perros estaban convencidos de que me iba al lago e intentaron salir conmigo. Les cerré la puerta en las narices. La carrera de cuatro manzanas hasta el metro me dejó sudada y pringosa otra vez. Podría haberme ahorrado la segunda ducha y haber desayunado en vez de perder el tiempo.

Subí al andén para coger la línea roja con dirección sur. La línea roja. Bajo algún efecto alucinógeno la ciudad había coloreado los metros algunos años atrás. Antes sabías qué metro tenías que coger según adónde quisieras ir. De repente, la línea Howard, que había usado toda mi vida, se convirtió en la roja, y la línea del aeropuerto, en azul. Chicago parecía el vecindario de Mister Roger en vez de una de las ciudades más importantes del mundo. ¿Y los pobres daltónicos? ¿Cómo sabían si estaban en la línea naranja o en la marrón? Y encima, instalaron unas máquinas para comprar los billetes. Sólo venden billetes de ida y vuelta, aunque sólo quieras uno de ida, no dan cambio y no hay ningún ser humano para ayudarte si te equivocas de andén.

Y para colmo: cuando llegó el metro, el aire acondicionado no funcionaba. Me derretí en el asiento y no me maquillé porque me estaba ahogando. Doblé la chaqueta, me la puse en el regazo e intenté no moverme en los quince minutos de trayecto. Estaba subiendo las escaleras de Randolph Street cuando Cynthia Dowling me llamó desde el despacho de Max.

—Vic, lo siento, pero tengo malas noticias. Tu señora X murió en el quirófano.

5. Directa al naufragio

El cirujano de guardia de aquella noche había sido un tal doctor Szymczyk. Entre el brazo roto y varias contusiones en las piernas, no estaban seguros de cuál era la herida más grave a tratar, pero cuando Szymczyk vio las radiografías, consideró que las lesiones en el abdomen eran las más importantes.

Cynthia me leyó literalmente el informe del cirujano:

—«Presentaba un cuadro de peritonitis avanzada: la cavidad abdominal estaba llena de materia fecal. Entonces vi que era demasiado tarde para salvarla, y al final, no se pudo hacer nada. Se le había desgarrado el duodeno, y seguramente esta herida era anterior a la del brazo roto, que se veía muy reciente. Los médicos forenses explicarán cómo y cuándo se infligieron las heridas». ¿Es eso lo que querías, Vic?

No es lo que quería, no es que le deseara aquella muerte y aquellas heridas. Pobrecita, acabar de aquella manera.

—Supongo que no encontraron nada que la identificara. ¿Sabes a qué hora la vio el forense?

—A ver, espera un momento... Ah, sí. Ya lo veo. El doctor Szymczyk certificó la muerte a las siete y cincuenta y dos minutos. Después llamaron a la policía y se la llevaron a la morgue a las diez y media.

¡Un momento! Ya me estaba metiendo en un caso sin tener caso, para variar. Me paré en seco en medio de la acera. Hacía unos cuantos años que me había jurado a mí misma que dejaría de hundirme en los naufragios de los demás. Sólo recibía palos y no me daban ni las gracias. Ni siquiera me pagaban. No me sentía con fuerzas para saltar por la borda otra vez.

Una mujer apresurada que pasaba por State Street tropezó conmigo y se cortó la conexión del teléfono.

—¡Que tenga un móvil no significa que la calle sea suya! —me gritó por encima del hombro.

Gritar en la calle era la última moda en grosería urbana. Guardé el teléfono en el maletín y entré en Continental United. Fuera, las paredes de cristal curvadas reflejaban la ciudad y le devolvían la imagen; dentro, refrescaban a los ciudadanos con eficiencia ártica. Se me congeló el sudor del cuello y las axilas y tirité en el ascensor.

Mientras discutíamos el perfil apropiado del candidato que dirigiría el departamento de prensa, y los problemas derivados de perseguir a los camiones de la planta de Eustace, en Georgia, me puse a pensar en la ropa interior que llevaría aquella gente. La manzana que había cogido al salir de casa era lo único que había comido desde el aperitivo de la noche anterior. No lograba concentrarme, sólo pensaba en comer. Intenté poner cara de interesada y recé para que el barullo general tapara el runrún de mi estómago. Por suerte, había asistido a bastantes sesiones de éstas, y sabía que sólo tenía que mostrar interés haciendo un par de preguntas, reírle los chistes patéticos al vicepresidente de recursos humanos y aceptar el plazo de tres días para entregar la investigación, a menos que tuviera que ir a Georgia.

Cuando por fin acabamos, a las cuatro, me encontré con Darraugh Graham en el vestíbulo. La cortesía, o la necesidad, me obligaron a pararme y hablar un rato con él sobre su hijo, la situación política en Italia, donde él tenía una empresa importante, y el trabajo que me acababan de encargar. Tenía suerte de que Darraugh continuara dándome trabajo en vez de encargarlo todo a una compañía grande como Carnifice. Claro que Carnifice les procura los guardias armados que Continental United necesita cuando transporta dinero en metálico. Y creo que también se encargaron de las medidas de seguridad cuando Darraugh estuvo en Argentina el invierno anterior. Pero a mí todavía me encarga bastantes tareas, de análisis más que de fuerza física; para agradecérselo, me corresponde escucharle cuando habla de sus cosas.

Me dio una palmadita en el hombro y me regaló una sonrisa glacial de despedida. Cogí el ascensor rápidamente y aterricé en el puesto de helados del vestíbulo. Doble ración de chocolate con vainilla, nueces, fruta y trocitos de gofre. Desayuno y comida en un tazón gigante. Me senté en una estilizada silla del vestíbulo y me quité los zapatos de tacón que me hinchaban los pies para ponerme las zapatillas de deporte otra vez. Después de todo, la felicidad se encuentra en las cosas más simples: un poco de comida y un poco de comodidad.

Cuando había comido lo bastante como para elevar mi nivel de azúcar, llamé a Luke para que me dijera cómo andaba mi coche. Se me borró el buen humor en segundos: calculaba que la reparación subiría a unos dos mil novecientos dólares.

—Freddie lo llevó al laboratorio Cheviot, pero echó un vistazo a los desperfectos antes de dejarlo en el laboratorio. Para empezar, tienes el parachoques delantero abollado y el radiador roto. Pero además, cuando Freddie llegó para recoger el coche, los vecinos se estaban apropiando de la batería, la radio y un par de ruedas, así que también tendré que arreglarte el salpicadero. Y antes de que te quejes, deja que te diga que un taller grande te cobraría, como mínimo, mil dólares más.

Me espachurré en aquella silla tan dura.

—No me estaba quejando. El grito ahogado era porque mis últimas raquíticas ganancias se hunden en el fondo del mar. Y dime, ¿este cálculo incluye la gentileza profesional que mostré al apartar a aquellos zánganos de tu patio?

—No hiciste nada por mí que no pudiera hacer yo mismo, Warshawski, pero ya sé que no sabes lo que significa arreglar este coche.

Me mordí la lengua para no herirle.

—¿Y qué dicen tus amigos forenses sobre el análisis delantero del coche?

—Hasta mañana por la tarde no lo mirarán. Tengo una nota de Rieff que me ha pasado Cheviot. Dice que necesita el informe de la autopsia de la víctima del atropello. Y que si tuvieran la ropa que llevaba puesta cuando murió, mucho mejor. El análisis son otros cien dólares, o incluso más. Yo no empezaré a arreglarte el coche hasta que ellos hayan terminado, y hasta que tú me des permiso. Pero sabes qué te digo, Warshawski, ya que me ayudaste con aquellos críos, no te cobraré la grúa.

—Luke, eres un encanto.

Era incapaz de captar la ironía.

—Hoy por ti, mañana por mí.

Apreté el botón FIN antes de que me saliera la mala leche. Pasé tres noches en su calle para atrapar a unos mocosos y los asusté como para que no volvieran a aparecer nunca más por allí. Después, como una idiota, tuve la gentileza de hacerle un descuento a Luke pensando que me devolvería el favor en futuras averías.

Dos mil novecientos de reparación más cien dólares por un análisis forense. Y mil o dos mil más por las piezas de repuesto...

Casi mejor tirar de alquiler durante la semana. Claro que también podría vender el Trans Am al chatarrero y comprarme un coche usado con más arranque que los que estaba mirando el señor Contreras, pero me encanta mi pequeño deportivo.

Di un porrazo de frustración al portátil. ¿Por qué no me salen nunca las cuentas? Trabajo mucho, mimo a mis clientes, y me tengo que ver, pasados los cuarenta, con dificultades para llegar a fin de mes. Observé con asco los restos derretidos del tazón. Gofres reblandecidos y pedazos de fresas y moras flotando en una pasta beige. Parecía una obra de arte sobre mi vida. Tiré la taza en una papelera que desbordaba y salí para coger la línea azul hasta mi despacho.

Al ser hora punta, el metro llegó nada más subir al andén. No sólo eso, sino que además era uno de los nuevos, tenía aire acondicionado e iba rápido. No me solucionaba todos los problemas que había tenido durante el día, pero los hacía más llevaderos. En diez minutos me planté en Damen bajo el húmedo calor.

Habían abierto una nueva cafetería, y ahora ya eran tres, una por cada calle que se unía en aquel cruce. Me detuve un momento para comprar un *espresso* y un *Streetwise** a un chico llamado Elton que trabajaba en aquella intersección. Con los meses que llevaba ahí alquilando el despacho, habíamos iniciado una relación del tipo «Hola, ¿qué tal?».

Cuando trasladé mi despacho a Bucktown dos años atrás, lo único que te daban de beber era cerveza o algún licor. Ahora los bares y los que se dedican a la quiromancia en Humboldt Park están dejando paso a las cafeterías y a los gimnasios porque la generación X se está instalando aquí. No me atrevo a criticarlos: yo formo parte de la primera ola aburguesada.

El despacho que alquilaba en el Loop desde que empecé a trabajar de investigadora lo derribaron el año pasado: también se habían cargado el revestimiento de mosaico de taracea y las puertas del ascensor repujadas, los retretes que cada dos por tres se estropeaban y los cables un tanto desgastados que hacían asequible el alquiler. Después del fallecimiento del edificio Pulteney me fue imposible encontrar un alquiler a un precio razonable en el centro. Una amiga escultora me convenció para alquilar un local a medias en un almacén reconvertido en el barrio de Leavitt, en North con Damen. Firmé justo antes de que la zona empezara a ponerse de moda y tuve el sentido común, por una vez en mi vida, de acordar un alquiler a siete años con opción de compra.

Echo de menos estar en el centro, donde se concentra casi todo mi trabajo, pero estoy sólo a diez minutos en metro o en coche. El almacén tiene un solar para aparcar, cosa que antes no podía ofrecer a mis clientes. Y la mayoría de recaditos que tenía que hacer a pie, como ir a Tráfico, a la Seguridad Social o al Registro Civil, ahora los

---

* Periódico de los sin techo de Chicago. (*N. de la T.*)

soluciono en un momento conectándome a la Red. Lo único que no he automatizado es mi servicio de mensajería: la gente que está angustiada agradece oír la voz de una persona de carne y hueso y no la de una máquina.

Ya en la oficina, me armé de valor para no tumbarme en el futón que tengo detrás de la fotocopiadora y enchufé el ordenador. Me conecté al LifeStory, introduje el nombre y el número de la Seguridad Social del hombre que Darraugh quería poner al frente de su departamento de prensa.

La mayoría de los investigadores utilizan un servicio como el LifeStory. Todo aquello que parece privado, tu sueldo, los impuestos que te devuelven, las becas que tardaste tanto en pagar, cuánto debes del último modelo cuatro por cuatro, por no hablar de las infracciones que cometes con él, están al alcance de gente como yo. Para conseguir información, en teoría necesitas saber algo sobre la persona, como el número de la Seguridad Social o el apellido de soltera de su madre, pero incluso sin saber eso, puedes llegar a conseguirlo. La primera vez que me conecté, hará unos dos años, me asustó lo fácil que es violar la intimidad de las personas. Cada vez que me conecto a LifeStory me muero de vergüenza, pero aun así no cancelo mi suscripción.

El menú me preguntaba cuánta información necesitaba. Hice clic en DESCRIPCIÓN DETALLADA y me dijeron que tenía que esperar cuarenta y ocho horas para tener el informe completo, a menos que quisiera pagar un plus para tenerlo antes. Me decidí por la forma más barata y lenta y me recliné en la silla para repasar las notas que había tomado. El resto de los deberes podían esperar al día siguiente, ya que estaría, esperaba, más despierta. Comprobé si había algo urgente en el contestador y antes de dar la jornada laboral por finalizada, llamé a la morgue.

El doctor Bryant Vishnikov, el único forense que conozco, se había ido al mediodía. Cuando expliqué que era una investigadora que trabajaba para Max Loewenthal del Beth Israel y que quería saber cómo estaba la señora X que había llegado aquella mañana, el médico de guardia intentó convencerme de que llamara al día siguiente, que Vishnikov ya estaría allí.

El ruido de la televisión de fondo se oía tan fuerte que incluso pude adivinar que Chip Charay estaba retransmitiendo un partido de los Cubs. Es increíble la poca información que dan sobre el juego los locutores de deportes. Ni siquiera podría decir quién estaba bateando.

—Los Cubs seguirán aquí mañana, y seguramente usted también, pero yo no puedo esperar tanto tiempo —dije al médico de guardia.

Soltó un resoplido tan fuerte que casi ahogó el chirrido de la silla que arrastraba hacia atrás.

—Todavía no le han hecho la autopsia —dijo después de hacerme esperar cuatro minutos—. Vino demasiado tarde para que el doctor pudiera empezar a trabajar, y supongo que no quería que lo hiciera otra persona.

—¿Tenéis alguna identificación? ¿La policía ha encontrado algo?

—Sí... Creo que tenemos un documento.

Me estaba haciendo pagar el que le hiciera trabajar mientras estaba de guardia.

—¿Sí? ¿Quién era?

—Nicola Aguinaldo.

Lo pronunció tan mal que tuve que pedirle que me lo deletreara. Después, se quedó mudo otra vez.

—A ver —le pinché—, ¿tan famosa es que debería reconocerla por el nombre?

—Ah, pensé que por eso estaba tan nerviosa, como es una fugitiva de la cárcel...

Contuve un resoplido de desesperación.

—Ya sé que es duro tener que trabajar para vivir, pero, por favor, ¿sería tan amable de decirme que pone en el informe?

—¡No es necesario que se ponga así! —refunfuñó—. Sólo tengo a cuatro personas esperando ver a sus seres más queridos.

—Tan pronto como me haya dicho cuánto tiempo hace que se escapó, puede dedicar todo su encanto al público.

Leyó el informe en un tono monótono y rápido y colgó. Nicola Aguinaldo se había escapado del hospital de Coolis, Illinois, un domingo por la mañana, aprovechando el cambio de turno. El correccional de mujeres la había llevado ahí para que le curaran lo que parecía un absceso ovárico, y Aguinaldo se escondió en el camión de la lavandería para fugarse. En las cuarenta y ocho horas siguientes, consiguió llegar al norte de Chicago, y topar con un desalmado que la asesinó.

6. Signor Ferragamo, supongo

El médico de guardia no había incluido la última dirección conocida de Aguinaldo en su resumen, pero quizás tampoco aparecía en el informe. Consulté el listín de teléfonos, pero nadie con aquel nombre vivía cerca de donde la encontramos Mary Louise y yo. Aunque eso no significaba nada: si había caído en manos de un chulo o de un camello, podía estar lejos de casa. Pero cuando alguien escapa de prisión acostumbra a ir a casa de familiares.

No dejaba de morder el boli mientras seguía cavilando y al final busqué en el ordenador. No encontré nada por Aguinaldo. Tendría que buscarla por el informe de detención y juicio y eso no es nada fácil. Como no puedo acceder al sistema AFIS*, tendría que buscar todos los juicios uno por uno, sin siquiera tener una pista de la fecha en que la detuvieron. Incluso con un chip Pentium, podría llevarme semanas encontrarlo. Llamé a Mary Louise otra vez.

—¡Vic! Iba a llamarte después de cenar, cuando estoy más tranquila, pero espera un segundo que les doy la pizza a los niños.

---

* AFIS (American Forces Information Service). Organismo dependiente del Ministerio de Defensa con una base de datos sobre casos judiciales e información acerca de la policía y el ejército. *(N. de la T.)*

Oí cómo Josh y Nathan se peleaban para escoger un vídeo, y después Emily, con el típico menosprecio de adolescente, les decía que eran estúpidos si querían ver aquel vídeo tan aburrido de los Space Berets otra vez.

—Yo no quiero pizza, Mary Louise: engorda.

—Seguro que Lacey Dowell nunca come pizza —gritó Josh.

—No, sólo come sangre de niños repelentes.

Mary Louise le dijo a Emily enfadada que colgara el teléfono cuando hablara por la extensión de su cuarto. Al cabo de un rato la discusión se desconectó.

—Estaba fuera de mis cabales cuando pensé que cuidar tres niños sería una tarea fácil —dijo Mary Louise—. Aunque Fabian me pasa dinero, es agotador. A lo mejor dejo la abogacía para dedicarme a la educación social, y así podré explicar a las adolescentes lo penoso que es ser madre soltera. De todas maneras, lo que he descubierto de Lemour es un poco inquietante. Terry dice que es un bruto, que incluso entre los policías ha habido una docena de quejas por excesiva violencia en sus años de servicio. Pero lo más preocupante es que han perdido el informe. Terry les preguntó cómo habían conseguido localizarte si se había perdido el informe y no supieron qué contestar. Yo no pensé en pedir los nombres de los agentes de la otra noche. ¿Y tú?

Tuve la sensación de que el diafragma se me helaba. No, no había hecho nada tan elemental. Podríamos intentar encontrar a los de la ambulancia: en principio, deben de tener una copia del informe. Eso significaría invertir mucho tiempo pero sentía un frío interior que me impulsaba a hacer el esfuerzo.

—Antes de que cuelgues, tengo que decirte otra cosa —dije—. La mujer que encontramos está muerta. La pobre tenía una lesión en el abdomen muy avanzada. Se había escapado de Coolis. ¿Podrías averiguar cuándo la detuvieron y por qué razón? —y deletreé *Aguinaldo* a Mary Louise.

No quería hundirme en el naufragio de Nicola, pero tenía la sensación de que alguien había subido a la borda para darme un empujón.

A pesar de las estúpidas insinuaciones de Lemour de aquella mañana diciéndome que había estado conduciendo borracha, no se me había ocurrido llamar a mi abogado. Pero si Rogers Park había perdido el informe, Freeman Carter tenía que estar enterado de lo que estaba pasando. Si un agente perezoso decidía endilgarme un cargo de homicidio imprudente, Freeman tendría que pagar la fianza.

Freeman estaba a punto de salir de su despacho cuando le llamé, pero cuando le hice un resumen de mis últimas veinticuatro horas, consideró que era demasiado grave como para dejarlo en manos del chico de prácticas. Cuando le dije que en Rogers Park afirmaban haber perdido el informe, me obligó a repetirle mis aventuras para que pudiera grabarlo en una cinta.

—¿Dónde está tu coche, Vic? —me preguntó antes de colgar.

—La última vez que lo vi estaba acariciando una boca de incendios en Edgewater.

—Oye, tengo prisa. No voy a perder el tiempo con tus juegos. Pero si el fiscal me lo pregunta mañana cuando hable con él, espero que sepas darle una respuesta satisfactoria. Y hazme el favor de no subirte a tu caballo y galopar por la ciudad enfrentándote a los policías. Me has pedido que me encargue del asunto, y lo haré, pero no hagas nada imprudente esta noche, ¿de acuerdo, Vic?

—Todo depende de tu definición de imprudente, Freeman, pero creo que lo máximo que voy a hacer es buscar algo sobre ruedas para moverme por la ciudad.

Se echó a reír.

—Buena señal si no has perdido tu sentido del humor. Mañana a primera hora hablamos.

Después de colgar medité qué más podía hacer. Llamé a Lotty Herschel, la conozco desde que era estudiante. Ahora tiene unos sesenta años, pero sigue trabajando todo el día como pediatra en Beth Israel y dirigiendo una clínica para familias con pocos recursos económicos al oeste del Uptown.

Cuando le expliqué mi situación se quedó horrorizada.

—No me lo puedo creer, Vic. Preguntaré a Max qué pasó con la chica cuando nos la trajeron, aunque no creo que esto nos ayude a entender por qué te están acosando de esta manera.

Sus muestras de cariño y preocupación me hicieron sentir mejor.

—Lotty, necesito pedirte un favor. ¿Puedo pasar por tu casa un momento?

—Si te das prisa, sí. He quedado con Max dentro de media hora. Si no tienes coche, ¿puedes venir en taxi?

Eran casi las siete cuando un taxi me dejó al norte de Lake Shore Drive. Durante años Lotty vivió en el piso de arriba de un dúplex que tenía muy cerca de la clínica. Cuando cumplió los sesenta y cinco el año pasado, decidió que ser la casera suponía un desgaste de energía que no necesitaba, y se compró un apartamento en uno de los edificios de *art nouveau* que dan al lago. Aún no me había acostumbrado a tener que hablar con un portero para subir a verla, pero me alegraba de que se hubiera cambiado a un sitio más seguro que los suburbios en los que estaba antes. Me angustiaba que se paseara sola de madrugada, tan pequeña como es, cuando todos los toxicómanos de Broadway sabían que era médico.

El portero empezaba a reconocerme, pero antes de dejarme entrar siempre esperaba el permiso de Lotty. Cuando llegué al decimoctavo piso, Lotty me estaba esperando en el rellano con un acento de preocupación en su tez morena.

—Vic, estaba a punto de salir. ¿Qué te parece si me lo cuentas en el coche y de paso te llevo a casa?

Ir en coche con Lotty es más arriesgado de lo que me gustaría para acabar un día complicado. Cree que es Sterling Moss y que las calles son un circuito de carreras; una sucesión de coches con marchas estropeadas y parachoques abollados no la ha hecho cambiar de opinión. Por lo menos, el Lexus que conduce actualmente tiene airbag en el asiento del copiloto.

—Se supone que los de la ambulancia dejaron un informe en la sala de emergencias —le expliqué mientras cruzábamos Diversey—. Quiero una copia. Supongo que incluirá los nombres de los agentes que acudieron a la escena, y con suerte también una copia del informe de policía, ya que Rogers Park dice que ha desaparecido.

—¿Ha desaparecido? ¿Crees que lo han perdido a propósito?

—El inútil de Lemour podría haberlo hecho desaparecer. Pero se traspapelan informes todos los días, así que no quiero emparanoiarme con eso. O aún no. ¿Podrías poner las manos al volante aunque estés mosqueada o preocupada?

—No puedes venir a pedirme ayuda y luego empezar a criticarme, Vic —dijo áspera, pero volvió a mirar el arcén a tiempo para sortear un ciclista.

Intenté ahogar el suspiro que me provocó.

—El otro favor que quería pedirte es que necesitaría la ropa que llevaba puesta Aguinaldo cuando murió. El laboratorio Cheviot lo necesita para comprobar si hay signos de algún coche, especialmente del mío, en el tejido. En la morgue no me quisieron decir si Nicola llegó vestida o no, pero me jugaría algo a que su ropa está en el hospital, a menos que ya la hayan tirado. ¿Puedes pedirle a Max que la busque? O al menos pídele que me den permiso para hablar con los de urgencias. Tendría que ser esta noche. Cuanto más tardemos, más probabilidades existen de que la ropa haya desaparecido.

Torció a la izquierda por Racine después de que hubiera cambiado el semáforo; de hecho, después de que todos los que se dirigían hacia al este ya hubieran arrancado, pero no dije nada, no fuera que se mosqueara y se parara frente a un camión o un autobús.

—Podemos hacerlo por teléfono desde el coche de Max. Bueno, si consigo que deje de pensar en Walter Huston y su caballo —dijo en un tono sardónico.

Max es un apasionado de los viejos *westerns* y de la porcelana china, aunque parezcan cosas incompatibles. Y Lotty tiene unos gustos incompatibles con los de Max.

—Así que vas a ver un *western* únicamente porque a tu hombre le gusta —le dije sonriendo mientras aparcaba enfrente de mi edificio—. Bueno, Lotty, te ha costado casi sesenta años pero al final has aprendido a someterte dócilmente a la autoridad del macho.

—Vic, ¿es necesario que lo describas así? —dijo riéndose.

Después se inclinó para darme un beso.

—Hazme el favor de actuar con cuidado esta vez. Estás en un atolladero. Mide muy bien cada paso antes de darlo. ¿De acuerdo?

La retuve un momento entre mis brazos para apreciar el calor de su abrazo.

—Intentaré ir con cuidado.

—Te llamaré por la mañana, cuando haya hablado con Max.

Me dio un achuchón y puso el coche en marcha otra vez.

—Y no olvides que el lunes vienes a cenar a casa.

El señor Contreras me estaba esperando en la entrada del edificio. Se había pasado el día buscándome coches y no podía esperar ni un segundo más para contármelo. En Park Ridge había encontrado un Buick que le parecía la mejor apuesta y había quedado con el vendedor en que pasaríamos aquella noche, lo que significaba una buena tirada en transporte público porque un taxi a las afueras suele costar unos cuarenta dólares.

Cuando Lotty derrapó en aquel cruce caí en la cuenta de que tal vez yo había dejado marcas de las ruedas en la calle. Por si acaso a alguien se le ocurría borrarlas, quería acercarme a fotografiarlas mientras quedara un poco de luz diurna. El señor Contreras, siempre a punto para lanzarse a investigar, llamó al propietario del coche para decirle que llegaríamos un poco más tarde y así podía ayudarme a inspeccionar el terreno. Saqué a los perros a pasear un momento y cogí la cámara y una lupa.

Fuimos con la línea roja hasta Berwyn, que estaba sólo a cinco manzanas del lugar del accidente. La dorada luz de un anochecer de verano daba a aquel lugar un aire menos decadente del que tenía a plena noche. Había un grupo de chicos pedaleando, dos en una misma bici en algunos casos, y también chicos en monopatín. Pero nadie llevaba patines de línea: estaban reservados al mundo de los *yuppies,* un poco más al sur de la ciudad.

En una esquina de Balmoral un grupo de niñas saltaba a la comba. Dos de ellas llevaban camisetas de la Virgen Loca y el pelo negro recogido con un pañuelo de flecos. Los mechones caídos de Global Entertainment incluso llegaban a las comunidades de inmigrantes.

Cuando empecé a inspeccionar la calle, me di cuenta de que mi idea era un poco idiota. La boca de incendios contra la que me había estampado seguía estando torcida, e incluso después de casi dieciocho horas aún se podían ver las marcas del caucho del frenazo que di. Pero no había nada que indicara dónde había yacido Nicola Aguinaldo. No estaba muerta cuando la encontramos y, por tanto, nadie había trazado el perfil de su cuerpo con tiza. Usé el flash para hacer las fotos de las marcas y de la boca de incendios ya que apenas quedaba luz. Las niñas dejaron de saltar y se quedaron mirándome.

—Oiga, señora. ¿Conoce a Morrell?

—Señora, ¿me saca una foto?

—Yo también quiero salir en el libro, señora.

—Morrell habló conmigo, no con ella.

Empezaron a posar y a empujarse las unas a las otras.

—¿Quién es Morrell? —pregunté imaginando que un poli había venido a hacer preguntas con la excusa de escribir un libro.

—Morrell es un hombre y está escribiendo un libro sobre la gente que se escapa de la prisión.

Miré fijamente a la niña que acababa de pronunciar aquella frase, una niña de unos nueve años con una trenza que le llegaba hasta la cintura.

—¿Que se escapan de la cárcel? ¿Y ha venido hoy?

—No, hoy no. Pero viene muchas veces. ¿Me saca la foto?

Tomé fotos de las niñas, juntas y por separado, e intenté sacarles información de Morrell. Extendieron las manos. Venía a menudo y hablaba con los padres de algunas de ellas, sobre todo con el padre de Aisha. No sabían quién era ni cómo encontrarlo. Lo dejé correr y seguí inspeccionando la calle con la lupa a gatas mientras el señor Contreras se quedaba detrás de mí vigilando que nadie me atacara.

—¿Ha perdido algo, señora?

—¿Está buscando su anillo?

—¿Nos dará una recompensa?

—Podemos ayudarla.

Me puse en cuclillas.

—¿Sabíais que aquí atropellaron a una mujer la otra noche? Yo soy detective y estoy buscando pistas sobre el accidente.

—¿De verdad es detective? ¿Y dónde está su pistola? —preguntó una de ellas.

—Las mujeres no pueden ser detectives, Sarina. No seas tonta —dijo otra.

—Las mujeres pueden ser detectives, y yo soy una detective —dije con solemnidad.

Las niñas empezaron a inspeccionar el asfalto en busca de pistas. Encontré una mancha que parecía sangre seca en el lugar donde yo recordaba tendida a Nicola Aguinaldo y la fotografié desde distintos ángulos; después la froté con un pañuelo de papel. No sería una prueba muy convincente si tenía que presentarla ante un jurado o un juez, pero era lo único que se me ocurría.

Las niñas decidieron que esto significaba que Sarina tenía razón: tenía que ser una detective, habían visto a alguien que hacía lo mismo en la tele. Luego me ofrecieron una amplia gama de objetos, desde una botella Annie Greensleeves hasta unas zapatillas Converse. Inspeccioné sus hallazgos con detenimiento. En medio de la porquería, una pieza de metal me llamó la atención, de la misma forma que se la había llamado a ellas.

—Es oro, ¿verdad, señora?

—¿Es valioso?

—¿Tenemos una recompensa?

No era oro; era plástico brillante. Era nuevo, y su resplandor había atraído a las chicas. Era evidente que no hacía demasiado tiempo que estaba en aquella cloaca. Tenía la forma de la letra omega, pero no era un colgante, sino que parecía una especie de firma de una cremallera de un bolso o de un zapato. Debería reconocer al diseñador pero ahora no me venía a la cabeza.

El señor Contreras se estaba impacientando. Se moría de ganas de ir a Park Ridge para ver el coche que había escogido. Me metí el emblema en el bolsillo y devolví el resto de las cosas a la papelera.

—¿Quién es la mayor? —pregunté.

—Sarina tiene doce años —dijeron al unísono.

Le ofrecí a la chica del pañuelo con flecos una tarjeta de visita y tres dólares.

—El dinero es para las tres; es la recompensa por haberme ayudado a encontrar pistas. La tarjeta es para vuestro amigo Morrell. Cuando venga, se la dais, ¿de acuerdo? Así sabrá mi nombre y mi número de teléfono. Me gustaría que me llamara.

Las niñas se apiñaron alrededor de Sarina.

—¿Qué pone?

—Mira, Sarina, es detective. Aquí lo pone.

—Mina, a ti te va a detener por contestar a tu madre.

Sus comentarios quedaron como un ruido de fondo cuando giramos la calle en dirección al metro. El señor Contreras me dio todo tipo de detalles del Buick Skylark que íbamos a ver.

—Pide mil setecientos dólares pero tiene 156.000 kilómetros. Seguramente podrás regatear hasta mil quinientos, pero a lo mejor prefieres que tu amigo Luke te busque algo antes de comprarlo. Con todo lo que inventan, hoy es mucho más complicado saber cómo está realmente un motor.

—Mi amigo Luke... ¡Ja! —dije pensando en la conversación que habíamos tenido aquella tarde—. Es capaz de pedirme la hipoteca del piso antes de levantar un dedo para ayudarme. Con las cuentas que ha hecho Luke, creo que sería mejor que alquilara algo durante unas semanas. Incluso mil quinientos me parece muy exagerado por andar sobre ruedas unos días, y si resulta que el coche está muy cascado me costará mucho volver a venderlo.

Enseguida noté que le acababa de dejar la moral por los suelos. Se había pasado todo el santo día buscándome algo y después lo había aplazado gratamente para ayudarme en mi estúpida imitación de Sherlock Holmes. El sentimiento de culpa no es suficiente motivo para tomar una decisión desacertada pero no soportaba verlo tan desanimado. Compramos unos *falafel* y unas Coca Colas en una parada del metro y subimos penosamente las escaleras para empezar nuestro viaje.

Cuando llegamos a casa del vendedor estaba tan harta del transporte público que estaba dispuesta a pagar lo que fuera por volver en coche. Primero, la línea roja hasta Howard. Después la Skokie Swift, ahora conocida como la línea amarilla, y finalmente lo más lento e insoportable: esperar al autobús que va a las afueras para ir ocho kilómetros al oeste hasta una parada cerca de casa de aquel hombre, y después andar.

—Si no conseguimos comprar el coche esta noche y llevárnoslo hoy mismo a casa, acabaremos acampando en el coto de caza que acabamos de pasar —dije al señor Contreras mientras andábamos—. Me he fijado en los horarios y el último autobús sale de Gross Point a las nueve y media y ya son menos cuarto.

—Un taxi —dijo resoplando un poco por el calor y el paseo—. Te pago un taxi que nos deje en el metro, cariño.

Cuando finalmente llegamos a casa del vendedor, vimos que el coche no estaba en tan mal estado como me temía. La puerta del conductor y el maletero estaban bastante oxidados y daban al coche un aire un tanto lóbrego, los neumáticos estaban gastados, pero cuando lo pusimos a prueba en los quince kilómetros de ida y vuelta al aeropuerto no notamos nada raro en el motor. El vendedor era un chico que acababa de graduarse en Ingeniería en Champaign. Había comprado el Skylark de segunda mano cuando empezó la universidad, lo amortizó a fondo durante cinco años y ahora que había encontrado un trabajo serio, quería revenderlo. Mientras hablábamos del coche no podía dejar de mirar la camioneta Ford que se había comprado para celebrar su entrada al mercado laboral con un sueldo de cien mil al año. Sin mucho empeño en el regateo, conseguimos el Skylark por mil doscientos.

El señor Contreras me dejó de piedra cuando sacó de su bolsillo interior veinte billetes de veinte cuidadosamente doblados.

—Es mi contribución al coche familiar —insistió cuando le puse reparos.

Le pregunté si le apetecía conducir de vuelta a casa pero no quiso.

—Ya no veo tan bien por la noche como antes, cielo. De hecho, hace algún tiempo que me preocupa.

—Pues ve al médico —dije—. No puedes descuidarte los ojos. Si necesitas gafas o tienes cataratas o lo que sea, tienes que arreglarlo.

—No me trates como si fuera un viejo —dijo secamente abrochándose el cinturón—. Eres tan mala como Ruthie y quieres que me vaya a una residencia de viejos. Aún veo lo suficiente como para darme cuenta del chisme que cogiste de aquellas niñas de la calle. ¿Qué es?

Me había olvidado con tanto viaje. Me lo saqué del bolsillo de la camisa para que lo inspeccionara. A él no le sonaba más que a mí, pero cuando llegamos a casa —en veinte minutos en vez de los ochenta y siete que tardamos a la ida— desenterré un ejemplar de *Mirabella* que tenía en la caja de reciclar. Miré todos los anuncios de la revista, página por página, y en el interior de la contraportada: oro, o plástico brillante. Un par de mocasines Ferragamo sobre una bufanda rosa de seda, y dos omegas como la que habían encontrado las chicas, pegadas a la tira del empeine.

—*Va bene,* signor Ferragamo —dije en voz alta.

Una herradura, no una omega. El logo de Ferragamo. Lo reconocí porque hacía unas semanas me había probado un par de zapatos Ferragamo: mis amadas Bruno Magli de color rojo estaban tan desgastadas que ni siquiera el bueno del señor Delgado de Harlem podía coser los lados para ponerles suelas nuevas.

Decidí que aquel verano no podía comprarme unos zapatos que costaban casi trescientos dólares, y fue una sabia decisión, teniendo en cuenta todos los imprevistos que me estaban saliendo. Era difícil de creer que los emigrantes que viven entre Glenwood y Balmoral pudieran permitírselos. Era posible que alguien se hubiera endeudado hasta el cuello por tener una marca de gente rica, pero me fui a la cama preguntándome quién, en el área metropolitana, estaría mirando disgustado un zapato o un bolso con una tira rota.

7. ¿Hábeas corpus?

Mary Louise me llamó pronto por la mañana.

—Vic, tengo que llevar a Nate al campamento, así que seré breve, aunque tampoco hay tanto que contar. Aguinaldo trabajaba de niñera en Oak Brook para un tal Baladine. Llevaba dos años trabajando ahí cuando robó un collar de oro valorado en cuarenta o cincuenta mil dólares; también tenía gemas, diamantes o rubíes, no sé. La acusaron...

—¿Baladine has dicho? —la interrumpí—. ¿Los Robert Baladine?

—Robert, Eleanor y tres niños. ¿Los conoces?

—No, cariño. Él tiene tanto poder que ni siquiera me lo planteo como competencia. Es el director de Carnifice, ¿sabes? La empresa de investigación privada que factura mil millones al año. Claro que cuando son tan grandes se hacen llamar «proveedores de seguridad» o algo así.

—Bueno, seguramente sea él. La cuestión es que la señora Baladine adoraba aquel collar porque Robert se lo regaló cuando nació el pequeño Robbie y bla, bla, bla, de manera que no tuvieron compasión con ella. La defensa alegó que Aguinaldo no tenía antecedentes y que estaba a cargo de su madre y de dos hijos sin ayuda de nadie, pero entonces éramos muy duros con los inmigrantes y le cayeron

cinco años. Durante quince meses su conducta en la cárcel fue inta-
chable; trabajaba en el taller de costura, que es uno de los trabajos
mejor pagados en Coolis, y un día se escapó. La última dirección
que se le conoce es en Wayne, a unos doscientos metros del lugar
en que la encontramos.

Me dio las direcciones y los números de teléfono de Aguinaldo
y los Baladine.

—Y ahora me voy pitando. Natie está excitadísimo y no quiere
perderse la ceremonia de apertura, y se muere de ganas de izar la
bandera y tocar diana. ¿Quién sabe? A lo mejor querrá alistarse al
ejército o ser policía cuando sea mayor.

—O quizá tocar la corneta. Le compraré una para su cumpleaños.

—Te juro que si lo haces practicará todos los días a las seis de la
mañana enfrente de tu casa.

Aún no eran las ocho cuando colgó. Demasiado temprano para
saber algo de Freeman. Pensé que le daría unos minutos a Vishnikov
para quitarse la chaqueta y acabarse el café, o el ritual que fuera que
hacía por las mañanas. Hice una tabla de ejercicios en el salón incluyendo una sesión de pesas. Incluso me molesté en guardar las pesas
en el armario antes de llamar a la morgue. Vishnikov estaba en la
sala de disecciones y no quería que lo interrumpieran. Dejé un mensaje y saqué a los perros.

El ambiente era muy húmedo, pero al ser pronto, el calor aún era
soportable. Fui corriendo con los perros hasta el lago y de vuelta: un
poco más de cuatro kilómetros. La policía se ha puesto dura con los
perros que no llevan correa e incluso ponen multas a los perros que
nadan desde las rocas por el lago, pero conseguí que Mitch y Peppy
entraran y salieran del agua sin tener que ir a juicio.

—Lemour estará pegado a mí como mi sombra, pero no es de los
que madrugan —dije a los perros de vuelta a casa.

Intenté hablar con Vishnikov otra vez, pero seguía sin atender
llamadas. Quería ir a Oak Brook y hablar con Eleanor Baladine sobre Nicola Aguinaldo y acercarme a casa de Aguinaldo en los subur-

bios, así que, cuanto antes fuera a mi despacho a trabajar con lo que me da dinero, antes podría dedicarme a la investigación que quizá me salvaría el pellejo. Lo único más importante en aquel momento que mi verdadero trabajo era conseguir la ropa que Aguinaldo llevaba aquella noche. En cuanto llegué a la oficina llamé a Lotty.

—Has tenido suerte, Vic. El vigilante de urgencias de las mañanas es tan meticuloso que lo puso todo en orden. Metió las piezas de ropa en bolsas y las etiquetó. ¿Quieres pasar a recogerlas?

—No, no quiero que nadie me acuse de haberlas manipulado. Quiero que las envíen al laboratorio Cheviot con una nota que especifique dónde han estado desde que se las quitaron a la pobre Aguinaldo. ¿Llamo a Max para que se encargue, o lo haces tú?

Dijo que sería más rápido si lo hacía ella misma.

—Ah, también está el informe de los de la ambulancia. Max ha pedido a Cynthia que te lo mande por fax.

Colgó después de que le diera las gracias: tenía la sala de espera llena de pacientes.

Cuando me cambié de piso decidí invertir, entre otras cosas, en un montón de mapas detallados de la mayoría de los estados y en un armario para guardarlos. Saqué el de los condados rurales de Georgia, ya que era uno de los puntos conflictivos de Continental United, con la esperanza de no tener que desplazarme hasta ahí para averiguar por qué había tantos pinchazos de ruedas en County Road G. Mientras trazaba una línea desde Hancock's Crossing, donde está situado el almacén de Continental, hasta la intersección de County G con Ludgate Road, la secretaria de Freeman llamó.

—Freeman quiere hablar contigo, Vic. Tiene un hueco a las doce y cuarto si te va bien pasar por su despacho.

Le di las gracias y volví a mis mapas. Mi teoría era que un conductor o un mensajero tenía una gasolinera en aquel rincón; tenía que ser alguien que supiera que los camiones tenían que hacer una determinada ruta que alguien llenaba de clavos. A los conductores no les quedaba más remedio que acercarse a la gasolinera para que les cambiaran las ruedas. Llamé al director de recursos humanos, el que me había encontrado el día anterior, y le pedí que me pasara por fax las facturas de reparación. No me apetecía en absoluto tener que ir hasta allí para enfrentarme con aquella gente; esperaba encontrar la respuesta mirando los papeles.

Vishnikov me llamó cuando estaba a punto de salir para ir a ver a mi abogado.

—¡Vic! ¿Qué pasa? ¿Quieres que te ayude a esconder un cadáver?

—Si un policía imbécil que se llama Lemour sigue acosándome, a lo mejor sí. Pero te quería hablar de un cadáver que ya tienes, el de Nicola Aguinaldo. Murió ayer en Beth Israel, en el quirófano, y su cuerpo llegó demasiado tarde para que tú empezaras a examinarlo.

Hubo una pausa al otro lado.

—Es curioso. Ahora me acuerdo. Vino casi al mediodía. Le eché un vistazo y vi algo raro, así que quise hacerle la autopsia yo mismo, pero no estaba... Espera un segundo que lo miro.

Dejó el auricular. Oí ruido de sillas, murmullos y después una puerta que se cerraba. Esperé por lo menos quince minutos antes de que Vishnikov volviera.

—Vic, nunca había estado tan furioso desde que trabajo aquí. Algún impresentable dejó que se llevaran el cuerpo ayer por la noche. Y no sé quién... Hicieron un informe pero no está firmado.

—¿Quién se lo llevó? ¿La familia? —pregunté desconcertada—. Cuando llamé anoche no tenían una lista de familiares.

—El informe dice que la madre de la chica reclamó el cuerpo. Pero ¿cómo se han atrevido a sacarlo...? La cuestión es que no está ni aquí ni allá. Tengo que dejarte. Necesito...

Hablé deprisa, antes de que colgara.

—¿Qué viste de extraño en su cuerpo que quisiste examinarlo tú mismo?

—Ahora no me acuerdo. Estoy demasiado cabreado para pensar en otra cosa que no sea coger al desgraciado que dejó que se llevaran el cuerpo sin mi autorización.

Dio un golpe al colgar que me retumbó en la oreja.

Era la primera vez que veía a Vishnikov cabreado en los cuatro o cinco años que habíamos trabajado juntos. Tal vez Lemour había conseguido llevarse el cuerpo antes de que una autopsia demostrara que yo no la había atropellado, o incluso que no la había atropellado nadie. Incluso me pregunté si el propio Lemour la había matado y estaba intentando culpar a otro. Cuando no pudo colgármelo a mí, buscó un colega en la morgue que le sacara el cuerpo disimuladamente.

El fax de Beth Israel había llegado mientras estaba hablando con Vishnikov. Lo metí en mi maletín y corrí hacia el metro para bajar en el Loop y ver a Freeman.

Freeman alquilaba un despacho enorme con los muebles caoba de rigor y los objetos de arte de los abogados del distrito financiero. Se levantó para saludarme cuando su secretaria me llevó a su despacho. El traje de verano se lo habían hecho a medida para su esbelto cuerpo e incluso para que aparentara un poco más de pecho del que tenía, y su pelo rubísimo se lo habían cortado con el mismo esmero que el traje. En el juzgado eso causa buena impresión, y es más importante de lo que parece. Además, es un abogado defensor muy competente.

—Vic, hablé con Drummond en la fiscalía e hizo unas cuantas llamadas —dijo inclinándose en la esquina de la mesa—. En Rogers Park han perdido el informe pero han pedido a los agentes que acudieron a la escena para que la reconstruyan. Dicen que te negaste a hacer la prueba de la alcoholemia.

—Eso es una mentira como una catedral —noté cómo se me ruborizaban las mejillas—. No me pidieron análisis de sangre, pero soplé y caminé en línea recta y todo lo que me pidieron. Freeman, cuando conduzco no bebo, y lo único que bebí aquella noche fueron tres botellas de agua.

—Llegaron demasiado tarde para ser testigos del accidente, así que no te acusan de haber atropellado a la señora Aguinaldo, pero el fiscal dice que si reconoces que la atropellaste, ellos no pondrán en peligro tu licencia de investigadora privada ni te llevarán a juicio por homicidio.

Estaba tan furiosa que me oía el pulso en las orejas.

—Es tan ultrajante que no tengo ni palabras. No cometeré perjurio sólo porque un par de policías sean demasiado perezosos para llevar a cabo una investigación correcta.

—Eh, cálmate, Vic. No me extraña que estés enfadada, pero no me has dejado acabar. Le dije a Drummond que esto era intolerable, pero si insisten en que te negaste a hacer el análisis de sangre, tengo que estar completamente seguro de dónde me meto.

—Cuando me comporto de forma estúpida, temeraria o criminal, no lo escondo, pero hoy en día, que todos los presidentes y senadores mienten como si fuera lo más normal del mundo, no espero que la palabra de honor signifique algo.

Intenté recobrar la compostura.

—De todas formas, te estoy diciendo la única verdad sobre Nicola Aguinaldo. No una verdad para un juicio. Habla con Mary Louise. Ella no está bajo mi yugo y presenció la escena.

Llamó a su secretaria por el intercomunicador que tenía detrás de la mesa.

—Callie, Vic te dará unos números de teléfono antes de irse. Mary Louise, ¿cómo se llama?, Neely. Necesito que venga cuanto antes para hacerme una declaración. Comprueba mi agenda y arregla con ella cuándo podríamos vernos.

Se giró hacia mí.

—Nos ayudaría mucho que llevaras tu coche a una inspección del forense. ¿Dónde lo tienes, Vic?

Esbozé una media sonrisa.

—Está en el laboratorio Cheviot. Cuando lo hayan examinado y le hayan hecho fotos, entonces podrá recogerlo la policía. Ayer por la mañana, cuando vinieron Lemour y su compañero, al principio pensé que se trataba de un interrogatorio rutinario, el que se hace en el caso de homicidio imprudente cuando no hay ningún testigo del coche que se dio a la fuga: unas cuantas preguntas para cumplir con las formalidades. Pedí que se llevaran mi coche de allí porque Lemour estaba tan agresivo que me preocupó. Media hora más tarde me amenazó en la calle y me di cuenta de que tenía motivos para preocuparme.

Freeman torció el gesto.

—Vic, eso es tan típico de ti, siempre haces lo que te da la gana. La policía reclama tu coche como prueba para la investigación en un caso de homicidio imprudente. ¿Por favor, serías tan amable de hacer caso a tu sufrido abogado y darles el coche esta tarde? Te estaría enormemente agradecido. Díselo a Callie, y ella ya llamará a Drummond para que los técnicos de la policía lo recojan de Cheviot. Y por el amor de Dios, no empieces una venganza personal contra Lemour. Puedes invertir tu tiempo en cosas mucho más interesantes. Y ahora debo irme. Tengo una reunión en el juzgado federal y antes quiero comprarme un bocadillo.

Mientras se dirigía a la puerta le dije:

—Antes de que te vayas, Freeman. ¿Sabías que la muerta fue niñera de los Baladine en Oak Brook antes de que la arrestaran? Supongo que se trata del mismo Baladine que dirige Carnifice. ¿Sabes si está presionando al fiscal de alguna forma?

—Eso también puedes decírselo a Callie. Lo pondrá en tu informe.

—Además, y muy interesante, el cadáver de la mujer desapareció de la morgue ayer por la noche. Antes de que Vishnikov pudiera practicarle la autopsia. ¿Quién mejor que un policía para organizar algo así?

—Vic, no sigas con la caza de brujas a Lemour. Fuera quien fuera aquella mujer, y sea lo que sea lo que Lemour o incluso Baladine están haciendo con ella, no merece la pena que te juegues tu carrera. Y si quieres que te sea franco, no tienes ni los recursos económicos ni la fuerza necesaria para enfrentarte a alguien de la talla de Baladine, por no hablar de la policía de Chicago. ¿De acuerdo?

Me mordí la lengua y lo seguí por el pasillo; cuando llegamos delante de Callie se paró para darle una retahíla de instrucciones, la mayoría acerca de otros clientes. Al final acabó con mi asunto.

—Vic tiene unas cuantas cosas para ti y también te dirá dónde tiene el coche para que podamos llamar a Gerhardt Drummond de la fiscalía y contarle el secreto. ¿Verdad, Vic?

Me dirigió una sonrisa maliciosa y se fue trotando hacia el ascensor.

Cuando acabé de darle a Callie el teléfono de Mary Louise y el resto de las cosas, salí. En el vestíbulo de la planta baja me paré para llamar a Mary Louise y decirle lo que Freeman quería, pero me encontré con su contestador. Estaba muy poco en casa, entre los niños, su trabajo para mí y sus clases. Le di una explicación tan precisa como pude y le dije que me llamara al móvil si tenía alguna duda.

Cuando vi los puestos de comida rápida del vestíbulo hice una mueca. Antes podías tomarte una sopa casera o un bocadillo exquisito en los restaurantes familiares que había por todo el Loop. Ahora, los nuevos edificios han colocado todas las tiendas dentro, como si los vestíbulos fueran plazas, y compran los productos a grandes cadenas hasta que consiguen que las cafeterías se vayan a pique. Tomé algo que se llamaba ensalada griega, supongo que por las dos aceitunas y la cucharadita de feta que llevaba encima, y volví al coche.

Mary Louise me había dado el teléfono de los Baladine aquella mañana. Me senté en el coche intentando no mancharme las solapas con la lechuga aceitosa y llamé a Oak Brook. Si Robert Baladine me rompía las piernas o ponía una bomba en mi despacho, dejaría que Freeman me dijera «Ya te lo dije» en la cama del hospital cientos de veces.

Me contestó una mujer con un fuerte acento. Después de insistir un poco me pasó a Eleanor Baladine.

—¿Señora Baladine? Soy V. I. Warshawski, detective de Chicago. ¿Sabe que Nicola Aguinaldo se ha escapado de la prisión?

El silencio al otro lado era tan absoluto que por un momento pensé que se había cortado la comunicación.

—¿Se ha escapado? ¿Y cómo lo ha hecho?

La respuesta era tan extraña que habría pagado un buen dinero para saber qué le había pasado por la cabeza los segundos antes de que contestara.

—Le contaré lo que sé cuando la vea. Tenemos que hablar cuanto antes. ¿Puede explicarme cómo se llega a su casa? Tengo la dirección pero las zonas residenciales son un auténtico misterio para mí.

—Mmm, detective. ¿Tiene que ser esta tarde?

¡Oh! ¿Quizá había quedado en el club de bridge? No, las mujeres ricas de ahora ya no juegan a eso. Tenis o algo más rebuscado. Un círculo de artistas, seguramente.

—Sí. Cuanto antes pueda conseguir información, antes podré averiguar hacia dónde se dirigía cuando se escapó de Coolis. Sé que trabajó para usted durante dos años. Me gustaría preguntarle sobre sus... amistades.

—Era una niñera. No hablábamos sobre sus amistades.

—Aunque lo único que le dijera fuera: «Cámbiale los pañales al niño», o «Acuérdate de pasar la aspiradora por debajo de las camas», debía de tener algunas referencias antes de contratarla.

Intenté que sonara razonable, no como si fuera una vieja izquierdista que está a la que salta.

—Está bien.

Suspiró con exageración pero me dio coordenadas precisas: la Eisenhower hasta el final de la autopista, salir por Roosevelt Road y entrar en las enredadas calles de una de las comunidades más exclusivas de la ciudad.

8. Charla en la piscina

Media hora más tarde, cuando llegué a Gateway Terrace, pensé que *comunidad* era un nombre un tanto extraño para un conjunto de casas que aislaban a la gente de forma tan radical. Cada casa —si se le puede llamar así a algo que tiene veinte habitaciones y cuatro chimeneas— estaba tan tapada por árboles y verjas que sólo se veían partes de las fachadas o los hastiales. No existían aceras ya que no se podía ir andando hasta la ciudad, o mejor dicho, el centro comercial, desde esa distancia. Adelanté a un grupo de chicos en bicicleta y a mí me adelantó un Jaguar XJ-8, con la capota abierta para que una rubia con el pelo azotado por el viento se luciera, y un Mercedes sedán. Eso fue todo el bullicio que me ofreció Gateway Terrace antes de llegar al número cincuenta y tres. Nada que ver con las calles del centro repletas de gente y de suciedad.

Aparqué mi destartalado Skylark junto a la puerta y busqué la forma de entrar.

Un cartel enorme advertía de que toda la casa estaba protegida por los Sistemas de Seguridad Total (una sección de Carnifice) y de que la verja estaba electrificada para que nadie intentara saltarla. Me pregunté si alguno de aquellos pinchos en lo alto de la verja había causado las heridas en el abdomen de Nicola Aguinaldo. Se escapó de Coolis y vino a aquella casa para pedir ayuda a su antiguo jefe, se empaló y la dejaron en medio de una calle cerca de su casa esperando que alguien que pasara por ahí cargara con las culpas.

Mientras examinaba la propiedad me di cuenta de que alguien me vigilaba desde el otro lado. Un chico de unos diez años con la cara redonda dio un paso hacia mí cuando vio que lo había descubierto. Llevaba vaqueros y una camiseta de los Space Berets, un juguete de acción de la Global.

—Hola —dije a través de la verja—. Me llamo V. I. Warshawski y soy detective de Chicago. Tu madre me está esperando.

—En teoría tienes que llamar a la casa —me dijo acercándose y señalando una cajita empotrada en la pared con un teléfono dentro.

La caja de metal era tan refinada que ni la había visto. Cuando acerqué mi mano a la tapa se corrió hacia un lado con un siseo, pero no me dio tiempo a coger el teléfono porque el chico me había abierto la puerta él mismo.

—En principio no tendría que hacerlo yo pero si está con la policía de Chicago supongo que he hecho lo correcto. ¿Le pasa algo a Nicola?

Me sobresalté y pensé que tal vez su madre se había quejado.

—¿Qué te hace pensar eso?

—La única vez que ha venido la policía a esta casa fue cuando mamá hizo arrestar a Nicola. ¿O quiere que te lleves a Rosario esta vez?

Le pedí que me esperara un momento mientras alejaba el coche de la entrada principal. Me dijo que entraría en la casa conmigo y se metió en el asiento del copiloto. Era un chico rollizo, un poco bajito para su edad, ya que era un poco mayor de lo que yo había imaginado, y que se movía de forma torpe como hacen los chavales que han sido motivo de burla por sus carnes.

—Esto no parece un coche de policía.

Una observación en un tono muy neutro. Lo dijo de forma tan honesta que fui incapaz de mentirle.

—No soy policía. Soy detective, detective privada. Y he venido para hacer unas cuantas preguntas sobre la señora Aguinaldo. Parece que te caía bien.

—Era simpática —dijo encogiendo un hombro—. ¿Ha hecho algo malo otra vez?

—No, por lo menos que yo sepa, aunque si lo ha hecho no importa, a mí al menos no me importa.

Habíamos llegado al final del camino. De hecho, ahí se bifurcaba para que pudieras ir al garaje, con espacio suficiente para cuatro coches, o a la casa, tan grande como para que la habitaran cuarenta personas. Aparqué a un lado del camino, detrás de un Mercedes Gelaendewagen, un modelo que cuesta 135.000 dólares. En la matrícula estaba inscrito con orgullo GLOBAL 2. Me pregunté dónde habrían puesto el GLOBAL 1. A lo mejor era un Lamborghini.

Quería interrogar al chico acerca de Aguinaldo pero no me parecía bien sin el conocimiento de su madre. Y sin decirle que estaba muerta. O quizá es que era una cobarde y no sabía cómo iba a reaccionar un chico sensible ante la noticia de la muerte de su ex niñera.

—Y entonces, ¿a qué has venido? —me preguntó.

Hice una mueca.

—La señora Aguinaldo se escapó de la prisión la semana pasada. Antes de que pudiera...

—¿Se escapó? —se le iluminó la cara—. ¡Qué guay! ¿Cómo lo hizo? ¿Has venido porque crees que la estoy escondiendo?

Esta última pregunta le ensombreció el rostro. Antes de que pudiera contestarle, apareció una niña corriendo que venía del lado del garaje gritando: «¡Robbie!», a voz en cuello. Tendría unos siete u ocho años, llevaba el pelo chorreando y un bañador. Mientras que su hermano era fornido y rubio, ella tenía el pelo oscuro y estaba delgada como un palillo.

El chico se puso rígido y se quedó mirando al vacío. La chica vio el coche y corrió hacia nosotros.

—¡Robbie! Ya sabes que mamá se enfadará si te ve aquí dentro —y añadió para mí—. Tendría que andar en vez de ir en coche. Ya ve que tiene un problema de peso. ¿Usted es la policía de Chicago? Tenía que ir por detrás. Mi mamá la está esperando allí. Me ha enviado para que dijera a Rosario que le abriera la puerta en cuanto llegara, pero veo que Robbie ya la ha dejado pasar.

Robbie salió del coche mientras ella seguía con su informe. La niña era capaz de repetir comentarios de adultos sin saber exactamente qué decía; los Baladine debían de haber contado tantas veces el problema de peso de Robbie a los extraños que a ella le pareció de lo más normal contármelo. Quería decir algo que tranquilizara a Robbie pero ya se había escapado hacia el otro lado de la casa.

—Sabes, en la vida hay cosas peores que tener exceso de peso —dije mientras seguía a la niña por el garaje.

—Claro, como robar y que te metan en la cárcel. Eso es lo que hizo Nicola y ahora tenemos a Rosario que la sustituye. Yo sólo tenía seis años cuando detuvieron a Nicola, así que aún podía llorar. También lloré cuando a Fluffy lo atropelló un coche.

—¡Qué sensible eres! —dije admirada.

—No, sólo lloran los niños pequeños. Ahora ya no lloro, pero Robbie lloró por lo de Nicola y tenía casi once años. Incluso lloró cuando Fluffy mató a un pájaro. Es su carácter. ¡Mamá! ¡Ya ha llegado! ¡Ha llevado a Robbie en coche desde la puerta hasta la casa!

Habíamos llegado detrás del garaje, donde una piscina de veinticinco metros y cuatro calles, y una pista de tenis ofrecían a los Baladine la posibilidad de relajarse después de los avatares que un día cualquiera pudiera depararles. La piscina y la pista estaban rodeadas de árboles y creaban una agradable sombra que protegía del calor.

Había dos mujeres sentadas en sillas acolchadas que protegían sus ojos con enormes gafas de sol. Sus bañadores dejaban ver unos cuerpos perfectos: seguro que sólo se dedicaban a cuidarlos. Alzaron la vista cuando nos vieron llegar pero siguieron conversando sin demasiado entusiasmo.

Una tercera mujer, con un cuerpo que sólo se consigue con mimo y tiempo libre, estaba en la parte menos honda de la piscina. Estaba enseñando a nadar a dos niñas que chapoteaban en el carril de al lado. Dos gemelos jugaban con armas de plástico en la parte más honda. Ya habían dejado unas cuantas al borde de la piscina. Eran de los Space Berets. Las había visto en casa de Mary Louise: sus hijos las coleccionaban.

—No des patadas tan fuertes, Utah —ordenó la mujer de la piscina—. Rhiannon, no saques tanto los brazos del agua. Venga, otro largo las dos, y sin remover tanto el agua. Jason y Parnell —dijo levantando la voz para gritar—, si no paráis de hacer tanto ruido, no jugaréis hasta que nosotras hayamos acabado.

Estaba de espaldas a mí mientras Utah y Rhiannon nadaban otros veinticinco metros intentando no salpicar demasiado. Mi guía observaba la situación con dureza.

—Utah es mi hermana. Lo hace mejor que yo cuando tenía su edad, pero yo estoy en mejor forma. Pero sin lugar a dudas lo hago mucho mejor que Rhiannon. ¿Quieres verlo?

—Hoy, no —dije—. Si Utah es tu hermana, ¿tú quién eres, Wyoming o Nevada?

Sin hacerme ni caso, se zambulló en el agua con tanta delicadeza que apenas salpicó. Nadó por debajo una tercera parte de la piscina. Definitivamente, estaba mucho más en forma que yo.

La mujer alentó a Utah a que saliera de la piscina y luego salió ella empujándose graciosamente con los brazos. Una cuarta mujer, oscura de piel y entrada en carnes como en los cuadros de Gauguin, apareció de entre las sombras y envolvió a la niña pequeña con una toalla. Dio otra toalla a la madre sin abrir la boca y se fue con Utah.

—Eleanor Baladine. Espero que lo que tenga que decirme sea importante porque está interrumpiendo mi entrenamiento.

—¿Para las olimpiadas de Sydney? —pregunté.

—Se cree muy graciosa, ¿no? —dijo con frialdad—. Robert y yo no sabemos hasta dónde son capaces de llegar nuestras hijas, pero podrían tener una oportunidad en un equipo dentro de diez años. Sobre todo Utah, aunque Madison lo hace cada vez mejor. Y Rhiannon Trant se está poniendo a tono y eso que no empezó a nadar hasta el verano pasado.

¿Rhiannon Trant? ¿La hija de Edmund, el nuevo jefe de Murray? Ahora entendía qué pintaba aquella matrícula de Global en el garaje; por un momento había pensado que formaba parte de un plan de los Baladine para dominar el mundo.

—Muy buena idea. Sería una lástima que sólo nadaran porque sí.

—Nadie nada porque sí. Si no compites, no estás motivado para lanzarte al agua. Perdí un puesto en las olimpiadas por seis décimas de segundo. No quiero que a mis hijas les pase lo mismo.

Dejó de hablarme para dar una nueva orden a Madison. Una de las mujeres que estaban tumbadas, sintiendo que nadie hacía caso a Rhiannon, se incorporó para darle ánimos. Si aquélla era la mujer de Edmund Trant, no me extrañaba que a las periodistas de la prensa rosa como Regine Mauger se les cayera la baba. No sólo por el rubio dorado de su pelo y el moreno impecable de su piel, sino también por cómo se movía, incluso en una tumbona de piscina, y la sonrisa que destilaban sus comisuras como si se riera de sí misma por dar importancia a la competición de su hija en una piscina del barrio. Me hacía sentir tan gorda y patosa como el pequeño Robbie.

—V. I. Warshawski.

Me acerqué a las señoras que estaban en las tumbonas.

—Soy detective y tengo algunas preguntas para la señora Baladine acerca de Nicola Aguinaldo.

Eleanor Baladine se acercó a toda prisa.

—La otra niñera, ¿sabéis?, la que tuvimos que mandar a Coolis por robo.

—Hurto, si no me equivoco —interrumpí—. ¿O acaso les amenazó con un arma?

—Disculpe, detective —dijo Baladine salpicando sus palabras de sarcasmo—. Al no estar acostumbrada al delito, no entiendo estas distinciones.

—¿Cómo contrató a la señora Aguinaldo para empezar? —pregunté.

—A través de una agencia. Todas lo hacemos. Se llama Ayuda Sin Fronteras. Normalmente son de plena confianza. Me aseguraron que Nicola tenía los papeles en regla y que respondían de sus referencias. Se le daban muy bien los niños, aunque no me extraña porque ella también tenía uno.

—Me parece que dos —interrumpí.

—Tal vez tenga razón. Hace tantos años de eso; tengo recuerdos vagos. ¡Madison! Utiliza la tabla y concéntrate en tus caderas. Mueves demasiado las piernas. Tienes que ser como una foquita que mueve las aletas. ¿A ver cómo las mueves?

—¿Vivía aquí con sus hijos?

—Por supuesto que no. Esto no es un centro de día y la persona que trabaja aquí tiene que concentrarse en eso: el trabajo.

—Entonces, ¿cuándo veía a su familia? ¿Y cómo iba hasta su casa?

—Siempre le dejé los domingos libres, aunque a veces nos iba un poco mal. Excepto cuando hacíamos un viaje, que teníamos que llevarla con nosotros. ¿Usted tiene hijos, detective? Entonces no sabe lo difícil que es viajar con tres niños. Las chicas siempre están haciendo travesuras y mi hijo es muy reservado y se esconde en lugares donde nadie pueda encontrarlo. Lo que sea para no tener que hacer ejercicio.

Se quedó mirando la piscina y moviendo las manos arriba y abajo como si fueran aletas de foca, como si así pudiera mejorar el movimiento de Madison.

Las otras dos mujeres se sumaron con comentarios quedos sobre lo difícil que es controlar a los niños cuando están fuera de casa.

—Necesitan sus pequeñas rutinas y sus amigos —dijo una.

Y piscinas y pistas de esquí y quién sabe qué más.

—Y para ir a ver a sus hijos todos los domingos, ¿alguien la acercaba hasta la estación?

La señora Baladine apartó los ojos de la piscina para clavármelos a mí con desprecio.

—Teniendo en cuenta que el robo por el que Nicola fue detenida pasó hace más de dos años, no entiendo qué importancia tiene el transporte ahora.

—Me gustaría saber quién podría haberla recogido cuando se escapó de Coolis. No pudo ir andando desde ahí hasta Chicago. ¿Algún hombre venía a buscarla cuando tenía el día libre? ¿O una amiga? ¿O usted o el señor Baladine la acercaban a la estación?

—No podíamos perder el tiempo. A veces Robert la llevaba aprovechando que tenía alguna reunión en Oak Brook, pero normalmente cogía el autobús al final de Gateway Terrace. A veces la llevaba hasta casa, cuando tenía que ir a la ciudad. Era consciente de que el viaje era largo y dejaba que se quedara a dormir en Chicago, y yo misma me ocupaba de los niños el lunes por la mañana.

—Un gran sacrificio por su parte.

Intentaba esconder mi desdén ya que quería sacarle información, pero no era estúpida y captó la ironía de mis palabras.

Continué hablando sin dejar que interviniera.

—Nunca había robado nada antes de robar aquel collar, ¿verdad? ¿Alguna vez se preguntó por qué lo hizo?

—Ella era pobre y nosotros, ricos. ¿Qué otra razón puede existir?

Dirigió su mirada de nuevo hacia la piscina, pero el hecho de que estuviera un poco rígida me hizo pensar que sabía algo más.

—Intento averiguar con quién se relacionaba. Si existía algún hombre en su vida que necesitara dinero desesperadamente y la controlara, si empezó a tomar drogas... —dije arrastrando las palabras de forma sugestiva.

—Tiene que ser eso, Eleanor —dijo la tercera mujer con entusiasmo—. Seguramente conocía a muchos tipos que podían atacarla. ¿No se presentó uno de ellos aquí, un fin de semana?

—¿Atacarla? —pregunté—. ¿Quién ha hablado de atacar?

La mujer miró a Eleanor Baladine, o por lo menos dirigió sus oscuras gafas hacia ella, y murmuró:

—Huy, huy —se levantó y dijo—: Jason y Parnell están muy revoltosos. Ya es hora de que salgan del agua y nos vayamos a casa. Eres una *santa,* Eleanor, por dejar que vengan cuando estás entrenando.

—¿Qué significa este huy, huy, señora? —pregunté—. ¿Significa que ya sabe que atacaron a la señora Aguinaldo a pesar de que no se ha hecho público?

Soltó una risotada.

—Ay, quién me mandaría abrir la boca. Mi marido dice que no puede ni preguntarme la hora porque le contesto con el menú. No sé por qué he dicho eso.

—¿Y usted qué me dice? —pregunté a Eleanor Baladine—. ¿Es ella quién le ha contado lo del ataque de la señora Aguinaldo? ¿O usted se lo ha contado a ella?

—Escuche, agente como se llame. No voy a permitir que se inmiscuya más en mi vida privada. Nicola resultó ser el peor tipo de inmigrante: mentirosa, ladrona y siempre llenando la cabeza de mi hijo con supersticiones. Me alegré cuando se la llevaron a la cárcel. Si escapó y la atacaron, me sabe mal, pero creo que se lo merecía.

—No creo que nadie merezca unas heridas de este tipo. La asesinaron. De una forma muy cruel. Le dieron patadas o puñetazos tan fuertes que le perforaron el intestino y después la dejaron tirada en la calle. Murió cuando la materia fecal le inundó el abdomen. Fue una muerte increíblemente dolorosa. Si usted ya sabía lo de su muerte antes de que yo llegara, me entran ganas de saber muchas más cosas acerca de las relaciones entre la señora Aguinaldo, su marido y usted.

Los chicos habían salido de la piscina. Las chicas se estaban acurrucando con sus respectivas madres y los chicos seguían acribillándose con los Space Berets. La mujer de piel oscura apareció de nuevo para envolver a Madison con una toalla. La niña le dio la mano.

La señora Trant abrazó a Rhiannon.

—Parece que las heridas fueron brutales, pero tal vez podríamos hablar de ellas en otro momento.

Eleanor estaba hecha de otra pasta.

—Quiero que me dé el nombre de su superior y el suyo, agente como se llame. Que vivamos en las afueras no significa que mi marido no tenga contactos en Chicago.

—Estoy convencida de que los tiene, señora Baladine, siendo el director de Carnifice. Como ya le he dicho varias veces, me llamo V. I. Warshawski —le dije alargándole una tarjeta—. Y soy detective. Pero privada, no de la policía de Chicago.

Los ojos de Eleanor se convirtieron en fuego y su pecho se ensanchó tanto que podría haber cruzado toda la piscina sin coger aire.

—¿Detective privada? ¿Cómo se atreve a entrar en mi propiedad para hacerme unas preguntas tan impertinentes? Váyase ahora mismo o llamaré a la policía. A la policía de verdad, que la detendrá por allanamiento de morada en un abrir y cerrar de ojos.

—No es allanamiento. Usted me invitó.

—Y ahora la estoy desinvitando. Váyase. Y no suba a mi hijo al coche o la acusaré de secuestro. Está tirando por los suelos mis esfuerzos para que pierda peso.

No pude aguantarme la risa.

—Es una mujer muy rara, señora Baladine. Han asesinado a su ex niñera y a usted sólo le preocupa la línea de su hijo. A lo mejor no es adicto a la lechuga y a las máquinas de musculación como usted y sus amigas, pero parece un chico majo. No siga humillándole delante de extraños. Y guarde mi tarjeta. Da igual si soy pública o privada. Lo importante es que la señora Aguinaldo está muerta y yo estoy investigando. Si cambia de parecer y quiere contarme lo que sabía de su vida personal, no dude en llamarme.

Eleanor tiró mi tarjeta al suelo y empezó a chafarla con el pie descalzo, pero luego cambió de opinión. Dio unas cuantas palmadas y se dio la vuelta hacia las chicas.

—Madison y Rhiannon, volved a la piscina. Quiero que hagáis una carrera. La que gane tendrá un bol de helado.

Mientras me alejaba oí que la señora Trant decía:

—Me parece que Rhiannon ya ha tenido bastante por hoy, ¿no crees, querida?

9. Por boca de niño

Mientras intentaba aclararme con el mecanismo para abrir la puerta, Robbie apareció de entre los arbustos. Su madre ya podía torturarlo con sus escasas dotes para el deporte, que él sabía cómo moverse por la maleza como Natty Bumpo.

Paré el coche y bajé. Nos quedamos mirando el uno al otro en silencio. Sólo se oía hablar a los pájaros de gusanos o de los gatos que se acercaban. La casa estaba tan lejos que no podía oír ni el eco del entrenamiento de Eleanor Baladine ni los gritos de los niños en la piscina.

Cuanto más durara el silencio, más le costaría romperlo, así que decidí ser la primera en hablar.

—Siento no haber encontrado el momento de decirte que Nicola estaba muerta antes de que llegara tu hermana.

Se ruborizó con vergüenza.

—¿Cómo sabías...? ¿No le habrás dicho a mamá que estaba escuchando, verdad?

Negué con la cabeza.

—No sabía que estabas ahí. Eres demasiado hábil entre la maleza para que una urbanita como yo te oiga.

—Entonces, ¿cómo sabes que os estaba escuchando?

Sonreí.

—Por deducción. Nos lo enseñan en la escuela de detectives. Tiene que ser difícil vivir con tres deportistas empedernidas como tu madre y tus hermanas. ¿Tu padre también está obsesionado con la natación?

—Con el tenis. Aunque no fue un campeón como mi madre ni nada. Ella tiene algunos trofeos, pero nada de las olimpiadas, y se supone que nosotros tenemos que hacerlo por ella. Lo intenté, lo he intentado, de verdad, pero cuando te llaman bola de grasa, bola de...

—Nicola no te lo decía, ¿verdad? —le corté antes de que se echara a llorar.

Esbozó una media sonrisa de agradecimiento.

—Nicola casi no hablaba inglés. Un poco de español, pero su idioma era el tagalo. Es la lengua que hablan en las Filipinas, ¿sabes? Ella era de allí. Siempre me decía que era mejor leer y aprender cosas de los libros que nadar. Como no tenía estudios, sólo podía ser niñera y fregar casas. Pero me enseñó a distinguir las estrellas para que pudiera buscarlas por la noche. Y me regaló un libro de constelaciones en español e inglés que hacía rabiar a mamá. Pensaba que Nicola tenía que aprender inglés en lugar de enseñarme español a mí. Quizá Nicola me llamaba bola de grasa en tagalo.

Me pareció que lo dijo como un chiste, así que me uní a sus risas.

—¿Quiénes eran las señoras que estaban aquí?

—Ah, son amigas de mamá. La señora Trant, su hija y Madison van a la misma clase. Y la señora Poilevy. Parnell y Jason Poilevy. Se supone que tengo que jugar con ellos porque su padre es importante para mi padre, pero me caen fatal.

Poilevy. El gobernador de Illinois. Estaba al lado de Edmund Trant en la fiesta del martes.

—Háblame del collar —sugerí a Robbie.

—¿Qué quieres saber?

—¿Sabes si realmente era valioso? ¿Crees que lo robó de verdad?

—¿A qué te refieres, que mamá sólo fingió que se lo habían robado para echar la culpa a Nicola?

Que digan lo que quieran de los niños de hoy en día, pero todas esas películas violentas que ven les ayudan a entender la traición desde muy jóvenes.

—Algo por el estilo.

—No sabes lo cabezota que es mamá. Si hubiera querido que Nicola se fuera, pfff, en un segundo la habría echado. No. Nicola lo cogió —dijo frunciendo el ceño—, y lo vendió en una tienda cerca de su casa. Cuando mamá puso el grito en el cielo y llamó a la policía y todo eso, la policía lo encontró en una de esas joyerías de segunda mano.

—En una casa de empeños —adiviné.

—Eso. Una casa de empeños. Y el hombre de la casa de empeños reconoció a Nicola por una fotografía que le enseñaron. Y recuerdo que papá dijo —volvió a ruborizarse muerto de vergüenza—: ¡Vaya pedazo de estúpida! Sólo consiguió mil doscientos dólares por un collar que vale cincuenta mil!

—¿Sabes por qué lo robó?

—Su hija pequeña tenía asma y se puso tan mal que tenía que llevarla al hospital, pero Nicola no podía pagar lo que costaba, supongo. Oí cómo le pedía un préstamo a mamá, de miles de dólares, supongo que mamá no podía prestarle tanto dinero, pasarían años antes de que pudiera devolverlo. Yo le di quinientos dólares, el dinero que había ahorrado de los cheques que me daban mis padres por mi cumpleaños, pero no sé cómo, papá se enteró, no me dejó darle más cheques y entonces fue cuando él y mamá me...

Tiró de la camiseta de los Space Berets hasta que sus serias caras se convirtieron en muecas gigantes; cuando comenzó a hablar de nuevo, lo hizo de forma tan rápida y monótona que apenas le entendía.

—Me obligaron a ir a un campamento para chicos gordos donde tienes que correr todo el día y sólo te dan zanahorias para comer, y cuando se acabó, Nicola ya estaba detenida o en el juzgado. Jamás volví a verla. Pensé que si se había escapado de la cárcel... pero ahora está muerta. ¿Quién la mató? ¿Le has dicho a mamá que le dieron patadas hasta que murió?

Si hubiera sabido que este chico sensible estaba escuchando, no habría sido tan gráfica con Eleanor.

—El médico que intentó salvarle la vida en el hospital dijo que le parecía que le habían dado patadas o puñetazos, pero no se sabe quién lo hizo. ¿Te hablaba de la gente que la rodeaba? ¿Sabes si le tenía miedo a alguien o si debía dinero?

—Bueno, como era tan pequeñita le daba miedo que pudieran pegarla; una vez pensó que mamá estaba tan enfadada que le tiraría algo a la cabeza, y ella, fue horrible, ella le suplicaba que no le hiciera daño. Ojalá... —se le torció el gesto y empezó a llorar—. Mierda, mierda, sólo los niños pequeños lloran. Ya basta, deja de llorar.

Antes de que pudiera arroparle con unas palabras, se había esfumado por entre la maleza. Entré en el coche, pero luego pensé que tal vez estaba escondido en algún lugar desde el que podría oírme, y salí otra vez.

—Voy a dejar una tarjeta detrás de este poste —dije en voz alta—. Si alguien la encuentra y quiere llamarme, mi número está apuntado.

El jardín estaba tan cuidado que era difícil encontrar piedrecitas o ramas para que la tarjeta no saliera volando. Al final corté una ramita de los matorrales y la puse detrás del poste de la puerta con mi tarjeta. Mientras abría la puerta oí el estruendo de un motor detrás de mí. El Mercedes Gelaendewagen me adelantó antes de que torciera por Gateway Terrace. La señora Trant iba al volante. Ella y la señora Poilevy seguían llevando las gruesas gafas que les daban un aire amenazador como los muñecos que vi al borde de la piscina.

Mi Skylark resoplaba tras ellas pero no podía seguirles el ritmo. Antes de llegar a la primera intersección, el Mercedes ya se había esfumado.

En pocos minutos me planté en la carretera adornada con centros comerciales y oficinas desperdigadas que daban la impresión de que la casa de los Baladine era un paraíso lejano. Aquí los edificios se construyen sin ton ni son como si tuvieran tanta prisa por llenar espacios vacíos que las inmobiliarias los edificaran al azar. Se parecía a una enorme caja de bombones de la que alguien se hubiera comido un montón de trozos en un ataque de gula.

Al adentrarme en la autopista vi los ordenados edificios de Chicago recortados contra el horizonte. Qué diferente de los carcomidos pisos y los solares requemados que se extienden a lo largo de Eisenhower.

El tubo de escape del Skylark hacía un ruido que me dificultaba un poco pensar en los Baladine. No había conseguido lo que había ido a buscar: el nombre de alguien que pudiera haber hecho daño a Nicola Aguinaldo. ¿Y qué es lo que había descubierto? ¿Que los ricos son muy diferentes de ti y de mí?

Por lo menos diferentes de mí. El barrio en el que crecí se parecía mucho más al Uptown que a Oak Brook. Cualquier chico del vecindario sabía lo que era una tienda de empeños. A menudo éramos nosotros los que íbamos con el encargo de los padres a deshacernos de la radio, de un abrigo o de lo que fuera para poder pagar el alquiler.

Del mismo modo, yo no sabía lo que era vivir con una niñera durante todo el día. ¿Hablaban con los niños de sus cosas? No puedes vivir durante dos años con personas sin contarles muchas de tus intimidades, imagino, siempre que puedas encontrar un idioma en común, claro.

Tal vez Nicola se había aprovechado de la buena fe de Robbie. Un chico sensible y con sobrepeso tenía que ser el objetivo más fácil en una casa de deportistas compulsivos. Tal vez Nicola se cansó de la madre, a mí me había agotado en veinte minutos, y decidió robarle el cariño de su hijo y sus joyas. La verdad es que me daba un poco igual un robo cometido hacía tanto tiempo, pero me gustaría saber si Nicola Aguinaldo tenía una hija asmática de verdad.

¿Y el padre? Robbie no había dudado un segundo en sugerir que Eleanor se podría haber buscado una excusa para echar a Nicola. Y aquellas amigas de los Baladine sabían algo; las miradas y la postura rígida las delataban. ¿Acaso Robert había empezado a hacer el tonto con la excusa de acompañarla hasta Chicago? Y Nicola, cuando se escapó de la cárcel, ¿pensó que él la salvaría? ¿Que dejaría a Eleanor por una inmigrante filipina? Existía la posibilidad de que él la hubiera matado para que parara de entrometerse en su familia feliz.

La hora punta amenazaba. Tardé casi el doble a la vuelta que a la ida y el ruido del tubo de escape aumentó cuando dejé Eisenhower y entré por el norte de Kennedy. Cuando llegué a casa la vibración del coche se me había pegado al cuerpo. Definitivamente, no quería pasar muchos años con aquel coche.

El señor Contreras estaba en el patio de atrás ensimismado con los tomates. Los perros estaban con él. Di un grito desde el porche y Peppy vino a saludarme. Mitch estaba royendo una rama y apenas levantó la vista para mirarme.

Cuando me cambiaba de ropa, Peppy me seguía por el piso con la clara advertencia de que quería venir conmigo.

—Voy al Uptown, chica. ¿Qué harías si me atacaran y te quedaras encerrada en el coche durante cuatro días? Aunque no creo que en aquel barrio un coche durara tanto tiempo. Además, tendría que dejar una ventana abierta. ¿Y si viniera alguien y te robara o te hiciera daño?

No podía soportar la melancolía de sus ojos color ámbar. Después de coger la pistola de la caja de seguridad y comprobar que el seguro estaba puesto, le puse la correa y le dije a mi vecino que me la llevaba a hacer un recado.

Mientras aparcaba entre un *Chevy* y un bote de pepinillos vacío, me pregunté qué le pasaría por la cabeza a Nicola en aquellos largos viajes a casa los domingos. Del bus de las afueras al tren, del tren a Union Station, después caminar hasta State Street, coger el metro hacia Bryn Mawr y luego andar seis calles hasta su piso en Wayne. Unas dos horas, incluso si las combinaciones eran buenas. Y cuando llegaba a casa, en vez de una piscina y un patio bien cuidado, se encontraba con un montón de cristales desparramados y basura maloliente enfrente de casa. Si había intentado ligarse a Baladine, seguramente era con la esperanza de que la sacara a ella y a sus hijos de Wayne Street.

Las niñas que me habían ayudado a rastrear la calle la otra vez estaban jugando con dos combas cuando llegué. Cogí el bote de pepinillos antes de que alguien aparcara encima de él o lo tirara. Al no ver ninguna papelera, lo tiré en el asiento trasero del Skylark por la ventana de atrás medio abierta. Peppy sacó la cabeza pensando que quería llevármela conmigo. Las chicas la vieron y dejaron de saltar.

—¿Es su perro policía, señora?

—¿Muerde?

—¿Puedo acariciarlo?

—¿Se quedará en el coche, señora?

—Es una perra muy simpática. Seguro que le encantaría deciros hola. ¿La dejo salir?

Se pusieron a reír un poco nerviosas, pero al final se acercaron al coche. Peppy es muy educada. Cuando la dejé salir, dio unas cuantas vueltas para agradecérmelo y luego se sentó y dio la pata a las niñas. Les enseñé cómo cogía una galleta de mi boca mientras nuestras narices se frotaban suavemente.

—Y yo, ¿puedo hacerlo yo?

—¿La tiene desde que era un bebé?

—Derwa, le has gustado, te está lamiendo la mano.

—¡Mina! El perro policía te morderá.

—¿Os acordáis de Nicola Aguinaldo? —dije como quien no quiere la cosa—. Me gustaría hablar con su madre.

—¿Robó el trozo de oro que encontramos?

—No seas tonta —dijo una chica con trenza y un pañuelo en la cabeza—. ¿Cómo puede robar algo si está en la cárcel?

—Es verdad, a la señora no le gustaba cómo el señor miraba a la madre de Sherree y fingió que la madre de Sherree había robado algo —dijo una tercera.

Alguien objetó que la madre de Sherree sí había robado el collar y que era una ladrona, pero otra chica dijo:

—Eso son rumores sobre la madre de Sherree y el señor; no tendrías que ir diciendo esas cosas.

—¡Bueno, es la verdad! Yo no he dicho que la madre de Sherree hiciera algo malo como hizo la madre de Mina que...

Una mano surgió de repente de la nada y le dio un bofetón. Antes de que la pelea fuera a más me puse seria y les dije que se callaran.

—Me da igual lo que hagan, digan o piensen vuestras madres. Eso es asunto de ellas. Yo necesito hablar con la abuela de Sherree. ¿Podéis decirme dónde vive?

—Se fueron —dijo Sarina, la mayor.

—¿Adónde? —pregunté.

De repente se miraron la una a la otra, como desconfiadas. En el mundo de los inmigrantes ilegales, los detectives que preguntan cosas acerca de la familia nunca lo hacen con buena intención. Ni siquiera Peppy y el destartalado Skylark me salvaban de ser una anglófona con educación y, por tanto, relacionada con la autoridad.

Después de discutir un poco, decidieron que podía hablar con la madre de una de ellas. Le tocó a Mina. Vivía allí mismo y su madre había cuidado de Sherree cuando el bebé murió.

—¿Qué bebé?

—La hermanita de Sherree —dijo una chica que no había abierto la boca hasta entonces—. No paraba de toser y la señora Mercedes la llevó al hospital y entonces fue cuando...

—¡Cállate! —dijo la chica de la trenza larga propinándole un bofetón—. Te dije que podías jugar con nosotras si mantenías la boca cerrada, pero tienes una bocaza... Siempre haces lo mismo.

—¡No es verdad! —dijo la pequeña—. Y mamá dice que tienes que cuidar de mí de todas formas.

—¡Mina! —dije sin saber exactamente cuál de ellas era—. Vamos a hablar con tu madre y dejemos que estas dos se arreglen solas.

Una niña con el pelo corto y ondulado me miró. Durante la discusión se había alejado del grupo, una rebelde dentro del rebaño.

—Supongo que puedes subir —dijo sin demasiado entusiasmo—, pero a mi madre le dan miedo los perros. La perra se tiene que quedar aquí.

Media docena de voces enloquecidas prometían cuidar de Peppy, pero pensé que sería más prudente volver a meterla en el coche. Incluso un perro tan cariñoso puede volverse agresivo con extraños, y unas niñas no podrían controlarla si decidía seguirme o ir a cazar un gato.

10. La traducción

—Mi madre habla muy poco inglés —advirtió Mina mientras entrábamos.

—La mía tampoco lo hablaba —la seguí por las angostas escaleras cuyo olor grasiento y húmedo me recordaron vivamente el piso en el que vivía de pequeña—. Entre nosotras hablábamos en italiano.

—Mi madre sólo habla árabe. Y un poco de inglés. Tendrás que hablar conmigo, a menos que sepas árabe.

Mientras subíamos las escaleras se sacó un pañuelo con flecos del bolsillo del pantalón y se lo ató a la cabeza.

La madre de Mina, la señora Attar para mí, me recibió en la sala de estar, que también me recordó la de mi infancia. Solía sentarme en sitios como aquel cuando mi madre me llevaba a hacer visitas de cortesía por el barrio: un exceso de muebles revestidos de plástico, un televisor enorme con un tapete de Old Country y un montón de fotos de familia encima.

La señora Attar era una mujer rolliza con aspecto preocupado que no dejaba que su hija se moviera de su lado. Aun así, me ofreció su hospitalidad en forma de taza de té dulce y concentrado. A pesar de vivir en la pobreza, sus modales le daban mil vueltas a los de Oak Brook.

Me bebí el té agradecidamente. El calor que hacía fuera se había vuelto insoportable en aquella habitación repleta de artilugios. Después de darle las gracias por el té y de admirar el tapete de la televisión abordé el tema que me interesaba. Tenía la esperanza de que Mina hiciera la traducción con esmero.

—Traigo malas noticias acerca de Nicola Aguinaldo. La semana pasada se escapó de la cárcel. ¿Lo sabía? Y ayer murió. Alguien la hirió de forma letal cuando se dirigía hacia aquí, a casa, y me gustaría saber quién lo hizo.

—¿Qué? ¿Qué está diciendo? —preguntó angustiada la señora Attar.

Mina soltó una parrafada en árabe. La señora Attar soltó a la niña y quiso saber más cosas. Mina se dio la vuelta para traducírmelo. Yo también había pasado por aquello. Mi madre aprendió a hablar bien el inglés con los años, pero aún recordaba aquellos humillantes encuentros con profesores o tenderos en los que tenía que actuar de intérprete.

—Las chicas me han dicho que cuidó de Sherree cuando el bebé estaba en el hospital. ¿Nicola ya estaba en la cárcel entonces? Me han dicho que el bebé estaba enfermo.

Cuando Mina hubo hecho las respectivas traducciones, me dijo:

—Mi madre no recuerda haber cuidado de Sherree.

—Pero tú te acuerdas, ¿no? —dije—. Me has dicho que sí cuando tus amigas han sacado el tema.

Me miró con malicia, encantada de tener el control de la situación.

—Viven tantos niños en este edificio que seguramente se confundieron. Sherree nunca estuvo aquí.

La señora Attar le preguntó algo a su hija, seguramente para saber de qué estábamos hablando Mina y yo. Mientras ellas hablaban me acomodé un poco en la tambaleante silla de plástico y medité cómo conseguir que la señora Attar me contara más cosas. Me daba igual si había cuidado de Sherree Aguinaldo o no. Yo sólo quería saber dónde vivían ahora la abuela y Sherree o nombres de hombres que la señora Attar pudiera haber visto junto a Nicola.

Miré a la señora Attar a los ojos, como se miran dos personas adultas, y me puse a hablar lentamente.

—No trabajo para el gobierno ni para los servicios sociales. Ni tampoco para los de inmigración.

Abrí mi bolso y vacié todo el contenido en la mesilla ya repleta de cosas. Le enseñé mis tarjetas de crédito y mi licencia de detective privado. La señora Attar me miró sorprendida durante unos segundos, pero después creo que entendió lo que le estaba enseñando. Observó detenidamente mi permiso de conducir y mi licencia de detective y pronunció mi nombre en voz alta cada vez que lo veía escrito en un nuevo documento. Se lo enseñó a su hija y pidió una explicación.

—¿Lo ve? —dije—. No hay ninguna placa aquí.

Cuando la señora Attar se decidió a hablarme, empezó con un inglés muy precario.

—¿Hoy es?

—Jueves —dije.

—Uno, dos, tres, antes, es...

—Lunes, mamá —dijo Mina exasperada, y añadió algo en árabe. Su madre le tapó la boca con suavidad.

—Hombres vienen. Pronto mañana, primeras plegarias. Es... es... Echó un vistazo a la habitación para inspirarse y al final me enseñó el reloj y lo puso a las cinco y media.

—Despierto marido, despierto Mina, despierto hijos. Lavar primero. Mirar fuera, ver hombres. Yo miedo. Mujeres aquí tienen permiso residencia, yo sé.

—La madre de Derwa —dijo Mina enfadada porque ya no aguantaba aquel melodrama—, es legal; mamá la mandó a ver qué querían aquellos hombres. Le dijeron que estaban buscando a la Abuelita Mercedes y mamá fue a despertarla. Ellos no son musulmanes, no tienen que levantarse a las cinco y media como nosotros.

—Sí, sí. Abuelita Mercedes, buena, muy buena para Mina, Derwa y Sherree cuando yo trabajar, cuando madre Derwa trabajar. Los niñas llaman «Abuelita»*. No sólo sus niñas. Yo lo llevo...

—*La,* mamá. Si es una mujer es *la,* no *lo.*

---

* En español en el original. (*N. de la T.*)

—La. La llevo, llevo Sherree. Hombres venir aquí —dijo dando un golpe en la silla para dar a entender que fue precisamente en esta habitación—. Y digo, ella mi madre, ellos mis niños, todos.

—¿Y después?

—Marchar. No bueno quedar aquí. Hombres marchar, hombres venir, no bueno.

Imaginé que la Abuelita Mercedes tuvo que irse antes de que se presentaran más agentes de inmigración para llevársela.

—¿Sabe adónde fue?

Un suspiro y un encogimiento de hombros.

—Mejor no saber. No querer problemas.

Le pregunté a la señora Attar si conocía a algún hombre que saliera con Nicola. La señora se limitó a encogerse de hombros otra vez. No podía ayudarme. Cuando le pregunté por el señor Baladine, el jefe que a veces la llevaba en coche a casa, la señora Attar levantó las manos con incomprensión. Nicola era una buena madre; si iba a trabajar a casas de ricos desconocidos era para tener dinero para sus dos niñas. Todas las semanas volvía a casa para verlas; siempre puntual, y no tenía tiempo para los hombres. Mina se rió entre dientes al oír eso, y pensé que seguramente las niñas tendrían una versión distinta de la historia.

—América no buena. Niño enfermo, madre a la cárcel. ¿Por qué? ¿Por qué no ayuda nadie?

Se dirigió a Mina para poder exponer sus ideas con más claridad. En Egipto, si tenías a tu niño enfermo lo llevabas a la clínica y el gobierno se ocupaba de él, la madre no tenía que robar para poder pagar las facturas.

—Ahora madre muerta. ¿Por qué? Sólo querer ayudar bebé. América no buena, nada.

No se me ocurrió ninguna réplica convincente. Le di las gracias por su tiempo y por el té y dejé que Mina me acompañara a la calle. Sus amigas habían desaparecido. Intenté preguntarle cosas de Nicola, si la había visto con hombres o si había oído cosas en la calle, pero Mina estaba demasiado dolida por el abandono de sus amigas. Se encogió de hombros malhumorada y me dijo que me metiera en mis asuntos. No podía hacer mucho más, así que entré en mi desvencijado Skylark y me fui.

En Foster me paré en un parque para que Peppy diera un paseo. La policía controlaba a todo el mundo que llevaba perro, así que no la dejé suelta. No le gustaba, sobre todo cuando veía que las ardillas no iban atadas, pero por lo menos no me tiraba del brazo como hace su hijo cuando lo llevo con la correa.

Aguinaldo se escapó de Coolis sin saber que su madre se había ido de aquel piso. ¿Y después? ¿Había ido a casa, había visto que su madre ya no estaba allí y llamó a Baladine para pedirle ayuda sin saber que le darían una paliza? ¿O se encontró con algún ex novio del barrio con el mismo desastroso resultado?

—Las mujeres de la piscina sabían algo, pero ¿qué? Algo sobre su huida, sus heridas, ¿o sobre sus relaciones con Robert Baladine? No hemos avanzado nada desde esta mañana en la vida privada de Aguinaldo —dije en un tono tan serio que Peppy aplanó las orejas en signo de preocupación.

—Y aquella sonrisita de Mina Attar cuando su madre dijo que Nicola no tenía tiempo para los hombres podría estar escondiendo algo; las otras niñas insinuaron que la señora Attar tenía mucho tiempo para los hombres, o sea que a lo mejor Mina se reía de su madre. O a lo mejor Mina sabía algo de Nicola que no quería decir. Tenía la mirada de alguien que conoce el secreto más vergonzoso de otra persona. No me cabía ninguna duda.

¿Y el tal Morrell, ese que decían que entrevistaba a la gente que se había escapado de la cárcel? ¿Podría tener alguna relación con la huida de Aguinaldo, o con su muerte?

¿Quién había pedido el cuerpo de Nicola? ¿La Abuelita Mercedes, la abuela del barrio? Suponiendo que hubiese sido ella, ¿cómo supo que Nicola estaba muerta? ¿Se lo dijo Morrell? ¿Quién era ese dichoso Morrell? ¿Un trabajador social? ¿Un periodista? No me parecía que fuera de Inmigración, y un policía tampoco porque ya había ido por el barrio antes de la muerte de Nicola.

Tiré de la correa para que Peppy se alejara de una gaviota muerta. Ojalá Vishnikov hubiera hecho la autopsia cuando llegó el cuerpo de Nicola el miércoles. Si había ido al hospital de Coolis por un quiste en el ovario, quizá las heridas internas venían de eso, aunque el cirujano de Beth Israel cree que la pegaron. Las heridas externas eran muy recientes cuando yo la encontré; lo del brazo parecía que le acabara de pasar, como si la hubiera atropellado un coche. ¿Tenía algún novio que la pegaba? Volví a pensar en Robert y Eleanor Baladine.

Podía imaginar muchas situaciones por las que un hombre practicaría sexo con una niñera, desde un deseo irrefrenable hasta hostilidad hacia su mujer o rivalidad con su hijo. Pero ¿la habría acusado de robo para protegerse? ¿Y ella? ¿Habría acudido a él al escapar de la cárcel? ¿Y después, qué pasó?

Robert Baladine era muy amigo de Edmund Trant, el director de medios de comunicación de Global Entertainment, o por lo menos sus respectivas esposas eran amigas. Junto con la esposa del gobernador de Illinois. Interesante para una pareja de hombres de negocios, saber que sus esposas se codean con la esposa del tipo más poderoso del Estado.

Me preguntaba qué sabría Murray de las relaciones entre Edmund y Robert Baladine. O Trant y el gobernador Poilevy, para el caso. Metí a Peppy en el asiento trasero y nos fuimos a casa.

11. Limpio... por fuera

Murray estaba en casa.

—Hola, Murray, soy V. I. Vaya éxito el martes. Incluso *The New York Times* se ha dignado a hablar de Chicago y te ha dedicado un par de líneas.

—Gracias, Vic —dijo en un tono prudente.

—Incluso a mí me mencionaron —insistí—. ¿Fuiste tú quien le habló de mí a Regine Mauger? Las migajas de Global seguro que son muy apetitosas. Quizá con una única migaja podría cambiarme el coche.

—¡Vic, por favor! Dame un respiro. ¿Crees que yo le diría algo así a Regine? Cuando alguien la pone nerviosa le persigue como a un moscardón. No sé qué le hiciste que pudiera molestarle tanto. A lo mejor la llamaste y la seguiste hasta su casa. Estaba un poco enfadada en el Glow y me preguntó quién eras y de dónde sacaste la invitación.

—También me pregunto quién le contó lo nuestro de hace siglos —dije seria y desconcertada.

Mientras balbucía una respuesta añadí:

—Perdona, no te he llamado para incordiarte. Me alegro de que hayas tenido una buena crítica de tu debut. Te llamo porque tropecé, literalmente, con algo extraño cuando volvía de la fiesta.

Le hice un resumen del accidente.

—No he visto que publicaran nada los periódicos, a pesar de que se escapó de Coolis el domingo. Pero hoy he averiguado algo curioso. Era una inmigrante filipina ilegal y fue la niñera de Robert Baladine, bueno, la niñera de sus hijos, antes de ir a la cárcel. ¿No crees que esto merece un par de líneas teniendo en cuenta que Baladine es el director de Carnifice Security?

—Vic, yo no escribo sobre inmigrantes ilegales que se escapan de la cárcel y mueren. Si quieres puedo informar a los de noticias locales pero si pasó el domingo... Hoy ya es jueves.

Seguí hablando como si no hubiera notado su frialdad en el tono de voz.

—¿Sabías que Eleanor Baladine es una nadadora recalcitrante? Estuvo a punto de participar en unas olimpiadas y ahora está obsesionada con que sus hijos lo consigan. Esta tarde fui a verla y conocí a los niños. ¡Pobrecitos! No te puedes ni imaginar cómo los martiriza en la piscina. Además de los suyos, estaba la hija de Edmund Trant y los hijos de Jean Claude Poilevy. Por cierto, si oyeras los nombres Utah y Madison, ¿pensarías que te están dando una dirección o que están hablando de dos niñas pequeñas?

—Si estás insinuando que Edmund Trant y Jean Claude Poilevy conspiraron con Robert Baladine para matar a la ex niñera de los Baladine, es que estás tan desquiciada que no tienes solución, Warshawski. Tengo que dejarte. He quedado para cenar.

—Sandy Fishbein o Alexandra Fisher o como se llame puede esperar cinco minutos. No perderás tu trabajo en televisión por eso. La policía de Rogers Park afirma que ha perdido el informe del incidente y ahora dicen que conducía borracha y que me negué a hacer el análisis de sangre para ver el grado de alcoholemia. Quieren que admita que la atropellé a cambio de inmunidad judicial. ¿No te parece un poco raro?

Se quedó en silencio durante un rato.

—Es poco habitual, pero eso no significa que Baladine conspirara con Trant y Poilevy para cargarte el muerto a ti.

Empecé a juguetear con el cable del teléfono.

—Yo no digo que conspiraran contra mí, al menos no porque se trate de mí. Pero creo que alguien poderoso está utilizando sus contactos en la policía y la fiscalía para cerrar el caso sin causar revuelo. Yo pasé por ahí por casualidad, llamé a una ambulancia y me ha tocado la sorpresa. Cómo iban a saber ellos que justamente encontraría el cuerpo una detective en vez de un ama de casa. Poilevy podría estar presionando al fiscal para hacerle un favor a Baladine, ya me entiendes, para que nadie le haga preguntas sobre sus relaciones con la ex niñera de sus hijos. Cosas más raras se han visto en esta ciudad. Seguramente querían endilgarme el muerto, pero resulta que soy detective, que mi acompañante era una ex policía y que he mandado mi coche a un laboratorio civil para que lo analicen, junto con la ropa que llevaba Aguinaldo cuando murió.

—Vic, no es que quiera quitártelo de encima, pero tengo prisa y no entiendo por qué me estás contando todo esto.

Contuve un suspiro de impaciencia.

—¿Tú no sabes nada de los negocios de Trant y Poilevy o Poilevy y Baladine que me ayudara a saber si es Poilevy el que está tapando el caso?

—Nada, no sé nada. Y no me interesa. No pienso ponerme a rebuscar en la vida de Edmunt Trant, por el amor de Dios. Ni aunque Eleanor Baladine lo persiga con un látigo alrededor de la piscina.

—¿Por qué? ¿Acaso es Don Limpio? ¿O es por qué no quieres meterte con tu superjefe?

—Mi super... ¡Ah, Vic!

Cuando volvió a hablar lo hizo sin la irritación que había mostrado antes.

—Mira, Vic, quizá sea un cobarde. De acuerdo, soy un cobarde. Pero sabes lo que me costó encontrar algo desde que Global compró el *Star*. En nueve meses sólo tuve tres ofertas y no eran para periodismo serio; hoy ya no queda casi nadie que haga periodismo serio. Tengo cuarenta y seis años. Si me pongo a investigar la vida de Trant y sus amigos, podría encontrarme de patitas en la calle. Y nadie querría contratar a un tipo que acusa a su propio jefe. ¿Crees que soy un vendido por salir en la tele? De acuerdo, soy un vendido; restriégamelo por la cara, reina de los incorruptibles, pero hay un montón de cosas por investigar en esta ciudad sin tener que involucrarme a mí y a Trant.

—No te estoy restregando nada por la cara, pero hay algo que me preocupa. Imagínate que Baladine se acostara con el servicio y le tendiera una trampa, al principio, me refiero. A lo mejor él le dio el collar y después fingió que se lo había robado.

Cuanto más hablaba, más estúpida me sentía así que cada vez hablaba más rápido.

—Luego se escapa, necesita dinero, llama a alguien que sabe que tiene dinero, Baladine...

—¿Tienes alguna prueba de esto?

La vergüenza me llevó a apretujarme las rodillas contra el pecho pero no dejé que me cortara.

—Bueno, las tres mujeres de Oak Brook sabían algo de Aguinaldo, seguro. Sabían que le habían hecho daño antes de que yo lo mencionara y no habéis publicado ni una sola línea en los periódicos. Y no sólo eso, sino que su cadáver desapareció de la morgue antes de que Vishnikov pudiera hacerle la autopsia.

—Vic, eso no es típico de ti. No has hecho los deberes —dijo Murray con sequedad—. Carnifice dirige Coolis en el Estado de Illinois. Baladine sabía que Aguinaldo se había escapado porque está al frente de la empresa que dirige la prisión. Y seguramente también consiguió que la identificaran en la morgue, sólo que antes que tú. No es tan raro que aquellas señoras ya lo supieran. Lo siento, Vic, pero no tienes nada. Aunque podría hablar con Trant. Quizá a Hollywood le interese como argumento para una película. Ya lo tengo: Keanu Reeves y Drew Barrymore. A menos que te estén pagando un montón de dinero, yo que tú no me metería en estos asuntos.

Colgó antes de que pudiera responderle. Tenía las mejillas rojas, de rabia o de vergüenza, o tal vez de ambas cosas. Se había burlado de mí sin piedad con lo de la película. ¿Por qué me empeñaba en perder el tiempo haciendo preguntas si no tenía nómina, ni cliente? Sólo un coche desvencijado para añadir a mis problemas.

Sólo soy un poco más joven que Murray. No podía echarle la culpa por no querer investigar a su jefe, especialmente sin ningún tipo de pruebas. Es cierto que Murray tenía un bonito piso en Lincoln Park y un nuevo Mercedes descapotable, y en cambio yo tenía cuatro habitaciones espartanas y un Buick destartalado, pero cuando te acercas a los cincuenta empiezas a ponerte nervioso y a pensar de qué vas a vivir cuando seas mayor. Al menos yo lo hago, a veces.

Las burlas de Murray me irritaron pero también me avergonzaron. A la mañana siguiente me dediqué exclusivamente al trabajo por el que me pagaban y sólo invertí cinco minutos en llamar al laboratorio Cheviot para el informe del Trans Am. Le estaban dando el visto bueno a mi coche. Me daba tanto miedo pensar en las presiones que podía estar recibiendo la fiscalía que les pedí que me enviaran una copia del informe por mensajería antes de que dieran el coche a la policía, y encontré una carpeta vacía para el informe de los de la ambulancia que Max me había enviado. Con el nombre de *Alumni Fund,* de cuando accedí a dar dinero a la facultad de derecho. Básicamente lo hice para ayudar a establecer contactos entre empresas que podrían necesitar un investigador profesional, aunque cuando lo automaticé, descubrí que la mayor parte de la información no estaba actualizada. Le pondría un nombre más apropiado luego; ahora tenía que concentrarme en mis negocios. No haría caso a otras ideas que me pasaran por la cabeza, ni siquiera a la que me decía que fuera a una tienda Ferragamo para preguntar si sabían a qué prenda pertenecía aquel logo.

Imprimí el informe de LifeStory sobre el candidato que estaba investigando para Darraugh Graham. Llamé a bancos y a antiguos jefes y escribí un expediente completo. Después me adentré en los mapas de la Georgia rural.

A las dos llegó un mensajero con el informe forense de mi coche. Un tal Rieff lo había firmado. Después de una detallada inspección de la parte delantera del Trans Am, concluía en que no había encontrado restos de materia orgánica ni en la pintura, ni en las ruedas, ni en el respiradero del motor, excepto de insectos muertos. Rieff estaba dispuesto a declarar ante un juez que el Trans Am estaba limpio, al menos por fuera. Por este trabajo, el laboratorio pedía la modesta cantidad de 1.878 dólares.

Escribí un cheque y envié por fax una copia del informe a mi abogado con una nota escueta pidiéndole que el fiscal me dejara en paz. Freeman me llamó al cabo de un rato para decirme que el Estado se creía el informe de Cheviot pero que no pensaban admitirlo públicamente porque, según palabras textuales de Freeman: «Eres un coñazo y tardaste mucho en dejarles el coche. Se vengarán quedándoselo unos días».

Rogers Park aún no había encontrado el informe del incidente, pero Freeman creía que los había convencido para que dejaran de acosarme con la muerte de Nicola Aguinaldo. Mary Louise había sido de gran ayuda porque le dijo a Finchley que llamara a la comisaría y les dijera que yo tenía un testigo policía a mi favor.

—Gracias, Freeman. Sólo por curiosidad, ¿está haciendo algo la policía para averiguar quién asesinó a Nicola Aguinaldo ahora que han visto que no soy una presa fácil? ¿Y están haciendo algo para encontrar su cadáver? En el barrio donde vivía nadie sabe dónde está ahora su madre.

—Vic, eso a ti no te concierne. Le dije al fiscal que no teníamos absolutamente ningún interés en esta muerta y que si te dejaban en paz, tú también la dejarías en paz. No sé qué mosca les picó, pero ahora ya no tienes que preocuparte de nada. Deja que sea la policía quien investigue la muerte de Aguinaldo. Sabes tan bien como yo cuál es el problema de la gente que atropella a alguien y se da a la fuga: con setecientos asesinatos al año que tenemos en esta ciudad, los homicidios sin premeditación quedan relegados a un segundo plano. No hagas de Aimee Semple McPherson arengando a los pecadores porque no ponen un equipo las veinticuatro horas del día que investigue quién la atropelló.

Hizo una pausa, como si esperara una respuesta por mi parte; al ver que no decía nada añadió:

—Este fin de semana me voy a Montana con un cliente a pescar; intenta que no te detengan hasta el martes, ¿de acuerdo?

—Supongo que acabas de decir algo gracioso; pues bien, me río, ja, ja, pero la próxima vez que hagas una promesa al fiscal en mi nombre, habla conmigo primero.

Colgué bruscamente.

¿Así que todo el jaleo con el detective Lemour y mi coche no era más que una tormenta en un vaso de agua? Pero alguien había matado a Nicola Aguinaldo. Y aquellas mujeres de Oak Brook sabían que estaba muerta antes de que yo lo dijera. Vale, Murray tenía razón: una de ellas está casada con el director de la empresa que dirige la prisión de Coolis, y la mujer había sido la niñera de sus hijos. Seguramente se lo habían comunicado antes que al resto del mundo. Pero sin una autopsia ni nuevos informes acerca de Aguinaldo, ¿cómo podían saber que la habían atacado?

—No te metas, Vic. No juegues con fuego o te quemarás —me dije a mí misma.

Volví al tema de Georgia con un renovado interés. Estaba concentrada en una base de datos buscando gente que viviera cerca del garaje que proveía a los camiones de Continental United de neumáticos nuevos, cuando sonó el teléfono.

Era una mujer con una voz suave, casi cremosa.

—Llamo de parte del señor Baladine para hablar con I.V. Warshawski.

De manera que me iba a quemar aun sin jugar con fuego. Se me hizo un nudo en el estómago. Tendría que haber pensado que la nadadora obsesionada podía delatarme a su poderoso marido.

—I.V. Warshawski era el seudónimo que utilizaba Isaac Bashevis Singer cuando escribía para el *Daily Forward* allá en los años treinta. Yo soy V. I., la detective. ¿Con quién quiere hablar?

Incluso pasados los cuarenta, los nervios me hacen decir tonterías.

La voz cremosa no perdió ni pizca de su dulzura.

—¿Es usted la señora Warshawski? El señor Baladine quiere verla esta tarde. ¿Sabe dónde están nuestras oficinas?

Parecía una orden; si los nervios me convierten en frívola, las órdenes me ponen de mal genio.

—Sé dónde están sus oficinas, pero no tengo tiempo de ir hasta Oak Brook esta tarde.

—Espere un momento, por favor.

Puse el manos libres para poder seguir trabajando con la base de datos y oírla cuando volviera. Mientras tanto, me llegaba una música discotequera para la espera y acto seguido una descripción de Dr. Jekyll y Mr. Hyde. «Cuando usted se ausenta de casa, ¿cómo sabe si su niñera es el Dr. Jekyll o Mr. Hyde? El departamento de seguridad en el hogar de Carnifice Security le enseña cómo controlar a su niñera en el trabajo. También le podemos buscar sus referencias antes de contratarla. Llámenos y le haremos un presupuesto», y luego daban un número de teléfono.

Volvió la música disco y casi inmediatamente después la voz cremosa.

—El señor Baladine puede verla hoy a las cinco.

—A las cinco podría estar libre en mi despacho; si él está dispuesto a pasarse la tarde sentado en Eisenhower... Lo siento, pero no tengo tiempo. ¿Por qué no quedamos mañana?

—El señor Baladine estará en Washington mañana. ¿Puede decirme a qué hora podría llegar a Oak Brook hoy?

No me apetecía conducir tanto rato para que me echaran una bronca, pero tenía ganas de conocer a aquel tipo, siempre y cuando no tuviera que ir en hora punta.

—¿Qué tal a las siete?

Me puso en espera otra vez, pero esta vez sólo oí el principio de un rollo sobre el servicio de guardaespaldas de Carnifice. Si podía llegar a las seis y media, el señor Baladine me lo agradecería.

Contesté que haría lo posible para ganarme el agradecimiento del todopoderoso y volví pensativa al ordenador. Antes de seguir con este problema tan aburrido de Georgia, me conecté a LifeStory y pregunté qué tenía acerca de Robert Baladine. Sí, le dije a la máquina que estaba dispuesta a pagar para tener la información enseguida.

12. La guarida del león

El edificio de Carnifice era exactamente lo que querrías que te proporcionara una agencia de seguridad si fueras rico o tuvieras una multinacional: enormes alfombras persas decorando el pulido parquet, mesas y armarios construidos con la tala de muchos árboles tropicales, puertas que se abrían con tarjetas magnéticas o guardas de seguridad y una mujer hermosa que te llevaba del vestíbulo al despacho del jefe. Una ligera diferencia con Investigaciones Warshawski, donde la única investigadora privada o su ayudante a media jornada te llevaban a un almacén reconvertido.

Mi joven acompañante sonrió educadamente cuando alabé la decoración, pero cuando le pregunté cuánto tiempo llevaba en Carnifice, contestó que las normas de la empresa le prohibían contestar preguntas.

—¿Ni siquiera puedes hablarme del tiempo o darme la hora?

Se limitó a sonreír de nuevo y a abrirme la puerta de Baladine. Con exquisita pronunciación dio mi nombre a la mujer que estaba sentada en la antesala y después se fue, aunque, desgraciadamente, no lo hizo andando hacia atrás.

—Señora Warshawski, ahora mismo anuncio su llegada al señor Baladine.

El color de la piel y el pelo de aquella mujer encajaban perfectamente con su suave y profunda voz; con el vestido cortado al bies que llevaba podría haber pagado la factura del Trans Am y todavía habría sobrado algo para gasolina.

El hombre importante me hizo esperar doce minutos, exactamente los minutos que yo llegaba tarde. Un sistema perfecto de castigo que seguramente aprendió dirigiendo prisiones privadas por todo el país. Mientras esperaba, eché un vistazo a la sala y vi un montón de fotos en las que aparecía un hombre esbelto y moreno con varios jeques y presidentes, y entre los objetos de interés encontré desde una Medalla Presidencial de la Libertad hasta una maqueta del complejo del correccional de mujeres en Coolis. Esto último me interesó bastante porque escaparse de ahí parecía una tarea imposible. La parte de atrás era contigua al río Smallpox, pero allí no había ni puertas ni ventanas. La parte delantera estaba protegida por tres rengleras de alambradas en curva.

—¿Le interesa la seguridad de las cárceles, señora Warshawski?

El hombre esbelto y moreno de las fotos estaba detrás de mí. Me di la vuelta y accedí a darle la mano que él ya me estaba ofreciendo. Tenía quince años más que su mujer, según lo que había averiguado aquella tarde, pero parecía poder estar a la altura de ella en la piscina o en cualquier otra parte.

—Sólo en Coolis, señor Baladine. Me preguntaba cómo una mujer tan menuda como Nicola podía haber esquivado a todos los guardias de seguridad y haber traspasado aquellas cercas.

—Ah, sí, pobre Nicola. Me han dicho que simuló una enfermedad y la llevaron al hospital de Coolis, desde donde es más fácil escapar. Una vida desdichada y por lo que parece, una muerte desdichada.

Me puso una mano en el hombro y me condujo hasta su propio despacho.

—Claudia, ¿puede traernos algo para beber? Creo que a la señora Warshawski le gusta el Black Label.

—Cuando tengo que conducir, no. Agua mineral será suficiente, gracias.

Teniendo en cuenta que yo había investigado su vida, no debería haberme extrañado que él hubiera hecho lo mismo con la mía.

Su despacho también estaba plagado de fotografías y trofeos, aparte de muebles de madera noble, alfombras y piezas de arte. Un diploma de la Academia Naval ocupaba un lugar destacado al lado de la mesa. Encima había una foto de un Baladine mucho más joven a bordo de un buque destructor dando la mano al secretario de Defensa de Nixon.

—Sí, estuve en Vietnam en los sesenta. Y después tuve un barco propio durante unos años.

—Eso fue antes de que se enrolara en el departamento de defensa de Rapelec, ¿verdad?

Lo dije sin mirarlo a la cara. No quería que se me fuera la mano escudriñándole la expresión para ver si estaba sorprendido por todo lo que había descubierto de su vida, que no incluía sus bebidas preferidas. Pero sabía que en Rapelec había subido rápidamente de escalafón: había pasado de trabajar en la obtención de sistemas de misiles a dirigir el submarino de su división, y después dirigió la producción de armas de rápido despliegue antes de que el fin de la Guerra Fría restara importancia a aquella unidad. En Carnifice entró como director ejecutivo cinco años atrás. El negocio de las prisiones privadas fue uno de los que prosperó más rápidamente bajo su dirección.

Claudia trajo una botella de agua Malvern y mientras nos servía a los dos, le recordó a Baladine en susurros que la videoconferencia con Tokio era al cabo de media hora.

—Gracias, Claudia —dijo, y esperó a que cerrara la puerta—. Supongo que esta foto no le inspira lo mismo que a mí ya que por lo que parece usted y yo estábamos en bandos opuestos en Vietnam.

Vale que tuviera tres mil empleados más que yo para poder averiguar desde mis bebidas preferidas hasta mi época contestataria en la universidad, pero aun así me sentía incómoda. Sabía que tendría que esforzarme para no alterarme ya que seguramente también habría averiguado que éste era uno de mis puntos flacos.

—Yo estaba en el bando de Washington y Jefferson —dije—. Quizá el bando de los ingenuos e idealistas. ¿Y usted?

—Yo nunca he sido un ingenuo. Ni con los enemigos exteriores de América, ni con los interiores.

Me hizo una señal para que me sentara junto a una mesa de café chapada en oro.

—Entonces para usted fue una evolución natural pasar de matar a zimbabuenses a encarcelar americanos. Aunque nunca entendí por qué Zimbabue era un enemigo de Estados Unidos.

Esta vez sí que hizo una mueca de sorpresa. La venta de armas norteamericanas a las fuerzas secretas de combate de Sudáfrica instaladas en Zimbabue durante los años ochenta era uno de los secretos más oscuros que había descubierto aquella tarde. No es que pensara que ese hecho tuviera alguna relación con la muerte de Nicola, pero sí que ayudaba a comprender la ideología de Baladine.

—Por desgracia, cuando se trata de la seguridad nacional, no te puedes permitir ser idealista. Siempre he pensado que esta actitud es un lujo para los que no están dispuestos a ensuciarse las manos. Pero quizá deberíamos abordar temas que nos incumben ahora. Mi mujer se sintió ofendida por el interrogatorio de ayer haciéndose pasar por detective.

Negué con la cabeza.

—No me hice pasar por detective. Soy detective. Tengo la licencia de Illinois y todos los papeles en regla.

Sonrió con condescendencia.

—Sabe perfectamente que jugó sucio. Mi mujer nunca la habría invitado a pasar, ni habría hablado con usted a solas si no hubiera creído que usted trabajaba para el departamento de policía de Chicago.

Yo también esbocé una sonrisa.

—Debería estar orgulloso de mí, Baladine. Eso demuestra que no tengo miedo a mancharme las manos.

Frunció el ceño durante unos segundos.

—Preferiría que me lo demostrara de cualquier otra forma, pero no con mi familia. Especialmente con mi hijo, que al ser bastante ingenuo, se convierte en una presa fácil para alguien que quiera aprovecharse de su vulnerabilidad.

—Ya. Supongo que uno siempre cree que su propia familia es intocable, a pesar de estar muy involucrado en el mundo de la *realpoli-*

tik. En realidad es eso lo que lo hace todo más confuso, ¿no cree? Porque todo el mundo tiene una familia, incluso Gadafi, y cree que es intocable. Cada uno tiene su propio punto de vista, ¿y quién va a juzgar qué punto de vista es más rentable o más digno?

—¿Y cuál era su punto de vista al acosar a mi mujer?

Lo dijo sin alterarse pero lo noté un poco dolido; uno a cero en filosofía. Controlaba las manos pero no podía evitar que le temblara el pulso en la sien. Procuré que el suspiro de alivio que solté saliera con la máxima suavidad posible.

—El mío, señor Baladine. Con todo el dinero que habrá gastado en averiguar mi whisky preferido, seguro que ha invertido algunos dólares para saber que el fiscal me acusa de haber atropellado a su ex niñera y de haberme dado a la fuga. ¿O acaso el fiscal ha actuado a petición de usted y de Jean Claude Poilevy?

Soltó una carcajada falsa y ensayada, que no consiguió transmitir a través de sus ojos.

—Me honra saber que mi poder le merece tanto respeto, pero creo que la muerte de Nicola fue un accidente desafortunado, nada más. Se escapó de la cárcel y la atropelló un coche. Apenas puedo decir que lo sienta. Era una mentirosa y una ladrona. Lo que más me molesta es que ahora mi hijo, que es hipersensible, tenga una reacción penosa por culpa de su muerte.

—Pobre Robbie —dije—. No es el hijo más apropiado para un hombre tan viril como usted. Quizá cuando nació se lo cambiaron por el hijo de un artista.

No servía de nada ser irónica con aquel hombre. Hizo una mueca.

—A veces lo pienso. Su hermana es mil veces más hombre que él. De todas maneras, usted no vino a molestar a mi mujer para saber si J.C. y yo intentábamos tenderle una trampa porque no sabía que éramos amigos hasta que no conoció a Jennifer en la piscina.

Realmente le incomodaba que estuviera investigando; de otra manera, no tendría la cronología de mis pesquisas tan grabada en la cabeza.

—Esperaba que su mujer me contaría algo de la vida privada de la señora Aguinaldo, pero vi que no tenía ningún tipo de interés en la mujer que pasó tanto tiempo con sus hijos. Tal vez usted hurgó un poco más.

—¿Qué quiere decir con eso?

Cogió el vaso de agua pero me miraba por encima del borde mientras hablaba.

Crucé las piernas intentando no arrugar el tejido de seda; había tenido tiempo de pasar por casa para cambiarme antes de venir hasta aquí.

—Carnifice ofrece vigilancia en el hogar y también referencias para contratar niñeras. Me imagino que lo utilizó para contratar a Nicola Aguinaldo.

—Supongo que soy el típico caso de «en casa de herrero, cuchillo de palo». Me fié de las referencias que nos dio la agencia a la que habíamos acudido años antes. No se me pasó por la cabeza que Nicola pudiera ser ilegal. Sabía que tenía hijos, claro, pero no me interesaba la vida privada que pudiera tener en sus días libres, mientras no perjudicara a mi familia —y añadió con una sonrisa forzada—: Según mi propio punto de vista.

—O sea, que no sabe a quién podría haber acudido en busca de ayuda cuando se escapó de la cárcel. ¿Ni novios, ni nadie que pudiera haberla apaleado?

—¿Apaleado? —repitió—. Tenía entendido que la atropelló un coche. Un coche que no era el suyo, por supuesto.

—Qué curioso —dije—. Su mujer y sus amigas sabían que la habían atacado. Si no lo supieron por usted, ¿cómo lo supieron?

Otra vez vi cómo le temblaba el pulso en la sien, aunque juntó las manos y habló de manera condescendiente.

—No voy a perder el tiempo jugando a quién dijo qué a quién. Es infantil y no es la forma de investigar, como les digo a menudo a mis nuevos empleados. Quizá hablara con mi mujer antes de tener toda la información del fiscal de Cook County y la policía de Chicago. Lo último que me han dicho es que la atropellaron y murió.

—Pues debería decirle a su equipo que hablara con el médico que la operó. Aunque su cadáver desapareció antes de que le realizaran la autopsia, el médico de urgencias que la atendió en Beth Israel dice que un fuerte golpe en su pequeño intestino fue la causa de su muerte. No concuerda con que la arrollara un coche.

—Si todo lo que quería de mi mujer era que le diera pistas sobre la vida privada de Nicola, lo siento, pero no podemos ayudarla.

—Esta mujer trabajó para usted... ¿Qué, dos años? Y no tiene ni idea de lo que hacía en sus días libres, pero ¿en una sola tarde es capaz de averiguar mi marca de whisky favorita? Pensaba que le importaba un poco más el bienestar de sus hijos.

Se reía entre dientes.

—Quizá usted me interese más que una inmigrante cambiapañales.

—Creo que a su hijo le marcó mucho. ¿Eso tampoco le importaba?

Volvió a torcer el gesto con desagrado.

—Robbie lloró cuando nuestro gato atrapó a un pájaro. Lloró cuando tuvimos que sacrificar al gato. Todo le afecta mucho. Quizá la escuela militar le ayudaría a superarlo.

Pobre chico. Me preguntaba si sabía que esto era parte de su futuro.

—¿Y por qué me ha hecho venir?

—Simplemente quería saber si vendría.

Asentí con la cabeza sin decir nada. Su objetivo: demostrar que él era grande y yo pequeña. Pues dejaría que se lo creyera.

—Hace dieciséis años que investiga, Vic.

Me llamó por mi nombre de pila; yo era pequeña, podía tratarme con condescendencia.

—¿Qué es lo que le impulsa a seguir cuando apenas gana lo suficiente para cubrir sus gastos?

Sonreí y me levanté.

—El idealismo y la ingenuidad, Bob. Y la curiosidad, por supuesto, de saber qué pasará después.

Se reclinó en el sillón de cuero y cruzó las manos por detrás de la cabeza.

—Es una buena investigadora, todo el mundo lo dice. Pero también dicen que tiene la extraña manía de coger casos de descarriados que le impiden tener éxito de verdad. ¿Nunca ha pensado en dejar de ser autónoma y venir a trabajar en un negocio como el mío? No tendría que preocuparse por los gastos indirectos y tendría un plan de jubilación totalmente financiado.

—¿No me estará haciendo una oferta de trabajo, por casualidad?

—Algo en lo que debería pensar. No una oferta. ¿Qué haría si las empresas como Continental United dejaran de encargarle pequeñas investigaciones? A nosotros ya nos han encargado las más importantes; puede que algún día decidan que lo haga todo la misma empresa.

Mi pesadilla permanente, pero esbocé una sonrisa intentando que no pareciera muy falsa.

—Cogería mis compacts y me iría a vivir a Italia.

—No tiene bastantes compacts.

—Sus trabajadores han sido muy meticulosos, por lo que veo. Supongo que me iría a un callejón a compartir un hueso con el resto de los descarriados. Y seguramente mordisquearía sus viejos zapatos, sabe, si tiene unos mocasines Ferragamo con el emblema roto y va a tirarlos de todas formas...

Me miraba fijamente sin decir nada. Antes de que pudiera seguir ensañándome con él, llegó Claudia para anunciar que le estaban esperando los de Tokio.

Sonreí.

—Hasta pronto, Bob.

—Sí, señora Warshawski. Puedo asegurarle que nuestros caminos volverán a cruzarse.

La mujer que me había llevado hasta el despacho me estaba esperando en la antesala para acompañarme hasta la puerta principal. ¿Para que no me perdiera, o para evitar que birlara algún artilugio de tecnología punta de Carnifice y lo usara para robarles los clientes? Se lo pregunté, pero por supuesto las normas de la casa impedían que me contestara.

13. Un sábado en el centro comercial

Los últimos destellos de luz moteaban el cielo de color rosa de camino a casa. Saqué a los perros a pasear y después me senté en el patio trasero a charlar con el señor Contreras hasta que los mosquitos nos obligaron a entrar. Mientras discutíamos si los Cubs serían capaces de llegar a la final, si Max y Lotty llegarían a casarse algún día, y si un bultito en el pecho de Peppy merecía una consulta al veterinario, no podía dejar de preguntarme cuál era la verdadera historia de la muerte de Nicola Aguinaldo.

Tenía que existir algo que preocupara lo suficiente a Baladine como para que me hubiera arrastrado a Oak Brook y me hubiera amenazado y sobornado. Quizá su único objetivo había sido demostrarme que era un tipo fuerte con recursos, pero me parecía demasiado sofisticado para estar metido en el mundo de los gángsteres. Y el último comentario que le solté, como quien no quiere la cosa, sobre los zapatos, ¿le había cogido por sorpresa o sólo era producto de mi imaginación?

¿Y quién había reclamado el cuerpo de Nicola con tanta urgencia? ¿Su madre? ¿O tal vez Baladine para impedir que Vishnikov hiciera la autopsia? Esto era poco probable porque no habían reclamado el cuerpo hasta el miércoles por la noche y Vishnikov habría podido practicar la autopsia cuando recibieron el cadáver.

—¿En qué estás pensando, cielo? Te he preguntado tres veces si quieres grappa. Tienes la mirada perdida como si estuvieras viendo un OVNI por la ventana.

—Aquella pobre mujer del arcén —dije—. ¿Por qué es tan importante? Ni que fuera una fugitiva del régimen iraquí. ¿Por qué es el centro de atención de tanta gente?

El señor Contreras estuvo encantado de poder hablar de este tema conmigo, pero después de una hora de intentar encontrar una explicación a todo lo que había pasado a lo largo de la semana, ya no tenía fuerzas para comprender nada. Al final le dije que tenía que consultarlo con la almohada y subí las escaleras pesadamente hasta la cama. No eran ni las diez, pero estaba tan hecha polvo que no podía hacer nada que no fuera dormir.

El sábado me levanté tan pronto que pude salir a correr antes de que el bochorno inundara la ciudad. Incluso dejé que los perros nadaran un rato y antes de las ocho ya me había duchado.

De las mujeres que había conocido en la piscina de Baladine dos días antes, la más accesible parecía la esposa de Teddy Trant, el magnate de Global. Quizá podría sorprenderla en algún sitio aquella mañana.

Tener todos los recursos informáticos en el despacho era un poco pesado. Seguro que si Carnifice me contratara, Baladine me pagaría lo suficiente como para poder instalar una terminal en casa. Mientras tanto, tendría que chuparme el viaje hasta Leavitt para averiguar algo de la familia Trant. No quería gastar el tiempo ni el dinero que había invertido en la búsqueda de Baladine el día anterior. Sólo quería saber el nombre de la señora Trant y la dirección de su casa. Se llamaba Abigail, siempre utilizaba el apellido de su marido, y vivían a seis kilómetros de los Baladine, dirección noroeste, con su hija de nueve años Rhiannon. Cogí los prismáticos, un par de periódicos, compré un *Streetwise* a Elton, y me dirigí de nuevo a la autopista Eisenhower y a los suburbios del oeste con mi chatarrilla móvil.

Nada más llegar a Thornfield Demesne caí en la cuenta de que el Skylark no era un buen coche desde el que vigilar. Por una parte destacaba demasiado entre los Range Rover y los otros todo terreno imprescindibles para sortear todos los obstáculos del peligroso camino que llevaba de las mansiones al centro comercial. Además, no se podía aparcar en las arboladas calles delante de las verjas que todas las casas tenían. La entrada de la comunidad estaba protegida por un puesto de seguridad que dejaba en ridículo al muro de Berlín. Y no sólo eso, sino que además, una patrulla de seguridad privada, seguramente de Carnifice, enviaba un coche patrulla de vez en cuando para coger a la chusma que como yo había cruzado la frontera, y devolverla a su sitio.

Aparqué a un par de metros de la entrada y desplegué los mapas; quizá podría fingir que me había perdido. Con los mapas encima del volante, miré por los prismáticos, pero todo lo que alcanzaba a ver eran hojas de árboles. Si realmente quería vigilar aquel lugar, necesitaba un caballo o al menos una bicicleta. Estaba a punto de dirigirme al centro comercial más cercano para alquilar algo, preferiblemente una bici ya que nunca había montado a caballo, cuando tuve un golpe de suerte. Las grandes verjas de hierro forjado de la comunidad se abrieron y el Mercedes Gelaendewagen con la matrícula GLOBAL 2 salió disparado.

Hice un cambio de sentido un poco brusco y lo seguí a una distancia prudente. Cuando llegamos a una avenida dejé pasar unos cuantos coches para poner más distancia entre Abigail y yo. Me tranquilizó ver que se pasaba todas las salidas que indicaban el centro comercial de Oak Brook porque me veía incapaz de simular un encuentro casual con ella en aquel sitio. Habíamos avanzado unos tres kilómetros al sur cuando el Mercedes giró por un camino cuyo rótulo indicaba los establos de Leafy Vale. Todo parecía indicar que finalmente conseguiría el caballo que había deseado.

Afortunadamente, el establo quedaba alejado del valle; desde el camino podía ver perfectamente el Mercedes. Aparqué en el arcén y observé cómo la pequeña que había visto en la piscina de los Baladine salía del asiento del copiloto. Abigail Trant también bajó del coche y la acompañó hasta uno de los edificios. La niña llevaba atuendo de montar a caballo, pero su madre llevaba pantalón pirata y un top muy ajustado. Parecía que la madre estaba dando instrucciones a una mujer que ladeaba la cabeza con deferencia. Abigail Trant dio un beso a su hija y volvió a subir a su tanque deportivo. Me alejé un poco del camino y coloqué mi chatarrilla de forma que pudiera girar fácilmente en cualquier dirección. El Mercedes giró hacia Oak Brook.

El corazón me dio un vuelco cuando vi que se dirigía al centro comercial. Una cosa es empezar a charlar en un súper, y otra muy diferente hacerlo en el salón de alta costura de Neiman Marcus. Como si se tratara de un juego, aparqué unos cuantos coches detrás del Mercedes en la parte este del centro comercial, y la seguí hasta Parruca Salon. Aquella peluquería tenía varias puertas de doble vidrio revestidas de terciopelo rojo. Lo vi cuando un portero las abrió y dio la bienvenida a Abigail Trant por su nombre. Las puertas se cerraron cuando preguntaba por Parruca con la elegancia que sólo poseen las grandes damas.

A menos que me hiciera pasar por la nueva lavacabezas, no podría seguirla en su cita semanal de la peluquería. Me pregunté cuánto rato duraría una sesión de belleza. Seguro que como mínimo tendría tiempo de buscar un baño y tomarme un té helado en aquel entramado de tiendas.

Después de media hora salí para esperarla periódico en mano. No había ningún sitio para sentarse ya que se supone que no tienes que estar fuera de un centro comercial, sino dentro, comprando. Cuando el sol llegó a su punto más alto, la sombra que ofrecían los edificios se convirtió en una ilusión. Me apoyé en la pared de piedra que separaba Parruca de una tienda de deportes e intenté concentrarme en los problemas que acechaban a Kosovo.

Grupos de adolescentes pululaban a mi alrededor hablando del pelo, la ropa, los chicos y las chicas. Algunos compradores solitarios también pasaron por delante de mí con cara de pena, como si comprar fuera una carga. El portero abría las puertas de terciopelo rojo de Parruca a cada momento para dejar entrar a un nuevo cliente o vetarle el paso. Al cabo de un rato, cuando tenía la camiseta tan empapada de sudor que estaba tentada de entrar en la tienda de deportes y comprarme una limpia, Abigail salió.

—Hasta la semana que viene, señora Trant —dijo el portero embolsándose la propina con gracia.

Despegué los hombros de la pared. Sus mechones color miel estaban peinados simulando un encantador pelo revuelto por el viento, su maquillaje dejaba ver la obra de una mano experta y sus uñas parecían brillantes perlas. Acercarme a ella con las pintas sudorosas que me había ofrecido el sol abrasador me parecía un sacrilegio, pero lo hice.

Se pegó un buen susto pero no salió corriendo y gritando en busca de un guardia de seguridad. Sí, dijo sin mostrar ni un ápice de desprecio, claro que recordaba mi visita en la piscina de Eleanor Baladine dos días atrás. Pero todo lo que podía saber era sobre la niñera de su propia hija, no sabía nada de la de los Baladine.

—Además, Teddy y yo no volvimos a instalarnos en Chicago hasta hace dieciocho meses, así que la chica a la que mataron el otro día no llegamos a conocerla. Me temo que no podré contarle nada acerca de ella.

—Pero ¿tiene diez minutos para tomar un café y contestar a unas cuantas preguntas?

Un hoyuelo se le dibujó brevemente en la comisura de los labios.

—Nunca me ha interrogado una detective. A lo mejor me sirve para entender cómo debo responder a las chicas que ayudo en la «Fundación Puedes Conseguirlo». Me parece que a la mayoría las han detenido antes de llegar al instituto, normalmente por robar en tiendas —se miró la muñeca—. Tengo quince minutos libres antes de mi próximo compromiso.

La cafetería estaba tan llena que nos sentamos directamente en la barra, sin esperar a que una mesa quedara libre. La señora Trant no tuvo ningún inconveniente en hacerme un resumen de su vida: había crecido muy cerca de ahí, había ido al colegio con Jennifer Poilevy y estuvo encantada cuando Global los envió, a ella y a su marido, de Los Ángeles al centro de los Estados Unidos otra vez.

—Es muy difícil educar a un hijo en L. A. La gente se exhibe continuamente como en una pasarela y los niños entran en ese ambiente precoz demasiado temprano. Aquí, en cambio, Rhiannon puede ser una chica normal.

Con sus clases de natación, su caballo y todos esos accesorios de la vida normal. Pero lo que quería era ayuda, así que me guardé los comentarios irónicos.

—No parece que los hijos de Eleanor Baladine tengan la misma libertad —dije—. Aunque imagino que sus niñas siguen con entusiasmo el régimen de natación que les impone su madre.

—Admiro a Eleanor. De verdad que la admiro. Tiene suerte de tener un don que la absorbe completamente. Y es fantástico que también se entretenga en enseñar a Rhiannon, sobre todo desde que Rhiannon empieza a hacerlo mejor que Madison. Pero creo que es un error forzar tanto a los niños. Cuando llegan a la adolescencia pueden ponerse en tu contra.

Emití un sonido que no me comprometiera.

—Ha dicho que creció con Jennifer Poilevy. ¿Y Eleanor Baladine? ¿También formaba parte de sus amigas de infancia?

Después de echar un vistazo a su reloj, Abigail Trant me explicó que había conocido a Eleanor antes de irse a vivir a Oak Brook, cuando sus maridos empezaron a hacer negocios juntos cuatro años atrás.

—BB solucionó muchos problemas de seguridad de Global y los dos congeniaron enseguida. Y Jean Claude Poilevy nos ha sido de gran ayuda desde que nos hemos instalado aquí.

Entendía perfectamente que el gobernador de Illinois pudiera ser de gran ayuda a alguien con dinero a mansalva: corruptelas en las normas de edificación, evasión de impuestos en Global, un trato especial en la mansión de Thornfield Demesne.

—Sé que Baladine fue inmediatamente informado sobre la fuga de Nicola Aguinaldo de manera que Eleanor sabía que había muerto antes de que yo apareciera por ahí. ¿Tiene alguna idea de por qué estaba tan irritable?

Abigail se encogió de hombros.

—No es fácil cuando la violencia toca tan de cerca a tus hijos y aquella chica había sido la niñera de sus hijos.

Le sonreí de una manera que pudiera inducirla a hacer un poco de cotilleo.

—Venga, sé que ustedes son amigas desde hace años, pero viéndola con su hijo el otro día no me dio la impresión de madraza cariñosa.

Abigail también sonrió pero se negó a seguirme el juego.

—BB es muy deportista y su estancia en la marina fue lo más importante de su vida. No es extraño que quiera que su único hijo varón siga sus pasos, y seguramente eso les impide ver, a él y a Eleanor, lo duros que son con el chico. Y no es fácil el mundo que les ha tocado vivir a los chicos de hoy; no estaría de más que Robbie aprendiera algunas habilidades para competir en él. Si eso es todo lo que quería saber, yo tengo que irme. Esta noche tenemos a veinte invitados y el servicio de catering necesita que le dé unas cuantas instrucciones.

Se deslizó por el taburete hasta el suelo; la imité y dije:

—BB me llamó para que fuera a verlo a su oficina ayer por la noche y me amenazó con arruinarme el negocio si sigo investigando cómo murió la ex niñera de sus hijos. ¿Tiene idea de por qué?

Se detuvo al lado del taburete. Un adolescente nos exigió que nos aclaráramos de una vez, nos quedábamos o nos íbamos, hay otra gente que quiere sentarse, ¿saben? La impertinencia hizo que Abigail Trant apoyara una mano en el taburete y dijera que acabaríamos en un minuto. El adolescente resopló exasperado y se volvió bruscamente para darle un golpe a Trant con su mochila.

—Mocosos de centro comercial —dijo Abigail Trant—. Por eso no dejo venir a Rhiannon, para que no aprenda esos modales. Hábleme un poco de su negocio. Deduzco que no es tan grande como Carnifice.

Dios bendiga a los mocosos de los centros comerciales. Trant ya estaría en su Mercedes si no hubiese querido dar una lección a aquel crío. En cuatro pinceladas le expliqué las diferencias entre Investigaciones Warshawski y Carnifice Security. No sé exactamente qué, pero algo le interesó lo bastante como para olvidarse de la hora y preguntarme cómo había empezado a investigar, qué estudios se necesitaban, desde cuándo me dedicaba a ese trabajo...

—¿Le gusta tener su propio negocio? Haciendo todo el trabajo usted sola, ¿tiene tiempo para la vida privada?

Reconocí que era difícil mantener una vida privada.

—Pero como tengo que trabajar para ganarme la vida, me siento mejor trabajando para mí misma que si lo hiciera para una gran empresa como Carnifice. Sea como sea, me gusta saber que ha sido mi trabajo el que ha solucionado un problema.

—¿Y cree que BB podría arruinarle el negocio?

Encogí un hombro con impaciencia.

—No lo sé, pero me gustaría saber por qué el hecho de que yo haga preguntas sobre la ex niñera de sus hijos le induciría a hacerlo.

Tamborileó una uña de color perla en la barra.

—No creo que exista ningún misterio alrededor de la muerte de esa chica. Creo que se trata de la personalidad de BB. Usted entró en su casa e interrogó a su mujer y a su hijo. Seguramente cree que usted ha demostrado que es vulnerable. Si la ha amenazado es para sentirse mejor con el hecho de que una detective privada con un pequeño negocio haya penetrado en sus sistemas de seguridad.

Miró el reloj y emitió un pequeño suspiro.

—Tengo que irme volando.

Se abrió paso entre la muchedumbre de compradores como si lo hubiera hecho toda la vida. Todo lo que significaba Abigail Trant me deprimía: su aspecto impecable, sus modales, que me daban mil vueltas, y la posibilidad de que pudiera estar en lo cierto sobre Nicola Aguinaldo. Sólo tenía treinta y cinco años, pero me daba sopas con honda. No era raro que fuera a recibir a un montón de invitados importantes en Oak Brook mientras yo arrastraba mi sudoroso cuerpo hacia mi coche sin aire acondicionado.

14. Migajas de la mesa

El calor me había aplatanado tanto que cuando volví a la ciudad no me vi capaz de acercarme al despacho. Había planeado meterme de lleno en el trabajo de Continental United aquella tarde pero al final me fui a casa, me duché y me tumbé.

Mientras dormitaba bajo el calor del mediodía la conversación que había tenido con Abigail Trant aparecía en mis sueños. En algunas escenas se compadecía de mí porque mi trabajo interfería en mi vida social. En otras, estaba al lado de BB sin hacer nada mientras él me amenazaba. Por suerte me desperté de la pesadilla cuando Baladine me estaba estrangulando y Abigail Trant me decía: «Te dije que no le gusta que lo amenacen».

—Pero si yo no lo estaba amenazando —dije en voz alta—. Es al revés.

¿Y qué se suponía que debía hacer? ¿Alejarme de Baladine porque interpretaba cualquier pregunta como una amenaza? Aunque Abigail Trant tuviera razón en lo del carácter de Baladine, yo tenía la sospecha de que ahí había gato encerrado. Algo que tenía que ver con Nicola Aguinaldo, con su vida o con su muerte. Quizá cuando se escapó de la prisión fue a ver a Baladine y él lo interpretó como una amenaza, la golpeó hasta dejarla sin sentido y después la atropelló. Cuando subió al coche se le cayó el emblema del mocasín. En mis pesquisas descubrí que tenía un Porsche.

Todo eran especulaciones sin ningún sentido. Exceptuando el hecho de que Nicola Aguinaldo estaba muerta. Ojalá pudiera hablar con su madre. ¿Por qué había desaparecido súbitamente la Abuelita Mercedes justo cuando su hija murió? Quizá si volviera al barrio de Aguinaldo podría encontrar al misterioso señor Morrell, el hombre que hacía preguntas sobre los que se habían fugado de la cárcel. Preparé un *espresso* para ver si me libraba del sopor que me invadía y me vestí de nuevo.

Tiré los pantalones al cesto de la ropa sucia y tardé un rato en decidir mi vestuario. Abigail Trant me hacía sentir como una desharrapada. Me reí de mí misma, un poco avergonzada, pero me puse los pantalones de lino y una camiseta ancha de color blanco; incluso me pinté un poco los labios y me puse colorete. El resultado no era comparable a la perfección de la señora Trant. Tener un aspecto cuidado, como cualquier otra habilidad, consiste en trabajártelo a fondo. Tal vez una visita semanal a Perruca me ayudaría a conseguirlo.

El sábado también es un día de recados en el Uptown al igual que en Oak Brook con la diferencia de que aquí las niñas hacen las tareas domésticas en vez de tomar clases de equitación. Cuando llamé a la puerta de la señora Attar, me abrió Mina, un poco malhumorada porque tenía que quitar el polvo. Las niñas habían dicho algo de una tal Aisha; era el padre de Aisha el que hablaba con Morrell. Después de refunfuñar un poco, Mina me acompañó a casa de la otra niña, un par de edificios más allá.

El padre de Aisha estaba en casa cuidando de un niño pequeño que iba en pañales. El hombre me saludó de forma adusta y no se movió del umbral de la puerta. En un inglés acartonado pero aceptable quiso enterarse de si era asunto mío saber si tenía una hija que se llamaba Aisha. Cuando le expliqué lo que quería en realidad, el hombre negó con la cabeza. Sentía mucho que a las chicas del barrio les gustara tomar el pelo a los forasteros. No conocía a nadie que se llamara Morrell. Su esposa quizá hubiera conocido a una mujer que se llamaba, ¿cómo ha dicho? ¿Abuelita Mercedes?, pero había ido al mercado; a él no le sonaba de nada aquel nombre. Y ahora, si le disculpaba, estaba muy ocupado. Le alargué una tarjeta pidiéndole que me llamara si oía algo del señor Morrell. Cayó revoloteando delante de él, y ahí la dejé.

Es humillante que te confundan con los del servicio de inmigración o con un secreta. No sabría decir qué es peor.

Seguramente podría haber hecho algo más provechoso el resto de la tarde pero volví a casa y me dediqué a mis cosas; colgué unas láminas que había comprado en el mercadillo. Una era la foto de una mujer joven, de la edad de Aguinaldo seguramente. Iba medio desnuda, únicamente con una camisola, y estaba mirando fijamente por la ventana; lo que me gustaba de aquel grabado era el reflejo de su cara en el cristal.

Empecé a pensar en el vestido camisero de Aguinaldo. El informe del laboratorio sólo daba cuenta del análisis de la parte externa del tejido para ver si había rastros de coche. Quizá el interior de la camiseta podría ayudarme a saber cómo había muerto Nicola Aguinaldo.

Tenía los nervios tan a flor de piel que estaba por llamar al laboratorio. Por supuesto nadie contestó al teléfono un sábado por la tarde. Después de seguir todas las instrucciones del menú de voz, dejé un mensaje en el buzón del chico que había firmado el informe del Trans Am.

El domingo por la mañana saqué a los perros otra vez para que se dieran un bañito por la mañana, siempre atenta al ojo avizor de Lemour. De vuelta a casa le dije al señor Contretras que me llevaba a Peppy al despacho para que me hiciera compañía, y le prometí que estaría de vuelta a las cuatro. Nos íbamos todos de picnic con Mary Louise y sus hijos adoptados. Mary Louise y yo nos reunimos una vez a la semana para hablar del trabajo y esta semana decidimos combinarlo con una salida familiar.

—Está bien, cielo, pero ¿tienes un cuenco ahí? Hace demasiado calor para que la princesa no beba en todo el día.

Le repliqué cortante:

—Mi misión en la vida es que ella esté cómoda. Mi despacho tiene aire acondicionado y espero que no haya asociaciones en defensa de los animales que le tiren pintura amarilla porque no se va a quitar ese abrigo de pieles que lleva, ni siquiera en junio. ¿Verdad, querida?

Peppy sonrió para darme la razón y bajó las escaleras a saltitos moviendo la cola como diciéndole a Mitch que lo abandonaba, que él se quedaba en casa con mi vecino. Cuando llegamos al despacho se fue corriendo al estudio de Tessa Reynolds. Tessa es escultora, y aquel día estaba trabajando con mármol; el polvo le dejaba las rastas brillantes bajo aquella luz tan intensa. Me saludó con su brazo musculoso y acarició un segundo al perro pero estaba demasiado concentrada en su trabajo para hacer una pausa.

Si a Tessa no le apetecía charlar un rato, no me quedaba más remedio que ponerme a trabajar. Mientras el ordenador se ponía en marcha, saqué el listín de teléfonos y empecé a llamar a todos los Morrell del área metropolitana. No me inventé nada original, dije la pura verdad: V. I. Warshawski, investigadora privada, busca al hombre que hace preguntas a los inmigrantes del Uptown. Pero claro, la mitad no estaba en casa, y los que estaban, no sabían de qué les hablaba o les importaba un pepino.

—Basta, Warshawski, ponte a hacer lo que tienes que hacer —musité mientras insertaba un CD-rom de una guía de teléfonos y direcciones de Georgia. Para comprobar números de teléfono no tenía que concentrarme: mis pensamientos seguían volando en torno a Aguinaldo. Baladine había dicho que había fingido una enfermedad para que la llevaran al hospital. Mary Louise me dijo que el informe de la prisión decía que tenía un quiste en un ovario. ¿Qué es lo que sabía Baladine? ¿Que esto era falso, o que el informe era falso?

Cuando era abogada de oficio, a mis clientes les era imposible tener asistencia sanitaria. Un hombre que tenía un cáncer linfático que le obstruía el diafragma murió solo, por armar un alboroto cuando pedía ayuda. Me extrañaba que Coolis fuera tan amable con sus inquilinos que incluso permitiera a Aguinaldo fingir una enfermedad.

Y suponiendo que se escapara del hospital, ¿cómo consiguió llegar a Chicago en tan poco tiempo?

Dejé las notas de Georgia a un lado y fui hasta el armario para sacar los mapas del condado de Illinois. Peppy, tumbada bajo la mesa, se medio incorporó para ver si me iba. Cuando volví a sentarme, ella se tumbó de nuevo.

El hospital de Coolis estaba al noroeste de la ciudad, al lado de la prisión, donde la expansión de la industria era mayor. Si Aguinaldo había escapado escondida en el camión de la lavandería o de la comida, habrían ido por el camino de servicio contiguo al río Smallpox. Eché un vistazo al mapa con la lupa para ver más detalles. Suponiendo que hubiera saltado del camión antes de llegar al centro, tenía muy pocas posibilidades. Podía andar por Smallpox en dirección al lago Galena o hacer autoestop en la Route 113, que iba del hospital hasta más allá de la prisión o hacia el noreste, alejándose de la ciudad.

Sólo había un cruce entre el hospital y la cárcel, Hollow Glen Road, que volvía a juntarse con la 113 un par de kilómetros más allá y con otra carretera estatal dos kilómetros al sur. No me imagino quién podría haberla subido, a menos que Baladine la hubiera estado esperando en Hollow Glen Road con el Porsche. Sólo la policía o el ejército tenían los recursos necesarios para responder a algo así. Aparté el mapa frustrada.

Volví al trabajo que me pagaban y me esforcé por no desconcentrarme, copiando números en una carpeta y haciendo ampliaciones de las zonas en las que los camiones de Continental United pinchaban. Estaba totalmente inmersa en aquellas rutas cuando Tessa asomó la cabeza por la puerta.

—Tu amigo Murray está aquí. Llamó a mi timbre por error. ¿Le digo que pase? Viene con compañía.

Levanté las cejas sorprendida, pero la seguí hasta la puerta principal. Murray estaba ahí junto a Alex Fisher. Llevaba vaqueros ajustados y una camiseta de malla fina que dejaba ver su sujetador de licra y sus pezones erguidos. Mientras los dos entraban en mi despacho me fijé en los pies de Alex-Sandy, pero si tuviera un Ferragamo sin emblema seguro que no los llevaría.

Murray se detuvo para hablar con Tessa.

—Qué lástima que no pudieras venir el martes al Glow. Fue sensacional.

Tessa lo despachó de una forma muy diplomática que había aprendido de sus años viajando por el mundo con sus acaudalados padres. Siempre he envidiado a las personas que no necesitan saltar a la yugular para deshacerse de alguien. Como hice yo enseguida.

—Sandy, lo siento, pero el martes no te reconocí. Has cambiado mucho desde que nos instigabas a las barricadas en la facultad.

Sonrió fríamente.

—Ahora me llamo Alex, no Sandy. Otro cambio en mi vida.

Inspeccionó mi despacho con gran interés. Tenía el almacén dividido en espacios pequeños con tabiques desmontables; no porque necesitara muchas salas, sino porque quería que aquel lugar tuviera unas medidas a escala humana. Aparte de eso y de una buena iluminación, no había invertido demasiado en decoración.

Alex-Sandy daba la impresión de pavonearse, como si estuviera comparando su despacho con el mío, cuando sus ojos toparon con un cuadro en el tabique que quedaba frente a mi mesa.

—¡Es un Isabel Bishop! ¿Cómo lo conseguiste?

—Lo robé en el Instituto del Arte. Sentaos, por favor. ¿Queréis tomar algo?

Una anciana cuyo nieto se había gastado su fortuna me dio el Bishop en vez de pagarme en metálico, pero no me pareció que fuera asunto de Alex-Sandy.

—Oh, Vic, siempre tuviste un sentido del humor muy raro. Ahora me acuerdo. ¿Tienes agua Malvern? Afuera hace un calor tan espantoso... Ya no me acordaba de cómo era pasar un verano en Chicago.

—¿Malvern? —parándome de camino a la nevera—. ¿Te lo enseñó BB o tú se lo enseñaste a él?

—No sabía que conocieras a Bob. Creo que los dos lo aprendimos de Teddy Trant. Va mucho a Inglaterra. ¿Tienes Malvern entonces?

Lo dijo con suavidad, sin desdén.

Estaba sentada en un taburete al lado de la mesa bajo la cual Peppy estaba recostada. Cuando ella y Murray llegaron, se levantó para saludarlos, pero algo en mi voz le debió sonar a alarma y enseguida se acurrucó otra vez bajo la mesa.

Dejé que Alex-Sandy escogiera entre agua del grifo o Poland Springs, que es más barata e igual que las de importación, al menos en mi paladar. Murray tomó té helado del que prepara Tessa; té natural que bebe a litros mientras trabaja. En la entrada tenemos una nevera que compartimos y somos muy escrupulosas a la hora de dejar notas sobre qué hemos cogido de la otra.

—Murray me ha dicho que te has hecho investigadora privada —dijo Sandy mientras me sentaba tras la mesa—. Es un trabajo un poco extraño para alguien con tu educación. ¿Te cansaste de la ley? Eso puedo entenderlo perfectamente, pero mis fantasías se concentran en poder retirarme en un rancho algún día.

—Ya sabes cómo son estas cosas, Alex. Cuando llegas a la mediana edad, vuelves a tus raíces. Tú dejaste las barricadas por la sala de juntas; yo no pude alejarme del trabajo de policía de mi padre —me volví hacia Murray—. Sandy siempre me daba la lata por no acompañarla en los movimientos de protesta. No paraba de repetirme que una chica de familia obrera, que todavía no sé lo que significa, debería estar al frente de todas las luchas.

—Tenemos que ir siempre hacia delante. Eso son luchas del pasado. Después de todo, estamos en los noventa. Cambiando de tema, Murray me habló de ti cuando estábamos meditando sobre cómo podríamos ayudar a Lacey en un tema un poco espinoso.

Una migaja de la mesa de Global. Quizá Murray se había sentido tan mal como yo después de la conversación que tuvimos la otra noche y estaba intentando arreglarlo de una forma sutil. Me lo imaginaba cenando con Alex-Sandy. En el Filigree, o incluso en el Justin's, el restaurante más de moda al oeste de Randolph, inclinándose hacia el modesto escote de Alex: «Ya sabes que V. I. es un poco histérica pero me hizo el trabajo sucio en un par de reportajes que consolidaron mi reputación y no soporto verla siempre tan colgada. ¿No podría hacer algo por Global para que estuviera un poco más desahogada?».

—Global tiene un millón de abogados, detectives y guardaespaldas para proteger a sus estrellas —supongo que aún no me apetecía una migaja.

—Es un asunto un poco más delicado —dijo Murray—, al menos por lo que yo sé. A lo mejor incluso viste el problema el martes en el Glow.

—Lucian Frenada —dijo Alex bruscamente—. Él y Lacey tuvieron una historia chico-conoce-chica hace veinte años y él no acepta que eso ya se acabó, que Lacey tiene que seguir su vida y él también.

Me quedé mirándola como un pasmarote.

—¿Y?

—Queremos que le dejes eso bien claro, que deje de acosarla y llamarla y perseguirla en público —Alex hablaba con la misma irritabilidad de sus arengas de juventud.

—Yo no soy guardaespaldas. Lo hago todo yo sola. A veces pido ayuda a alguien pero si lo que necesitáis es protección asegurada tenéis que ir a una empresa grande como Carnifice.

—No se trata de hacer de guardaespaldas.

Alex miró a su alrededor buscando una mesa y dejó el vaso en el sillón que estaba a su lado.

—Ella no está asustada, pero se siente un poco violenta en esta situación.

Hice una mueca.

—Murray, si esto es tu idea de un favor, mejor que te lo lleves a otra parte. Si no está asustada puede hablar con él. Y si él la incordia de verdad, el estudio tiene recursos para dejarlo fuera de juego.

—En la facultad no eras nada estúpida —espetó Alex—. Si fuera tan sencillo, ya lo habríamos hecho. Cuando eran pequeños eran muy buenos amigos y se defendían el uno al otro cuando los chicos del barrio les querían pegar. Ella no podría soportar herirle los sentimientos porque al menos una vez la salvó de que le dieran una buena paliza en las escaleras. Además, este chico es un modelo de pequeño empresario en un barrio conflictivo. Si se descubre que una gran compañía lo está molestando nos dejarán muy mal en la prensa hispana y esto sería muy perjudicial para la imagen de Lacey.

Murray estaba jugueteando con el vaso. Algo le incomodaba, aunque no sabía si era la condescendencia de Alex, mi brusquedad o el encargo en general.

—¿Tiene un negocio? —pregunté—. ¿De qué?

—Ropa —dijo Murray—. Uniformes de equipos de chavales, camisetas de publicidad y ese tipo de cosas. Empezó con los uniformes de fútbol de San Remigio y siguió adelante. Tiene a muchos empleados del barrio. Es el segundo héroe del barrio; la primera es Lacey, claro.

—Pero ¿qué queréis que haga? ¿Que le queme la fábrica para que encuentre otro quebradero de cabeza en vez de Lacey?

Alex-Sandy se quedó pensativa considerando esta idea tan brillante, lo cual me dio mucha rabia.

—Lacey volverá a Hollywood y él se quedará aquí. No entiendo dónde está el problema.

—Se trata de imagen, Vic —espetó Alex—. Lacey se queda ocho semanas en Chicago para el rodaje de *La Virgen VI*. No podemos permitir que la esté acosando todo el tiempo y tampoco podemos tratarle a patadas. ¿Por qué no hurgas un poco en su vida a ver si encuentras alguna historia comprometedora? Entonces podremos ofrecerle un *quid pro quo:* deja a Lacey en paz y no te denunciaremos. Si encuentras algo sospechoso, Global te lo agradecerá profundamente y te aseguro que tienen recursos para expresar su gratitud.

Me recliné en la silla y me quedé observándolos, a los dos. Murray había dejado de jugar con el vaso y ahora estaba mutilando la servilleta. Se le estaban cayendo bolas grises de papel mojado en los vaqueros. Alex me miraba con impaciencia arrogante: me estaba poniendo de los nervios.

—No voy a fabricar pruebas para un delito o una falta a pesar de que sea tan importante para Global como para que me den los derechos residuales de *La Virgen VI*.

—Claro que no, Vic —dijo Alex inquieta—. No te estoy pidiendo eso. Te estoy pidiendo que busques, que hurgues. ¿Cuánto acostumbras a cobrar?

—Cien dólares la hora más gastos.

Se echó a reír.

—Había olvidado que siempre fuiste muy honesta. La mayoría de la gente dobla o triplica el sueldo cuando el abogado de un estudio de cine les ofrece trabajo.

Lo que se traducía en que cien dólares era tan poco que tenía que ser verdad.

—Te pagaremos el doble si das prioridad a este caso. Y recibirás un cheque de cinco cifras si encuentras algo que podamos usar. Te dejo las direcciones y los teléfonos de Frenada.

—No vayas tan rápido, Sandy.

Como el padre de Aisha esta mañana, dejé que el papelito en cuestión cayera al suelo.

—Tengo que meditarlo antes y hablar con la señora Dowell para saber si tiene la misma versión de la historia.

Alex-Sandy apretó los labios.

—Preferiríamos que Lacey no se viera involucrada en eso.

Me quedé estupefacta.

—Si ella no está involucrada, ¿a qué viene todo este tinglado?

Murray se puso a toser, una señal reveladora tan poco típica de su carácter que aún me irritó más.

—Vic, vamos a llamar las cosas por su nombre. Claro que puedes hablar con Lacey y preguntarle por Frenada. Lo que intentamos evitar, o lo que Global quiere evitar, es que alguien sospeche que están acosando a los antiguos amigos de Lacey.

—Nadie quiere que te inventes pruebas. Y a nadie que te conozca se le pasaría por la cabeza que fueras capaz de hacerlo. Y se lo dejé muy claro a Alex ayer por la noche. Pero si descubres algo que el estudio pueda utilizar para chantajearlo, entonces preferiríamos que Lacey no supiera que fue Global quien arregló el asunto. Y sobre todo no queremos que aparezca en la prensa.

—Me parece que Teddy Trant puede ayudaros en esto —dije sin eliminar el sarcasmo de mi comentario.

—Teddy sólo controla un periódico y un canal de televisión. Además, una cosa no tiene nada que ver con la otra —dijo Alex-Sandy.

—Claro, y el Papa no tiene nada que ver con las parroquias, ¿no? Me lo pensaré y ya te diré algo. Y por supuesto, si acepto, Global firma el contrato. No tú, ni Murray como tu testaferro.

Un poco más y se me escapa «tu títere».

—Vamos, Vic, me conoces. Y Murray es testigo.

—¿Vamos a ondear las corbatitas de Phoenix y a cantar a grito pelado la canción protesta de Chicago para demostrar que somos leales la una a la otra? Estudiamos derecho en una barriada de Chicago, no en Eton. Quizá mi barrio me haya marcado más que mi carrera, pero una de las cosas que más nos inculcó Carmichael era la importancia de quién firmaba los contratos.

Su amplia boca se convirtió en una línea recta y rígida, pero al final dijo:

—Piénsatelo. Mañana te llamo.

—No puedo tomar una decisión en tan poco tiempo. Tengo que acabar algunos proyectos urgentes antes de considerar el vuestro. Por eso estoy trabajando un domingo. Por cierto, Murray, ¿cómo se te ocurrió pasar por aquí? No es muy normal que esté en mi despacho un domingo.

Alex contestó por él.

—Primero fuimos a tu casa y el viejo nos dijo que estabas aquí. Mañana te llamo.

—Me muero de ganas de oír cómo te describe mi vecino. Murray sabe que será original y pródigo en detalles.

¿Por qué tenía que entrar a matar cada vez que me herían el orgullo? Un segundo después de haberme hecho esta pregunta tan clara, llamé a Murray, que estaba siguiendo a Alex-Sandy por el pasillo.

—¿Fue en Justin's o en Filigree donde tramasteis esto?

Se volvió y levantó una de sus tornasoladas cejas.

—¿No será que estás un poco celosa, Warshawski?

15. Picnic familiar

Me quedé con la vista clavada en el ordenador durante un rato, pero me fue imposible encontrar un aliciente para dedicarme al problema de los camiones en Georgia. El último comentario de Murray me había dolido. Lo que significaba que seguramente tenía una pizca de razón. No estaba celosa de las mujeres con las que salía, bailaba o dormía. Pero habíamos trabajado juntos durante tanto tiempo que habíamos creado el lenguaje propio que sólo tienen los viejos amigos. Me dolía que se sintiera más a gusto con alguien como Alex Fisher-Fishbein que conmigo. Al menos yo tenía personalidad. Ella sólo tenía poder, dinero y glamour.

Murray era periodista de investigación. Tenía los mismos recursos que yo —a veces incluso mejores— para destapar casos de empresarios de la ciudad metidos en asuntos de droga. Quizá me estuviera ofreciendo lo de Frenada como una oportunidad para hacer mucho dinero. O porque se sentía culpable de haberse vendido a Global. Tal vez debería estarle agradecida, pero no podía evitar sentirme intranquila.

Que viniera Alex directamente a verme en vez de un representante de seguridad del estudio tenía sentido, pero hasta cierto punto. Cuando hablé con Frenada en el Golden Glow me pareció amable y tranquilo, no un delincuente. Aunque siempre salen historias en los periódicos de asesinos en serie que a los vecinos les parecían de lo más agradables. Y yo había visto con mis ojos cómo Frenada abordaba a Lacey en medio del Golden Glow. Si era verdad que la acosaba continuamente, entonces Alex estaba teniendo mucho tacto con alguien que podría poner en peligro a Lacey. Si no lo era, Global tenía algún plan que me traería problemas si decidía hacerles el trabajo sucio.

En la fiesta, Frenada me había dicho que tal vez pudiera ayudarle, que pasaba algo raro en su fábrica. Todos los quebraderos de cabeza que me estaba suponiendo Nicola Aguinaldo habían hecho que me olvidara de mi conversación con Frenada. Ahora me preguntaba si Global estaría haciendo algo para desprestigiarlo. Si él había descubierto el plan del estudio y Global se había dado cuenta, Alex quizá intentara cogerme como cebo en el montaje.

Me conecté a LifeStory y pedí información de Frenada, no porque hubiera decidido aceptar el trabajo sino más bien porque quería situarme un poco en su vida. Para conocer su carácter sería mejor que hablara con gente que lo conociera, pero no tenía tiempo de hablar con sus empleados o con su párroco en Humboldt Park si no iba a aceptar el trabajo.

Mientras intentaba hacer una lista de todo lo que tendríamos que indagar Mary Louise y yo acerca de Georgia, no podía dejar de pensar en el comentario de Alex, que si hacía el trabajo que quería, Global tenía recursos para expresar su gratitud. Un cheque con cinco cifras. Me preguntaba de qué cifras se trataría. Con cincuenta mil, no sólo podría comprarme un coche nuevo, sino que podría tener unos ahorrillos, o tal vez contratar a alguien a jornada completa en vez de depender de los horarios erráticos de Mary Louise. ¿Y si fueran setenta u ochenta mil? Murray conducía un Mercedes azul pastel; yo podría comprarme el Jaguar XJ-12 que había visto anunciado el miércoles.

—Así se caza al ratón —me regañé en voz alta—. Si te dejas comprar por un coche usado, V. I., es que no vales nada.

Trabajé un par de horas con una única pausa para comprar un bocadillo y dejar que Peppy hiciera sus necesidades. Después no alcé la vista de los papeles hasta que Tessa entró en mi despacho a las tres y media.

—Hace tiempo que no viene Mary Louise —comentó sentándose en el brazo del sillón.

—¿Vigilas el local?

Sonrió.

—No, tonta. No eres la única detective que hay por aquí: cuando viene Mary Louise siempre ordena papeles. Yo me voy. ¿Te apetece un café?

Miré el reloj y le dije que tendríamos que dejarlo para otro día porque tenía que ir a recoger al señor Contreras. Hice una copia de seguridad de todo lo que había hecho y empecé a buscar entre el montón de papeles del escritorio el informe que me había enviado Max desde Beth Israel. Quería hablar de ello con Mary Louise. Me había olvidado de que había metido los papeles en la carpeta etiquetada *Alumni Fund* pero al final los encontré con el sofisticado método de buscar en todas las carpetas que había apilado últimamente.

Saqué el informe que los de la ambulancia habían entregado al hospital. Se detallaba el lugar exacto en el que habían encontrado a Aguinaldo, qué habían hecho para estabilizarla y la hora a la que habían llegado a Beth Israel (las 3.14 de la madrugada), pero no aparecían los nombres de los agentes que habían hablado con Mary Louise y conmigo en Edgewater. Me preguntaba hasta qué punto era tan necesario como para pedirle a Mary Louise que fuera a preguntar si los de la ambulancia recordaban a los agentes. Pero es que no se me ocurría nada más para averiguar si Baladine o Poilevy habían tenido algo que ver con el hecho de que los policías acudieran a mí.

—Voy a ducharme y a poner un poco de orden en mis herramientas —añadió Tessa como indirecta mientras yo dejaba caer la carpeta encima del montón de papeles; si Mary Louise se hubiera encargado de esto, habría pegado una etiqueta al momento y lo habría archivado en el cajón de casos pendientes.

—Sí, siempre fuiste la preferida del profesor. Así no se va a ninguna parte, pero me las apaño.

Apagué el ordenador dando por finalizado el día y me llevé una segunda copia de seguridad. Es la segunda cosa que me enseñó mi viejo amigo *hacker:* llévate siempre una copia de todo. Nunca piensas que el despacho que van a robar o a quemar puede ser el tuyo.

Tessa, con el pelo empapado de la ducha, estaba cerrando su estudio cuando yo llegué al vestíbulo. Se había cambiado y ahora llevaba un vestido veraniego amarillo de algodón ligero y caro. Me preguntaba si un ropero de diez mil dólares podría hacer que me pareciera a ella o a Abigail Trant. Las dos venían de mundos similares: escuelas privadas, hijas de empresarios afortunados. Seguramente, la única diferencia radicaba en sus madres. La de Tessa se había saltado las normas y se había labrado una carrera como abogada.

—No me gusta criticar, pero siempre pensé que a Murray le gustaban mujeres más dóciles que este espécimen biónico que ha traído hoy —comentó Tessa mientras conectaba la alarma—. Se pavoneó mucho cuando me la presentó; así que me he imaginado que no se trataba de una visita de negocios.

—No es una mujer biónica, es una Space Beret.

Cuando vi la cara de desconcierto que ponía le dije:

—Ya veo que no te relacionas con niños en tu vida diaria. Los Space Berets son unos personajes de los estudios Global: dibujos, cómics y muñecos de acción que les dan billones de dólares. Esta mujer es una de sus abogadas. Cuando estudiamos juntas en la facultad se llamaba Sandy Fishbein y era la cabecilla de las sentadas. Ahora, que es la cabecilla de las mesas de juntas, me confunde y no sé qué pensar de ella ni cómo llamarla. Ha seducido a Murray y ahora me están convenciendo para hacer un *menage à trois.*

—Nunca he confiado en las mujeres que han conseguido sus músculos únicamente en el gimnasio y que sólo los usan como accesorio para sus modelitos —dictaminó Tessa flexionando sus propios brazos, vigorosos de años dando martillazos a la piedra y al metal.

Me eché a reír y le dije adiós con la mano mientras subía a su cochecito: de los más modernos, con asientos de cuero, aire acondicionado y suspensión perfecta. A su lado, el Skylark tenía un aspecto más decrépito que nunca. Sentí otro retortijón de envidia no deseada. No habría cambiado a mis padres por ningún magnate del mundo, pero a menudo deseaba que mi herencia hubiera incluido algo más que el piso de cinco habitaciones cuya venta después de la muerte de mi padre apenas dio para cubrir las facturas médicas.

No sé si Abigail Trant había tenido algo que ver con la visita de Alex y Murray. Cuando le hablé de mi trabajo se mostró muy interesada. A lo mejor había ido directa a Teddy. Me la imaginé jugando con su corbata mientras se vestían para recibir a sus importantes invitados: «Teddy, ¿sabes quién es la mujer con la que BB está tan irritado? Creo que podríamos ayudarla. ¿Por qué no le das un trabajito?». Quizá debería plantearme más en serio la oferta que me acababan de hacer. O al menos averiguar si Frenada estaba acosando a Lacey de verdad.

Cuando llegué a casa subí corriendo las escaleras para llamar a Mary Louise. Emily se puso al teléfono y me dijo que Mary Louise ya había salido para ir al picnic.

—De acuerdo, pero quiero saber algo de tu competencia. ¿Sabes dónde se aloja Lacey Dowell durante el rodaje de *La Virgen VI*?

—¿No estarás insinuando que ha cometido algún delito, ¿verdad? —inquirió Emily.

—No. Me han dicho que un viejo amigo suyo la está acosando. Sólo quiero hablar con el portero del hotel y averiguar si es verdad.

Se quedó meditando un rato hasta que decidió que era un motivo bastante inocuo como para revelarme la ubicación de su heroína: una suite en el Trianon, un lujoso hotel en la cima de Gold Coast que da a la residencia del cardenal por un lado y al lago Michigan por el otro. Menudo cambio con la esquina North con Carolina donde se crió.

—Gracias, cielo. ¿No te apuntas al picnic? El señor Contreras traerá la comida.

Murmuró algo sobre que tenía que ver a su padre.

—Tiene una nueva novia y quiere que nos hagamos amigas antes de que me vaya a Francia.

—No tienes que hacerlo si no te apetece —le recordé.

—Ya, ya lo sé, pero me marcho el miércoles y de todas formas tengo que despedirme de él.

Supongo que nunca se pierde la esperanza de que un padre, o una madre, por mal que se haya portado, se convertirá por arte de magia en alguien que se preocupa por nosotros. Me fui un poco triste con el señor Contreras y los perros al coche.

Al final me lo pasé bien. Nos encontramos con Mary Louise y los niños en una reserva natural al noroeste de Chicago. Durante la comida, que el señor Contreras había preparado pensando en los niños —pollo frito, patatas, magdalenas de chocolate y dulces—, Mary Louise y yo repasamos la lista de los últimos trabajos que habían llegado aquella semana. Tenía una docena de investigaciones que ella había hecho sobre la vida de algunas personas y unos cuantos cabos sueltos, pero lo que de verdad me importaba era hablar con ella de la oferta de Alex-Sandy y de mi encuentro con Baladine.

—Vamos, no hace falta que te diga que no te metas en ese asunto de Global —dijo—. Y espero que tu colega Murray no se meta en asuntos turbios con ellos; este trabajo me suena a falso. La única razón por la que podrías aceptar el trabajo es para ver qué está tramando Murray, y eso no es una recompensa suficiente para que tal vez acabes manchada por una de las mayores industrias de blanqueo de dinero en América.

Me puse de cuclillas y me sonrojé: no sabía que fuera tan transparente.

—No se trata sólo de eso. ¿Y si fue idea de Abigail Trant echarme una mano para evitar que Baladine se coma mi negocio?

Mary Louise soltó una risotada.

—¿Y qué si lo hizo? ¿Estás obligada a hacerle reverencias y a besarle sus piececitos pedicurados? Venga, Vic, esto no es un trabajo, es una trampa. Y lo sabes tan bien como yo.

Tenía razón. Seguramente tenía razón. No necesitaba que encima me toreara una compañía tan turbia como Global.

—Pero lo de Aguinaldo es diferente —dije—. Eso me afecta directamente, con el cretino de Lemour y el fiscal que está ansioso por colgarme el muerto. ¿Llamarás a los de la ambulancia para ver si recuerdan a los agentes de aquella noche?

—Puedo hacerlo, pero es un asunto de dinero, Vic. Tú me pagas, sabes, y aunque a ti te parezca muy importante, creo que dado tu presupuesto, ahora mismo es un detalle innecesario. Tienes otros asuntos entre manos. Tú misma me dijiste que el laboratorio Cheviot dio el visto bueno a tu coche y que harían de testigos en un juicio. Déjalo correr. Mañana haré las llamadas que sean necesarias a Georgia, pero recuerda que hay un viaje a Mason-Dixon dentro de poco, y no puedo dejar la ciudad con estos monstruos a mi cargo —señalando a Joshua y Nate que jugaban al Frisbee con los perros.

Se mordió el labio, como hace la gente que quiere decirte algo que no te gustará oír, y después soltó:

—Vic, hay una pizca de verdad en lo que te dijo Baladine. Sobre eso de que coges a todos los descarriados, con la diferencia de que yo los llamo extraviados. Rabias por lo que te cuesta llegar a fin de mes cuando en realidad tienes la capacidad y los contactos para formar una agencia con más solvencia. Pero hay algo dentro de ti que te impide constituirte en empresa con otros socios. Cada vez que tienes una oportunidad te sale una historia como la de Aguinaldo y, puf, se esfuma la posibilidad de acrecentar tu negocio.

—¿Acrecentar mi negocio? —fingí que le iba a dar un puñetazo—. Pareces un manual de empresa de la facultad.

Empezó a pegarme en broma y al cabo de un momento estábamos las dos persiguiéndonos por el parque con los perros a la zaga y los dos chicos gritando entusiasmados al ver a dos adultas comportándose como crías. Cuando caímos rendidas al césped con la respiración entrecortada, la conversación se fue por otros derroteros.

De todas maneras, su broma me hizo pensar que me estaba diciendo una verdad como un templo a la que yo no me atrevía a enfrentarme. Seguí pensando en ello mientras volvía a casa con el señor Contreras y los perros. Quizá Alex Fisher tuviera razón: mis orígenes me definían. ¿Me sentiría culpable si pudiera disfrutar de un éxito material que mis padres no consiguieron? De hecho, a lo mejor eso habría salvado la vida de mi madre. Murió de cáncer, de un cáncer en el útero que se le reprodujo porque no buscó ayuda cuando aparecieron los primeros síntomas.

La cháchara del señor Contreras supuso un aplazamiento del análisis de mi vida.

—Estos chicos son encantadores y el pequeño podría ser un deportista. ¿Alguna vez ven a su padre?

—¿Te crees que porque sólo los cuida su madre adoptiva pueden volverse afeminados? —pregunté, pero cuando empezó a toser avergonzado le di un respiro informándole de que Fabian no era exactamente un tipo deportista.

—Tiene una nueva novia, una estudiante mucho más joven que él. A lo mejor es tan ingenua que quiere cuidar de los hijos de su primera esposa, pero no creo que estuvieran mejor.

16. Un amigo de la familia

El sol aún no se había escondido tras el horizonte cuando regresamos a la ciudad. No era tarde y todavía quedaba luz para pasarme por el Trianon y buscar a Lacey. Sabía que Mary Louise tenía razón, que si me metía en cualquier asunto de Global estaba destinada al desastre, pero tenía que averiguar si me estaban tendiendo una trampa a conciencia. Dejé a mi vecino y a los perros en casa y me dirigí al sur, primero a mi oficina para recoger una carta que me autorizaba a hacer preguntas y después hacia Gold Coast.

El portero del Trianon me envió al jefe de seguridad, que estaba en su despacho repasando los turnos de la semana siguiente. Fue increíble la suerte que tuve: en la oficina estaba Frank Siekevitz, compañero de trabajo de mi padre durante un año después de que muriera mi madre. Debido a la poca hospitalidad de algunos habitantes de Chicago, Siekevitz se buscó un mentor llamado Warshawski. Por eso le hizo mucha ilusión verme; nos pasamos media hora contándonos la vida y hablando de la situación actual en Polonia.

—Supongo que no perderías aquella diadema con un diamante en la recepción del presidente francés, ¿eh, Vicki? —preguntó guiñándome un ojo.

Había olvidado lo pesados que eran los amigos de mi padre llamándome con un sobrenombre que yo no soportaba.

—Ojalá. No, soy investigadora privada, no pública.

—Claro que sí, en lo privado se gana más dinero. Muy lista. Además, no tienes que enfrentarte ni a los peligros ni a los horarios de la policía. Yo soy mucho más feliz ahora que me dedico a la seguridad privada.

Claro. Ésta es mi vida: repleta de dinero y seguridad. Fui sincera y le expliqué que Global me había contratado para impedir que Lucian Frenada acosara a su gran estrella y que quería averiguar si realmente era tan plasta como me lo habían pintado. Después de consultarlo con el portero, Siekevitz dijo que Frenada había venido una vez, el jueves, y que Lacey lo había invitado a su suite, donde se quedó más de una hora. Había llamado dos veces y ella había aceptado las dos llamadas. Tenían un registro de llamadas para evitar que alguien la acosara.

Siekevitz me dejó ver el registro: sabía que Tony querría que su chica tuviera toda la ayuda posible.

—Tampoco eras tan pequeña cuando te conocí; estabas jugando en el equipo del instituto. Vaya, vaya. Tony estaría orgulloso de ti. Seguro que le encantaría saber que has seguido sus pasos.

Solté una sonrisa forzada mientras me preguntaba qué pensaría realmente mi padre de la vida que estaba llevando hoy en día, y me puse a mirar el registro. Teddy Trant llamaba todos los días. A veces Lacey se ponía al teléfono y otras veces le decía al recepcionista que estaba en el gimnasio. Regine Mauger, la periodista de cotilleo del *Herald Star,* era la única persona con la que realmente se negaba a hablar. Me sentí perversamente feliz.

Cuando pregunté si podía hablar con la estrella, Siekevitz negó con la cabeza con cara de pena.

—Se ha marchado unos días a California porque no estaban listos para empezar a rodar. Por lo que me han dicho, volverá el jueves. El estudio le guarda la suite, claro. Sólo cuesta ocho mil la semana. Para Hollywood esto es lo mismo que un dólar para ti o para mí.

Nos quedamos charlando un rato más sobre su vida privada. No, no se había casado nunca. Pensaba que no había encontrado a la mujer adecuada. Me acompañó al vestíbulo y le di un billete de diez al portero por las molestias. Crucé el parque para llegar a mi coche: no había querido levantar sospechas entre el personal del hotel dejándoles ver el cacharro que conducía.

Mientras me dirigía a casa bajo el crepúsculo morado me puse un poco de mala leche pensando que Alex me intentaba tender una trampa. Pero ¿por qué? Estaba claro que a Lacey Dowell no le molestaba Frenada. Y en lo que concernía a Murray, lo veía tan obnubilado que la tristeza mitigaba mi exasperación. Aunque tenía ganas de verlo y decirle lo que me había contado Siekevitz, no me apetecía ir a buscarlo: sería demasiado doloroso encontrármelo con Alex Fisher. Además, no tenía ni idea de dónde estaba el ambiente en Chicago estos días, o estas noches. Murray había sido un cliente habitual del Lucy Moynihan en Lower Wacker, pero aquello era un abrevadero de periodistas; las personalidades de la televisión beben en otro sitio.

Ponerme a buscarlo por toda la ciudad me haría perder un tiempo que no tenía. Me armé de valor y me fui a casa; hice un fardo con la ropa sucia y la metí en la lavadora del sótano. Cuando volví arriba, el teléfono estaba sonando.

—¿Señora Warshawski? —era un hombre, y desconocido—. Me llamo Morrell. Tengo entendido que quiere hablar conmigo.

Al cabo de una hora estaba sentada frente a él en Drummers, una taberna de Edgewater. Morrell era esbelto e igual de alto que yo, con el pelo ligeramente ondulado. Eso es todo lo que vi mientras caminaba hacia mí.

En la mesa más cercana al borde de la acera había una pareja de ancianos inclinados hacia delante para poder oírse entre el bullicio de los jóvenes ruidosos que ocupaban las otras mesas. Sentí envidia de la mujer, con el pelo blanco bajo la luz de la farola, apoyando su mano en el brazo de su marido. Encontrarme con un extraño y tomar una copa a causa de una investigación me hacía sentir muy sola.

Había intentado explicarle por teléfono lo que quería saber, pero Morrell me dijo que sólo contestaría a mis preguntas si me veía en persona. Llamaba desde Evanston, el primer suburbio al norte de Chicago; Drummers era un bar intermedio entre nuestras casas.

—¿De verdad que es investigadora privada? —me preguntó cuando el camarero nos trajo las bebidas.

—No, es un hobby —dije bromeando—. Mi trabajo de verdad es cazar caimanes. ¿Y usted quién es, aparte del hombre que hace preguntas a los que se han escapado de la cárcel?

—¿Eso es lo que le dijeron las niñas? —escapándose la sonrisa—. Estoy muy intrigado en saber quién le paga por hacer preguntas acerca de Nicola Aguinaldo.

Di un trago de *cabernet*. Estaba agrio, como si hiciera demasiado tiempo que tenían la botella abierta. Me lo merecía por pedir vino caro en un barrio que tan sólo tres años atrás se había enorgullecido de servir Mogen David en botella.

—Sería una investigadora muy poco reservada si le dijera a un perfecto extraño quién me paga por investigar. Especialmente un extraño que hace preguntas sobre una inmigrante que murió de una forma desagradable y, por lo que parece, un poco sospechosa. Podrías ser un agente secreto del servicio de inmigración. O incluso un secreta de la policía iraquí. ¿Cómo se llaman? ¿Ammo o algo así?

—Amn —corrigió—. Ya la entiendo.

Empezó a tamborilear el dedo en la taza de café y al final decidió que tendría que revelarme algo si quería que yo también hablara.

—Me interesan los prisioneros políticos. Hace una década que escribo sobre este tema en varios sitios. *The New Yorker* me ha publicado algún reportaje pero casi todo lo que escribo es para organizaciones de derechos humanos o el Instituto Grete Berman. Ellos me encargaron este libro en concreto.

Apenas había oído hablar del Instituto Grete Berman: un hombre cuya madre había muerto en el Holocausto lo había fundado para ayudar a los supervivientes de la tortura.

—Y este libro en concreto, ¿de qué va?

Comió unos frutos secos del platito de la mesa.

—Me interesa la vida de los refugiados políticos. Quiero saber si se encuentran con obstáculos inesperados o sacan la fuerza de donde sea para empezar de cero en un sitio nuevo. Si un hombre, o una mujer, tenía una profesión en su país natal, normalmente se le acoge enseguida en instituciones académicas, aquí o en Europa. De todas formas, los profesionales normalmente tienen recursos y contactos para emigrar cuando han salido de la cárcel. Pero ¿qué pasa con los que no están en el mundo profesional y se van de su país? ¿Qué pasa con estas personas?

El camarero vino a preguntarnos si todo estaba bien; le pedí que se llevara el *cabernet* y que me trajera un Black Label, solo.

—Como el padre de Aisha.

—Exacto, como el padre de Aisha. ¿Cómo es que habló con él?

Le dije sonriendo:

—Me crié en un barrio de inmigrantes parecido al de Aisha y Mina. No existen secretos entre los niños, sobre todo si se trata de alguien como usted, o como yo, que venimos de otro barrio.

—Ya. A mí siempre me preocupa con quién hablarán los niños, pero si les dices que es un secreto sólo consigues que se comporten de forma más sospechosa delante de extraños. Me han hablado de usted. Me han dicho que es una policía con un perro policía y que busca a la señora Mercedes.

Tomé un sorbo de whisky.

—Si un día viene a casa le presentaré al perro policía. Es un retriever de ocho años con la incurable simpatía de todos los goldens. No lo llevé para que rastreara a la señora Mercedes. O tal vez sí, pero no con la idea de deportarla. Su hija se escapó del hospital de Coolis hace una semana y acabó muerta a unos cuantos metros de su casa.

—¿Y por qué le interesa esta mujer?

—Me la encontré en el arcén el martes por la noche. Murió al cabo de unas horas en el quirófano de Beth Israel de una peritonitis avanzada causada por un profundo agujero en el abdomen. Me gustaría saber cómo llegó de Coolis a Balmoral y quién le hizo aquella herida tan salvaje.

—¿Siempre es tan quijotesca, señora Warshawski? ¿Se dedica a investigar las muertes de los pobres inmigrantes que escapan de la cárcel?

Su tono de burla me incomodó un poco, aunque seguramente era eso lo que pretendía.

—Siempre. Y es un placer pasar de cazar caimanes a conocer gente tan cortés y servicial como usted.

—¡Uf! —resopló—. Lo siento. Me lo merezco. No paso mucho tiempo en Chicago. ¿Quién podría contarme algo de su trabajo?

Era justo. ¿Por qué debería dar información confidencial a una extraña? Le di el teléfono de Lotty y le pedí una referencia a cambio. Conocía a Vishnikov por un trabajo forense que había hecho en Suramérica a petición del Instituto Berman.

La pareja de ancianos que estaba a mis espaldas pagó la cuenta. Se levantaron y se fueron del brazo. Nunca me había sentido tan abandonada.

—Si conoce a Vishnikov, ¿puede recordarle lo del cadáver de Nicola Aguinaldo? Desapareció de la morgue. Supongo que mañana sabré cuánto puede costar hacer un análisis de la ropa que llevaba puesta cuando murió, si es que el laboratorio que lo recogió aún la tiene, pero sería mucho más fácil si averiguara dónde está su cuerpo. Si lo tiene su madre, ¿cómo se enteró de que su hija había muerto? Se fue de su piso la mañana del día que yo encontré a Nicola, cuando unos hombres con aspecto de agentes asustaron al vecindario, como seguramente ya le habrán contado.

Hice una pausa y Morrell asintió a medias con la cabeza.

—¿Quiénes eran aquellos hombres? —continué—. ¿Policía estatal de la prisión que venía a buscar a Nicola? ¿Funcionarios del servicio de inmigración, como creyeron los vecinos? ¿Agentes de una empresa de seguridad privada? Lo único que sé es que desde que la señora Mercedes desapareció, los hombres tampoco volvieron. De manera que la estaban buscando a ella o a su hija. Si alguno de sus contactos en el vecindario le permite averiguar dónde está la señora Mercedes, quizá podría convencerla para que autorizara la autopsia de su hija.

Morrell no dijo nada. Entonces me percaté del camarero y de la cola que esperaba al autobús pululando alrededor de nuestra mesa. Eran las once en punto; en la única mesa que aún estaba ocupada había dos jóvenes fundidos en un abrazo. Saqué un billete de diez de la cartera y el camarero se abalanzó a cogerlo al aire mientras los empleados se apresuraban a recoger la mesa.

Morrell me dio un par de dólares. Nos fuimos andando hasta Foster, donde habíamos aparcado los dos. Drummers estaba sólo a siete u ocho manzanas de donde había encontrado a Aguinaldo, pero podría haber sido a siete u ocho kilómetros.

—Me gustaría hablar con alguien que pudiera hablarme de la vida de Nicola antes de que la detuvieran —solté de repente cuando Morrell se paró al lado de su coche—. ¿Tenía un novio que la pegó cuando llegó a casa y la dejó morir en la calle? ¿O fue su acaudalado jefe? Cuando se escapó pensó que tal vez él la ayudaría, pero en vez de eso, ¿la maltrató? Alguien en el edificio de Wayne lo sabe, o por lo menos sabe con quién dormía.

Morrell estaba vacilando, como si no se decidiera a hablar. Al final sacó una tarjeta y me la dio.

—Hablaré con la familia de Aisha para averiguar si saben algo de la señora Mercedes. Yo no la conozco personalmente. Si descubro algo que le pueda servir ya la llamaré, y si quiere ponerse en contacto conmigo, llame al número de la tarjeta.

Era el número de la agencia de prensa que le representaba en Chicago. Me lo metí en el bolsillo del pantalón y me volví para cruzar la calle.

—Por cierto —dijo como si nada—, ¿quién le paga por hacer estas preguntas?

Me volví para verle la cara.

—¿Me está preguntando de forma un tanto sutil si me contratan los de inmigración?

—Sólo tengo curiosidad por saber lo quijotesca que puede llegar a ser.

Señalé hacia el otro lado de la calle con el dedo.

—¿Ve aquella chatarra último modelo? Soy tan quijotesca como para que éste sea el coche que me puedo permitir.

Subí al Skylark y di la vuelta con un rugido del tubo de escape digno de un tío que se acaba de sacar el carné. El Honda de Morrell se deslizó suavemente hasta la intersección delante de mí. Le debía de dar buen dinero eso de escribir sobre las víctimas de torturas: el coche era nuevo. ¿Y eso qué demostraba? Incluso alguien con principios muy firmes tiene que vivir de algo, y no es lo mismo que si tuviera un Mercedes o un Jaguar. Claro que yo no tenía ni idea de cuáles eran sus principios.

17. Ruedas sin tracción

Por la mañana fui temprano al despacho: a las once tenía una reunión con clientes potenciales y no quería que mis pesquisas personales me retrasaran. Busqué a Morrell en la Red.

Había escrito un libro sobre la tortura física, así como la psicológica, con la que intentaban aniquilar los movimientos de protesta en Chile y Argentina. También había hecho un reportaje sobre el derrocamiento del gobierno militar en Uruguay y lo que eso significaba para las víctimas de la tortura en un ensayo titulado *The Atlantic Monthly*. El trabajo de investigación que hizo sobre las fuerzas SAPO en Zimbabue, primero publicado en *The New Yorker* por capítulos, le había valido el premio Pulitzer.

¿Zimbabue? ¿Y si se habían conocido allí él y Baladine? Aunque era poco probable que Baladine hubiera ido hasta Sudáfrica. Seguramente había dirigido las operaciones desde la torre Rapelec en el este de Illinois Street, o quizás había encontrado sus clientes sudafricanos en Londres.

El *Herald Star* entrevistó a Morrell cuando se publicó el libro sobre Chile. A través de esta entrevista averigüé que tenía unos cincuenta años, que había nacido en Cuba pero se había criado en Chicago, que había estudiado periodismo en Northwestern, y que seguía a los Cubs a pesar de vivir casi siempre alejado de su casa. Y que sólo daba su apellido; el entrevistador no había conseguido sacarle su nombre de pila. Aunque sabían sus iniciales —C. L.— no quería divulgar su nombre.

Como si no tuviera nada mejor que hacer, me puse a pensar qué nombre le habrían puesto sus padres. Quizá un nombre que conmemoraba una gran batalla o un enorme triunfo económico y decidió borrarlo de su vida avergonzado. ¿Era realmente cubano o sus padres habían ido allí con una multinacional o con el ejército cuando él nació? Tal vez le habían puesto el nombre de alguna hazaña épica cubana, como la guerra de los diez años, y decidió deshacerse de él a toda prisa. Estaba tentada de buscarlo en los archivos de inmigración o en los tribunales, pero sabía que aquel impulso sólo se debía a la frustración que sentía por ser incapaz de centrarme.

Para cambiar la fuente de frustración, miré el informe del Life-Story de Frenada que había pedido el día antes. Había pagado por tener la información en veinticuatro horas y, aunque no era la forma más rápida, que costaba unos cientos de dólares, conseguir la información en una noche ya era bastante caro. Guardé la información en un disquete y lo imprimí.

Un niño de ocho años sería capaz de descifrar las cuentas de Frenada. Tenía una cuenta corriente con intereses y se gastaba aproximadamente los 35.000 dólares que ganaba con su negocio todos los meses. Su negocio, uniformes de camisetas, lo tenía desde hacía nueve años. Con el tiempo había pasado de recaudar 6.000 al año a 400.000 dólares.

Frenada mandaba cheques a la escuela católica San Remigio para cubrir los gastos de dos chicos: que no eran suyos, que yo supiera. Al menos no había constancia de que se hubiera casado ni ningún acuerdo para dar fondos a los niños. Gastaba unos 700 dólares al mes con la American Express y la MasterCard para cubrir los gastos de la vida diaria. Tenía una cuenta de ahorros con 20.000 dólares. Estaba pagando una hipoteca de 150.000 dólares por un piso de dos habitaciones en el barrio Irving Park, y tenía un seguro de vida de 100.000 dólares, con tres niños apellidados Caliente como beneficiarios. Aparte de esa espléndida generosidad, tenía un Taurus desde hacía cuatro años cuyas letras acababa de terminar de pagar.

No tenía propiedades en las islas Caimán ni acciones u opciones de compra. No había rastros de que se dedicara al negocio de la droga, ni ingresos extraños que pudieran significar chantaje. Frenada era o extremadamente honrado o tan listo que ni siquiera los investigadores de LifeStory podían seguirle la pista.

¿Qué esperaban encontrar Murray y Alex-Sandy? Si se trataba de un delito de juventud, no estaba interesada en escarbar tan lejos. Quizá había hecho algo medio ilegal para obtener un trato especial en el encargo de uniformes o para obtener fondos. Eso no era tan distinto de lo que hicieron Baladine y Rapelec en África, aunque a una escala menor.

Murray estaba en su despacho.

—No puedo aceptar el caso de Frenada. Como viniste con Alex para intentar contratarme, supongo que basta con que te lo diga a ti sin tener que llamarla a ella.

—Tranquila, ya se lo diré. ¿Por algún motivo en concreto?

Me quedé embobada mirando las migas de rosquillas al lado de la fotocopiadora.

—Estoy muy ocupada ahora mismo —después de un silencio demasiado largo—. Una investigación de este tipo necesita más recursos de los que yo tengo.

—Gracias por confiar en mí, Vic. Ya le diré a Alex que estás demasiado ocupada.

Su enfado, estaba más herido que encolerizado, me hizo responder rápidamente.

—Murray. No sabes lo que quiere Global, ¿verdad?

—Alex me explicó la situación el viernes —dijo muy seco—. Si te parece tan raro es porque no entiendes cómo funciona Hollywood. Para ellos sólo cuenta la imagen; la imagen se convierte en algo más real que el mundo que los rodea. El éxito de Lacey y la imagen de Global están fuertemente ligados. Quieren...

—Ya sé lo que quieren, cielo —dije sin ponerme agresiva—. Lo que no entiendo es por qué lo quieren. Si nos centramos en el mundo real, hablé con el jefe de seguridad del Trianon. No sé si sería tan amable contigo pero deberías hacerle un par de preguntas.

Colgamos después de mi última frase cortante. Pobre Murray, no creo que pudiera soportar ser testigo de su vulnerabilidad si Global lo destrozaba.

Mary Louise llegó alrededor de las diez después de haber llevado a Nate y a Josh al campamento. Iba a hacer unas cuantas llamadas a Georgia mientras yo vendía mis habilidades a un par de abogados que buscaban una empresa que llevara sus investigaciones. Estas reuniones no suelen llegar a ninguna parte, pero tengo que seguir haciéndolas con suficiente entusiasmo para no sentirme una frustrada.

—¿Has llamado a la tal Alex para decirle que no vas a jugar al juego de Global? —preguntó Mary Louise mientras yo metía los papeles de la presentación en el maletín.

—Sí, señora, agente Neely —la saludé con prontitud—. Al menos se lo dije a Murray.

El teléfono sonó antes de que pudiera irme; me quedé en el umbral mientras Mary Louise contestaba. Le cambió la expresión.

— Investigaciones Warshawski... No, soy la detective Neely. La señora Warshawski está a punto de ir a una reunión. Un momento, a ver si puede atender su llamada... Hablando del rey de Roma... —dijo con el botón de espera apretado.

Fui a coger el teléfono tras el escritorio.

—Vic, me has decepcionado. Pensaba que aceptarías el trabajo que te ofrecí —dijo Alex en forma de saludo—. Me gustaría que te lo pensaras, por tu bien y por el de Lacey, antes de que acepte tu no como respuesta final.

—Ya me lo he pensado, Sandy, quiero decir Alex. Me lo he pensado y vuelto a pensar y lo he consultado con mis asesores. Y estamos todos de acuerdo en que no es el caso apropiado para mí. Pero conozco al detective del Trianon; puedes confiar en él para que cuide de Lacey.

—¿Hablaste con Lacey después de que te pidiera explícitamente que no lo hicieras? —su tono era punzante, como una bofetada.

—Me está picando la curiosidad, Sandy. ¿Qué me podría decir Lacey que preferirías que yo no supiera?

—Me llamo Alex ahora. Me gustaría que hicieras un esfuerzo para recordarlo. Teddy Trant quiere que aceptes este trabajo. Me pidió personalmente que te lo ofreciera.

Seguramente Abigail estaba utilizando su influencia.

—Estoy francamente emocionada. No me imaginaba que el magnate sabía que yo existía. ¿O se lo dijo BB Baladine?

Eso la picó un poco.

—Sabe quién eres porque le hablé de ti, después de que Murray te pusiera por las nubes, debo admitirlo.

—Os lo agradezco a los dos pero la respuesta sigue siendo no.

—Entonces estás cometiendo un gran error. Piens...

—Eso me ha sonado a amenaza, Sandy, que diga Alex.

—Un consejo de amiga. Aunque no sé por qué me importa. Piénsatelo otra vez. Reflexiónalo. Dejo la propuesta abierta hasta mañana al mediodía.

Y colgó secamente.

—Creo que Murray tendría que andar con pies de plomo con esta gente —fue el único comentario de Mary Louise cuando le conté lo que Sandy me había dicho.

Mi presentación fue bien. Los abogados me dieron un pequeño trabajo con el proyecto de cosas mayores en un futuro. Cuando regresé a las cuatro, Mary Louise había acabado todas las llamadas y había escrito un informe para que lo enviara a Continental United por la mañana. En resumen, un día mucho más productivo que los que yo había tenido últimamente.

Acabé de retocar el informe y fui a casa de Lotty. Intentamos vernos una vez por semana, pero aquella noche era la primera vez que teníamos la oportunidad de vernos tranquilamente en un mes.

Mientras comíamos salmón ahumado en su pequeño balcón, puse a Lotty al día de lo que había descubierto acerca de Nicola Aguinaldo. Cuando le hablé de Morrell, Lotty se fue a su despacho y me trajo un ejemplar de *Desaparecer en el silencio,* el libro que había escrito sobre Chile y Argentina. Miré la foto de la contraportada. Aunque sólo había visto a Morrell bajo la luz de una vela, y en la foto tenía siete u ocho años menos, se trataba clarísimamente del mismo hombre. Tenía la cara delgada y sonreía levemente, como si se riera de sí mismo por estar posando para una fotografía.

Le pedí que me prestara el libro: quería hacerme una idea de cómo pensaba Morrell, o al menos en qué pensaba. Después, Lotty y yo pasamos a otros temas. Lotty tiene una presencia muy intensa, a veces agotadora, pero en su casa, con su suelo pulido y los colores vívidos, siempre encuentro un remanso de tranquilidad.

Para Lotty, un día de trabajo empieza a las seis de la mañana. Me fui pronto a casa, de un humor bastante aceptable como para ponerme a hacer las aburridas tareas del hogar: puse una lavadora, quité el moho de la bañera, limpié los armarios de la cocina y fregué el suelo. A mi habitación le faltaba un toque de aspiradora pero mis tareas del hogar se acabaron allí. Me planté frente al piano y empecé a arrancarle una *fughetta* con los dedos lentos y pesados.

Es posible, como dijo el detective del Trianon el día antes, que mi padre hubiera estado orgulloso de que siguiera sus pasos, pero mi madre, seguro que no. Ella quería que tuviera una vida de erudición, o incluso de artista, el mundo que la Segunda Guerra Mundial le había arrebatado a ella: conciertos, libros, clases de canto, amigos que vivían para la música y el arte. Me obligó a estudiar piano y canto, con la idea de que retomara la carrera que ella vio frustrada por la guerra. Seguro que le habría dolido que alguien me llamara obrera.

De la *fughetta* pasé a afinar la voz, cosa que no había hecho en varias semanas. Estaba encontrando el tono cuando sonó el teléfono. Era Morrell.

—Señora Warshawski, estoy en su barrio. ¿Le importa que pase un minuto?

—No estoy preparada para recibir visitas. ¿No puede decirme lo que tenga que decirme por teléfono?

—Preferiría que no. Y no será ni una visita. Me iré tan pronto que apenas se dará cuenta de que he estado allí.

Me había puesto pantalones cortos para hacer las tareas del hogar y tenía los brazos y las piernas llenas de mugre. ¿Y qué? Si quería pasarse por casa sin avisar con tiempo, tendría que aceptarme tal como estaba. Volví a encontrar el tono y dejé que el señor Contreras y los perros contestaran al interfono cuando Morrell llamó.

Esperé un minuto antes de salir al descansillo. Mi vecino estaba interrogando a Morrell: «¿Seguro que le está esperando tan tarde por la noche? Nunca me ha hablado de usted».

Se me escapó la risa pero bajé corriendo las escaleras descalza antes de que la mujer que vivía enfrente del señor Contreras saliera a quejarse del ruido.

—Tranquilo, lo conozco. Tiene información para un caso en el que estoy trabajando.

Hice las presentaciones de rigor.

—Éste es el perro policía. Y aquel grandote es su hijo. Y éste es mi vecino y buen amigo, el señor Contreras.

Mi vecino estaba dolido porque nunca le había hablado de Morrell, pero cuando se lo presenté se calmó un poco. Volvió a entrar en su piso con los perros después de decirme que debería informarle con antelación de los extraños con los que quedaba, sobre todo cuando la policía me tenía en su punto de mira.

Morrell me siguió escaleras arriba.

—Con un vecino así no necesitará un sistema de seguridad. Me recuerda los pueblos de Guatemala; ahí la gente se preocupa mucho más de las personas de lo que estamos acostumbrados aquí.

—A veces me vuelve loca, pero tiene razón. Me sentiría bastante perdida sin él.

Invité a Morrell a que se sentara en el sillón y yo me puse a horcajadas en el banco del piano. Bajo la luz de la lámpara vi que tenía algunas canas en su mata de pelo y que las líneas de la sonrisa alrededor de los ojos eran más profundas que en la contraportada de su libro.

—De verdad que sólo estaré un momento, pero es que después de vivir tantos años en Suramérica me pone nervioso dar información confidencial por teléfono. He encontrado a la madre de Nicola

Aguinaldo. No sabía que su hija estaba muerta. Y por supuesto no tiene su cadáver.

Lo miré fijamente a los ojos, pero no existe ninguna forma de ver si la gente miente o no.

—Me gustaría hablar con la señora Mercedes a mí también. ¿Puede decirme dónde está?

Se quedó dubitativo.

—No creo que confíe en una extraña.

—Ha confiado en usted y la otra noche me aseguró que no la había visto nunca.

Torció el gesto como si fuera a esbozar una sonrisa.

—He hablado con un par de personas acerca de su trabajo y tenían razón: es una observadora muy astuta. Pero ¿por qué no confía en mí? La señora Mercedes no tiene el cuerpo de su hija.

Toqué una tríada menor en clave de fa.

—Estoy harta de la gente que me empuja hacia Aguinaldo con una mano y luego me aparta con la otra. Y parece que usted también está con los bailarines que se contorsionan en el escenario y dicen: «Mira», «no mires». Necesito encontrar a alguien que sepa algo de la vida privada de Nicola Aguinaldo. Su madre quizá no sepa nada, pero su hija, puede que sí. Los hijos saben muchas cosas de las madres.

Tamborileó los dedos en el brazo del sillón, meditándolo, pero al final negó con la cabeza.

—El problema es que, cuanto más gente hable con la señora Mercedes, más peligrosa será su situación.

—¿Cómo peligrosa?

—La pueden deportar. Quiere quedarse en Estados Unidos para que su nieta pueda tener una educación y ser algo más que una niñera o un número en una fábrica. Pero puedo ayudarla a descubrir algo, si quiere... —dejó que las palabras fluyeran como si fuera una pregunta.

Acepté a regañadientes. No soporto la idea de dejar en manos de otra persona una de las piezas más importantes del caso, especialmente si no sé qué habilidades tiene.

Se levantó para marcharse pero se paró a admirar el piano.

—Debe de ser muy buena para tener un piano así en el salón. Yo sé tocar un poco, pero nunca lo he hecho con un piano tan bonito.

—Mi madre era pianista. Una de sus viejas amigas viene a veces a afinarlo pero nunca he conseguido pasar del cuarto libro de Thompson.

Me gustaba demasiado la acción, incluso de pequeña, y mis horas de prácticas se reducían a una miseria cuando tenía ganas de ir a nadar o a correr.

Morrell esbozó la misma sonrisa burlona de la foto y se sentó a probar el piano. Tocó un nocturno de Chopin con un sentimiento inusual en un aficionado. Cuando vio *Erbarme dich* en el atril, empezó a tocar y yo a cantar. Bach produce un extraño efecto balsámico. Cuando Morrell se levantó para irse, disculpándose por haber exhibido sus aptitudes musicales, me sentí más tranquila pero no más segura que antes de que me estuviera diciendo la verdad sobre la madre de Nicola Aguinaldo. Pero si ella no tenía el cádaver, ¿dónde estaba?

Quizá los científicos que dicen que Bach y Mozart estimulan el cerebro tengan razón, porque después de que Morrell se fuera tuve una idea para la mañana siguiente. No era la mejor idea de mi vida, pero bueno, tampoco era culpa de Bach.

Fui al piso del señor Contreras cuando oí cómo se cerraba la puerta de la calle. Como me había imaginado, mi vecino estaba despierto para ver cuánto tiempo tenía a un extraño en mi piso.

—¿Te gustaría ser el ayudante de Sherlock mañana? —le pregunté antes de que opinara sobre Morrell—. Tendrías que interpretar el papel de un abuelo afligido porque su niña se escapó de la prisión y murió de una forma muy triste.

Le cambió la expresión al instante.

18. Menuda prisión

A la mañana siguiente, cuando Mary Louise llegó al despacho para ordenar archivos, yo cogí los mapas para ir a Coolis con el señor Contreras y los perros. El silenciador hacía más ruido que nunca. El aire acondicionado no funcionaba y tuvimos que ir con las ventanillas abiertas y los dientes castañeteando.

—El silenciador no era tan escandaloso cuando probamos el coche —observó el señor Contreras cuando paramos a pagar el peaje de Elgin.

—Seguro que le puso un poco de celo para poder vender mejor esta basura.

—Esperemos que aguante hasta que estemos de vuelta en Chicago.

Los perros sacaban la cabeza por la ventana y se iban cambiando de lado a medida que nos acercábamos al campo y notaban el olor a río. Al oeste de Rockford paramos en un área de descanso para comer. El señor Contreras era un cómplice servicial pero inseguro; mientras los perros se bañaban en Fox River repasamos lo que tenía que decir hasta que lo memorizó.

A pesar de aquella pausa tan larga, con el Skylark rugiendo a 110 kilómetros por hora, conseguimos llegar a Coolis alrededor de mediodía. Era un pueblo bonito, construido en un valle con dos pequeños ríos que fluían hacia el Mississippi: el gran río quedaba a quince kilómetros al oeste. Coolis había sido un centro minero a principios del siglo XIX, pero cerraron hasta la última mina cuando el Estado decidió instalar ahí la nueva prisión de mujeres.

Nunca averigüé quién tenía tanto dinero o tanta influencia en Coolis para hacerle la pelota a Jean Claude Poilevy, pero mientras atravesábamos el pueblo camino de la cárcel, pasamos Baladine Hardware y seguidamente Baladine Lincoln-Mercury. Me imaginé a BB de pequeño en Baladine Hardware jugando con candados de distintos tamaños y fantaseando que algún día jugaría con llaves y candados de verdad. Tratándose de un amigo de Poilevy, Baladine estaría al corriente de dónde concedía el contrato de la prisión la asamblea legislativa, pero la decisión de construirla en el pueblo de su familia debió de suponer una mayor contribución a las arcas del partido republicano.

Illinois parece muy grande cuando lo miras en un mapa: tiene seiscientos kilómetros de Wisconsin a Missouri, pero en realidad es un pequeño pueblo donde todo el mundo se conoce y los secretos nunca salen del núcleo de la familia. La gente que tiene negocios paga a los políticos para recibir más dinero vía contratos del Estado, y mientras que algunos pueden ser un poco sospechosos, ninguno es ilegal porque los que meten las manos en los bolsillos de los otros son, en realidad, los que redactan las leyes.

La prisión estaba a tres kilómetros al oeste de la ciudad y para llegar hasta ahí pasabas por delante de unos cuantos centros comerciales. En la carretera habían colocado unos carteles advirtiendo a los conductores de que no cogieran a autoestopistas porque podían ser prófugas peligrosas. Si subías a alguien como Nicola Aguinaldo, por ejemplo, te podía dejar el coche perdido de sangre; eso sí que sería una tragedia.

Cuando pasamos la entrada principal, el señor Contreras enmudeció. Tres enormes alambradas electrificadas y curvilíneas nos separaban de la prisión. Parecía un parque industrial moderno con los edificios blancos bajitos dispuestos como en un campus, salvo que las ventanas eran meras rendijas, como las ventanas de un castillo medieval. Y también como en un castillo, los guardianes seguían el perímetro armados. Era como un castillo, pero al revés, porque los guardias pensaban que el enemigo estaba dentro y no fuera.

Aunque alrededor de la verja crecían arbustos y árboles, dentro no había más que cemento esquirlado de la cantidad de pies que habían pasado por ahí y de lo poco cuidado que estaba. A lo lejos vimos a unas mujeres que seguramente jugaban a *softball**; cada vez que echaban a correr, levantaban un montón de polvo.

—¡Uf! —rezongó el señor Contreras cuando di la vuelta y nos dirigimos de nuevo al pueblo—. Si no estabas en una situación desesperada antes de aterrizar aquí, seguro que al cabo de un día o dos aquí encerrado ya no lo soportas. Si esto no te cura de una vida delictiva, no te cura nada.

—O te sientes tan desamparado que crees que no tenías otra opción.

Mi vecino y yo a veces no tenemos la misma opinión en temas sociales, pero eso no impide que quiera seguir ayudándome a luchar contra todos los molinos de viento que yo vea en el camino.

El hospital estaba situado donde se acababa el pueblo y de ahí salía un camino que llevaba a la prisión. Detrás estaba el río Smallpox que bajaba perezoso hacia el noroeste del Mississippi. Dejamos que los perros se refrescaran otra vez en el agua y luego observamos los caminos colindantes al hospital. Tal y como se veía en mis mapas, desde el hospital se podía ir directo a la cárcel o al pueblo, pero no existía ninguna otra escapatoria que el arroyo. Después de conducir arriba y abajo para aprenderme el camino de memoria, volvimos al hospital y aparcamos.

Coolis Medicina General era en principio un único edificio de obra vista. Con la llegada de la cárcel y los consiguientes beneficios, se añadieron dos enormes alas dándole forma de libélula. Caminamos por un largo camino, pasamos parterres y nos dirigimos a la en-

---

* Especie de béisbol que se juega con una pelota blanda. (*N. de la T.*)

trada, que estaba en la parte vieja: el cuerpo del insecto. Ahí estaban los letreros que indicaban el Centro de Cirugía Connie Brest Baladine, la sección de radiología y el punto de información de los pacientes.

—Hola —dijo el señor Contreras a la mujer aburrida que estaba en información—. Tengo que hablar con alguien sobre mi nieta. Ella..., bueno, estuvo en este hospital hasta la semana pasada y la cosa no salió muy bien al final.

La mujer se preparó para lo que le venía encima. Mientras le preguntaba al señor Contreras por el nombre de su nieta vi cómo le pasaba por la cabeza el manual completo *Qué hacer cuando una familia te denuncia por negligencia*.

—Nicola Aguinaldo —y se lo deletreó—. No estoy acusando al hospital ni nada de eso, pero me gustaría saber cómo entró y cómo salió de aquí. Cuando volvió a Chicago se metió en líos, pero antes estaba en Coolis, en la cárcel, y se puso enferma.

Después de los primeros momentos de nerviosismo, el señor Contreras estaba en su salsa. Empecé a creerme que Nicola Aguinaldo había sido su nieta de verdad, que la familia se preocupaba mucho por ella, pero ya sabe cómo son los jóvenes de hoy en día, no se les puede decir nada. La mujer de información intentaba interrumpirle para decirle que no le estaba permitido hablar de los pacientes, sobre todo si eran reclusos, pero al final se dio por vencida y llamó a un superior.

Al cabo de unos minutos apareció una mujer de mi edad. Si la hubieran rociado con poliuretano, no habría quedado más brillante e intocable. Se presentó como Muriel Paxton, la encargada de la atención a los pacientes, y nos invitó a seguirla hacia su despacho. El vestido carmín apenas se le movía al andar, como si hubiera encontrado la forma de mover las piernas sin ayuda de la pelvis.

Como todos los hospitales modernos, Coolis no había escatimado ningún detalle en los despachos de la administración. Quizá realizaban mastectomías sangrientas en consultas externas pero era impensable que se negara comodidad alguna al personal sanitario. Muriel Paxton se apoltronó detrás de una mesa de palisandro que no pegaba con el rojo pasión de su vestido. El señor Contreras y yo, con los pies en baldosas lavanda, nos sentamos en sillas de seudomimbre.

—Podríamos empezar con sus nombres —la señora Paxton cogía el lápiz como una daga y acariciaba el bloc de notas reglamentario.

—Este señor es el abuelo de Nicola Aguinaldo —dije— y yo soy la abogada de la familia.

Le deletreé mi apellido lentamente. Tal y como esperaba, la presencia de un abogado hizo que la señora Paxton no insistiera en saber el nombre del señor Contreras; no quería hacerse pasar por Aguinaldo y también me había advertido que estaba dispuesto a ayudarme pero no quería ver su verdadero nombre registrado en ninguna parte.

—¿Y cuál es el problema? —la sonrisa de la administrativa era tan brillante como su pintalabios, pero no era una sonrisa amable.

—El problema es que mi niña está muerta. Quiero saber cómo pudo escaparse de aquí sin que nadie se percatara.

La señora Paxton dejó el bolígrafo encima de la mesa y se inclinó hacia delante, un gesto que enseñan en todas las escuelas de administración y dirección de empresas: inclínate cuarenta y cinco grados para mostrar preocupación. Pero no se reflejaba en sus ojos.

—Si un paciente quiere irse, aunque no esté en condiciones óptimas para hacerlo, nosotros no podemos hacer nada para impedirlo, señor...

—No me haga reír, por favor. Viene de la cárcel, encadenada o vaya a saber cómo, y se puede ir cuando le dé la gana. Entonces me imagino que la lista de espera de la cárcel para venir aquí debe de ser kilométrica. ¿Por qué nadie nos dijo que tenía problemas de mujeres? ¿Cómo es que cuando llamaba a casa nunca nos comentaba nada al respecto? Me gustaría saberlo. ¿Me está diciendo que alguien puede irse tranquilamente de aquí sin que la propia familia sepa que estaba en el hospital?

—Señor... Le aseguro que tomamos todas las medidas...

—Y otra cosa, ¿quién hizo el diagnóstico? ¿Un guardia de la cárcel? No tenía ningún problema de este tipo que nosotros supiéramos, y nadie de este hospital se molestó en llamarnos y decir: «Vuestra niña está enferma. ¿Nos dais permiso para operarla?», o lo que fuera que quisieran hacerle. ¿Qué pasó? ¿Tuvieron algún problema durante la operación y...?

Durante la comida le había explicado al señor Contreras todo lo que tenía que decir, pero no tendría que haberme preocupado tanto: cuando arranca no hay quien le pare. La señora Paxton seguía intentando interrumpirle y a cada fallido intento se ponía de peor humor.

—Vamos a ver —dije para calmar los ánimos—. No sabemos si la operaron, señor. ¿Puede buscar el historial de la señora Aguinaldo y decirnos qué es lo que le hicieron?

La señora Paxton se puso a aporrear el teclado del ordenador. Sin una autorización judicial en principio no podía contarnos nada, pero esperaba que el mal humor le hiciera olvidar esta regla. No sé lo que vio en la pantalla, pero se tranquilizó de repente. Cuando finalmente habló, ya no lo hizo con la furia con la que yo contaba para alentar su indiscreción.

—¿Quién ha dicho que era? —inquirió.

—Soy abogada e investigadora —deslicé una tarjeta por encima de la mesa—. Y éste es mi cliente. ¿Por qué dejaron salir a la señora Aguinaldo del hospital?

—Se escapó. Seguramente fingió una enfermedad para poder...

—¿Está llamando mentirosa a mi niña? —el señor Contreras estaba indignado—. Y así se arregla todo, ¿no? ¿Cree que porque era pobre y fue a la cárcel por intentar cuidar de su hija, cree que se inventó...

La sonrisa de la señora Paxton fue glacial.

—La mayoría de los reclusos que quieren atención médica, o se han hecho daño en el trabajo o en una pelea, o fingen estar enfermos. En el caso de su nieta, sin el permiso del doctor que la llevaba, yo no estoy autorizada a enseñarles su historial. Pero les aseguro que se fue por su propia voluntad.

—Como ha dicho mi cliente hace un momento, si uno puede salir de aquí por propia voluntad, deben de tener la cárcel llena de presos que intentan lesionarse para que los trasladen al hospital.

—La seguridad es extrema —abrió un centímetro los labios para escupir esas palabras.

—No la creo —dijo enfurruñado el señor Contreras—. Si mira en la máquina esa, verá que era muy bajita, muy poca cosa. ¿Me está diciendo que la trajeron aquí con la bola y la cadena y que la serró?

Al final la hizo enfadar tanto que llamó a una tal Daisy para decirle que estaba con una abogada que necesitaba pruebas de que uno no se podía escapar de la sala de los presos del hospital. Salió tan rápido del despacho que casi tuvimos que correr para alcanzarla. Los zapatos de tacón sonaban en las baldosas como si bailara claqué, pero seguía sin mover las caderas. Pasamos al trote por información y seguimos por un pasillo en el que el personal del hospital iba saludando a la señora Paxton con la nerviosa deferencia típica de los que se dirigen a los superiores, que encima están de mal humor. No redujo el paso de claqué pero movía la cabeza como respuesta, al igual que la reina de Inglaterra cuando saluda a sus súbditos.

Nos llevó hasta la parte trasera del hospital, a una sala cerrada con candado y separada del resto del hospital por tres puertas. Todas se abrían electrónicamente cuando un hombre, que estaba detrás de un cristal doble, apretaba un botón. Hasta que la puerta que tenías detrás no se había cerrado, no se abría la que tenías delante. Parecía la entrada al Cuarto Círculo de Dante. Cuando llegamos a la sala de las reclusas ya había abandonado casi toda esperanza.

Como el resto de Coolis, la sala estaba hecha de algo blanco y brillante, pero sin olvidar que se trataba de un centro penitenciario: las ventanas eran meras rendijas en la pared. Me di cuenta de que mi teoría de que Nicola había saltado por la ventana cuando el personal estaba de espaldas era imposible.

Un guardia registró los bolsillos del señor Contreras y mi bolso y nos dijo que teníamos que firmar. El señor Contreras me lanzó una mirada incómoda, pero firmó. Cuando estampé mi nombre bajo el suyo me pareció imposible que algún empleado del Estado pudiera encontrarle jamás por su firma: se leía algo así como *Oortneam*. La señora Paxton enseñó su acreditación del hospital apenas un instante. El guardia la conocía de vista.

Al traspasar la tercera puerta nos encontramos con la jefa de la sala; la tal Daisy que a nosotros nos presentaron como enfermera Lundgren. Miró fríamente a la señora Paxton y quiso saber cuál era el problema.

—Están interesados en la chica de color, aquella joven que se escapó la semana pasada.

Cuando la señora Paxton se percató de que el abuelo y la abogada de aquella chica de color estaban a su lado, se puso un tanto nerviosa.

—Quiero que vean que esta sala es muy segura. Y que fuera como fuera el modo en que escapó la chica, no fue por negligencia.

La enfermera Lundgren frunció el ceño.

—¿Seguro que quieres que hable con ellos? El capitán Ruzich dejó una nota muy específica respecto a este tema.

La señora Paxton sonrió de una forma mucho más amenazadora de lo que podía hacer un ceño fruncido.

—Confío en tu discreción, Daisy. Pero el abuelo ha venido desde Chicago. Quiero demostrarle que tomamos todo tipo de precauciones cuando se trata de presos.

—Está bien —dijo la enfermera—. Les enseñaré la sala. Supongo que tú ya tienes bastante trabajo y no necesitas venir con nosotros.

La señora Paxton estuvo a punto de empezar una discusión con Lundgren pero, seguramente porque estábamos nosotros delante, prefirió girar sobre sus caderas inmóviles y alejarse sin decir palabra.

—¿Cuántas reclusas se han escapado del hospital? —pregunté a la enfermera mientras la seguíamos hacia una sala cerrada con candado.

—Cinco —dijo la enfermera—. Pero eso fue antes de que construyeran esta ala. Era bastante fácil saltar por la ventana, a pesar de tener barrotes, porque las chicas sabían cómo colarse en la cafetería o en algún otro sitio en el que se suponía que no debían estar.

Eché un vistazo a una habitación cuando pasamos por delante. Estaba vacía; Lundgren no me puso ninguna pega cuando le pregunté si podía inspeccionarla. Tenía los agujeritos-ventana de la cárcel y no había baño; Lundgren me dijo que las mujeres tenían que usar el lavabo del pasillo, que estaba cerrado y sólo lo podía abrir un funcionario del correccional. El hospital no podía permitirse tener sitios en los que las presas pudieran esconderse y atacar por sorpresa, o matarse en privado.

En la sala contigua había una mujer echada en la cama, durmiendo profundamente, destrozada como lo estuvo mi madre por el cáncer. En la otra punta del pasillo había una mujer con el pelo corto y rizado frente al televisor. Sólo cuando la miré con más detenimiento vi que estaba atada a la cama.

—¿Cómo te encuentras, Verónica? —preguntó Lundgren cuando pasábamos detrás de ella.

—Bien, enfermera. ¿Cómo está mi bebé?

Verónica había dado a luz aquella madrugada. Volvería a la prisión en un par de días, y podría quedarse con su hijo durante cuatro meses. Coolis era progresista en este sentido, nos explicó la enfermera mientras abría la puerta que separaba la sala de enfermeras de la de presas. Cortó un flirteo entre una de sus subordinadas y un funcionario del correccional encargado de vigilar el pasillo y le dijo al chico que vigilara la sala de presas mientras ella hablaba con nosotros.

—Es difícil trabajar aquí. No es lo mismo que ser enfermera en un hospital normal; cuando la sala está vacía, se aburren.

Nos llevó a una pequeña habitación detrás de la de enfermeras que tenía una mesa, un microondas y un pequeño televisor. Era la única sala en toda la planta que tenía ventanas de verdad, pero como eran de vidrio oscuro, apenas se apreciaba el exterior.

Lundgren nos dio todo tipo de cifras sin ningún problema. Había veinte camas, pero nunca tenían más de ocho o diez ocupadas, salvo una ocasión desastrosa en que hubo un envenenamiento en la comida de la cárcel y algunos pacientes con problemas de corazón estuvieron a punto de morir.

No sabía si era fácil o difícil para un recluso convencer a los guardias que tenía que ir al hospital, pero según su experiencia, las mujeres estaban bastante enfermas cuando las traían.

—Las chicas siempre intentan que las trasladen. La comida del hospital es mejor y la rutina más fácil de sobrellevar. En la cárcel hay recuentos cada seis horas y cierran las celdas y todo eso. Para alguien que deba cumplir una condena larga, el hospital le puede parecer como estar de vacaciones. Y los guardias no soportan que las mujeres finjan enfermedades.

—¿Y Nicola Aguinaldo? ¿Estaba muy enferma cuando llegó aquí?

Apretó los labios y revolvió las manos, incómoda, por encima de su falda.

—Creo que estaba bastante enferma. Tan enferma que me sorprende que pudiera moverse y escaparse.

—¿Qué le pasaba? —inquirió el señor Contreras—. ¿Problemas de mujeres? Es lo que nos dijo la policía pero ella nunca le había dicho nada de eso a su ma...

—No hubo ningún doctor que la examinara antes de irse. La enfermera de la prisión me dijo que creían que se trataba de un quiste en el ovario. Pero antes de que un médico pudiera verla, ya se había ido.

—¿Cómo pudo escaparse mi niñita sin que la vieran los guardias ni usted ni nadie? —preguntó el señor Contreras.

Lundgren no nos miraba a la cara.

—Yo no trabajaba cuando pasó. Me dijeron que aprovechó su baja estatura para seguir al carro de la ropa sucia, y que seguramente se escondió dentro cuando el conserje se paró a hablar con alguien. En principio se debe inspeccionar el carro antes de que salga de esta sala, pero a la hora de la verdad lo hace muy poca gente: a nadie le gusta tocar ropa sucia, y hay mujeres que tienen sida.

—¿Y cree que Aguinaldo se escapó así? —pregunté con un tono de voz neutro—. ¿No estaba atada a la cama?

Lundgren asintió con la cabeza.

—Pero estas chicas no tienen nada mejor que hacer en todo el día excepto intentar abrir las esposas. A veces pasa que alguna consigue romperlas pero como la sala está cerrada, tampoco les sirve de mucho. Creo que no hay nada más que pueda decirles. Si les apetece estar un rato a solas en la capilla, puedo pedir a un camillero que les acompañe. Si no, les acompañará hasta la entrada principal.

Dejé una tarjeta en la mesa cuando nos levantamos para irnos.

—En el caso de que pase algo que le gustaría compartir conmigo, enfermera.

De camino a la salida, el señor Contreras explotó de frustración.

—No me lo creo. ¿En un carro de la lavandería? ¡Ja! Pero ¿es que nadie vigila a las chicas? Además, Nicola no era tan pequeña. Quiero que los demandes. Que los demandes por, cómo era, ¿negligencia?

Verónica, la mujer que acababa de tener un bebé, se las ingenió para estar en el pasillo, apoyada en el camillero que la traía de vuelta del lavabo.

—¿Conocéis a Nicola? ¿Qué le pasó?

—Está muerta —dije—. ¿Sabes por qué estaba en el hospital?

La enfermera Lundgren apareció a nuestro lado.

—No puede hablar con los pacientes. Son reclusos, aunque estén en el hospital. Verónica, si estás bien para pasear por el pasillo, también estás bien para volver a la cárcel. Jock, acompaña a estos señores hasta la puerta y enséñales dónde está la capilla antes de que vuelvas.

A Verónica se le inyectaron los ojos de furia durante unos segundos, pero después, como si acabara de recordar su debilidad, hundió los hombros y su cara se sumió en la desesperación.

Jock dio permiso al hombre de detrás de la pared de cristal para que abriera las puertas. En la entrada principal del ala central del hopital nos señaló un pasillo que llevaba a la capilla.

19. Cena de altas esferas

—¿Qué te ha parecido, cielo? —preguntó el señor Contreras mientras se abrochaba el cinturón de seguridad—. La enfermera estaba un poco incómoda. ¿Y cómo una chiquilla así podría haberse escapado de un sitio como éste?

No sabía responder. La enfermera Lundgren parecía competente y, teniendo en cuenta el marco en el que se encontraba, compasiva. Es verdad que se comportó de forma distante, pero era demasiado fácil deducir de esto lo que yo quería. Quizá estaba confusa por la pérdida de un paciente y no por querer escondernos información de la fuga de Aguinaldo.

Fuimos hasta el riachuelo de Smallpox para que los perros se bañaran otra vez antes de volver a casa. El señor Contreras, de repente percibiendo a Nicola Aguinaldo como una persona, y no como una inmigrante ilegal o una delincuente, se apagó durante el viaje de vuelta. Llegamos un poco antes de las seis. Mary Louise había pasado do un sobre por debajo de la puerta de mi piso con un resumen de lo que había hecho durante el día. Había entregado nuestro informe a Continental United; el vicepresidente de recursos humanos había llamado para decir que estaban encantados con el trabajo que habíamos hecho, pero que creían que alguien tendría que ir a Georgia para ver lo que estaba pasando en vivo y en directo. Y este alguien era muy probablemente yo, a menos que Baladine persuadiera a la empresa para que encargara todo el trabajo a Carnifice.

No me apetecía esconderme en las carreteras secundarias de Georgia para que en cualquier momento me saliera un tipo por la espalda y me diera con una barra de hierro en la cabeza. Pero por otro lado, si me quedaba en Chicago era capaz de empezar a dedicarme a asuntos no lucrativos como perseguir a Morrell para ver si un hombre que no quería hablar de nada confidencial por teléfono iría a casa de la madre de Nicola Aguinaldo.

«A las once llamó un tal Rieff del laboratorio Cheviot», había escrito Mary Louise con su letra redonda de colegiala. «Dice que puede hacerte un listado de todo lo que han encontrado en la camiseta de Aguinaldo, pero que no sabe hasta qué punto es interesante. Es una camiseta larga con un estampado de Lacey Dowell en su papel de la Virgen Loca. En la etiqueta pone que es un artículo publicitario pero no dice dónde está hecha. Hay rastros de sudor, seguramente de Aguinaldo, pero sin una muestra de ADN no se puede asegurar. También hay rastros de ceniza de cigarrillo alrededor del cuello por el interior de la camiseta. No te va a cobrar por esto porque ya habían hecho el análisis cuando inspeccionaron la camiseta la semana pasada, pero si quieres saber de qué marca de cigarrillos se trata, te costará unos doscientos dólares más.»

¿Ceniza de cigarrillo en el interior del cuello? No sabía si Aguinaldo era fumadora o no, ni tampoco si era muy normal que a un fumador le cayera la ceniza por el interior del cuello de la camiseta.

Seguí con las notas de Mary Louise. «A las dos en punto llamó Alex Fisher. Quería saber si habías meditado otra vez acerca de su oferta. Le dije que estarías fuera de la ciudad durante todo el día y que ya la llamarías mañana por la mañana; insistió en que tenías que aceptar el trabajo, que significaría mucho para tu agencia decidieras lo que decidieras. Vic, ¿qué quiere esta mujer?»

Había subrayado la pregunta varias veces. Tenía razón. ¿Qué es lo que quería Alex? ¿Qué me haría Teddy Trant si no aceptaba hurgar en la vida de Frenada? ¿Pondría un chip en mi televisor para obligarme a ver sólo los programas de Global? Suponiendo que fuera Abigail Trant quien hubiera convencido a su marido para que me diera un poco de trabajo, ¿era eso motivo suficiente para que se lo tomara tan mal si decidía no aceptarlo?

La otra conexión con Global era Lacey Dowell. Ella, o al menos su cara, seguía apareciendo por todas partes. Ahora resulta que estaba en la camiseta que Nicola Aguinaldo llevaba cuando murió. ¿Estaría la estrella de Global metida en un asunto tan feo que el estudio se lo quería atribuir a Frenada? Pero no veía ninguna conexión entre Lacey y Nicola Aguinaldo, al menos por el momento.

Quizá debería hablar con Lucian Frenada. Había grabado los números que me había dado Alex en la agenda electrónica. Cuando llamé a su casa, el contestador me dijo, en español e inglés, que Frenada sentía no poder contestar en persona, pero que tal vez estaba en la fábrica y que me llamaría si le dejaba un mensaje.

Medité un rato y después me levanté de repente y bajé las escaleras. Si Frenada estaba en la fábrica, podría verlo en persona. Estaba un poco tensa. Una voz acuciante y sensata —no sé si la de Mary Louise o la de Lotty— me dijo que si iba a adentrarme en aquel avispero que lo hiciera de día. O que al menos cogiera la pistola, pero ¿qué iba a hacer? ¿Darle con la culata hasta que me dijera qué secreto quería Trant que averiguara?

No hay un camino directo desde mi casa hasta la fábrica de Frenada. Tuve que desviarme hacia el sur y después hacia el oeste, por calles repletas de casitas de madera. Pasé chicos en monopatín y bicicleta, y luces de bares y salas de billar. Cuando circundé la periferia de Humboldt Park, las calles se volvieron ruidosas, pero en cuanto entré en el polígono industrial a través de Grand Avenue el jaleo desapareció y el abandono y la sordidez se hicieron patentes.

Una vía de trenes de carga corta el noroeste del área y se dirige hacia edificios raros diseñados para llenar solares de formas curiosas hasta la zona del terraplén. Un tren traqueteaba cuando frené delante de un lúgubre edificio triangular al lado de Trumbull con Grand.

En las ventanas abiertas del segundo piso resplandecía la luz. La puerta principal estaba cerrada pero sin pestillo. Una bombilla pelada iluminaba la entrada. Las letras desordenadas de un tablón en la pared indicaban que en la planta baja había un taller de pelucas y una fábrica de cajas. Special-T Uniforms estaba en el segundo piso.

El ruido que se oía desde las escaleras sonaba como si cincuenta guillotinas estuvieran cortando cabezas al unísono. Seguí el ruido y la luz a través del pasillo y llegué a la puerta que daba al taller de camisetas. La puerta estaba abierta y, a pesar de que eran las nueve de la noche, había casi una docena de personas trabajando, cortando tejido en grandes mesas colocadas en medio de la sala o confeccionando con las máquinas. El ruido procedía de las máquinas de coser, pero sobre todo de las cizallas. Dos hombres de pie se dedicaban a colocar capas de ropa en una parte de la mesa y las fijaban con cizallas eléctricas, y desde el mando de control levantaban las paletas.

Me quedé embobada con el movimiento de las cizallas cortando el tejido y los hombres que llevaban las telas a los que se encargaban de las máquinas de coser. Había uno que cosía letras en los dorsos de las camisetas, otro que enganchaba las mangas. La mitad, como mínimo, estaba fumando. Me acordé de la mancha de ceniza en el cuello de la camiseta de Nicola Aguinaldo. Quizá era del que había hecho la camiseta y no de ella misma.

Lucian Frenada estaba de pie junto a una de las mesas en las que cortaban el tejido al lado de un hombre robusto con el pelo lacio y negro. Creo que estaban discutiendo sobre dónde era mejor aplicar la plantilla. Me acerqué hasta llegar a su campo de visión: si le tocaba por la espalda podría tener un accidente con la guadaña por culpa del susto.

Frenada alzó la vista con el ceño fruncido.

—¿Sí? ¿Le puedo ayudar en algo?*

Le enseñé mi tarjeta.

---

* En español en el original. *(N. de la T.)*

—Nos conocimos en la fiesta de Lacey Dowell la semana pasada —gritando para que se me oyera entre el ruido de máquinas.

El hombre que estaba junto a él me miró con curiosidad: ¿quién era yo? ¿Una mujer tan enamorada de Frenada como para seguirlo hasta su fábrica? ¿O un agente de inmigración que venía a comprobar que todos los trabajadores tuvieran papeles? Frenada le tocó el brazo y le dijo algo en español; después señaló el suelo repleto de retazos de tela. El hombre pasó la orden a uno de los que estaban cortando y éste dejó lo que estaba haciendo para ponerse a barrer.

Frenada me llevó a un cuchitril al final de la planta que mitigaba el ruido lo bastante como para poder mantener una conversación. Muestras de tejido y plantillas descansaban en una mesa de metal; los horarios de trabajo estaban colgados en la puerta y a los lados de un armario de archivos. La única silla disponible tenía un motor. Frenada se apoyó en la puerta; yo me senté con cautela en el borde de la mesa.

—¿A qué ha venido? —inquirió.

—El martes por la noche me dijo que pasaba algo raro en su fábrica.

—¿Es su forma habitual de vender sus servicios, el puerta a puerta?

Me sonrojé avergonzada, pero se me escapó la risa.

—¿Como los que venden enciclopedias? Un periodista que conozco ha estado haciendo preguntas sobre su negocio. Y como me acordaba de lo que me dijo, he querido ver las Special-T con mis propios ojos.

—¿Qué periodista? ¿Qué tipo de preguntas?

—Se pregunta qué secretos se esconden en Special-T.

No se movió un ápice pero estaba desconcertado y sus ojos mostraban un poco de menosprecio.

Un tren de mercancías rugió tras el edificio y ahogó la respuesta de Frenada. Mientras esperaba poder oírlo, eché un vistazo al despacho. Encima de la mesa, debajo de una muestra de tejido, entreví un slogan que había visto en alguna prenda de Emily: «La Virgen Loca muerde».

El tren pasó y Frenada dijo:

—¿Secretos? No puedo ni permitírmelo. Pensaba que se refería a... bueno, da igual. Mi negocio tiene un presupuesto muy limitado; si algo raro sucede alguna vez, tengo que aceptarlo como una obra de Dios.

—¿Lacey lo tranquilizó cuando se vieron el martes?

—¿Ella...? ¿Quién le ha dicho...?

—Nadie. Sólo era una deducción. A eso me dedico. Observo y hago deducciones. Lo aprendí en la escuela de detectives —hablaba por hablar, por culpa de la camiseta de la Virgen Loca.

Frenada miró alrededor del despacho y se percató de la camiseta. Se levantó y me acompañó hasta la puerta.

—Mi negocio no tiene nada que ver con Lacey. Absolutamente nada. Así que guárdese sus deducciones para usted, señora detective. Y ahora, por otra gracia de Dios, tengo que terminar un encargo importante, el más importante que nunca me han ofrecido: los uniformes de fútbol de una liga de Nueva Jersey. Por eso me ha encontrado aquí tan tarde.

Me mandó fuera a empellones por el pasillo y no se volvió hasta que no llegué al descansillo.

Arranqué el coche con estruendo y me dirigí hacia casa. Pasé por delante de la escuela y la iglesia de San Remigio, donde Lacey y Frenada habían estudiado veinte años atrás. Lacey había aprendido a actuar y Frenada había despegado en su negocio haciendo los uniformes de fútbol de la escuela. Reduje la velocidad para mirar el cartel del horario de las misas, pensando que tal vez podría pasarme a la mañana siguiente, hablar con el párroco y averiguar algo sobre Frenada. Pero si Frenada le había contado a su confesor por qué tenía una camiseta de la Virgen Loca medio enterrada entre el muestrario, dudo que el cura quisiera compartirlo conmigo.

¿Acaso era aquél el secreto que Trant quería que yo averiguara? ¿Acaso estaba Frenada pirateando camisetas de la Virgen en su pequeña fábrica para venderlas en su barrio? Si se trataba de eso, resultaba legítimo investigarlo. Aunque viniendo de Trant me esperaba que las hiciera con mano de obra esclavizada en Borneo u Honduras, y entonces incluso me alegraría de que Frenada vendiera camisetas falsas empleando a trabajadores locales y pagándoles sueldos dignos.

Mientras estaba en la fábrica había llamado Sal para saber si quería ver el segundo programa de Murray y si me apetecía cenar algo con ella. Cogí el metro para ir al Glow y poder beber tranquilamente; además, había sido un día largo y no tenía ganas de volver a conducir. Los comerciantes asiduos al Glow descansaban en los taburetes mientras bebían, pero me dejaron cambiar el partido de los Sox en GN para poner la Global. De hecho, sólo estaban en la tercera entrada y los Sox habían perdido cuatro carreras.

Después de su debut con Lacey, sentía curiosidad por ver qué haría Murray para captar la atención de los telespectadores, pero tuve que darle la razón a Sal: por lo menos aquel segundo programa estaba en la línea del periodismo respetable. Partiendo de un asesinato sensacionalista, el de un promotor inmobiliario de renombre, echaba un vistazo a cómo se concedían los contratos en la ciudad y en los suburbios. Aunque la mayoría de las secuencias mostraban al hombre en Cancún rodeado de tres mujeres con raquíticos biquinis, Murray consiguió hablar durante cincuenta y siete segundos de cómo se otorgaban los contratos en Illinois.

—Respetable en parte, porque no se ha atrevido a mencionar a Poilevy —refunfuñé cuando se acababa el programa.

—¿Y qué esperabas? —dijo Sal—. No puede estar en todo.

—Me gustaría que hubiera hablado de la cárcel de mujeres en Coolis. Aquello sí que sería un buen escenario para mostrar a un par de tipos haciendo negocios. Me sorprende que no se llame Ciudad de Baladine.

—Vic, quizás tú sepas de qué estás hablando, pero a mí me suena a chino.

—Desde el día que diste aquella dichosa fiesta, estoy andando en círculos. Como mi perro Mitch cuando quiere atrapar la cola; ahora que lo pienso, es agotador y casi igual de significativo.

La puse al día de lo que me había pasado.

—Y no me digas que no es asunto mío, porque lo es, aunque nadie me pague por hacerlo.

—Baja del caballo, Juana de Arco —Sal me puso otro dedo de Black Label—. Se trata de tu tiempo y tu dinero: haz lo que te apetezca con ellos.

No me animó tanto como habría deseado, pero la cena en Justin's al oeste del Loop, cuyo propietario conocía a Sal y nos coló delante de un grupo de gente guapa de Chicago boquiabierta, me hizo mucho más feliz. Al menos hasta que a mitad de mi atún con salsa a la putanesca vi a Alex Fisher en otra mesa.

No podía quitarle los ojos de encima. Alex estaba cenando con Teddy Trant y un hombre calvo con la cara brillante como la que tienen todos los políticos de Illinois cuando llevan demasiado tiempo pululando por los bares. Jean Claude Poilevy en persona. Si Trant prefería cenar con él y Alex en vez de con la exquisita Abigail, tenía un problema grave de gustos.

Cuando nos levantamos, Alex y su séquito seguían hablando y tomando café. Sal intentó disuadirme, pero yo me acerqué a su mesa. Trant era tan impecable como su esposa, incluso se hacía la manicura.

—Señor Trant —dije—. Me llamo V. I. Warshawski. Quería agradecerle su enorme interés por darme algo de trabajo. Me sabe mal no haber podido aceptarlo.

Alex me lanzó una mirada que pudo haberme hecho cirugía con láser en la nariz, pero Trant me dio la mano.

—Global intenta hacer negocios con compañías locales. Eso nos ayuda a asentarnos en ciudades en las que somos forasteros.

—¿Por eso ha estado hablando con Lucian Frenada?

Era una suposición, basada en la calcomanía de la Virgen Loca que había entrevisto en Special-T unas horas antes, pero todos se quedaron helados.

Poilevy dejó la taza de café con excesivo ruido.

—¿Ése es el hombre que...?

—Lucian Frenada es el hombre que ha estado acosando a Lacey.

Alex lo cortó rápidamente y a viva voz.

—Claro, Sandy, claro. La historia no es mala, pero pierde agua por todas partes. Perdona, Alex quería decir. Se ha cambiado el nombre en los últimos veinte años —dije para Trant—. Éramos tan amigas cuando se llamaba Sandy que nunca recuerdo que ahora se llama Alex.

—¿Qué significa que pierde agua por todas partes? —preguntó Poilevy.

—He investigado un poco. He hablado con Lucian Frenada y con el encargado de seguridad del hotel de la señora Dowell. Quizá el estudio ha tenido una reacción exagerada ante la escena de Frenada y la señora Dowell en el Golden Glow la semana pasada, comprensible cuando se trata de una estrella como ella, pero no he podido encontrar ninguna prueba de que Frenada la haya estado molestando.

—No es eso lo que te pedí que investigaras —me espetó Alex.

—No, pero tampoco te he pedido que me pagues, ¿no?

Sal se acercó y me puso una mano en el brazo.

—Vámonos, Vic. Tengo que volver al Glow. Hoy me toca cerrar a mí.

Les recordé a Alex y a Trant que conocían a Sal de la fiesta de la semana anterior. Dijimos unos cuantos comentarios vacuos, sobre el debut de Murray, sobre el bar de Sal, pero habría dado lo que fuera por saber qué dijeron cuando Sal y yo ya no podíamos oírlos. Me volví cuando llegamos a la puerta; estaban apretujados en corro como tres brujas alrededor de un puchero.

20. Chico de luto

Después del largo viaje a Coolis y la noche pululando por la ciudad, me moría de ganas de meterme en la cama. Leí un rato el libro de Morrell sobre los desaparecidos en Suramérica al mismo tiempo que estiraba las piernas entre sábanas limpias para destensar la espalda.

Cuando me estaba quedando dormida sonó el teléfono. Rezongué, pero alargué un brazo y musité un saludo. Hubo una pausa al otro lado y al final alguien susurró mi nombre como pudo.

—Sí, soy V. I. Warshawski. ¿Quién es?

—Soy... soy Robbie. Robbie Baladine. Estaba en la puerta el otro día, sabe, cuando vino a hablar con mi madre sobre Nicola.

Me despejé en un segundo y encendí la luz mientras le aseguraba que me acordaba perfectamente de él.

—Eres el rastreador experto. ¿Qué puedo hacer por ti?

—No se trata de mí, sino de Nicola. Quiero... quiero ir a su entierro. ¿Sabe cuándo es?

—Hay un pequeño problema —dije con cautela—. Parece ser que la morgue ha perdido su cuerpo. No sé cómo sucedió, pero hasta que no lo encuentren, no se puede celebrar su entierro.

—Así que era cierto —su voz desprendía resentimiento—. Pensaba que se lo había inventado para fastidiarme.

—¿Tu padre?

—Sí, BB —se había olvidado de susurrar a causa de su angustia—. Él y Eleanor son muy malvados con Nicola. Desde que murió... cuando les dije que quería ir a su entierro, me dijeron que para qué, para berrear con el resto de gilipollas sensibleros que estarían allí, y al final BB dijo que no habría entierro porque nadie sabía dónde estaba su cuerpo, y..., y que me callara de una puta vez.

—Lo siento, cariño —dije inapropiadamente—. Supongo que tu padre se preocupa demasiado por saber si es realmente un tipo duro y siempre se defiende de los sentimientos profundos. Aunque ahora no te sirva de consuelo pero ¿podrías imaginar que tu padre es tan débil y está tan asustado que actúa como un energúmeno para que la gente no vea lo asustado que está?

—¿De verdad crees que podría ser eso lo que le pasa? —su joven voz desprendía nostalgia, con la esperanza de que la crueldad de su padre no se debiera a sus propios defectos.

Imaginé a Baladine participando en la descuartización de los africanos recién nacidos, manchándose las manos, y me pregunté si mi hipótesis tenía alguna credibilidad. Quizá era un hombre que disfrutaba torturando, pero preferí tranquilizar a Robbie a pesar de que yo no estaba en absoluto tranquila.

—Tu padre es cruel. Sea por la razón que sea, ¿intentarás recordar que su sadismo se debe a su personalidad, a sus flaquezas y a sus miedos, y no a ti?

Hablé durante un rato más hasta que se hubo recuperado y yo pude cambiar el tema de la conversación. Quería hacerle dos preguntas antes de colgar. La primera era si Nicola fumaba. Oh, no, dijo Robbie, nunca fumaba, al contrario que Rosario, la niñera que tenían ahora, que siempre se escondía en el garaje para fumarse un pitillo y Eleanor se ponía furiosa porque podía oler el tabaco en el aliento de Rosario aunque se hubiera tragado un trillón de caramelos de menta. Nicola decía que tenía que ahorrar todo lo que ganaba para sus hijos; no podía malgastar el dinero en tabaco ni en alcohol.

Mi segunda pregunta era si su padre tenía algunos zapatos con un emblema en forma de herradura, y si los tenía, si le faltaba uno de los dos emblemas. Robbie dijo que no lo sabía, pero que lo miraría.

Me sentí muy rastrera pidiéndole a Robbie que espiara a su propio padre, pero supongo que era mi forma de vengarme de BB por burlarse de la poca virilidad de su hijo. Si hubiera estado orgulloso de su hijo sensible, quizá no lo habría hecho. Pero si fuera capaz de estar orgulloso de su sensible hijo, no estaría haciendo otras cosas.

Antes de que Robbie colgara, le pregunté, como quien no quiere la cosa, cómo había conseguido mi número de teléfono particular si no estaba en el listín ni en la tarjeta de visita que le había dado la semana anterior.

—Lo encontré en el maletín de BB —murmuró Robbie—. Y no me digas que soy un delincuente por mirar su maletín a escondidas; es la única forma que tengo para enterarme cuando planea algo horroroso, como aquel campamento para chicos gordos al que me envió el verano pasado. Abrí el maletín y vi que tenía una carpeta con tu nombre, tu número y un montón de cosas.

Un escalofrío me recorrió la espina dorsal. Ya sabía que Baladine me había estado investigando, me lo había dejado muy claro el viernes, pero que fuera por el mundo con esa información a cuestas me daba un poco de grima.

—¿Y nunca cierra el maletín?

—Ah, sí, pero cualquiera con dos dedos de frente sabe que el número de su barco abre el maletín; es el número más importante de su vida.

Me eché a reír y le dije que era muy listo, pero que procurara no poner de los nervios a BB. Si alguna vez necesitaba robar el maletín de Baladine, Robbie me daría el número de identificación. Creo que al final lo había tranquilizado bastante como para colgar.

Al cabo de un rato me dormí, pero Baladine se me apareció entre sueños con el cadáver de Nicola Aguinaldo a cuestas en la fábrica de Frenada, mientras Lacey Dowell sacaba pecho, agarraba el crucifijo con fuerza y susurraba: «Tienes las manos manchadas. No le digas nada, o te comerá el vampiro».

Por la mañana me llamó el gerente de operaciones de Continental United para pedirme que quedáramos para discutir el informe. Me dio las gracias por escribir de una forma tan clara que pudiera entenderlo todo el mundo: hay muchas compañías que encubren la información esencial en una maraña de jerga sin sentido, me dijo. Quizá fuera mi habilidad para escribir frases claras en inglés por lo que Continental seguía acudiendo a mí, más que por mis excelentes dotes de análisis.

No querían despachar al mensajero sin pruebas irrefutables, añadió el gerente de operaciones, o sin saber si el jefe de planta también estaba metido en el chanchullo.

—Si queréis gastar ese dinero, tendréis que poner vigilancia continua —dije—. Se necesitan dos personas. Una que conduzca el camión y otra que filme. Y tienen que ser personas que no trabajen en la planta porque no sabemos cuántos trabajadores pueden estar implicados o al menos ser cómplices.

Como me temía, yo fui la nominada para encargarme de la cámara. Y su representante en Nebraska, el candidato para ser el camionero que sustituiría a alguien supuestamente enfermo. Estaban perdiendo tanto dinero en aquella ruta no sólo por el hecho de tener que cambiar ruedas pinchadas, sino porque la repartición de mercancías se hacía mucho más lenta. El gerente me dijo: «Haz lo que debas, Vic; sabemos que no vas a cobrarnos una burrada por las buenas».

Me sentí halagada, aunque al instante me acordé del desdén que mostró Alex-Sandy al ver lo poco que cobraba, y me pregunté si se trataba de un cumplido o de que ofrecía unos servicios baratísimos. El gerente llamó a Nebraska y quedó con el representante para que nos encontráramos en Atlanta al día siguiente. Me pagarían un extra si lo resolvíamos rápido.

Desde Continental United me dirigí al Unblinking Eye. Tienen material de vigilancia además de cámaras de fotos y vídeo más prosaicas. Hablé con el especialista en vigilancia para ver qué tipo de material era el más adecuado. Tenían auténticas virguerías. Una cámara que cabía en un botón, otra que se escondía en el reloj de muñeca, e incluso una para esconder en el osito de peluche del niño si querías controlar a la niñera de tu hijo. Qué lástima que Eleanor Baladine no lo hubiera utilizado con Nicola Aguinaldo. O tal vez sí. Era muy probable que los Baladine tuvieran los artilugios de seguridad más modernos.

Me quedé con una cámara que se incorporaba en unas gafas, o sea, que filmaba el camino mientras conducías. Se necesitaban dos personas para utilizarla porque las pilas iban en una cajita aparte, pero no era ningún problema: el representante de Continental llevaría las gafas mientras yo me encargaba del equipo. No vi la necesidad de gastar cuatro mil dólares de Continental para comprar la cámara, así que la alquilé por una semana.

Unblinking Eye está en la parte oeste del Loop, a unas catorce manzanas de la morgue. Pensé que no estaba tan lejos como para no ir a preguntar si había aparecido el cadáver de Nicola Aguinaldo. Teniendo en cuenta que Vishnikov empieza a trabajar a las siete de la mañana, no estaba segura de encontrarlo tan tarde, pero cuando llegué al aparcamiento lo vi caminando a su coche. Corrí hacia él para detenerle.

Cuando me vio se detuvo.

—La chica que murió en Beth Israel, ¿me equivoco?

No había aparecido su cuerpo y Vishnikov se había olvidado de investigar porque tenía otros problemas que le urgían, pero mañana se encargaría de eso.

—Por lo que recuerdo, no se firmó la donación del cuerpo. Eso siempre pasa con los trabajos que dependen del condado. La mayoría del personal es bueno, pero siempre tenemos a alguien que está ahí porque su papá consigue votos o porque sacan cuerpos para la mafia. Le dije al sheriff que investigara la desaparición, pero una reclusa muerta, que además era ilegal, no tiene ninguna prioridad respecto a otros casos; la familia no está en condiciones de armar un escándalo y además, si ya han hecho el funeral no querrán investigar.

—No creo que su familia le haya hecho un funeral. Yo no los conozco personalmente, de hecho no sé ni dónde están, pero un tal

Morrell ha estado entrevistando a inmigrantes en el antiguo barrio de Nicola. Por cierto, me dijo que te conocía.

—¿Morrell? Es un tipo genial. Lo conocí cuando trabajaba con víctimas de la tortura en América del Sur. Me sacó de una de las peores trampas en las que he caído en mi vida, en Guatemala. Lo sabe todo sobre América Latina y la tortura. No sabía que estaba en Chicago. Dile que me llame. Tengo que salir pitando.

Subió al coche.

Me incliné antes de que pudiera cerrar la puerta.

—Pero, Bryant, Morrell habló con la madre de Aguinaldo. Ni siquiera sabía que su hija estaba muerta, o sea que seguro que no tiene el cuerpo.

Me miró desconcertado.

—Entonces, ¿quién lo tiene?

—Esperaba que me lo dijeras tú. Si no se firmó el informe, ¿es posible que el cuerpo aún esté en la morgue? ¿Que se perdiera el identificativo o se cambiara por el de otra persona? La otra posibilidad es que un agente de la policía llamado Lemour tenga el cuerpo. ¿Crees que hay alguna forma de averiguarlo?

Le dio al contacto.

—¿Por qué un...? Da igual. Supongo que podría haber pasado. Mañana seguiré investigando.

Cerró la puerta y pasó como un rayo a mi lado.

Volví a mi chatarrilla a paso lento. Ojalá Vishnikov no le hubiera dicho al sheriff que investigara. Si alguien estaba escondiendo el cuerpo de Nicola, el sheriff seguramente estaría metido en el asunto hasta el cuello. Y yo ya tenía bastantes problemas como para ponerme a investigar en la morgue.

Fui a casa para llevar a los perros a nadar un rato y para informar a mi vecino de que me iba unos días a Georgia. Después llamé al servicio de mensajería y les dije que cualquier asunto importante que surgiera hasta el lunes se lo pasaran a Mary Louise.

Llevé a Mary Louise y a los chicos al aeropuerto para despedirme de Emily, que se iba a Francia. Estaba asustada y excitada pero lo disimulaba con la chulería típica de la adolescencia. Su padre le había regalado una videocámara que manejaba con brusquedad deliberadamente. En el último momento, cuando vio que su hermanita se iba de verdad, Nate, de cuatro años, empezó a berrear. Mientras lo consolábamos, a él y a su hermano, que se sorbía los mocos, me acordé del pobre Robbie, que ni siquiera podía demostrar lo triste que estaba por la muerte de su niñera sin que su padre lo atormentara.

Llevamos a los chicos al cine a ver *Captain Doberman,* otro éxito de Global. Después, mientras nos tomábamos un helado, Mary Louise y yo hablemos de esto y de lo otro.

—Emily me obligó a prometerle que no le pasaría nada a Lacey mientras ella estaba fuera —Mary Louise se reía entre dientes—. Supongo que era una forma sutil de decirme que quería saber de qué hablabais tú y Lacey.

—No he visto a Lacey, sólo a su amigo de infancia Frenada. En su fábrica, Special-T... —me paré en seco—. Mary Louise, me dejaste una nota sobre el informe que hizo Cheviot de la camiseta que llevaba Nicola cuando murió. Decías que en la etiqueta ponía que era una camiseta publicitaria. ¿Podría ser de Special-T?

Le expliqué que era la marca de la fábrica. Mary Louise me miró desilusionada y dijo que lo consultaría con el laboratorio al día siguiente. Me preguntó si quería que fuera a la fábrica de Frenada a hablar con él mientras yo estaba fuera, pero al final decidimos que podía esperar hasta que yo volviera de Georgia.

Eran más de las diez cuando llegué a casa, pero antes de irme a la cama quería dejar la pistola lista. Lleva un tiempo prepararla y limpiarla y por la mañana iría con prisas y estaría dormida. Puse los objetos de limpieza y los estuches en la mesa del comedor y la pistola en un lugar aparte, y dos cargadores vacíos en el estuche ya que los cartuchos tienen que ir separados. Estaba limpiando la culata cuando sonó el teléfono.

Era Rachel, del servicio de mensajería.

—Siento molestarte tan tarde, Vic, pero un tal Lucian Frenada quiere hablar contigo como sea. Dice que es muy urgente y que le da igual si es medianoche, que si no le llamas avisará a la policía para que te venga a buscar y te lleven a su casa.

Pestañeé: vaya coincidencia. Al ver que no contestaba en la fábrica, llamé a su casa.

Estaba tan furioso que apenas le salía una frase coherente.

—¿Eres tú la que se ha inventado esta historia? ¿Estás detrás de esto e intentas difamarme?

—¿Sabes que no tengo ni la más remota idea de lo que me estás diciendo? Pero quería hacerte una pregunta...

—No te hagas la inocente conmigo. Vienes a verme a la fábrica con insinuaciones, y veinticuatro horas después de que rechace contratarte aparece esta calumnia.

—¿Qué calumnia? Inocente o culpable, no sé de qué me estás hablando.

—Del periódico, el periódico de mañana. ¿Pensabas que no lo vería? ¿O que no lo vería tan pronto?

—Si te empeñas en ponérmelo tan difícil, tendré que hacer suposiciones. A ver, se ha publicado un artículo sobre ti en el periódico de mañana, ¿voy bien? ¿Habla de ti y de Lacey? ¿O de la camiseta Virgin? ¿Vas a contármelo de una vez o quieres que vaya a buscar un quiosco abierto? Si me das media hora puedo conseguirlo.

No sé si me creyó o no, pero no quería esperar hasta que lo encontrara y le llamara yo. Me leyó un fragmento de la columna de Regine Mauger en la primera edición del *Herald Star:* «Un pajarito de la fiscalía me ha dicho que Lucian Frenada, que ha estado persiguiendo a Lacey Dowell durante toda la semana como un pit bull sarnoso, podría estar usando su fábrica de camisetas como tapadera para introducir cocaína de México en Chicago».

—¿Eso es todo? —pregunté.

—¿Eso es todo? —me imitó con desdén—. Es más que suficiente. Me llama pit bull sarnoso, que es un comentario muy racista, y después me acusa de traficante de drogas, ¿y crees que no debería estar enfadado? Justamente ahora que me han hecho el encargo más importante de mi vida, el del equipo de fútbol de un barrio de Nueva Jersey; pueden cancelarlo si creen que soy un delincuente.

Intenté no ponerme nerviosa.

—Lo que quiero saber es si ésta es la única historia del periódico. Regine Mauger publica cualquier cosa como rumor. Un pajarito le ha dicho. No sé si alguien en Global, quiero decir en *Herald Star,* comprueba la veracidad de lo que escribe. Pero si apareciera como noticia, es que tienen pruebas de verdad.

—Es imposible que tengan pruebas, porque no es verdad. A menos que las hayan fabricado ellos —seguía enfadado pero un poco más tranquilo—. Creo que tú podrías haber sido el pajarito, para vengarte.

—Entonces es que no piensas —le espeté—. Si quiero seguir en este negocio, lo último que haré es difamar a la gente que rechaza mis servicios. Se correría la voz muy rápido y todos mis clientes me dejarían por Carnifice.

—Si no fuiste tú, ¿quién fue y por qué?

Ahogué un resoplido.

—Señor Frenada, si quiere contratarme para que lo averigüe, aceptaré encantada. Si no, me voy a dormir porque mañana me voy de la ciudad.

—Eso sí que sería bueno. La llamo para echarle la bronca y acabo contratándola. El problema es que soy muy vulnerable, yo y mi pequeña fábrica —se le apagó la voz.

Yo también conocía aquella sensación.

—¿Le apetece contarme lo del otro día? ¿Lo que me dijo sobre algo raro que pasaba en su fábrica, o por qué tiene una camiseta de Lacey Dowell ahí?

—Bueno... yo... es que... Hice un par por si acaso —le costaba encontrar las palabras—. Pero no me sirvió de nada. Global usa mano de obra en aguas internacionales, es mucho más barato que lo que yo puedo producir.

—¿Por qué no quiso decírmelo la otra noche?

Vaciló un instante.

—Por motivos personales.

—¿Relacionados con Lacey?

Al ver que no contestaba, añadí:

—¿La camiseta que llevaba Nicola Aguinaldo cuando murió no la habrías hecho tú, por casualidad?

Se hizo un silencio tan absoluto que podía oír cómo croaban los sapos de detrás de la casa. Frenada me deseó buenas noches y colgó rápidamente.

Así que sabía algo de la muerte de Nicola Aguinaldo. Era una idea triste y desconcertante pero no era tan urgente como la rabia que sentía hacia Murray. ¿Le dijo a Alex Fisher-Fishbein que yo haría eso? ¿Crear pruebas de que existe un negocio de cocaína en Special-T Uniforms? Y cuando no acepté su oferta, él y Alex decidieron probar con un rumor en el periódico.

Llamé a Murray. No estaba en casa, o al menos no cogía el teléfono. Tampoco estaba en su despacho. Probé al móvil.

—¡Vic! ¿Se puede saber cómo has conseguido mi número? Estoy seguro de que no te lo he dado.

—Soy detective, Ryerson. Conseguir un número de móvil es un juego de niños. Los temas de adultos me desconciertan más. ¿A qué venía aquella farsa que me montasteis con Alex en mi despacho la semana pasada?

—No era una farsa. Era una oferta seria que queríamos...

—Migas de la mesa de Global. Pero cuando decidí no morder el anzuelo probaste una táctica más fácil contándole la historia a la zorra número uno de Regine Mauger. La última vez que comprobó la veracidad de lo que escribe fue en 1943, pero da igual si una columna dedicada a las insinuaciones no se basa en pruebas.

—¿Cómo sabes que no tiene pruebas? ¿Cómo sabes que no utiliza la fábrica para contrabando de cocaína?

—¡Ves como fuiste tú quién se inventó la historia con ella! —estaba tan cabreada que escupía en el auricular.

—¡No, no fui yo! —dijo gritando—. Pero leo el periódico en el que trabajo todos los días para ver qué coño publican y sí, normalmente tengo la primera edición que sale a la calle. Si estás decidida a defender a este pobre desgraciado vas a meter la pata. Y por una vez en mi vida, no lo voy a lamentar. Mi historia saldrá el viernes y será un bombazo.

—Pero ¿de qué estás hablando? —inquirí—. ¿Desde que trabajas en la tele crees que comprobar la fuente de información sólo debe hacerlo la plebe? Miré las cuentas de Frenada cuando tú y Sandy Furciabein vinisteis la semana pasada. Tiene un historial inmaculado.

—¿Inmaculado? Yo diría que ha pasado por una cloaca. Busqué su historial pagando cuando me enteré de que Regine iba a publicar este chisme. Este tío tiene dinero por todo el planeta.

—¡Mentira! —grité—. Busqué su vida en el LifeStory el domingo y no tiene nada excepto la miseria que le da la fábrica de las camisetas.

—No —Murray se quedó un rato callado de repente—. No lo comprobaste. Es imposible que lo hicieras. Yo lo busqué y pagué dos mil dólares para tener la información en diez horas, y no es verdad. Tiene tres cuentas en México con cinco millones de dólares en cada una.

—Murray. Te juro que lo miré. Escudriñé lo más hondo que pude. Por eso rechacé la oferta de Furciabein.

—Se llama Fisher. No sé por qué le tienes tanta manía...

—Eso da igual. No te dejes encandilar con tantas perlas que te impiden ver la verdad. Y, por cierto, si querías titular tu historia «V. I. Warshawski metió la pata», no lo hagas, porque no será verdad. Me voy de Chicago mañana por la mañana pero en cuanto vuelva te mando por fax una copia del informe que encontré en el LifeStory. Yo que tú me guardaría el bombazo hasta que no lo veas con tus propios ojos.

Colgué el auricular con fuerza y seguí con la pistola. Hacía días que pensaba que no me apetecía irme a la zona rural de Georgia, pero encargarme de cuatro gamberros que ponían clavos bajo las ruedas de los camiones empezaba a sonar mucho más saludable que lo que estaba investigando en Chicago.

Estaba demasiado cansada y nerviosa después de hablar con Murray para poder pensar qué estaba pasando. Si Frenada hizo la camiseta que Nicola llevaba cuando murió, ¿de dónde la sacó ella? ¿Frenada se la dio a alguien de Carnifice? ¿Se la dio a Nicola personalmente? ¿O a Alex Fisher?

Y por otro lado estaba Global. Querían que acusara a Frenada, y cuando dije que no, aparece milagrosamente un rumor sobre cocaína. Ojalá lo hubiera sabido ayer por la noche cuando me encontré a Trant y a Poilevy. Seguro que la conversación habría sido más interesante, aunque Alex seguramente habría impedido que hablaran más de la cuenta.

Le estaba dando vueltas al asunto en vano. Con tan poca información era muy difícil sacar conclusiones. Cerré el estuche de la pistola con firmeza y llené los cuestionarios que me pedían en el aeropuerto. En una bolsa pequeña metí vaqueros y camisetas, la pistola, cuatro cosas de aseo personal, y después, en la maleta metí la cámara de vigilancia, cintas vírgenes y una batería junto con los mapas. Suficiente para unas cuantas noches. También me llevé un libro para el viaje. Estaba intentando comprender algo del pasado de mi madre con una historia de los judíos en Italia. A la vuelta quizá habría conseguido llegar a la época de Napoleón.

21. Estamos para servirles y protegerles

Pasé los siguientes días en carreteras secundarias de Georgia, sentada en el asiento del copiloto de un camión de treinta toneladas totalmente cargado. El representante, que tenía un aire muy auténtico con el barrigón cervecero y los vaqueros manchados de aceite, se había colado sin problemas como sustituto de un camionero enfermo; yo era su novia, y me subía al camión cuando éste salía del almacén, pero con mucha gente alrededor que pudiera verlo. Resumiendo, que descubrimos el chanchullo enseguida y pudimos atrapar al mensajero sin demasiados problemas. Delató a tres compañeros y al jefe de la empresa. Todo estaba filmado, lo cual lo hizo mucho más fácil. Continental United nos prometió una muestra de gratitud nada desdeñable, no tan desorbitada como la que podría haber conseguido de Alex Fisher, pero suficiente para pagar la reparación del Trans Am y un par de meses de hipoteca.

Cuando llegué a casa el sábado por la tarde, me sentía como nueva, como se siente uno después de haber hecho un trabajo bien hecho. Y el trabajo había sido muy sencillo, nada que ver con el entramado de historias de Baladine, Frenada y Global.

A pesar de sentirme aliviada por haberme alejado unos días de aquella gente tan rara, lo primero que hice, después de saludar al señor Contreras y a los perros, fue echar un vistazo al *Herald Star* de los últimos días para saber si Murray había publicado la historia de Frenada y el contrabando de droga. Por suerte, no lo había hecho. Supongo que Murray aún era lo suficientemente profesional como para comprobar los hechos. Le recompensaría este buen comportamiento, o al menos intentaría que siguiera así, mandándole el informe del LifeStory de Frenada desde el fax de mi despacho. Además, también quería mirar el correo.

Después de llevar a los perros a un parque diminuto del barrio, le dije a mi vecino que preparara la barbacoa. Volvería a casa al cabo de una hora y podríamos comer pollo y tomates. Cogí la maleta, la cámara y las cintas, que aún estaban dentro, y me dirigí en coche unos tres kilómetros hacia el sur tarareando *Voi che sapete*.

Mi buen humor se desvaneció al llegar al despacho. No me di cuenta del desastre hasta que no estuve en medio del almacén. Los papeles revueltos por el suelo no los había dejado yo: alguien me había dejado el despacho patas arriba. Había sacado los papeles de los cajones y los había tirado por el suelo con displicencia. Había abierto las fundas de los cojines del sofá y las había tirado al suelo. Había tirado una taza de café encima de los papeles del escritorio. Me quedé un buen rato mirando a mi alrededor boquiabierta, sin moverme, sin pensar.

Ladrones de poca monta. Drogadictos que se habían dado cuenta de que me había ido y habían aprovechado para entrar. Pero no se habían llevado el ordenador ni la impresora. Cualquiera que buscara dinero o algún equivalente, se lo habría llevado. Además, el drogadicto medio no es tan sofisticado como para descifrar el código de entrada de la puerta principal.

Estaba un poco mareada, sentía un sudor frío. Era un impacto muy fuerte. Habían entrado en mi espacio, por la cara, y no habían hecho ningún esfuerzo por disimularlo. ¿Estaban buscando algo, o era un ataque como el destrozo de hospitales en Zimbabue para aterrorizar a la población y desestabilizar al gobierno?

Mi primer impulso, como el de cualquier persona, era llamar a la policía y largarme de aquel lugar vandalizado. Pero si existía alguna firma de quien había entrado, no la encontraría nunca si dejaba entrar a la policía primero. Me senté en el brazo del sillón, temblando, hasta que me tranquilicé y pude andar con normalidad, y pasé el pestillo que tenía en la puerta del despacho. Alguien (¿Baladine?) quería demostrarme que podía entrar por la puerta principal sin ninguna dificultad, pero tuvo que echar la puerta de mi despacho al suelo para poder sortear el pestillo.

Puse los cojines dentro de las fundas. Aunque estuviera borrando las huellas de una prueba fundamental, necesitaba sentarme. También quería agua, pero eso significaba ir hasta el pasillo, donde estaba la nevera, y no quería abrir la puerta hasta que no me sintiera segura en mi edificio.

¿Qué tenía que alguien pudiera querer? Aparte del ordenador, claro. El cuadro de Isabel Bishop era la única cosa de valor que había en mi despacho. Me levanté y miré en la pared que daba al escritorio. El cuadro estaba en el suelo. No lo toqué. En el cristal habría huellas, si es que habían dejado alguna.

Aunque Tessa hubiera estado muy concentrada en su trabajo, se habría enterado de esta brutalidad. ¿Y si los intrusos habían herido a Tessa? Quería salir al pasillo otra vez y mirar en su estudio, pero el miedo me tenía paralizada.

Al cabo de un rato saqué el móvil del bolso y llamé a casa de Tessa. Vivía con sus padres en un dúplex de Gold Coast. Fue su madre quien contestó, con su refinada voz de contralto que encandilaba en todos los juzgados del país.

—Victoria, ¿cómo estás? No te había reconocido la voz.

—La verdad es que acabo de tener una conmoción. He pasado unos días fuera y cuando he llegado a la oficina... me la han destrozado. Quería asegurarme de que Tessa está bien.

La señora Reynolds hizo los comentarios apropiados de alarma y preocupación pero me tranquilizó sobre Tessa. Había recogido a su hija en el estudio alrededor del mediodía para tomar un café. Tessa se había ido a navegar el fin de semana con unos amigos, y la señora Reynolds, después de una semana ajetreada en Washington, había querido ver a su hija unos minutos a solas.

—Cuando venga la policía, pídeles que entren en su estudio también para asegurarnos de que no falta nada. Nunca me ha gustado que esté tan cerca de Humboldt Park. Siempre me dice que sabe cuidarse de sí misma y que tú eres muy buena peleando, pero dos mujeres jóvenes como vosotras tendríais que estar en un barrio más seguro.

—Seguramente tiene razón, señora —le di la razón porque era la forma más fácil de dar por terminada la conversación.

Me recliné en el sofá y cerré los ojos. Imaginé que estaba tumbada en el lago Michigan con el sol que me acariciaba la cara, hasta que me tranquilicé para poder pensar. Si era obra de Baladine, podría ser un intento para aterrorizarme, pero si estaba buscando algo, ¿qué podría ser? Pensé en las conversaciones que había tenido la última semana, con Frenada, con Alex. Con Murray. Pensar en Murray aún me sulfuraba.

A Murray le había dicho lo del informe del LifeStory de Frenada, que tenía pruebas de que estaba limpio. Pero eso no era obra de Murray. Era imposible. Murray era periodista. Ir a la caza de una historia, fuera la que fuera, era lo que le interesaba. Global no podía haberle arrebatado eso en tan sólo unas semanas, él era mejor que eso. Mucho mejor.

Lo iba repitiendo una y otra vez en mi cabeza, como si estuviera frente a un jurado defendiéndolo. Tenía que encontrar la copia del disco duro, si aún existía, aunque con la tranquilidad y el tiempo que les había dado el hecho de que yo estuviera fuera, los intrusos podrían haber mirado todos y cada uno de los papeles que había en el despacho.

Cerré los ojos e intenté recordar qué había hecho con la copia en papel del LifeStory. Lo había puesto todo en un cajón porque sabía que Mary Louise utilizaría el despacho y que no soportaba encontrarse carpetas desordenadas encima de la mesa. Abrí el cajón. Faltaban muchos papeles y quedaba a la vista una caja de tampones que guardaba allí. Estaban tirados por el cajón y automáticamente los volví a poner dentro. Pero no entraban, de manera que cogí la caja olvidándome por un momento de las huellas.

Dentro había una bolsa de plástico de congelar comida llena de polvo blanco. Me quedé estupefacta mirándolo, y mi cabeza atontada se movía como la de un perro en arenas movedizas. Cocaína. O quizá heroína, no sabía distinguirlas. Habían entrado en mi despacho para ponerme droga. No quería mandarlo a un laboratorio para que lo analizaran, y no quería tener que explicárselo a la policía. No quería explicárselo a nadie.

Me levanté de repente y me puse a buscar como una loca por todos los cajones, las lámparas y las grietas. Encontré dos bolsas más, una dentro de la impresora y la otra debajo del sofá, dentro de la tela que habían rasgado.

Corrí el pestillo y fui corriendo por el pasillo hasta el lavabo y tiré de la cadena mil veces hasta que el polvo desapareció, hasta que las bolsas, cortadas a trocitos con las tijeras de cutícula de Tessa, quedaron irreconocibles. Me puse bajo la ducha vestida y dejé correr agua caliente hasta que pensé que cualquier rastro sospechoso había desaparecido. Salí y me puse un mono de trabajo de Tessa. Colgué mi ropa mojada en una percha que estaba detrás de la entrada de su estudio. Un incipiente ataque de histeria me hizo dejar una nota en la nevera en la columna *He cogido*. «He cogido tus tijeras de cutícula, unos pantalones khakis y una camiseta. Te lo devuelvo en cuanto pueda.»

Cuando volví al despacho, llamé a la policía. Mientras los esperaba, me puse unos guantes de látex y miré los papeles pacientemente. Había puesto el informe de Frenada en una carpeta antigua, pero no me acordaba de cuál. Sólo recordaba que en aquel momento había pensado que Mary Louise habría puesto una etiqueta nueva al instante. El coche patrulla no había llegado aún cuando encontré la carpeta *Alumni Fund*. El informe de Frenada seguía allí, junto con el informe de los de la ambulancia que Max me había enviado por fax desde Beth Israel.

La policía tarda en llegar a esta zona, al extremo de Wicker Park. En un impulso consecuencia del miedo, metí todos los papeles en un sobre Manila, puse al señor Contreras como destinatario y bajé a la calle para echarlo al buzón de Western con North.

Elton estaba ahí con su típica sonrisa obsequiosa: *No te haré daño, soy tu amigo, ayúdame.* Soltó su perorata:

—El *Streetwise,* señorita. Entérese de los mejores grupos que tocan en Chicago este fin de semana. Encuentre un sitio bonito para llevar a su novio... ¡Eh, Vic! ¿Has estado fuera?

Le di una moneda y cogí un periódico.

—Sí, he estado fuera unos días y mientras me han entrado a robar. ¿No has visto a nadie extraño que merodeara por la zona de noche?

Elton arrugó la frente para pensar pero negó con la cabeza a su pesar.

—Pero ahora estaré alerta, Vic, puedes estar segura. *Streetwise,* señor. Tiene un listado de los mejores grupos de la zona, puede llevar a su chica...

Por North Avenue se aproximaban luces azules. Fui corriendo hasta Leavitt y llegué a mi oficina al mismo tiempo que aparcaba el coche patrulla. Se abrieron las puertas y salieron dos policías jóvenes, una mujer negra y un hombre blanco. La pareja perfecta para una serie de polis en televisión. Les enseñé lo que me había encontrado sin abrir la boca.

—¿No habrá tocado nada, verdad, señora? —me preguntó la mujer siguiéndome hacia el despacho.

—Ah... He puesto los cojines del sofá en su sitio —ahora me parecía lo peor que podría haber hecho—. He intentado no tocar los papeles, pero no estoy segura. De todas formas, mis huellas estarán por todas partes. Las mías y las de mi ayudante.

La parte masculina del equipo estaba pidiendo refuerzos por radio. Les encanta hacer eso a los polis. Su trabajo suele ser tan tedioso que cuando alguien encuentra algo interesante, invita a los demás a mirar. En diez minutos tenía a un batallón entero en el despacho.

Estaba contestando a las preguntas de la pareja que había llamado primero (faltaba algo, habían forzado la puerta, cuántos días había estado fuera de la ciudad) cuando llegó una pareja vestida de paisano. Una voz aguda y triunfante quería saber si habían registrado el edificio.

—No creo que el delincuente siga en el edificio, sargento —dijo la mujer.

—No hablo del delincuente, sino de drogas. Me han dicho que Warshki es una traficante.

Estiré el cuello y vi al detective Lemour. Llevaba el mismo jersey de poliéster marrón que la otra vez, a menos que se hubiera comprado un montón de jerseys iguales en las rebajas de Wal-Mart.

Me levanté.

—Sargento Lummox. ¡Qué coincidencia! No sabía que se encargaba de los robos.

—Lemour, y no me encargo de los robos, sólo de delitos violentos. Te dije que sería tu sombra, pero te has pasado de lista, Warshki, sabíamos a qué te dedicabas y te hemos pillado con las manos en la masa.

—¿De qué está hablando, Lemming? ¿Desde cuándo es un delito en esta ciudad ser víctima de un robo?

La primera mujer que había llegado se puso a toser para disimular la risa, mientras su compañero seguía tan tieso y solemne como si lo hubieran embalsamado.

—No es delito, si sucedió de verdad —enseñó sus dientes de lucio en una sonrisa vindicativa.

—¿Si sucedió de verdad? Sargento, espero que haya llamado a la unidad técnica que vendrá a identificar las huellas, porque si no lo hace, voy a presentar una denuncia a los más altos cargos de la policía. Y si me acusa delante de testigos de traficante de droga, también lo denunciaré como particular por difamación.

—Hazlo si quieres, Warshki, pero yo sé que tienes un quilo de coca en este edificio. Y vosotros, atajo de gilipollas, ¿queréis parar de reíros a escondidas y poneros a buscar? ¡Venga!

Durante veinte minutos, siete personas uniformadas estuvieron revolviendo mi despacho. Papeles que los intrusos originales no habían ni tocado, ahora estaban en el vertedero que se había formado en medio de la sala. Me senté con los brazos cruzados apretando los labios de rabia y con el corazón que latía cuando le daba la gana.

¿Y si me había dejado una bolsa? No había cogido una escalera para comprobar los paneles del techo, sólo había mirado los del suelo y los focos y las lámparas que instalé cuando vine.

Estaba que echaba chispas. Me sentía impotente; ojalá pudiera filmarle. Y entonces me acordé de la cámara que tenía en el maletín. La cogí del suelo, la puse en el sofá y saqué las gafas. Lemour me observó durante todo el proceso pero cuando vio que sólo me estaba poniendo unas gafas, se giró. En aquel preciso momento cogí la batería. Después de dos noches en las oscuras carreteras de Luella County, la podía cargar con los ojos cerrados. Puse una cinta nueva y empecé a grabar cómo se abrían paso destructivamente, especialmente Lemour.

Lemour fue hacia la impresora y sacó el cartucho. Cuando vio que la bolsa no estaba, tiró el cartucho y dejó una mancha de carbón en el suelo, y dio un golpe a la impresora. Mil doscientos dólares de lo mejor de Hewlett Packard. Ojalá sobreviviera al ataque.

Con cara de muy pocos amigos, se acercó al sofá y gritó para que me levantara. Puso la mano por debajo, encontró el agujero y buscó por dentro. Cuando se levantó con las manos vacías me enseñó sus horrendos dientes de lucio. Ordenó a dos policías que dieran la vuelta al sofá. Rajó la tela de arriba abajo y empezó a buscar.

Entonces pasé a su lado empujándolo y fui hasta la mesa para llamar a mi abogado.

—Freeman —dije al contestador—. Soy V. I. Warshawski. El policía que me estaba acosando la semana pasada está en mi despacho. Han entrado a robar, y ahora me acusa de traficar con drogas. Ha roto mi sofá y ha tirado todos los papeles por el suelo. Cuando oigas este mensaje, espero que contestes lo antes posible.

Los delgados labios de Lemour eran una línea de rabia. Empujó a los policías, me arrebató el teléfono de la mano y me dio un bofetón en la cara con la palma de la mano. Dejé los brazos apoyados en mis caderas con un esfuerzo tan grande que me dolieron los hombros.

—Te crees muy lista, Warshki —siseó.

—Phi Beta Kappa* en mi primer año en Chicago. Es para gente lista, Lemming —respiraba como los cantantes, sacando el aire del diafragma hasta los labios y hablando bajito para que no se notara mi rabia.

Me dio un bofetón en la otra mejilla.

—Pues no eres tan lista como te crees. Si tengo que mirar en todos los rincones, lo haré y encontraré el alijo. Sé que lo tienes escondido aquí, señorita sabelotodo. Esposadla mientras seguís buscando —dijo a la mujer que había contestado mi llamada.

No podía mirarme a la cara. Su tez morena se volvió violeta de vergüenza mientras me ponía las esposas; murmuró un «Lo siento» sin apenas mover los labios.

Tenía las gafas torcidas del golpe. Me las puso bien. Me dolía el cuello. La tensión. O quizá el bofetón de Lemour.

El ejército de policías inspeccionó el despacho, el pasillo y el lavabo. Miraron en todos los rincones. Lemour observaba, con las mejillas cada vez más rojas, y un hilillo de baba alrededor de la boca. Seguí enfocándolo con las gafas como podía, con los brazos atados a un radiador.

Cuando el equipo no encontró droga, pensé que Lemour perdería los estribos y se me echaría encima para estrangularme. Quizá a él también se le había ocurrido aquella idea, pero sonó su móvil antes de que pudiera hacerlo.

—Lemour —gruñó—. Ah... no, señor, no hemos... sí, señor, en todas partes... la zorra debe de haber... ya lo sé, señor, pero no puedo estar vigilando veinticuatro horas al día... Puedo detenerla... Entiendo. ¿Ah, sí? —mostró sus dientes de nuevo de forma desagradable—. Eso espero, señor.

Guardó el teléfono y se volvió hacia mí.

---

* Asociación norteamericana de personas que se han distinguido en sus estudios. (*N. de la T.*)

—Has tenido suerte, Warshki. Mi jefe dice que si no encuentro las pruebas, no puedo detenerte, aunque me gustaría hacerlo y obligarte a cantar. Puedes irte a casa. Y tú, ¿Holcumb, te llamas? Quítale las esposas y que se vaya.

Mientras la agente me liberaba me susurró que su madre era tapicera, que vendría a la mañana siguiente y arreglaría el sofá sin cobrarme. Estaba tan cansada y enfadada que sólo pude afirmar con el cuello dolorido. Me apoyé en la pared, con los brazos cruzados, hasta que se fueron todos los policías. Hice una barricada en la puerta y me senté en el sofá. El despacho había quedado en un estado tan insufrible que pensé que nunca más podría trabajar allí.

22. Merodeadores

El señor Contreras me sacó del estupor llamando al despacho con voz asustada: a las cuatro y media le había dicho que volvería al cabo de una hora para cenar, y eran casi las ocho. Cuando le expliqué lo que había pasado insistió en coger un taxi y venir a buscarme. Nada de lo que dijera podría hacerle cambiar de opinión, y en el estado lamentable en el que me encontraba, tampoco intenté disuadirlo. Cuando llamó a la puerta quince minutos más tarde, nos sorprendí a los dos poniéndome a llorar.

—Es terrible, tesoro, es terrible. ¿Quién puede haber hecho algo así? ¿Aquel policía cretino que quería arrestarte la semana pasada? ¿Y te ha pegado? Eso no debes tolerarlo. Tienes que contárselo a alguien. Llama al teniente. O llama al detective Finchley.

Me soné la nariz.

—Sí, quizá. Pero lo que quiero ahora es poner candados en las puertas. Quien fuera que entrara burló el código de la puerta principal. También podrán romper los candados, pero les llevará más tiempo y es mucho más sospechoso.

Había una tienda veinticuatro horas que había abierto hacía poco cerca del despacho. El propietario me enseñó todo lo que tenía y me ayudó a escoger candados y herramientas. Cuando volvimos seguía tan nerviosa que quise inspeccionar el despacho y el estudio de Tessa para comprobar que no había venido nadie en mi ausencia.

Mientras el señor Contreras instalaba los candados, yo hice un intento por limpiar un poco aquella desgracia. Me puse guantes de látex para coger el Isabel Bishop y lo metí en una bolsa de plástico para dárselo a Mary Louise el lunes. Quería que hiciera analizar las huellas y que alguien del departamento de policía mirara si estaban registradas en AFIS*. Supongo que también podría pagarle para que pusiera en orden los archivos; a ella le sería mucho más fácil que a mí, no sólo porque es más ordenada, sino también porque no estaría tan afectada por la destrucción como yo.

Puse bien el sofá, enrosqué las bombillas que los policías bárbaros habían quitado, recogí la basura más evidente y limpié las manchas de café de la alfombra. El grabado de Uffizi de mi madre estaba en el suelo con el cristal resquebrajado. Me mordí los labios pero lo metí en la bolsa con el Isabel Bishop. No iba a derrumbarme por aquello. A la pintura no le había pasado nada, y el cristal se podía cambiar.

El cartucho de la impresora que Lemour había tirado al suelo perdía tinta. Lo tiré, limpié la impresora e instalé uno nuevo. Me aguanté la respiración y encendí el aparato. Apreté el botón de prueba y salió una hoja con unas muestras de letras perfectas. Me sentía un poco mejor. Al menos un barquito se había salvado del naufragio.

Cuando el señor Contreras resopló con satisfacción por el trabajo que había hecho, mi despacho seguía pareciendo el Titanic después del iceberg. Nunca había pensado que pudiera tener tantos papeles.

El señor Contreras alabó mi progreso (más visible para él que para mí), y yo alabé a mi vez sus artes de bricolaje. Había hecho algo

---

* AFIS (American Forces Information Service). Organismo norteamericano dependiente del Ministerio de Defensa que tiene todos los datos de los miembros del ejército y de la policía. (*N. de la T.*)

realmente impresionante. Con un montón de herramientas baratas había instalado un buen sistema de candados. No hay nada impenetrable, pero para romper todo aquello se necesitaba bastante tiempo y alguien que pasara por ahí, o el mismo Elton, podría parar a los intrusos. Llamé a la madre de Tessa para explicarle lo que había hecho y que le dejara un mensaje a Tessa: pasaría por ahí a dejar una copia de la llave antes de que volviera de navegar.

Mientras nos dirigíamos hacia el coche, Elton apareció de entre las sombras.

—Vic, he visto que la policía te ha hecho una visita. ¿Han encontrado algo?

—Nada*. Pero el sargento que ha venido está metido en el asunto. Si ves algo raro, no llames a la policía, porque puede que sean ellos los autores. Llama... ¿Puede llamarte a ti? —pregunté al señor Contreras—. Yo no estoy casi nunca en casa.

A mi vecino no le gustó demasiado que diera su teléfono a una persona que vivía en la calle, pero aceptó a regañadientes.

—Llamada a cobro revertido —advertí al señor Contreras.

La compañía de teléfonos te exigía poner treinta y cinco centavos para hacer una llamada, y es más difícil para los sin techo tener el cambio justo que para nosotros.

Antes de subir a casa, inspeccioné el coche para asegurarme de que no me habían puesto ninguna bolsa sorpresa en el maletero. Después subí al tercer piso con Mitch y Peppy para mirar en todas partes. Me avergonzaba ser tan vulnerable, pero cada vez que pensaba en aquellas bolsas de polvo blanco, sentía unos pinchazos en la nuca.

Mi vecino puso carbón nuevo en la barbacoa del patio y empezó a preparar el pollo. Antes de bajar a cenar, llamé a Lotty buscando compasión, y una receta para el dolor del cuello. Además de compasión se alarmó y me ofreció pasar una noche más segura en su decimoctavo piso. Pensé que sería más feliz en mi propia casa, con mis

---

* En español en el original. *(N. de la T.)*

cosas, pero le dije que los perros se quedarían conmigo hasta que las cosas se calmaran un poco.

—Y respecto a tu cuello, cielo: aspirina y hielo. Ponte hielo ahora y antes de irte a la cama. Y llámame por la mañana.

Sentí un inexplicable dolor cuando colgó el teléfono. Me había ofrecido una cama. ¿Por qué quería consejos médicos en vez de amor? ¿Hielo, si el menor roce con el cuello me dolía? Además, qué sabe Lotty de las heridas en el cuello. Entré en la cocina, llené una bolsa de plástico con hielo y me la puse en la zona hinchada, como si quisiera demostrarme que se equivocaba. Pero cuando el señor Contreras llamó para decir que el pollo estaba listo, me di cuenta de que podía mover la cabeza con menos dificultad, lo cual me permitía pensar un poco más.

Las cintas que había grabado de Lemour en el despacho... Tenía que hacer algo con ellas. Una copia para mi abogado, y quizá una para Murray. ¿Publicaría la historia del robo? ¿O simplemente lo estaba poniendo a prueba para ver qué órdenes cumplía?

Después de cenar subí a mi piso, conecté las cintas al aparato de vídeo y lo miré. Ver que había estado sentada y sin hacer nada mientras Lemour se ponía más y más furioso me hizo revivir la violencia de aquella tarde. Se me revolvía el estómago. Apenas podía mirar la pantalla. Cuando oí la llamada que hizo que Lemour me dejara en paz, me levanté, la rebobiné y lo miré varias veces.

Su interlocutor no paraba de interrumpirlo. Quizá no le gustaba la aguda voz nasal de Lemour. O quizá no quería que Lemour dijera nada inconveniente con tanta gente escuchando. Aquella sonrisa malvada de Lemour y la forma en la que dijo: «Eso espero, señor», fuera lo que fuera *eso,* dejaba claro que tenía más planes en mente. Aunque algo más elaborado que esconder drogas en mi despacho, no sabía lo que podía ser. Quizá debería ir a casa de Lotty.

Volví a parar la cinta cuando Lemour me decía que estaba de suerte, que podía irme a casa. Hizo una pausa antes de decir que su «jefe» le había ordenado que me dejara marchar. Un policía no se refiere a sus superiores como jefes; los llama por el cargo (teniente, comandante), aunque sea del rango más alto. ¿Con quién estaba hablando en realidad? ¿Con Baladine? ¿Con Jean Claude Poilevy?

Quizá un aparato muy sensible al ruido podría captar la voz del que hablaba con Lemour. Podría hablar con el ingeniero del laboratorio Cheviot, pero seguramente tendría que esperar hasta el lunes. Por si acaso el hombre trabajaba el fin de semana, le dejé un mensaje en su buzón de voz.

Puse la cinta en la caja fuerte y fui abajo a recoger a los perros. Después de un día tan pesado y una semana tan larga, la aspirina me dejó frita en cuestión de segundos.

Al cabo de dos horas el teléfono me arrancó de un sueño profundo.

—¿Señora Warshawski, es usted? —el grave susurro apenas se oía—. Soy Frenada. Es urgente. La necesito. Estoy en la fábrica.

Colgó antes de que pudiera abrir la boca. Me quedé con el auricular pegado a la oreja, escuchando el silencio. Mi cabeza tenía la claridad aparente que te dan las primeras horas de sueño profundo. Frenada no tenía mi número de casa: cuando llamó para echarme la bronca por el rumor de Regine Mauger, me encontró a través del servicio de mensajería. Quizá tenía identificador de llamadas y se había quedado con mi número cuando le llamé a su casa.

Encendí la luz de la mesilla de noche y miré mi identificador. *Número privado.* Quien hubiera llamado había bloqueado la llamada o estaba usando un móvil. Fui al salón. Mitch y Peppy habían estado durmiendo al lado de mi cama, pero me siguieron, tropezando el uno con la otra para ponérmelo más difícil.

Los aparté y encontré el maletín donde lo había dejado, al lado del televisor. Saqué la agenda electrónica y busqué Special-T Uniforms. Cuando llamé a la fábrica dejé que sonara quince veces, pero nadie contestó. El teléfono de su casa sólo me dio el mensaje bilingüe.

—¿Qué tengo que hacer, chicos?

Mitch me miró ilusionado. «Vamos a correr», parecía que dijera. Peppy estaba echada en el suelo y se limitaba a mover las patas delanteras como diciendo: «Anda, tómate un baño y vuelve a la cama».

—¿Es una trampa, verdad? El superior de Lemour le dijo que me dejara libre... ¿para poder pillarme en la fábrica? ¿Para que metiera la pata, como me dijo Murray el miércoles por la noche? ¿O se trataba realmente de Frenada en apuros? Si era eso, ¿por qué no llamaba a la policía en lugar de a mí?

Los perros me miraban angustiados, intentando averiguar mi estado por el tono de voz. Quizá Frenada hubiera tenido una experiencia con la policía parecida a la mía y pensaba que no podía confiar en ellos.

Alguien inteligente habría seguido el consejo de Peppy y se habría quedado en casa. Quizá ahora sea inteligente, la experiencia te cambia, pero en plena noche con la escasa claridad mental del momento y pensando que aún tenía treinta años y era capaz de saltar edificios altos con sólo dar un salto, me enfundé los vaqueros y las zapatillas; cogí la pistola y la metí en la pistolera debajo de la camiseta, cogí mi licencia de detective y el permiso de conducir y unos cuantos billetes, y bajé con cautela las escaleras. Dejé a los perros en casa, lo cual les dio un poco de rabia; si me veía en medio de un tiroteo no quería que ellos entorpecieran la situación.

Si Lemour pensaba que iba a pillarme, lo tenía claro. Aquél era mi único pensamiento, si a actuar sólo por impulsos se le puede llamar pensar.

Pasé la fábrica hasta Grand con Trumbull. Había una luz encendida en el segundo piso por la parte de atrás. Por si acaso Lemour me había tendido una trampa, en vez de reducir la velocidad giré hacia el sur en la siguiente intersección. Aparqué tres manzanas más allá.

Los sábados por la noche no son precisamente tranquilos en Humboldt Park. Las calles de esta zona industrial estaban vacías pero a unos metros aullaban perros y sirenas. Incluso oí gallos cacareando. Seguro que había alguna pelea de gallos por ahí. Un tren de mercancías chirriaba y pitaba a lo lejos. A medida que se acercaba, el clanc clanc monótono ahogaba los otros ruidos.

Cuando llegué frente a la fábrica de Frenada, exploré los alrededores en la oscuridad. Me quedé al lado de una camioneta de reparto destartalada, escuchando en las puertas traseras para ver si se trataba de un vehículo de vigilancia, aunque era casi imposible oír algo con el zumbido del tren.

Estuve diez minutos parada en la acera de enfrente del edificio, esperando alguna señal de vida. ¿O estaba esperando a tener el coraje de entrar sola en un edificio desvencijado en medio de la noche? Cuanto más me lo pensara, más me inclinaría a marcharme a casa sin entrar. ¿Y qué pasaba si era Frenada el del teléfono? ¿Y si estaba en apuros de verdad, desangrándose, o muerto? ¿Entonces, qué? Tomé una bocanada de aire y crucé la calle.

La puerta principal no estaba cerrada con llave. *Es una trampa, Vic,* me decía mi vocecilla interior, pero me deslicé hacia dentro, con la pistola en la mano sudorosa que aguantaba la culata.

Al entrar, la oscuridad me envolvió como si fuera una manta con vida propia. Sentía cómo me agarraba por el cuello, y el dolor, del que ya no me acordaba, volvió. Caminé sigilosamente hasta la escalera luchando contra el impulso de darme la vuelta y echar a correr.

Subí por la gastada escalera de cemento, parándome en cada peldaño para agudizar el oído. Fuera el tren chirriaba a lo lejos. En el silencio que prosiguió pude oír las sirenas y las bocinas de los coches otra vez, que no me dejaban concentrarme en el edificio. Me pegué a la pared de la escalera, intentando no hacer ni un ruido y con el deseo de que los latidos de mi corazón sólo pudiera oírlos yo.

Cuando llegué al rellano, vi una línea de luz debajo de la puerta de Special-T. Actué rápidamente, como si la mera presencia de la luz significara seguridad. Me arrodillé ante la puerta para espiar por el ojo de la cerradura, pero solamente vi las patas de la mesa de cortar tela. Me tumbé en el suelo, con el ojo pegado a la delgada línea de luz, intentando no pensar en la mugre acumulada durante décadas que ahora tenía contra la cara. ¿Cuántos hombres habrían escupido allí al salir del trabajo? Sólo vi rollos de tela y montones de papeles. Esperé largo rato en aquella posición, a la espera de ver pies o alguna sombra que se moviera. Al ver que no pasaba nada, me levanté y probé el pomo de la puerta. Al igual que la otra, esta puerta también estaba abierta.

Seguramente una fábrica de ropa es siempre caótica, pero Special-T tenía el aspecto de haber sufrido la fuerza de un huracán. Quien fuera quien había destrozado mi despacho también había pasado por ahí. Las mesas que habían estado en el centro de la sala ya no estaban ahí; tela, tijeras y patrones estaban tirados por el suelo en montones. A lo largo de la pared, las máquinas de coser tenían las tapas levantadas. Una única luz encima de una de las máquinas era la que había visto desde la calle.

Anduve temerosa hacia una pequeña habitación que estaba al final de la sala, esperando encontrar el cadáver de Frenada en cualquier momento. Pero encontré más signos de destrucción. Los vándalos lo habían dejado todo patas arriba. Los intrusos estaban buscando algo: los cajones estaban abiertos y su contenido sobresalía a punto de caerse al suelo. También habían arrancado una baldosa. Facturas, modelos y muestras de tela configuraban un chirriante guisado en el suelo. Habían quitado las bombillas de la lámpara del escritorio.

Estaba segura de que habría bolsas de polvo en el edificio, pero ponerme a buscarlas sola y a oscuras no era lo que más me apetecía. Busqué la camiseta de la Virgen Loca que había visto el martes en el despacho de Frenada. Después de una rápida inspección del montón de tela y papel revuelto sin encontrarla, me fui hacia el pasillo. Miraría si Frenada estaba en el baño o en el montacargas; si no estaba, me largaría.

El lavabo estaba en el pasillo que salía de Special-T. Al lado había un armario y el montacargas estaba en la otra punta. En el armario no había nada excepto una mopa asquerosa que necesitaba un buen baño de desinfectante; de repente oí el chirrido de una puerta que se abría y numerosos pies que subían las escaleras con sigilo. Un segundo después el resuello y el traqueteo de un tren se acercaban por la vía; si hubieran esperado una milésima de segundo más, jamás los habría oído.

23. Carrera al aeropuerto

Salí del armario. No había dónde esconderse. No era capaz de escalar la pared, no podría llegar a las otras ventanas. Me metí en el montacargas. El ruido del tren retumbaba y ahogaba los sonidos de los que me buscaban. Si estaban subiendo las escaleras, no tardarían en buscarme allí dentro. Incluso si tuviera una llave que pusiera en marcha el ascensor, con el tiempo que tardaría en bajar, ya habría una docena de hombres esperándome en la entrada dispuestos a liquidarme.

Idiota. Maldita estúpida, cómo has podido meterte en este edificio cuando estaba lleno de avisos, de alarmas, no te acerques, no te metas en esto. Se trataba de alguien que me conocía muy bien, sabía que sopesaría los riesgos y los acabaría corriendo. La trampa del tigre. Si fuera un tigre de verdad, podría haber saltado desde la ventana y estar de camino a casa.

Escudriñé el ascensor. La trampilla estaba abierta. Calculé la distancia: un poco más de un metro sobre mi cabeza. No era un tigre, y mis músculos de cuarentona sólo me darían una oportunidad. Una luz rebotó en la pared del pasillo. Me agaché, me di impulso con los brazos y salté. Quedé clavada justo en la punta de la trampilla. Tenía la mano izquierda encima de un clavo y me agarraba con fuerza con la derecha mientras movía la izquierda; ganaba territorio, los dedos machacados entre astillas de madera, los bíceps a punto de explotar aguantando el peso de todo mi cuerpo. Los chirridos del tren de mercancías disimulaban el ruido de la escalada a la trampilla y mi áspera respiración.

Encima de mi cabeza había una claraboya que dejaba pasar la luz de las estrellas y convertía los cables en figuras fantasmagóricas; corrí la tabla de madera que cubría la trampilla hacia un lado. La caja del ascensor tembló con el rugido del tren, pero se estabilizó a medida que el ruido disminuía. Empecé a oír voces, palabras amortiguadas por el hueco del ascensor, y alguien justo debajo de mí.

—Tendría que estar aquí.

Sentí un navajazo en el estómago, como si fuera a abrirse por la mitad.

—¿La has visto salir de casa? —el pito inconfundible de Lemour.

—No, pero su coche ya no está ahí. Debe de haber salido por el callejón antes de que pensáramos en poner un vigilante ahí detrás. Y no contesta al teléfono.

—Entonces ya la tenemos. Quizá fue a buscar ayuda. Que alguien mire en el armario de limpieza y otra persona en el despacho de Frenada. Tú espera aquí.

Las voces se apagaron. Estaba sentada encima de un trozo de metal. Ahora que no podía hacer el más mínimo ruido, me fijé en todos los detalles de la superficie: una punta afilada en mi nalga izquierda y un cable bajo el pie derecho que vibraría si a mis tullidos músculos se les pasaba por la cabeza moverse.

Me puse a respirar pausadamente con el aire cortante en la garganta seca. Me daba pánico que tuviera que toser. Incliné mi cabeza unos centímetros hacia atrás para ver la claraboya. En la pared había unos cuantos travesaños atornillados. Si pudiera saltar a uno de ellos sin que me oyera el hombre del ascensor... Con la cabeza hacia atrás aún me picaba más el cuello y sentía la necesidad de toser. La retuve en mis pulmones, tragando y tragando pero no tenía suficiente saliva para calmar el picor. Cuando ya no podía soportarlo más, el ascensor volvió a temblar. Un instante de pavor me hizo pensar que el vigilante me estaba siguiendo hacia la trampilla, pero cuando solté la tos otro tren retumbaba detrás del edificio.

Agarrándome al cable que tenía delante, me puse de pie. Me temblaba el muslo izquierdo. Me había estado apoyando en él sin darme cuenta de que soportaba todo el peso. Flexioné la pierna lentamente; aunque el tren tapara mis movimientos, tenía que evitar cualquier ruido fuerte.

Cuando destensé un poco la pierna, me arrimé al borde de la caja y me agarré al travesaño que quedaba sobre mi cabeza. Parecía seguro. Con un punto de apoyo firme, me di impulso con la pierna derecha y la puse en el travesaño que tenía enfrente. También era firme. Salí definitivamente del ascensor y empecé a escalar. Como en las clases de gimnasia del instituto con la señora McFarlane, que nos hacía escalar cuerdas. «Pero por qué», se preguntaba una de las chicas, «si nunca seremos bomberos». Si salgo de ésta, cuando salga de ésta, iré a mi antiguo instituto y les diré a los adolescentes que estudian ahí ahora: «Puede que llegue el día en que seáis tan estúpidos como yo, que os hayáis metido en una emboscada y tengáis que salir de ella».

Una escalada sencilla, un metro y medio. Cinco travesaños hasta el tragaluz. Un paso y un empujón, y un metro al final sin travesaño hasta llegar a una pequeña plataforma en la que se sentaban los trabajadores. Aunque un operario un poco gordo no creo que cupiera. ¿Y por qué no se abría el tragaluz? ¿Nunca tenían que salir por el tejado? No veía un pestillo por ninguna parte. ¿O sólo era decorativa aquella ventana?

El tren seguía silbando. Saqué la pistola de la pistolera y pegué un golpe al vidrio con la culata. Los pedazos cayeron por el hueco del ascensor. A nadie le podía haber pasado por alto aquel ruido. Quité los restos de vidrio que quedaban y salí hacia arriba mientras el vigilante gritaba que me bajara.

Aterricé en el plano tejado de alquitrán y corrí hasta la punta. Un coche de policía estaba aparcado en Trumbull, con las luces puestas y peatones que miraban qué pasaba. Había otro patrulla en el ala oeste del edificio. Me volví y fui corriendo hasta la otra punta. Los raíles del tren pasaban justo detrás del edificio en curva. El paso lento del tren por aquella curva anulaba cualquier posibilidad de escapada por aquel lado.

En medio del tejado apareció una cabeza por el tragaluz roto.

—¡No te muevas, Warshki!

Me tiré al suelo al mismo tiempo que Lemour disparaba. Aún tumbada en el suelo, eché las piernas hacia un lado. Fui deslizándome hacia abajo hasta sólo aguantarme con la punta de los dedos mientras Lemour corría hacia mí. Me tiré hacia la derecha lo máximo que pude y caí.

Como si hubiera caído de una bici. El vagón se movía rápido bajo mi cuerpo; intenté incorporarme pero me caí y me di contra la cadera izquierda y el antebrazo.

Me quedé estirada, acompañada por el movimiento del tren, tan feliz de haber escapado que casi disfrutaba con el dolor de la cadera. Una anécdota de la aventura. Al fin y al cabo no era tan mayor como para no poder saltar de edificios altos. Sonreí estúpidamente en la oscuridad.

Me quedé en aquella postura unos diez minutos, viendo pasar las farolas y los árboles. Cuando mi euforia de fugitiva se calmó, empecé a pensar qué haría después. No podía salir de la ciudad en aquel tren. O sí que podía, pero ¿y entonces qué haría? Pasar la noche en un campo de trigo. O convencer a alguien de que llevara a aquel espécimen herido y despeinado a la ciudad más próxima. ¿Y si me encontraba algún poli en un pueblo de Wisconsin y pensaba que no tenía licencia de armas? Aunque sería mucho peor si Lemour estuviera siguiendo al tren. Dejé de sonreír como una idiota y me incorporé.

No tenía ni idea de dónde estaba. La ciudad que conocía tan bien como la palma de mi mano, había cambiado por un montón de señales de luz y vías curvadas. Me sentí sola en la vorágine de la noche. El tren estaba cogiendo velocidad y se adentraba en tierras extrañas y mares desconocidos. Un tren de mercancías que iba hacia el sur pasó por la vía de al lado con tal arrebato que volví a tumbarme.

Sobre mi cabeza flotaba un avión, un enorme saltamontes, con ojos saltones como luces. Tumbada sobre mi espalda podía ver la luz y el tren de aterrizaje. ¡El aeropuerto de O'Hare! Bueno, al menos estaba cerca de la ciudad.

El tren frenó de repente de forma tan brusca que salí disparada y reboté contra mi cadera herida. No perdí el tiempo en maldecir ni en buscar nuevas heridas; me deslicé como un cangrejo hasta el principio del vagón, encontré la escalera y la bajé. El tren aún no se había detenido, pero se movía muy despacio. Salté lo más lejos que pude y me dejé caer con el impulso del tren, rodé por el césped, colina abajo, con la pistola que se me clavaba en el pecho, hasta que me di contra una pared de cemento.

Me medio incorporé, pero cuando iba a ponerme en pie noté un pinchazo en el costado que me dejó sin respiración. Me apoyé en la pared, con las lágrimas que me saltaban de los ojos. Con mucho cuidado me toqué la zona de debajo de la pistolera. El dolor era insoportable. ¿Me habría roto una costilla? O tal vez me había hecho un esguince en un músculo. Si Lemour había convencido a alguien para que pararan el tren, no podía esperar a que se me curaran las heridas. Tenía que seguir adelante.

Cuando empecé a andar, la pistola me apretaba en la zona dolorida. Utilicé la pared de punto de apoyo y con el brazo izquierdo en alto, desabroché la pistola. Comprobé que la Smith & Wesson tuviera el seguro puesto, me la metí en el bolsillo y dejé caer la pistolera alrededor de la cintura para que quedara suelta.

Tenía las mangas de la camiseta agujereadas por el vidrio del tragaluz. Toda yo estaba cubierta de barro y mugre. Tenía sangre en el cuello y en los brazos; cortes que no sabía que tenía empezaban a dolerme ahora. Me arrastré lo más rápido que pude atenta a cualquier ruido que viniera del tren o de mis perseguidores.

Las potentes luces que colgaban de la pared y me orientaban mostraban también todo lo que se acumulaba en el suelo: restos de comida que habían tirado desde los coches, latas de Coca Cola, bolsas de plástico, incluso zapatos y ropa. Ayudándome con la pared, cojeé hasta el terraplén. En la esquina estaba escrito Montrose Avenue. Mientras estaba tumbada en el vagón, pensé que había viajado durante una hora o más e imaginé que iría a parar a un paisaje desconocido, pero aún estaba dentro de la ciudad. El paisaje desconocido se me hizo de repente familiar y lo vi claro. La pared de cemento era el muro de contención que me separaba de la autopista Kennedy. El rugido que oía no era del tren, que ya se había ido, sino del tráfico.

Subí la rampa girándome cada dos segundos para comprobar que Lemour no me estaba siguiendo. Cada paso era una prolongación de la fatiga y el dolor. Conseguí cruzar el puente de la autopista y llegar hasta el metro. Metí unas cuantas monedas en la máquina y me tiré en un banco a la espera de que viniera un tren.

Eran las cuatro y media de la madrugada y el sol de verano empezaba a pintar el cielo de un gris fangoso. Cuando al cabo de veinte minutos llegó un metro, los vagones estaban medio llenos: llevaban a los trabajadores de O'Hare a casa, y a los que hacían los primeros turnos en bares y cafeterías, hacia el trabajo. Encontré un sillón vacío y observé cómo la gente se alejaba de mí. Todos temen que se les contagie la miseria y la suciedad de un sin techo. Llena de mugre y con la ropa desgarrada, tenía peor aspecto que la mayoría de ellos.

Dormité de camino al centro, hice transbordo a la línea roja y volví a adormecerme camino a Belmont. Si alguien estaba vigilando mi casa, me importaba un rábano. Recorrí las cinco manzanas hasta casa tambaleándome y me tumbé rendida en la cama.

24. Provocar a los gigantes

La pistola se me había clavado en el costado al saltar del vagón. Me dolería durante cuatro o cinco días, pero si hacía un poco de reposo me recuperaría bastante rápido. Lo mismo con mi cadera izquierda. Ahí la herida llegaba hasta el hueso, o sea, que tardaría más en curarse, pero no tenía nada roto y ninguno de los cortes que me había hecho necesitaba puntos. Ése fue el diagnóstico de Lotty en su clínica el domingo por la tarde, con la cara larga y sus grandes ojos negros que expresaban un sufrimiento que me dolía más que su enfado.

—Claro que ir con cuidado y hacer reposo son conceptos que están fuera de tu vocabulario, como he visto a lo largo de los años. Aun así, entiendo a estos psicólogos charlatanes de la radio que hablan de adrenalina —apartó el aparato oftalmológico con rabia y fue a lavarse las manos—. Si tuviera el valor de dejar de coserte, quizá tú dejarías de romperte en trozos. Eres una insensata, que, por si no lo sabías, significa imprudente y con poco juicio. Lo he buscado esta mañana en el diccionario. ¿Cuánto tiempo crees que podrás aguantar así? Un gato tiene siete vidas, pero tú sólo tienes una, Victoria.

—No hace falta que me lo digas; mi cuerpo ya lo hace por ti —dije de repente gritando—. Tengo los brazos hinchados. Me duelen los tendones. Apenas puedo andar hasta la otra punta de la habitación. Me estoy haciendo mayor, y lo odio. Odio no poder contar con mi cuerpo.

—¿Y qué harás? ¿Te arrastrarás a la hoguera como Juana de Arco antes de que tu cuerpo no te responda y tengas que admitir que eres mortal? —Lotty torció el gesto—. ¿Cuántos años tenía tu madre cuando murió?

Me dejó estupefacta porque no entendía a qué venía aquella pregunta, e hice números en mi cabeza.

—Cuarenta y seis.

—¿Y estuvo enferma durante dos años? Es raro saber que vivirás más que una madre que murió joven, pero no es delito —dijo Lotty—. El mes que viene cumplirás cuarenta y cuatro, ¿verdad? No hace falta que te arriesgues tanto como para que te quemes en los dos próximos años. Podrías haber averiguado si Frenada estaba en aquel edificio de mil formas distintas. Gasta tu energía de forma inteligente, y guarda fuerzas para cuando usar tu fuerza física sea realmente el último recurso, no el primero. ¿No crees que esto es lo que hubiera querido tu madre?

Sí, seguramente. Seguro. Mi madre tenía una intensidad de alto voltaje, pero no premiaba la fuerza bruta por encima de la finura. Había muerto de una metástasis que le había empezado en el útero; se dio cuenta después de un aborto espontáneo, cuando no paraba de sangrar y yo le traía compresas sin parar. Me estuve cambiando las mías aterrorizada durante años, preguntándome cuándo me pasaría a mí, cuándo me secaría por dentro. Quizá Lotty tuviera razón. A lo mejor me estaba secando por dentro por un sentimiento de culpa de superviviente. Si era eso, seguro que mi madre no lo querría para mí, sino que viviera.

Lotty insistió en que me fuera con ella a su casa. Yo quería hacer unas cuantas llamadas, ver si Lacey Dowell sabía dónde estaba Frenada: no lo había encontrado ni en casa ni en la fábrica cuando llamé antes de ir a la clínica de Lotty. Quería hablar con Murray y preguntarle cómo se había enterado de que Frenada traficaba con cocaína. Incluso me rondaba la estúpida idea en la cabeza de llamar a Baladine y acusarlo de ser el responsable de las bolsas de coca.

Lotty desoyó mi súplica desesperada de un teléfono. Me empujó a la habitación de invitados y desconectó el cable de la pared. Eché humo durante unos segundos pero lo siguiente que recuerdo es que eran las diez de la mañana del lunes y mi estómago pedía comida a rugidos.

Lotty me había dejado una nota: ya había informado al portero de que yo estaba en su casa y tenía órdenes de dejarme entrar en el edificio si salía a dar una vuelta. Debería descansar unos días. Si me apetecía, en el tercer piso había un gimnasio y una sauna. La llave estaba pegada al sobre. «Coge lo que quieras. Hay pan y fruta. Y, Victoria, si no lo haces por ti, al menos hazlo por mí; no vuelvas a saltar sin mirar dónde pones los pies.»

Después de comerme una naranja y una tostada, bajé al gimnasio. Era una sala muy pequeña con pesas y una bicicleta estática, pero me sirvió para desentumecerme un poco. Media hora en la sauna y caí rendida en la cama otra vez. Cuando me levanté de nuevo, alrededor de la una, me preparé un plato caliente de huevos y tomates. Las llamadas que quería hacer el día anterior ahora ya no me parecían tan urgentes, pero salí al balcón con el teléfono y empecé por Mary Louise.

Cuando acabé de contarle la catástrofe del sábado me dijo:

—Así que encontraste droga. Y si la puso Lemour ahí, no puedes hablar con la poli, claro.

—Grabé a Lemour durante la inspección, y supongo que podría llevar la cinta al fiscal. El problema es que ya no conozco a nadie que trabaje ahí, y me da miedo que Lemour haga desaparecer la prueba. Si pensara que Murray haría o podría hacer algo al respecto, se la daría a él, pero no sé si es de fiar ahora mismo. ¿Y si se la enseño a Terry Finchley?

Vaciló unos segundos.

—Soy responsable de tres chicos. No puedo arriesgarme por un caso que te estás inventando.

Di un brinco que me recordó el intenso dolor del costado.

—Mary Louise, pero ¿cómo me sales con ésas? Tú estabas conmigo cuando todo esto empezó. Es más, si la memoria no me falla, por culpa de tu grito me cargué el coche. Que encima me lo incautó la policía y puede que no lo recupere nunca más. Dime, exactamente, ¿qué es lo que me estoy inventando?

—No quería decir inventar —musitó—. Y siento lo de tu coche. Si tuviera el dinero necesario, te pagaría la reparación. Pero es que siempre haces lo mismo. No soportas tener miedo o pensar que podrán contigo, y cuando alguien te amenaza, tienes que enfrentarte a él, aunque sea mayor que tú, o más fuerte. Terry me advirtió cuando empecé a trabajar para ti, me dijo que lo hacías una y otra vez y que no hay ninguna vida que valga tantos principios. Y ahora quieres enfrentarte a gigantes. Pero ¿es que no lo ves?, ¿o es que no lo sabes?

Agarraba el teléfono con tanta fuerza que empecé a notar unas punzadas de dolor en las palmas.

—No, no lo veo.

—Vamos, Vic, piensa de vez en cuando. ¿Por qué tenías que exponerte tanto el sábado por la noche? No merecía la pena. Quieres enfrentarte cara a cara con Robert Baladine. ¿Quién es su mejor amigo? ¿Quién le consiguió el contrato de Coolis? ¿Y quién puede enterrar un cadáver en dos segundos sin miedo a una investigación policial? ¿Por qué no aceptaste el chollo que te ofreció Alex Fisher?

—Pero ¿qué dices? Si fuiste tú quien me dijo que no lo aceptara. Y si crees que voy a dejarme sobornar por...

—Ya lo sé. No te venderías a un gusano de Hollywood por nada del mundo. Pero puedes estar segura de una cosa. Yo no voy a arriesgar las vidas de Nate y Josh. Por suerte Emily está en Francia y no tengo que preocuparme por ella. Si sigues jugando con fuego, allá tú, pero yo dimitiré y me iré con los niños a otra parte.

«No puedes dimitir, estás despedida.» Es lo que se acostumbra a decir en estos casos, pero sólo lo pensé, no lo dije. Seguro que me habría arrepentido cuando me hubiera calmado. Además, Mary Louise era una buena ayudante. Pero aún no me había calmado y nuestra despedida fue amarga. Sobre todo después de que dijera que no tenía tiempo de ayudarme a ordenar los archivos. Tenía exámenes, estaba trabajando para un gabinete que posiblemente le haría un contrato de prácticas, tenía que llevar a los chicos al campamento todos los días; no podía pasarse una semana entera ordenando el desastre del que yo le estaba hablando.

Primero estaba demasiado enfadada para pensar, pero me obligué a tranquilizarme caminando por el piso de Lotty y observando su colección de arte. Incluso tenía una figurita de alabastro, que representaba a Andrómaco, que le había conseguido yo con los mismos métodos que ahora ella y Mary Louise tanto criticaban. Basta, pensar en aquello aún me ponía de peor humor.

Tomé un vaso de agua y volví al balcón a contemplar el lago. Al fondo, ahí donde el agua se junta con el cielo, un grupo de barquitos tomaba la forma de bolitas de papel pegadas al collage de un niño. Me gustaría estar en aquel horizonte remoto, pero era imposible alcanzarlo.

¿Qué era lo que no veía ni sabía acerca de Baladine? Claro que fue Poilevy quien le consiguió el contrato de Coolis; no hace falta ser Sherlock Holmes para deducirlo. Pero enterrar un cadáver sin que haya investigación, como había dicho Mary Louise, significaba que Poilevy tenía contactos con la mafia en el condado de Du Page. Uno de sus antiguos colegas debía de haberla advertido mientras yo estaba en Georgia; seguramente Terry Finchley.

Tampoco es necesario ser un genio para adivinar que el detective Lemour podía tener negocios con la mafia, sobre todo después de haberlo visto el sábado. Y podía hacerlo en las afueras. Los policías de Chicago están obligados a vivir dentro de la ciudad, pero nadie les impide que por la noche tengan otro empleo en los condados vecinos. En los últimos años habíamos tenido dos superintendentes relacionados con la mafia. Y supongo que por algún sitio se empieza.

Lemour tenía que estar bajo las órdenes de Poilevy. No, de Poilevy no. El gobernador no podía mancharse las manos de aquella forma y arriesgarse a que un periodista como Murray (como solía ser Murray) descubriera el pastel. Lemour estaba bajo las órdenes de alguien. Pero eso ya lo sabía. Quedó muy claro cuando el sábado le llamó su jefe sin nombre y le dijo que dejara que me fuera a casa.

Lo que no entendía de ninguna manera era qué tenía que ver todo aquello con la muerte de Nicola Aguinaldo. ¿Qué sabía Frenada que preocupaba tanto a Baladine y Poilevy? Algo de la camiseta de la Virgen Loca que llevaba Aguinaldo cuando murió. Y Lacey, ¿lo sabía? Y suponiendo que lo supiera, ¿me lo diría?

Busqué el número de teléfono del hotel Trianon. La telefonista me pidió que le deletreara mi apellido, me hizo esperar un rato y luego me dijo que la señora Dowell no se podía poner al teléfono. Le pregunté si ya había vuelto de Santa Mónica.

—Lo único que puedo decirle es que ahora no se puede poner —y colgó tan tranquila.

Me tumbé en el suelo. Desde que había hablado con Frank Siekevitz, de seguridad del Trianon, me había convertido en persona non grata. ¿Me habría puesto Lacey en la lista negra? ¿O Alex Fisher lo habría hecho por ella? Me incorporé, volví a marcar el número del hotel y pregunté por Siekevitz.

—¡Vicki! —dijo incómodo—. Lo siento, pero la señora Dowell no quiere hablar contigo. Lo ha puesto por escrito.

—¿Ha sido ella, Frank, o el estudio?

—Eso no puedo decírtelo, pero no querrás molestarla si el estudio no quiere que te acerques a ella, ¿no?

—Pues sí que quiero molestarla. Necesito hablar con ella de algo muy importante.

—No hay nada tan importante, Vic, créeme.

—Así que es cosa del estudio.

Soltó una risita nerviosa y colgó bruscamente. Quería arrastrarme hasta el Trianon tan rápido como mis tendones doloridos me permitieran, pero me angustió lo que me había dicho Mary Louise. ¿De qué me serviría ir al hotel corriendo? Frank sería más tosco en persona, porque los gigantes, como los había bautizado Mary Louise, no habían dejado nada al azar. Seguro que lo habían amenazado o engatusado.

Los gigantes conocían nuestros puntos flacos y nuestros puntos fuertes. El sábado por la noche me había quedado claro; sabían que picaría el cebo, que sería imprudente y tendría poco juicio. Juana de Arco, me había llamado Lotty. Lo que ninguno de los que me conocen creería es que yo no tenía ninguna intención de levantar el sitio de Orleans. Sólo quería seguir haciendo pequeñas investigaciones para Continental United hasta que ahorrara suficiente dinero para hacerme un plan de pensiones y pudiera comprarme una casita en Umbría, donde haría *Orvieto Classico* y criaría golden retrievers.

Frustrada, encendí el televisor para ver las noticias, o tal vez temerosa de oír algo de Frenada. El canal de Global daba las noticias locales a las cuatro. El típico fardo de noticias sensacionalistas de sexo y violencia: un camión había volcado en la autopista y se había incendiado, otro coche destrozado, Fulano y Mengana habían oído la explosión y habían pensado, oh Dios mío, es la Tercera Guerra Mundial. No dijeron nada de Frenada, ni de mí, gracias a Dios.

Cuando empezaron los anuncios, quité el volumen, pero después de un camión que subía al Grand Canyon y un quitamanchas que dejaba impecable una blusa blanca, enseñaron un mapa con una línea de puntitos que conectaba México con Chicago. Y apareció la cara de Murray. Corrí a subir el volumen pero sólo alcancé a oír «El jueves, a las nueve de la noche. Las entrañas de Chicago, por Murray Ryerson».

Después dejé el canal puesto durante media hora y miré una reposición de una comedia de sexo aburridísima y unos veinte anuncios hasta que el mapa de México apareció otra vez. «Empresas incipientes. La ruta perfecta para los pequeños empresarios que quieren llegar a lo más alto. Pero a veces estos negocios aprovechan las subvenciones federales para cultivar cocaína. Adéntrese en Chicago con Murray Ryerson y descubra cómo los inmigrantes mejicanos usan negocios tan inocuos como una fábrica de uniformes como tapadera para traficar con drogas. El martes por la noche...»

Apagué el televisor antes de que acabaran la frase. Juana de Arco o no, sola contra los gigantes o no, no podía quedarme tumbada en la alfombra del salón de Lotty mientras Global utilizaba a Murray para destruir la reputación de Frenada. Instintivamente acerqué los dedos al teléfono para llamar a Murray y cantarle las cuarenta, pero pensé que sería una de aquellas conversaciones que empiezan con: «Pero ¿quién te crees tú que eres?» y acaban con los dos colgando de un porrazo.

Vacilé un momento y después entré en el despacho de Lotty. Nunca había tenido la necesidad de automatizar su casa, pero tiene una máquina de escribir. Yo también utilizaba aquel instrumento tan primitivo hasta hace un par de años. Hurgué en los cajones buscando un sobre grande, escribí: «LACEY DOWELL, HOTEL TRIANON. CAMBIOS EN EL GUIÓN. POR MENSAJERO», en mayúsculas y en diagonal. Arriba a la izquierda escribí la dirección de Global de Chicago. Sería mucho más creíble si tuviera una impresora láser y pudiera imitar el logo de la empresa, pero ahora no podía hacer nada más.

Querida señora Dowell, escribí. ¿Sabe que el martes por la noche el canal de televisión de Global emitirá un reportaje inculpando a Frenada como traficante de drogas? ¿Sabe por qué quieren hacerlo? ¿Está de acuerdo? Y finalmente, ¿sabe dónde está el señor Frenada? Soy una investigadora privada a la que han pillado con las manos en la masa en sus asuntos, y estoy casi segura de que las pruebas que tienen contra él son falsas. Si sabe el motivo por el que el estudio haría algo así, estaré esperándola en el vestíbulo del hotel por si quiere hablar conmigo, o si lo prefiere, puede llamarme.

Escribí el teléfono de casa y el del despacho, metí la nota en el sobre y lo cerré con celo industrial. También escribí una nota para Lotty diciéndole que me iba a casa y que la llamaría por la noche. Bajé en ascensor y le pedí al portero que llamara a un taxi.

25. Buscando... ¿un amigo?

Nadie te impide entrar en un hotel de lujo siempre y cuando vayas bien vestido. Le dije al taxista que esperara mientras me ponía el traje de chaqueta ocre y me maquillaba un poco. El calor de verano persistía y junio dejaba paso a julio; la tela de rayón me rascaba los cortes y las heridas, pero el botones del Trianon aceptó un billete de diez junto con el sobre y me prometió firmemente que lo haría llegar a las manos de la señora Dowell enseguida. Me senté en un rincón del vestíbulo y me puse a hojear los periódicos por hacer algo, y aunque el botones me aseguró que le había dado personalmente la carta, no tuve ninguna respuesta.

A menos que me registrara en el hotel, sin una invitación de Lacey me era imposible subir: el Trianon tenía a un vigilante entre recepción y los ascensores que controlaba el tráfico de gente. Observé durante un rato la comedia que hacía el personal de recepción y el vigilante; sutiles afirmaciones con la cabeza daban a entender que los elegidos podían entrar en el paraíso. Si quería subir, Lacey tendría que invitarme.

Leí la sección de sucesos de Chicago, que normalmente me salto; leí las crónicas de los muertos en la carretera durante el fin de semana, que también suelo saltarme, e incluso el triste final de un hombre no identificado de unos treinta años que encontraron ahogado en el puerto de Belmont, pero no llegaban noticias de la suite. Empecé a sentirme frustrada y el dolor de mis pobres músculos se intensificó.

Quizá después de otra noche de reposo se me ocurriría otra forma de investigar a Frenada y Global, pero por el momento sólo tenía fuerzas para ir a recoger el coche, que esperaba que siguiera a tres manzanas de la fábrica de Frenada. Cuando ya me estaba despidiendo de aquel comodísimo sillón, reconocí a alguien que entraba por la puerta giratoria como *Merrimac* descendiendo de una fragata de madera. Alex Fisher estaba tan estresada que no hizo caso al portero que le abría la puerta de al lado. Tampoco se molestó en esperar a una chica que le iba a la zaga.

—No puedo estar esperándote todo el rato —le espetó Alex en un tono muy agudo.

—Lo siento, señora Fisher, estaba pagando el taxi.

La chica estaba jadeando, un poco demacrada y en baja forma, seguramente por culpa de las pizzas que comía por la noche esperando órdenes del estudio.

Me había escondido detrás de una columna para espiar, pero Alex estaba tan ocupada en sus asuntos que aunque un ejército entero hubiera pasado por allí no le habría llamado la atención. Cuando el vigilante de los ascensores intentó detenerla, Alex se deshizo de él con brusquedad y llamó al ascensor. Mientras admiraba sus tácticas tan directas, de repente apareció Frank Siekevitz a su lado.

No pude oír lo que le decía el jefe de seguridad, pero Alex anunció que Lacey Dowell la estaba esperando, que era urgente, y que hiciera el favor de apartarse. Frank murmuró otra frase con una cara de desprecio que incluso me hizo sentir vergüenza ajena. El vigilante de los ascensores llamó por teléfono y al cabo de un minuto Alex y su sombra obtuvieron el permiso para subir.

Volví a sentarme, con la esperanza de que Lacey pensara que tal vez sí podría ayudarla, pero cuando Alex y su ayudante bajaron, nadie había preguntado por mí. No pude resistirme, y seguí a Alex.

—¡Vic! —su saludo era medio de sorpresa, medio veneno—. Pensaba que... ¿Qué estás haciendo aquí?

De manera que Lacey no le había dicho que le había escrito una nota: interesante...

—Ya veo, supongo que pensabas que estaba muerta o en la cárcel, pero aquí estoy. Y Lacey, ¿está bien?

—Si intentas verla, quítatelo de la cabeza —Alex despachó a un portero que estaba llamando a un taxi.

—No es la única cliente del Trianon. Estaba tomando el té con mi tía. Vive aquí.

—Tú no tienes ninguna tía que pueda permitirse vivir aquí.

—Te has leído mi LifeStory muy por encima, Sandy —la reprendí—. Es cierto que tengo una tía rica. En realidad, un tío rico. Es un hombre importante en el sector de la alimentación y su mujer podría permitirse vivir aquí si quisiera. Por cierto, ¿de dónde sacaste la cocaína que me endosaste?

Alex se percató entonces de su sombra, que arqueaba las cejas intentando seguir nuestra conversación. Se echó a reír de una forma muy poco convincente y dijo que no sabía de qué le estaba hablando.

—Es tan típicamente hollywoodiense, el tipo de cosa que Gene Hackman se encontraría en *French Connection III*. ¿Le pediste a Teddy Trant que hablara con sus guionistas para que idearan una trama absurda y luego le dijiste a Baladine y sus mafiosos que la llevaran a la práctica?

—Vic, ¿por qué no aceptaste el trabajito que te conseguí? Nos habría ahorrado muchos disgustos a todos —el crepúsculo oscurecía sus ojos verdes.

—¿Era para sobornarme o para distraerme? —pregunté.

—Hay cosas peores en este mundo que los sobornos. No te recuerdo tan íntegra en la facultad de derecho.

—No, la íntegra eras tú por aquel entonces —le di la razón—. Ideas políticas radicales, intransigente y cabezota. Si no eras parte de la solución, eras parte del problema. Aunque quizá en ese sentido tampoco hayas cambiado tanto.

Se mordió el labio inferior, hinchado por las inyecciones de colágeno.

—Tú sí que eras cabezota, eso no podrás negármelo. Pero no tenías siempre la razón, y te darás cuenta muy pronto si no te apartas. Felicity, ¿puedes llamar a un taxi? Tenemos mucho trabajo esta noche.

Felicity corrió hacia el portero, que silbó con pomposidad. El primer taxi de la fila que esperaba se acercó a la puerta.

—¿Si no me aparto de qué?

—Ah, venga, no te hagas la inocente conmigo. Ahora ya te he fichado. Felicity, ¿a qué estás esperando? ¿A que llegue el segundo?

—Pobre Felicity —dije—. Si su mamá hubiera sabido que trabajaría para ti, Sandy, quizá le habría puesto Anxiety*.

—Y tú sabes de sobra que a pesar del nombre que me pusiera mi *mamá,* ahora me llamo Alex, ¿eh Vicki?

Y entró en el coche sin darme oportunidad de réplica. Felicity dio un dólar al portero y las dos se fueron.

Me quedé en la entrada mirando la calle incluso después de que desaparecieran las luces del taxi. Ya sé que no tengo razón en todo, pero lo había dicho como si se refiriera a algo concreto. ¿Se trataba de lo mismo que me dijo Murray que me haría meter la pata?

Estaba tan cansada y me dolía tanto el cuerpo que no podía buscar la respuesta aquella noche. El portero que había entregado mi carta a Lacey me dijo que saliera de la entrada y que subiera a un taxi. No me quedó más remedio que seguirle, aunque hasta el quinto taxista nadie aceptó llevarme. Cuando les dije la dirección a los cuatro primeros, dijeron que no con la cabeza. Preferían perder su turno antes que ir a Humboldt Park. No es que los culpara, pero entendía lo frustrada que tenía que estar la gente de aquella zona cuando nadie les quería llevar. El taxista que finalmente accedió a llevarme hasta mi coche, apenas puse los pies en el suyo, arrancó con un cambio de sentido brusco y volvió a Gold Coast.

Mi chatarrilla destacaba tan poco en aquel barrio que nadie me había robado las ruedas en los dos días que llevaba allí. El rugido

---

* La autora hace un juego de palabras con los nombres Felicity (Felicidad) y Anxiety (Angustia o Ansiedad). (*N. de la T.*)

del tubo de escape se mezclaba con la vibración del radiador. Definitivamente, este coche era mucho mejor para mí que un descapotable o algún otro más caro. Nadie me miraba mientras bajaba por Grand. Me detuve delante de la puerta de Special-T. Esta vez no había ninguna luz encendida pero tampoco entraría a echar un vistazo. No estaba en forma para escaparme de una segunda trampa.

Aparqué a unas cuantas manzanas de mi casa. Ahora que Alex podía decir a Lemour que había reaparecido, tenía que estar atenta a las emboscadas. No había nadie vigilando. Pasé por el primer piso a hablar con el señor Contreras y los perros. Mi vecino había recibido el LifeStory de Lucian Frenada que le había enviado el sábado por la tarde. Me había olvidado de decírselo, pero entonces le conté por qué era tan importante.

—¿Quieres que te lo guarde yo, cielo? Estaré encantado.

—¿Recuerdas cuando te dispararon hace un par de años por querer ayudarme? No quiero que te veas involucrado en algo así otra vez. De todas formas quiero hacer muchas copias para que salga a la luz cuanto antes.

Se enfadó un poco porque dijo que no le importaba enfrentarse a un hombre de su tamaño o más alto, pero me llevé el informe arriba. Ojalá hubiera alguien con quien pudiera hablar de aquel informe, o de la supuesta relación entre Baladine y el agente Lemour, o incluso de la historia que contaría Murray sobre Frenada. No me había dado cuenta de lo dependiente de Murray que me había convertido en los últimos años. Ésta era la primera investigación importante que hacía sin poder discutirla con él ni sacarle información de sus enormes conocimientos de corrupción local. Y necesitaba ayuda desesperadamente. Pero ni siquiera era una investigación. Me había metido en un terreno de arenas movedizas, y si no actuaba deprisa, me tragarían.

De repente me vino Morrell a la cabeza. No tenía los contactos políticos locales de Murray, pero me servía para entrar en el mundo de Nicola Aguinaldo. Vishnikov me había dado fe de él. Y no creía que nadie supiera que había estado hablando con él.

Miré el número en la agenda electrónica, pero mientras estaba marcando me acordé de lo nervioso que le ponía hablar por teléfono. Si BB Baladine me estaba controlando de verdad, podría haberme pinchado el teléfono o incluso haber instalado micrófonos que captaran cualquier cosa que dijera en casa. Eso podría ser la respuesta a por qué no había visto vigilancia en la calle; si podían saber lo que hacía en casa podían saltarme a la yugular cuando quisieran sin necesidad de tener a un tío vigilando las veinticuatro horas.

No me gusta emparanoiarme con lo que hago y lo que digo, pero puse un CD de Mozart en el equipo de música y los Cubs en la televisión y me senté entre los dos ruidos con el móvil en la mano. A Morrell le costó entenderme con tanta interferencia, pero cuando consiguió oírme aceptó encantado ir a tomar una copa.

Si era cierto que Baladine no tenía vigilancia in situ, entonces podía salir cuando quisiera sin hacer ruido. Esperé hasta que el rugido de Wrigley Field fuera casi insoportable en las calles de atrás y en el televisor que tenía enfrente, y me escabullí hacia el rellano descalza, con las sandalias en la mano para no hacer ruido. Una hora más tarde estaba otra vez en el bar Drummers, en Edgewater.

Cuando le expliqué a Morrell cómo había salido de casa, riéndome de mí misma, él no se echó a reír.

—Ése es el problema de vivir asustado por la policía. Nunca sabes si estás haciendo el capullo o si estás tomando precauciones sensatas.

—Mi padre era policía y un hombre muy honrado. Como sus amigos. Algunos siguen en el cuerpo.

Pensé en Frank Siekevitz. Mi padre lo había entrenado. Y los tres habíamos ido a partidos de béisbol juntos. Siekevitz lloró en el entierro de mi padre y juró seguir fiel a los principios de Tony, lo que hizo llorar a más gente. Ahora se estaba alejando de mí porque Global Entertainment había depositado su confianza en él.

Quizá fuera esto lo que me impedía que le contara la historia al mejor amigo de mi padre en el cuerpo. Tenía un miedo espantoso a que Bobby Mallory también me dejara en la estacada. No porque lo sobornaran, ya que Bobby es insobornable, sino porque cualquier hombre con seis hijos y una docena de nietos es vulnerable. Claro que todos tenemos a un rehén preciado. Si alguien raptara a Lotty, o la amenazara, o le hiciera daño o...

—¿Dónde estás, Vic? —preguntó Morrell.

Su voz me sobresaltó.

—En un lugar en el que me siento sola y aterrorizada. Por eso te he llamado. Necesito un aliado, necesito a alguien que no tenga un punto débil. A no ser que... ¿Tienes hijos o amantes?

Se puso a parpadear.

—¿Me estás pidiendo que me juegue la vida por ti porque estoy solo en el mundo y a nadie le importa si me muero? ¿Por qué debería hacerlo?

Noté cómo me ponía colorada.

—No se me ocurre ninguna razón. Excepto que quieras que te enseñe algo útil como por ejemplo saltar desde un edificio a un tren de mercancías en marcha.

—No creo que me sea muy útil. En la mayoría de los sitios adonde voy, no tienen edificios tan altos de los que saltar. Pero ¿tú no hacías investigaciones financieras? ¿Qué hacías saltando de un tren?

Le hice un resumen de las dos últimas semanas tan minucioso como pude. Sólo me interrumpió para hacer un par de preguntas, pero la mayor parte del tiempo me escuchó callado, con la mano en la barbilla y los ojos oscuros mirándome.

—Por eso tengo tantas ganas de hablar con la madre de Nicola Aguinaldo —dije para finalizar—. Necesito que alguien me diga a quién habría acudido su hija o de quién habría huido. Nicola trabajaba para Robert Baladine y él está sin lugar a dudas en la lista de sospechosos. Puede ser que hubiera acudido a él sin saber que recibiría una paliza y acabaría muriendo. Es muy significativo que su cadáver haya desaparecido y me gustaría estar segura de que la Abuelita Mercedes no la ha enterrado sin haberle hecho la autopsia.

Morrell me rozó la mano; no había visto que el camarero estaba esperando. Pedí un *espresso* doble y una pizza de *gorgonzola*. El trote que me había pegado el sábado me había dejado sin apetito. Y no me apetecía beber en absoluto. Vaya pena de Philip Marlowe, él sí que tomaba whisky como agua cuando estaba herido.

Cuando el camarero se hubo alejado, dije:

—Cuando Nicola murió no llevaba puesto un vestido, sino una camiseta larga de la Virgen Loca. Creo que la hizo Lucian Frenada y no le veo el sentido. ¿Cómo la consiguió después de escaparse de Coolis? En la cárcel pueden llevar ropa de calle pero no esas monadas.

Cuando el camarero nos trajo la comida, Morrell me preguntó qué me hacía pensar que estaban vigilando mi casa.

—La última vez que hablamos no fuiste muy comunicativa y ahora estás asustada y quieres que me convierta en tu cómplice, incluso en tu aliado.

Hice una mueca.

—Tampoco tú fuiste muy simpático. Pensaba que podría conseguir información de Aguinaldo de otra forma, pero no he sido capaz. Además, están pasando tantas cosas que no puedo concentrarme en nada. Cuando volví de investigar un asunto fuera de la ciudad, el sábado, vi que me querían tender una trampa como fuera.

Le expliqué con más detalle lo de la droga que había encontrado en mi despacho y el caos que había visto en la fábrica de uniformes Special-T.

—No he podido hablar con Frenada desde aquella llamada, que seguramente no la hizo él. Hoy fui a ver a Lacey Dowell y en vez de recibirme a mí, llamó corriendo a la abogada de Global.

Cuando acabé, Morrell afirmó con la cabeza varias veces como si estuviera digiriendo todo lo que le acababa de contar.

—Te puedo asegurar que la Abuelita Mercedes no tiene el cuerpo de su hija. Si su asaltante consiguió sacar el cuerpo de la morgue, ahora ya lo habrán enterrado o quemado; es casi imposible que podamos encontrarlo.

Le di la razón.

—La mayoría de la gente que trabaja en la morgue está allí por enchufe; sería muy fácil para alguien con influencia que debiera un favor a Baladine o Poilevy hacer desaparecer un cadáver. Hablé con Vishnikov el otro día y dijo que miraría si el cadáver seguía por ahí, si se habían equivocado al ponerle el nombre. Quizá si mis colegas saben que Vishnikov está dispuesto a investigar, le pararán los pies. Pero ahora me encantaría poder hablar con la Abuelita Mercedes. Necesito hacerle preguntas sobre las amistades de su hija.

Negó con la cabeza.

—Si quieres que te sea franco, ahora eres pura dinamita. No quiero que se pueda sentir amenazada. Se fue de su antiguo piso porque alguien la buscaba. ¿Te acuerdas? Me lo dijiste tú misma, y ella me lo ha confirmado.

Comí un trozo de pizza fría.

—¿Y si no eran de inmigración ni de la policía federal? ¿Y si eran los que asesinaron a Nicola que querían asegurarse de que no hubiera hablado con su madre? Por mucho que la Abuelita Mercedes dijera que no sabía nada de ella, no la creerían. ¿Se lo has preguntado tú, en persona? Si Nicola habló con ella antes de morir, quiero decir.

Morrell torció el gesto y esbozó media sonrisa.

—Bryant Vishnikov me avisó. Me dijo que si colaboraba contigo vería que eres agotadora. No, no se lo he preguntado, y sí, mañana o pasado iré un momento a casa de la señora Mercedes.

—¿Te dijo Vishnikov que yo también le pregunté por ti? Aunque no me dijo nada de tu carácter.

—Quizá porque no hay advertencias necesarias —dijo con una sonrisa maliciosa.

—O quizá porque lo escondes todo en unas palabras. ¿Qué significa C. L.?

—Vaya, vaya. Me has estado investigando a fondo. Pensaba que ya no quedaba ningún registro con esas iniciales. Mis padres no hablaban inglés, y veían América como la tierra prometida. Me pusieron un nombre que pensaban que encajaría cuando llegáramos aquí pero en vez de eso sirvió para que me dieran unas cuantas palizas. Si me hubiera cambiado de nombre les habría herido los sentimientos, así que sólo utilizo mi apellido. Piensa en mí como si fuera Madonna o Prince.

Imaginé estar tumbada en la cama con él, susurrando *Morrell* en lugar de... ¿Cómo podría llamarse que le pareciera tan embarazoso? Quizá le habían puesto nombres de marcas como Cloros y Lysol. Me sonrojé por culpa de mis fantasías y volví a centrarme rápidamente.

La cantidad de cosas que tenía que hacer me deprimía. Parecía una pelota de tenis, yendo de un lado a otro según por dónde me dieran. Tenía un aguante físico limitado y mi energía emocional tampoco era mucho mayor.

—Quería pedirte otra cosa —dije bruscamente—. Creo que no te va a agotar, pero quién sabe. Tengo una cinta grabada de la agresión de la policía en mi despacho. Me gustaría llevarla al laboratorio Cheviot, a un ingeniero llamado Rieff al que ya le pedí que analizara el vestido de Aguinaldo. Quería mandársela mañana, pero primero quiero hacer copias. Y no sé hasta qué punto habrán escuchado mis llamadas telefónicas. Creo que el agresor me oyó hablar con el cliente sobre el viaje que tenía que hacer fuera de la ciudad y aprovechó la oportunidad para colocarme las drogas en el despacho. Si saben que dejé un mensaje para Rieff el sábado por la noche irán a buscarlo, a él o a mí, o harán lo que sea para que la cinta no llegue a sus manos. También necesito copias del informe de finanzas de Lucian Frenada. Global lo atacará en el programa de Murray Ryerson de mañana por la noche, pero yo tengo pruebas de que no se dedica al negocio de las drogas ni nada en el lujo. Quiero un montón de fotocopias para que salga a la luz.

—Muy bien —dijo Morrell extendiendo la mano—. Me encargaré de las fotocopias. ¿Y qué quieres que haga con las copias de la cinta de vídeo?

—Ah, sí, la cinta. El original para Rieff, para ver si puede averiguar con quién habla Lemour por el móvil, otra para mi abogado y otra para Murray Ryerson. Y el informe de Frenada, para toda esta gente y un montón más de periodistas que conozco. Ahora te hago una lista.

—¿Cómo grabaste a Lemour si estabas esposada?

—Carnifice no son los únicos que tienen alta tecnología en el mundo de los detectives.

Le hablé de las gafas mientras garabateaba una lista de nombres en el dorso de un ticket de aparcamiento.

—Una vez ayudé a hacer fotocopias del método de tortura de la policía secreta en Brasil —dijo Morrell—. El proyecto lo organizó el arzobispo de Río. Fue horrible. Tuvimos que entrar de noche en el despacho donde guardaban el registro, copiarlo todo, devolverlo a su sitio y salir sin que nos pillaran ni nadie se chivara. Podríamos haber utilizado gafas como las tuyas. ¿Estarás bien en casa? —añadió mientras el camarero traía la cuenta—. Si quieres quedarte en mi casa... tengo una habitación para los invitados.

La idea era muy tentadora, y así no tendría que preocuparme de quién estaría esperándome en la puerta de casa. Además, no dejaba de imaginarme sus largos dedos en mi cuerpo, en mi cuerpo magullado, pero quizá ya tenía algún amante de un sexo u otro y una detective destrozada y cuarentona no le parecía de lo más sexy.

A Lotty casi la matan una vez que me ayudó y al señor Contreras le dispararon. Conrad me dejó después de un episodio parecido. No podría soportar que hirieran a otra persona por mi culpa, incluso una que apenas conocía. Le di las gracias, pero me fui con mi Skylark tortuoso hacia casa.

26. Si no sabes nadar... aléjate de los tiburones

Llamé a Lotty desde una cabina para decirle que estaba viva y pedirle que si me llamaba no dijera nada que pudiera comprometerme. No le hizo mucha gracia que la despertara, eran las once pasadas, y aceptó mi petición pidiéndome escuetamente que dejara de ser tan melodramática. Melodramática e insensata. Vaya forma de dar las buenas noches.

Después de hablar con el señor Contreras me llevé a Peppy arriba para tener compañía. Ojalá me distrajera lo bastante como para alejar las paranoias de que alguien escalaría por la pared del edificio y entraría en mi cuarto.

Nada más apagar la luz, el teléfono sonó. Suspiré, temiendo la próxima amenaza que me esperaba al otro lado del teléfono, pero contesté.

—Warshawski, servicio de investigación veinticuatro horas.

—¿Señora Warshawski?

Era la voz de un niño, más aguda de lo normal por los nervios.

—Sí, soy V. I. Warshawski. ¿Qué pasa, Robbie?

—La he llamado un montón de veces. Pensaba que no iba a contestar nunca. Primero sólo quería decirle lo de los zapatos de BB, que me preguntó si tenía unos con un emblema en forma de herradura, y creo que no, pero ha pasado algo peor, el hombre, ¿sabe, el hombre de las noticias? Era...

Se oyó un clic y la línea se cortó.

Miré en la pantallita del teléfono el número que aparecía y lo marqué. Sonó quince veces sin respuesta. Colgué y lo intenté de nuevo, asegurándome de haber marcado correctamente. Después de que sonara veinte veces me rendí.

Seguro que su padre o su madre lo habían oído y le colgaron el teléfono. Me imaginé a la nadadora obsesiva, Eleanor, de pie, mirando el teléfono y escuchándolo sonar. O quizá habían quitado el sonido y miraban la luz roja intermitente hasta que colgué, mientras Robbie lloraba y se quejaba y su padre se reía de él hasta que conseguía que llorara aún más.

Si esto hubiera pasado una semana antes hubiera ido a casa de los Baladine, en medio de la noche o cuando fuera. Pero únicamente alguien que actuara sin pensar haría algo así. O alguien a quien no le dolieran tanto los tendones y que pudiera correr si se daba el caso. De todas formas, antes de pasar a la acción, tenía que averiguar de qué hombre estaba hablando Robbie. No había noticias locales en la tele a aquellas horas, pero si era importante, o truculento, en la radio lo dirían.

«Son las doce de la noche y la niebla cubre Chicago. 26 grados en O'Hare, 27 en el lago, con tendencia a bajar hasta los 20 grados, aunque se presenta un día abrasador también mañana. Sammy Sosa ha rematado este mes de junio centelleante con su vigésimo *home run*, el mayor número que se ha conseguido en un mes en la historia de la liga, pero los Cubs han perdido hoy en Wrigley y sólo han conseguido dos y ocho en los últimos diez partidos.»

Tamborileé los dedos impaciente durante la puesta al día de los lentos procesos de la cámara de Starr, las hipocresías del santurrón del gobernador, la sincera ampulosidad del presidente, asesinatos en masa en la ex Yugoslavia y disturbios en Indonesia.

«Y pasamos a las noticias locales. El hombre que se halló ayer ahogado en el puerto de Belmont ha sido identificado como el empresario hispano Lucian Frenada. No se sabe cuándo ni cómo fue a parar al agua; su hermana, con la que vivía, denunció su desaparición el sábado por la mañana. La señora Celia Caliente no entiende qué pudo haber llevado a su hermano al puerto ya que no sabe nadar. Otro suceso: el asesino acusado de...»

Apagué la radio bruscamente. Lucian Frenada estaba muerto. Por eso no contestaba al teléfono. Me preguntaba cómo se consigue que un hombre se meta en un lago si no sabe nadar. Y me pregunté cuánto tardaría yo en acabar como él.

Me puse una camiseta y fui de puntillas hasta el salón. Si Baladine había colocado micrófonos en el piso, ¿oiría el tip tap de Peppy mientras me seguía? Separé dos tiras de la persiana con un dedo y me quedé mirando la calle.

Esta zona de Racine está cerca de los bares de moda de Wrigleyville, lo que significa que hay mucha gente que intenta aparcar por aquí. Incluso un lunes por la noche, grupos de jóvenes se ponían a cantar bajo los efectos del alcohol tambaleándose por la calle. Estuve observando la calle durante veinte minutos, pero no vi a nadie que pasara dos veces.

Si me atrevía a salir a la calle, cogía el coche y me iba hasta Oak Brook, ¿me seguirían? O lo que es más importante, ¿qué haría cuando llegara ahí? ¿Saltar la verja de seguridad con mis piernas temblorosas, dejar que me arrestaran por allanamiento de morada y alegar que había acudido por un mensaje de socorro de un niño de doce años cuyos padres, ricos y elegantes, dirían que es emocionalmente inestable y propenso a la exageración? Y quizá tuvieran razón. A lo mejor era mi animosidad hacia Eleanor y BB lo que hacía que me tomara a aquel chico tan en serio.

Llamé a casa de los Baladine otra vez, pero tampoco cogieron el teléfono. Me metí de nuevo en la cama, rígida como un palo, escuchando el ruido del tráfico, los grillos, los borrachos que andaban riendo por la calle, imaginándome que todo podía ser una amenaza. No hay nada peor que no saber si estás realmente solo en casa. Me sorprendió que cuando Peppy me tocó el brazo para que me levantara, ya eran las ocho y media.

Me giré y miré en sus ojos color ámbar.

—Lo siento, cariño. A pesar de los moratones y los antiinflamatorios que me dio Lotty, aún tengo pesadillas. Vamos a buscar el periódico.

Desde que Peppy y Mitch comprendieron que traer el periódico se recompensaba con una galleta, les gusta traer los de todo el bloque. Pero nos habíamos levantado tan tarde que sólo quedaba mi *Herald Star* en la acera. El señor Contreras dejó salir a Mitch para que se reuniera con nosotras, pero Peppy lo despachó con un aullido y me ofreció el periódico con la boca meneando su cola dorada con pomposidad. Se me escapó la risa, algo bueno porque el resto del día no estaría precisamente teñido de humor.

Desplegué el periódico en el vestíbulo, delante de la puerta del señor Contreras. El *Herald Star* publicaba la noticia de la muerte de Frenada en la portada bajo el titular EL REY DE LA DROGA AHOGADO.

«Ayer por la noche la policía identificó al hombre que sacaron del puerto de Belmont el domingo por la mañana. Se trata de Lucian Frenada, propietario de Special-T Uniforms en Humboldt Park. Frenada se había convertido en el sujeto de una extensa investigación del periodista del *Herald Star* Murray Ryerson, que ya había hecho un pequeño avance en un artículo en el que hablaba del pequeño negocio de Frenada como tapadera para traficar con droga. Esta noche a las nueve se ampliará esta historia en GTV, Canal 13.

»La policía, que hizo una redada el sábado por la noche en Special-T descubrió cinco kilos de cocaína escondidos en las cajas de tela. Mientras Frenada negaba rotundamente cualquier relación con los cárteles de droga de México, sus cuentas bancarias cuentan una historia muy distinta. La policía especula con que podría haberse suicidado para evitar la detención. Frenada creció en el mismo edificio de Humboldt Park que la estrella de cine Lacey Dowell, muy conocida entre sus fans como la Virgen Loca por el papel que interpreta en esas películas. No pudimos localizar a Dowell para que nos hablara de la muerte de su antiguo compañero de juegos, pero la representante de Global, Alex Fisher, nos ha revelado que la estrella está desolada por la noticia. *(Murray Ryerson y Julia Esteban han colaborado en esta crónica.)*»

El artículo terminaba con el emotivo mentís de la hermana de Frenada, Celia Caliente, que decía que su hermano no tenía dinero y que todos los meses luchaba duramente para pagar la hipoteca del piso que compartían. A continuación había una foto de Lacey Dowell vestida de Virgen Loca y al lado otra de su primera comunión. La nula conexión con la muerte de Frenada dejaba al descubierto el objetivo de usarlos a los dos. *Compra este periódico y descubre la vida privada de Lacey Dowell.* Lo tiré con tanta mala leche que Peppy se apartó asustada.

—¿Qué pasa, cielo? —mi vecino me había visto leyendo.

Le enseñé el artículo e intenté explicarle por qué me parecía tan insultante. Lo único que entendió el señor Contreras de la perorata incoherente que le solté es que Murray había tendido una trampa a Frenada. No le importaba si era porque Global le había hecho morder el cebo o no. Al señor Contreras nunca le había gustado Murray, menos incluso que los hombres con los que yo salía. Nunca he sabido por qué, y ahora, ante mi exasperación, me encontraba defendiendo a Murray tímidamente.

El señor Contreras estaba comprensiblemente enfurecido.

—Se comporta como un cerdo, ¿sí o no? Da igual por el motivo que sea. No le defiendas como si fueras su madre o su profesora, diciéndome que en el fondo tiene buen corazón, porque alguien con principios no se comporta de esta manera, y lo sabes tan bien como yo, cariño. Quiere ser el centro de atención, quiere salir en el programa ese de la tele, y mira para otro lado. Y punto.

Y punto y no se hable más. Sabía que tenía toda la razón del mundo, pero Murray y yo habíamos sido amigos durante tantos años que me dolía muchísimo que se apartara de mí. Que se apartara de la verdad. Me asusté de mi arrogancia: yo no era exactamente la encarnación de la verdad.

El señor Contreras seguía echando humo por la boca, las manos en las caderas.

—¿Qué piensas hacer al respecto?

—Voy a correr y a desayunar —estaba demasiado a la defensiva para contarle nada más.

Le aseguré al señor Contreras que no iría sola al parque: Mitch y Peppy estaban encantados de ser mis guardianes. Hice unos estiramientos y puse a prueba mis piernas con un rato de *jogging*. Metí la Smith & Wesson en una riñonera. Rebotaba contra el abdomen mientras corría pero la herida en el costado era demasiado reciente para ponerme la pistolera.

Sólo corrí cuatro kilómetros, muy despacio, pero me alegró ver que estaba recuperando la buena forma. Mientras corría, tenía a los perros atados a mis lados, lo cual les disgustó. Me giraba continuamente para ver si alguien me seguía, pero hicimos una parte del recorrido por el puerto en el que la policía había encontrado a Lucian Frenada sin que nadie intentara tirarme al agua.

De vuelta al coche, llamé a Morrell desde una cabina. Empecé a preguntarle sobre el informe del LifeStory, pero me cortó en seco.

—Tú llamas desde una cabina, pero yo estoy en el teléfono de casa. No puedes arriesgarte ni un pelo con ese tipo de gente. Hay una cafetería dos manzanas al norte de donde cenamos la otra noche. En la esquina este. Estaré ahí dentro de media hora.

—Cacos y polis —murmuré a los perros—. O paranoicos y disciplinados. Esto es ridículo.

El día anterior había acusado a Alex-Sandy de contratar a un guionista de Hollywood para confeccionar el argumento de una trama y colocar cocaína en mi despacho, pero hoy me sentía como si estuviera actuando en una película de serie B, jugando a espías con un tío que estaba tan chalado que ni siquiera usaba su nombre de pila. Conduje hasta Edgewater y llené un recipiente de agua para los perros mientras esperaba a Morrell. Cuando llegó, parecía más preocupado que loco, pero quién sabe qué cara muestra la paranoia al mundo. Le pregunté si era necesaria toda aquella comedia.

—Fuiste tú la que me llamó ayer por la noche preocupada por si te habían pinchado el teléfono. Si es necesario... no lo sé. Es el problema de estas situaciones. No sabes si te están vigilando o si es producto de tu imaginación. Llegas a emparanoiarte tanto que estás a punto de rendirte, para descubrir el final incierto. Por eso es importante que entre compañeros nos levantemos el ánimo.

Me sentí como si me estuvieran dando una lección y cogí el sobre manila que llevaba en las manos musitando un gracias.

—Ya sé que fui yo la que acudió primero a ti, pero me parece de locos jugar a James Bond en mi propia ciudad.

Se inclinó para saludar a los perros, que estaban deseosos de que alguien les hiciera caso.

—Vaya colección de moratones. ¿Son del salto del sábado?

No había tenido tiempo de cambiarme de ropa. Por eso vio las manchas verde violáceas de mis piernas y mi torso, como si Jackson Pollock me hubiera estado pintando con spray.

—Eso demuestra que no huías de un fantasma —se puso derecho y me miró con los ojos sombríos—. Ya sé que el hecho de haber vivido en América Central ha distorsionado mi visión de las cosas, e intento corregirlo cuando vuelvo aquí. Pero ya ves lo borrosas que son las fronteras entre la policía y el poder, sobre todo en un país como América, en el que siempre hemos estado atentos al enemigo. Cincuenta años después de la Guerra Fría, estamos en una posición de beligerancia tan reflexiva que empezamos a cargarnos a nuestros ciudadanos. Cuando vuelvo a Chicago me gusta relajarme, pero es difícil eliminar las costumbres que me ayudaron a sobrevivir nueve meses de cada doce. Y en este caso, en fin, tú encontraste drogas en tu despacho. Y Lucian Frenada está muerto. Sobre eso no hay ninguna duda.

La llamada de Robbie Baladine de la noche anterior me vino a la cabeza de repente.

—Hay algo raro en esta muerte. ¿Puedes llamar a Vishnikov y pedirle que haga la autopsia él mismo? Por si acaso utilizaron algún tipo de veneno que sólo conocen en Papúa Nueva Guinea antes de echar a Frenada al agua.

Esbozó una sonrisita.

—Estarás bien mientras puedas tomártelo a broma —se sonrojó un poco y añadió—. Tienes unas piernas muy bonitas, incluso llenas de moratones.

Se volvió rápidamente y se fue hacia su coche como si decir un cumplido lo expusiera a una granada de mano. Cuando grité gracias, sonrió y me saludó con la mano, y de repente me hizo señas para que me acercara a su coche.

—Me había olvidado. Ya que estamos jugando a James Bond, necesitamos una forma más eficaz para estar en contacto. ¿Estás libre esta noche? ¿Conoces algún restaurante para ir a cenar?

Le propuse el Cockatrice, uno de los mil restaurantes que hay en Wicker Park. Estaba muy cerca de mi despacho, en el que tenía la intención de pasar la tarde ordenando archivos. Pero antes, tenía que hacer algunos recados.

27. Persiguiendo al cazanoticias

Murray no estaba en el *Herald Star,* pero como ahora había subido a la categoría de tener secretaria, hablé con una voz humana en vez de con una máquina. Cuando le dije que tenía información importante sobre el caso de Frenada, y le di bastantes detalles como para convencerla de que no era una más de la horda de idiotas que siempre tienen información importante cuando estalla un escándalo, me dijo que Murray estaba trabajando en casa.

—Si me da su número, yo se lo pasaré cuando llame para saber qué mensajes ha recibido —me prometió.

Le dije que llamaría más tarde y no dejé ningún nombre.

Me puse unos vaqueros limpios y un top escarlata y saqué la Smith & Wesson de la riñonera. La sopesé en la mano intentando decidir si la llevaba o la dejaba. Teniendo en cuenta el humor del que estaba era posible que la usara contra Murray, pero era un riesgo que tenía que correr: me sentía más segura con el arma. Me la puse en una pistolera de pierna para que sólo pudiera alcanzarla si hacía contorsionismo. Las correas me apretaban la pantorrilla.

Nadie me salió al paso de camino a la chatarrilla. No dejaba de mirar por el retrovisor mientras iba por la avenida que bordea el lago, de forma que si me estaban siguiendo, eran profesionales de verdad. Me desvié hacia el centro para dejar una copia del informe de Frenada en mi caja fuerte del banco. Después fui hacia Gold Coast para dejar unas llaves del almacén en la mansión de la madre de Tessa.

Ni me planteé buscar aparcamiento cerca de donde vive Murray, porque no hay nunca. Dejé el Skylark en la callejuela de detrás de su edificio, debajo de un cartel que decía: ATENCIÓN: SE LLAMA A LA POLICÍA PARA RETIRAR VEHÍCULOS NO AUTORIZADOS. Pues que se lo lleven.

Murray vive en un edificio de seis pisos con chimeneas, suelos de mármol en la entrada y todas esas cosas que tienes si puedes permitirte un Mercedes descapotable. Los botones del interfono, dorados y sin una mota de polvo, estaban colocados en un precioso panel color cereza.

Cuando Murray se puso al interfono me tapé la nariz y dije:

—Floristería. Traigo un ramo para el señor Ryerson.

Todos nos creemos tan especiales que un ramo de flores por sorpresa no nos parece demasiado raro. Murray apretó el botón que abría la puerta principal y me esperó en el umbral de la puerta de su piso. Del salón salía la voz de Sinéad O'Connor. Su reacción al verme no fue demasiado agradable.

—Pero ¿se puede saber qué estás haciendo?

—Hola, Murray. Tenemos que hablar. ¿Está Alex-Sandy?

No se movió del umbral.

—¿Dónde crees que estás? Esto no es una biblioteca abierta al público.

—Buena réplica. Yo también la utilizaré la próxima vez que vengas sin avisarme con Alex Fisher-Fishbein para intentar que le tienda una trampa a alguien. ¿Qué le dijiste exactamente? Vamos a darle unas migajas de Global a la Warshawski. Como siempre está sin un duro, seguro que se lanza como una carpa a un cebo vivo.

Se sonrojó.

—Intenté hacerte un favor. Pero si Alex y tú seguís estando como perro y gato como cuando teníais veinte años...

—Murray, cariño, cuando estoy como perro y gato con alguien ves los arañazos que deja un jaguar. Pero incluso para un gato callejero es difícil pelearse con un tiburón. ¿Eres su pareja o su cabeza de turco?

—Te he oído decir muchas burradas desde que nos conocemos pero eso es lo más ofensivo que has dicho nunca.

—¿Te dijo que Global iba a destrozar mi despacho?

Se puso de peor humor, pero se apartó del umbral.

—Será mejor que entres y me cuentes qué te ha pasado antes de despotricar contra Alex.

Lo seguí hasta el salón y me senté en un sillón sin que me hubiera invitado. Murray cogió el mando a distancia y apagó el equipo de música, un aparato monísimo de un dedo de grosor, con altavoces plateados en forma de cohete en las esquinas del salón.

Se apoyó en la pared: no era una visita amistosa y no pensaba sentarse.

—A ver, ¿qué te ha pasado?

Le miré al fondo de los ojos a pesar de saber que no siempre funciona esta técnica para averiguar si te dicen la verdad.

—Alguien me puso tres bolsas de cocaína en el despacho mientras estaba fuera de Chicago la semana pasada.

—No me lo cuentes a mí. Llama a la policía.

—Eso hice, y un individuo llamado Lemour, que supuestamente trabaja en sus horas libres para BB Baladine, o quizás Jean Claude Poilevy, me pegó e intentó arrestarme cuando no pudo encontrar la droga. Y sabía exactamente dónde se suponía que estaba escondida —sonreí amargamente y corté a Murray cuando empezaba a hablar—. Lo filmé mientras registraba el despacho.

No se le relajaron los músculos, pero una sombra de duda se reflejó en sus ojos.

—Me gustaría ver la cinta.

—Por supuesto. He hecho una copia para ti. Y como hemos sido amigos durante tanto tiempo y no soporto ver cómo te conviertes en un lameculos del estudio, te traigo el informe que encontré en el LifeStory de Frenada dos días antes de que Global decidiera que necesitaba desacreditarlo.

A Murray se le encendieron los ojos por mi insulto, pero me arrebató el sobre de la mano y se sentó delante de mí. Mientras leía el informe, eché un vistazo al desorden de papeles que tenía encima de la mesa de cristal. Estaba dando los últimos toques al guión del programa cuando yo llegué. A pesar de estar todo revuelto, era evidente que el nombre de Frenada aparecía por todas partes.

Al cabo de un par de minutos Murray desenterró otro informe de aquella pila; su copia del estado de finanzas de Frenada, y empezó a hacer una comparación página por página. Cuando hubo acabado, puso los dos encima de la mesa, uno al lado del otro.

—¿Y cómo puedo saber que no lo has falsificado?

—No, Murray. La fecha está en el informe. Lo que quiero saber es qué sabía Frenada sobre BB Baladine, o Teddy Trant, que provocó que el estudio se le echara encima.

—Estaba acosando...

—No —le corté—. No estaba acosando a Lacey. Sólo fue una vez al hotel y Lacey lo invitó a su suite y estuvieron juntos una hora. Frank Siekevitz, el jefe de seguridad del Trianon, quizá ahora cuenta otra historia, pero es lo que me dijo hace una semana. Y seré honesta contigo. Lacey no quiso verme, pero no me creo esa estupidez de que Frenada la acosaba. Creo que Global quería deshacerse de los dos; de Frenada y de mí. Me ofrecieron mucho dinero para manchar su reputación para que luego no pudiera acusarlos. Yo no sé nada que pueda interesar, o ser perjudicial para el estudio, así que no entiendo por qué me tratan así. Lo que hiciera Frenada es otra historia, pero no creo que podamos averiguarlo, dadas las circunstancias. Pero no me importa jugarme la reputación a que Frenada no traficaba.

Los labios de Murray se convirtieron en una línea estrecha. Entonces me percaté de que no estaba acostumbrada a verle la boca; desde que le conocía, siempre se la había tapado la barba. Su cara parecía desnuda y le daba un aire de desconcierto en vez de enfado. Me hizo sentir un poco incómoda y empecé a pensar en él como si fuera su madre o su profesora. Me acordé del señor Contreras y se me escapó la risa.

—Muy divertido. Quizá el año que viene o el otro entenderé el chiste —dijo resentido.

—Me estaba riendo de mí, no de ti. ¿Qué vas a hacer ahora?

Se encogió de hombros.

—La policía encontró cinco kilos de cocaína en su despacho el sábado por la noche.

—La misma persona que me la colocó a mí. A menos que pienses que yo también trafico con droga de México.

—Nada de lo que hagas puede sorprenderme, Warshawski. Aunque no sería tu estilo hacer algo de lo que realmente pudieras sacar beneficios. ¿Dónde está la droga que encontraste?

—En St. Louis.

—¿En St. Louis? Ah, en el váter.

Las cloacas de Chicago dan al río Chicago. Para tener el lago limpio, desviamos la corriente para que nuestros desperdicios, tratados, por supuesto, vayan a parar al Mississippi. Supongo que al final incluso llega a New Orleans pero como nuestros rivales son locales, nos gusta pensar que lo tiramos en St. Louis.

—Entonces no tienes ninguna prueba. No sé qué hacer con este informe. Es lo único que contradice mi historia. Quizá apareciera información nueva desde que tú lo buscaste hasta que lo busqué yo.

—¿En cuarenta y ocho horas? —volví a perder la paciencia—. Si esta noche sales en el programa calumniando a Frenada, te advierto que convenceré a su hermana para que os denuncie, al estudio y a ti, y te quedes sin un centavo.

Él tampoco se pudo aguantar.

—Tú siempre tienes la razón, ¿no? Tienes una mierdecilla de prueba que contradice mi investigación y vienes galopando como una amazona cabreada con pretensiones de superioridad moral, y se supone que tu palabra es sagrada y tengo que abandonar lo que me ha costado tanto trabajo. Lleva tu historia al *Enquirer* o cuélgala en la Red. A la mayoría de los internautas le encantan las conspiraciones. Y a menos que la hermana de Frenada sea tu enemiga acérrima, no la hagas quedar mal con el estudio: Global se puede cargar a gente mucho más poderosa que Celia Caliente en un abrir y cerrar de ojos.

—¿Con eso te amenazan?

Su tez se volvió del color del lago Calumet.

—¡Vete ahora mismo! ¡Vete y no vengas más por aquí!

Me levanté.

—Te voy a dar una pista a cambio de nada. La historia de Frenada y Global no tiene nada que ver con drogas. Aún no estoy segura, pero creo que se trata de camisetas. De camisetas de la Virgen Loca. Podríamos dar el golpe los dos juntos, si Global no fuera tu dueño, el dueño del periódico quería decir.

Me puso la mano entre los hombros y me empujó hacia la puerta. Cuando la cerró de golpe detrás de mí, me moría de ganas de pegar la oreja a la mirilla para ver si podía oírlo hablar por teléfono. ¿Llamaría corriendo a Alex? Suerte que no lo hice: mientras estaba bajando las escaleras abrió la puerta.

Me volví para mirarle.

—¿Te lo has pensado mejor, Murray?

—Sólo quería asegurarme de que te ibas de verdad, Vic.

Le tiré un beso al aire y continué bajando las escaleras. Cuando llegué a la entrada me pregunté qué había ganado con aquel encuentro. Es un error intentar interrogar a alguien cuando estás enfadado. Pero al menos nos habíamos cabreado los dos.

Mi coche seguía en el callejón. Un punto a favor en aquel día tan difícil.

28. Consejo de amiga

Mientras le explicaba a una mujer de una agencia de trabajo temporal cómo saber qué factura correspondía a cada caso, sonó el teléfono.

—Llamada a cobro revertido de Veronica Fassler para V. I. Wachewski —dijo la operadora.

Me quedé dudando, pero no me sonaba de nada aquel nombre.

—Lo siento, creo que se ha equivocado.

—Dígale que llamo de Coolis, nos conocimos en el hospital —farfulló atropelladamente una voz antes de que cortaran la comunicación.

Veronica Fassler. La mujer que había tenido un bebé y que andaba por el pasillo encadenada al camillero cuando el señor Contreras y yo nos íbamos. Habían pasado tantas cosas aquella semana que apenas me acordaba del incidente. No sé cómo consiguió mi nombre y mi número, pero qué más da; había repartido tarjetas de visita por todo el hospital.

—Ah, sí —dije lentamente—. Acepto la llamada.

—He estado haciendo cola durante media hora y aún queda gente detrás de mí esperando para llamar. ¿Quería saber cosas de Nicola, no?

Nicola Aguinaldo. También le había perdido la pista en los últimos días.

—¿Sabes algo de ella? —le pregunté.

—¿Me darán una recompensa?

—La familia no tiene mucho dinero —dije—. Pero si averiguaran cómo consiguió salir del hospital, podrían pagar cien dólares.

—¿Cómo salió del hospital? Yo sólo sé cómo entró. En una camilla. Eso es mucho más valioso que saber cómo salió.

—Problemas de mujeres, tengo entendido —me quedó un poco cursi.

—Si pegar a un guardia en el pecho con sus diminutos puños y recibir quemaduras a cambio lo llama «problemas de mujeres», tiene un cuerpo muy diferente al mío, señora.

—¿Quemaduras? —ahora sí que me había sorprendido: no recordaba haber visto marcas de quemaduras en el cuerpo de Nicola, pero ahora era imposible averiguarlo.

—Ya veo que no sabe nada. Con una pistola de electrochoques. Todos los guardias las llevan para mantener el orden en el taller. A nadie se le había pasado por la cabeza que acabarían usando una contra Nicola.

—¿Viste cómo el guardia le disparaba?

Un silencio demasiado largo la delató. Antes de que pudiera contarme más mentiras, le dije que aquella información sólo valía cincuenta dólares.

Hizo otra pausa para ordenar su historia, y luego soltó apresuradamente:

—Nicola cogió la pistola, la pistola de descarga eléctrica del guardia, le apuntó y el tío se puso tan furioso que le dio una dosis letal. Te da en el corazón, como en la silla eléctrica, si se pasan. Los guardias pensaron que estaba muerta y la sacaron del hospital ellos mismos para que no se supiera que había muerto allí. No querían que se abriera una investigación. Eso es lo que pasó.

—No está mal la historia. Pero no murió de esa forma. ¿Adónde envío los cincuenta dólares?

—Que te jodan, zorra. Te he llamado para ayudarte, ¿no? ¿Cómo sabes que no fue así si no estabas ahí?

—Porque vi el cadáver de Nicola.

No quise explicarle qué tipo de heridas le habían causado la muerte porque luego se inventaría otra historia que encajara. Le dije que le daría otros cincuenta si me daba el nombre de alguien en Coolis que hubiera conocido bien a Nicola.

—Ya veremos —dijo sin fiarse—. No hablaba mucho inglés, pero las mexicanas no iban mucho con ella porque era china.

Me desconcerté un momento pero vi que se trataba de una confusión geográfica, y no era la primera vez que oía ese tipo de cosas acerca de Nicola.

—¿Has dicho que todo eso pasó en el taller de costura?

—Sí, el trabajo de la prisión se hace en un taller. Ella cosía. Mi amiga Erica, su compañera de celda Monique estaban trabajando allí el día que el guardia la emprendió con ella.

—Me gustaría hablar con su compañera de celda.

—¿Y dejar que se quede con la recompensa cuando yo he hecho todo el trabajo? ¡No, gracias!

—Tú tendrías una recompensa de descubridora —la animé— y ella de informadora.

Antes de que pudiera seguir, se cortó la línea. Llamé a la operadora para ver si podía conectarme otra vez, pero me dijo lo que ya sabía: puedes llamar desde la cárcel, pero no a la cárcel.

Me recliné en la silla. Así que lo del quiste en el ovario era una mentira. La prisión había mentido, si podía creerme la historia de Veronica. No me imaginaba a Nicola Aguinaldo atacando a un guardia, pero estaba muy claro en qué momento había empezado a mentir: cuando dijo sin respirar que los guardias sacaron el cuerpo de Nicola del hospital. Había tenido una semana para inventarse una historia creíble. No hace falta estar entre rejas para ser un buen mentiroso, pero tienes más posibilidades de conseguirlo si estás dentro que fuera. Cuando trabajaba de abogada de oficio oí toda clase de mentiras para defender un caso.

Necesitaba más información de Coolis, qué había hecho Nicola el día antes de entrar en el hospital. Tendría que hacer otro viajecito, disfrazada de abogada con buenos contactos en el gabinete de Illinois, que de hecho lo soy, aunque yo no recomendaría a nadie que contratara a un abogado que hace diez años que no ejerce.

Mientras tanto, tenía cosas más importantes que hacer. La mujer de la agencia estaba a mi lado con un montón de listados que había que ordenar.

Estábamos a medias cuando apareció Tessa. Se había adornado las rastas con bolas rojas y se las había atado con un pañuelo.

—¿Qué pasa, V. I., que has puesto toda esa sarta de...? —se quedó sin voz cuando se dio cuenta del caos—. ¡Dios mío! Sabía que eras desordenada pero esto sobrepasa todo lo que he visto hasta ahora.

Me aseguré de que la mujer de la agencia supiera qué tenía que hacer para dejarla un rato a solas y me llevé a Tessa a su estudio para hablar. Cuando acabé la historia, tenía mala cara.

—No me gusta sentirme tan vulnerable aquí dentro.

—A mí tampoco —dije con pesar—. Por si te sirve de consuelo, dudo que mis asaltantes tengan intención de molestarte.

—Quiero tener un sistema de seguridad mejor. Algo más seguro que la sarta de candados que has instalado fuera. Y creo que deberías pagarlo tú ya que fue por tu culpa por lo que entraron a destrozarlo todo.

Suspiré profundamente.

—¿Tú escoges y yo pago? No, gracias. Tú escogiste un sistema de código en la puerta que resulta que es muy fácil de burlar.

Puso mala cara otra vez.

—¿Cómo lo hicieron?

Me encogí de hombros.

—No han forzado el panel, o sea que me imagino que lo han hecho con tinta ultravioleta. Pintan el panel y cuando alguien acaba de entrar enfocan el panel con luz ultravioleta. Los números que has tocado están limpios y entonces sólo tienes que hacer combinaciones con estos números hasta que encuentras la secuencia. Si lo hicieron así, podríamos cambiar el código, pero tendríamos que acordarnos de tocar todos los números cada vez que quisiéramos entrar. Con una tarjeta magnética es más difícil de burlar, pero tienes que acordarte de llevarla siempre encima. Cualquiera puede romper un candado, pero tienes que estar un rato en la calle forzando la puerta con herramientas, y tienes más posibilidades de que te vea un coche de la policía. O Elton. Le he pedido que vigilara un poco también.

—Vic, por el amor de Dios. ¡Es un alcohólico que vive en la calle!

—El alcohol no acostumbra a aturdirle —dije con dignidad—. Y el hecho de que beba no le impide utilizar sus ojos. De todas formas, ya le diré a Mary Louise que lo mire. Si tiene tiempo.

Se me apagó la voz ante la duda. Creo que Mary Louise no sólo estaba demasiado ocupada ahora para trabajar para mí; también estaba asustada.

Tessa estaba tan absorta en sus necesidades que no notó mi vacilación.

—Mi padre cree que debería, que deberíamos tener un sistema como el de Honeywell que automáticamente notifica a un ordenador que alguien ha entrado de forma extraña.

—Seguramente tu padre tenga razón, pero los tipos que entraron aquí no habrían hecho saltar una alarma de seguridad.

Estuvimos discutiendo sin llegar a ninguna conclusión, hasta que vino la mujer de la agencia para que le diera más instrucciones.

Por la tarde llamé un par de veces a los Baladine pero sólo conseguí que me contestara Rosario, la criada, que dijo Robbie no está, Robbie fuera, señora fuera. La tercera vez que llamé pregunté por una de las precoces nadadoras. Recordaba que tenían nombres de calles, pero me costó un poco recordar que eran Madison y Utah. Justo la intersección donde hay más trapicheos de droga.

No dije quién era por si sus padres les habían dicho algo de mí. Madison había sido increíblemente cotorra dos semanas antes. Hoy no me decepcionó.

—Robbie no está en casa. Se ha escapado y mamá ha salido a buscarlo. Papá está furioso y dice que cuando encuentre a Robbie hará lo que sea para convertirlo en un hombre de verdad, que hemos sido demasiado blandos con él.

—¿Se ha escapado? ¿Sabes adónde puede haber ido? —dije mientras pensaba que ojalá tuviera una abuela o una tía en alguna parte con predilección por Robbie.

Por eso había salido Eleanor, explicó Madison, para ir a casa de su madre a ver si Robbie se escondía ahí.

—El sábado nos vamos a Francia y Robbie tendría que haber aparecido antes. Hemos alquilado un castillo con una piscina para que pueda nadar con Utah y con Rhiannon. ¿Sabes que vamos a hacer un campeonato de natación el Día del Trabajo? Si Rhiannon me gana nadando a espalda me muero. Robbie sería incapaz de ganarme, está demasiado gordo, no puede hacer nada con su cuerpo. Como el verano pasado que estábamos en casa de nuestros primos y se cayó jugando al fútbol. Se enredó con los cordones de los zapatos. Se quedó como un tonto en el suelo y mi primo Gail y yo nos meábamos de la risa. Robbie estuvo toda la noche llorando. Eso sólo lo hacen las niñas tontas.

—Ah, ya me acuerdo —dije—. Tú ni siquiera lloraste cuando el coche de bomberos atropelló al gato. ¿O lloraste porque se manchó un poquito aquel coche tan brillante?

—¿Eh? A Fluffy no lo atropelló ningún coche de bomberos. Fue mamá; lo atropelló con el coche. Y Robbie lloró. Y también lloró cuando Fluffy mató a un pájaro. Y yo no.

—El doctor Mengele estaría orgulloso de ti.

—¿Quién? —gritó.

—Mengele —se lo deletreé—. Puedes decir a BB y a Eleanor que tiene una oportunidad de oro con una chica muy lista.

Intenté que el teléfono no resonara en su oído: no era culpa suya si sus padres la estaban educando con una sensibilidad de jabalí. Ojalá tuviera tiempo para buscar a Robbie, pero tenía muchas más cosas por hacer de las que podía imaginar. Como por ejemplo qué hacer con la llamada de Veronica Fassler de Coolis. A la mañana siguiente podría volver a la cárcel, pero primero intentaría hablar con el doctor que operó a Nicola Aguinaldo en Beth Israel.

Antes de llamar al hospital miré dentro del auricular para ver si los que entraron en el despacho también me habían colocado un micro. Como no encontré nada extraño en el montón de cables, salí a inspeccionar el empalme eléctrico de la calle. Ahí sí que vi que habían cortado los cables y los habían juntado con otros cables que seguramente estaban conectados a un puesto de escucha. Me quedé pensativa. Casi mejor dejarlo en su sitio. Era un sistema muy poco sofisticado y si lo desmantelaba, Baladine pondría algo menos primitivo, más difícil de encontrar y de burlar.

De vuelta adentro, dejé que Adras Schiff tocara Bach en mi despacho. No sé si las radios bloquean las escuchas, como se ve en las antiguas películas de espías, pero las *Variaciones Goldberg* como mínimo darían un poco de cultura a los gángsteres. ¿Quién sabe? Me senté al lado del altavoz y llamé al hospital desde el móvil. La mujer de la agencia me miró extrañada y levantó un hombro: pensó que no quería que escuchara mi conversación.

La secretaria de Max Loewenthal, Cynthia Dowling, me contestó con su típica amabilidad y eficacia.

—No me acuerdo de cómo se llamaba el médico de urgencias —dije—. Y aunque debería, porque es polaco, sólo recuerdo que tenía un millón de ces y de zetas.

—El doctor Szymczyk —informó.

Cuando le expliqué lo que quería, me puso en espera y buscó el informe. Por supuesto el doctor Szymczyk no le hizo la autopsia pero dictó un diagnóstico mientras la operaba. Anotó que la piel en el abdomen era necrótica, pero no había dicho nada de quemaduras serias. También había apuntado que encima de los pechos tenía dos puntos en carne viva que no parecían relacionados con los golpes que la mataron.

Puntos en carne viva. Podrían haber estado causados por una pistola de descarga eléctrica, de manera que Veronica Fassler no había contado una mentira total. Mañana le llevaría cincuenta dólares a la prisión.

Trabajé desganada con la mujer de la agencia; me costaba mucho concentrarme en los archivos. Hay gente que se tranquiliza ordenando papeles, pero yo entiendo tan poco el mundo que me rodea que tampoco consigo entender el montón de papeles que hay a mi alrededor.

Más tarde, cuando intentaba recordar en qué año y a qué carpeta iban los registros de Humboldt Chemical, sonó el timbre. Me puse tensa y me llevé la pistola a la entrada. Me quedé de piedra cuando vi a Abigail Trant, con su cabello color miel tan bien teñido como cuando la había visto dos semanas antes. Había aparcado su Mercedes Gelaendewagen en doble fila. Cuando la invité a que pasara, me preguntó si me importaba que habláramos en el coche. Por un momento pensé que la habían presionado para actuar de señuelo pero la seguí hasta su cochecito.

—¿Sabe que Robbie Baladine ha desaparecido? Si sabe dónde está, ¿puede hacer que vuelva a casa?

Me quedé asombrada y le dije que hacía días que no sabía nada de él.

—¿Le envía BB o Eleanor?

Miraba hacia delante sin hacer el menor caso de una fila de coches que tocaba la bocina detrás de nosotras.

—He venido por mi propio pie, y supongo que entenderá que esta conversación es confidencial. El sábado nos vamos a Francia con los Baladine y los Poilevy, así que Eleanor me habló de la desaparición de Robbie como si afectara a sus planes de viaje. Tanto ella como BB piensan que has animado al chico a ser desobediente. No sé si es éste el motivo, pero BB está que trina y dice que quiere deshacerse de usted o desacreditarla de alguna forma. Como conozco sus métodos, no he querido llamar por si le ha pinchado el teléfono. Creo que ya le dije la otra vez que no soporta que alguien le pase la mano por la cara, y por lo que sea está convencido de que se está riendo de él o que le está quitando autoridad.

Solté una risotada amarga.

—Me está haciendo la vida imposible para que no siga con mi negocio.

Un coche se puso a su lado, el conductor le enseñó el dedo y la insultó. Abigail ni se inmutó.

—Le sugerí a Teddy que Global contratara sus servicios, que sería bueno apoyar el talento local. Pero me dijo que rechazó la oferta.

Casi se me desencaja la mandíbula de la sorpresa, y se me destaparon los oídos.

—¿Fue usted? Señora Trant, fue muy amable por su parte, lo que pasa es que el trabajo que me encargó Alex Fisher consistía en tender una trampa a un hombre. Un tal Lucian Frenada, el que encontraron ahogado el fin de semana. No pude aceptarlo.

Suspiró.

—Eso es tan típico de Alex. Ojalá Teddy no confiara tanto en sus consejos. Creo que muchas veces lo lleva por mal camino.

Qué buena esposa, que se induce a creer que su esposo es la víctima inocente de los malos consejeros. Pero ahora no me apetecía desmoralizarla. Se había aventurado a venir a verme sin ningún motivo. Le pregunté por qué le había dicho a su marido que apostara por mí.

Me miró a la cara por primera vez.

—¿Sabe que el único dinero que he ganado en mi vida fue cuando de adolescente cuidaba caballos? Me gusta mi vida y amo a mi marido, pero muchas veces me pregunto qué haría si él... si toda mi familia, si lo perdiera todo. ¿Sería capaz de salir adelante yo sola, como ha hecho usted? Si intento ayudarla es como... como si...

—¿Como si hiciera un sacrificio a los dioses para que no la pongan a prueba? —sugerí mientras buscaba las palabras.

Soltó una sonrisa radiante.

—Exactamente. Qué manera más bonita de decirlo. Pero mientras tanto, si ve a Robbie, dígale que vuelva a casa. Aunque no siempre sea feliz allí, sus padres quieren lo mejor para él. Y no creo que esté preparada para ganar a BB. Tiene muchos amigos poderosos.

Eso no iba a discutírselo. Vacilé antes de hablar, y al final dije:

—Señora Trant, ha intentado ayudarme y, por tanto, no quiero meterla en problemas. Pero ¿se ha fijado si a los hombres que normalmente ve, BB o Poilevy, les falta un emblema de un zapato Ferragamo?

—Qué pregunta más rara. Supongo que esto significa que ha encontrado uno. ¿Dónde? Si es que puede decírmelo.

—Cerca de la calle donde murió Nicola Aguinaldo, la antigua niñera de los Baladine.

Volvió a sonreír, pero sin radiar.

—No es el tipo de cosas en las que me fijo. Y ahora, lo siento pero tengo que irme. Es hora punta y la autopista estará hasta los topes. Esta noche tenemos a unos cuantos invitados: ejecutivos del estudio. Me fijaré en los pies de todo el mundo. Pero no se olvide de Robbie, ¿de acuerdo? Tendría que volver a casa.

Todo parecía indicar que tenía que irme. Le di las gracias por el aviso, y por intentar ayudar a mi pequeña agencia. Quizá por eso Baladine no me había matado, pensé mientras entraba en el despacho. A lo mejor Teddy le había dicho que a Abigail le sentaría mal si me eliminaban. Pero sabía algo del zapato. Ojalá pudiera conseguir mi modesto plan de pensiones a partir de ahí.

29. Ayúdeme, padre, porque no sé lo que hago

A las cinco y media le dije a la mujer de la agencia que se fuera a casa. No quería pagar horas extras por un trabajo que aún necesitaba dieciséis o veinte horas para terminarse. Y quería que saliera del edificio ahora que había mucha gente por la calle que volvía del trabajo y evitar que le dispararan pensando que era yo.

Tessa seguía trabajando en su estudio. Dejó el mazo y el cincel después de estarla mirando durante seis minutos. No se puede desconcentrar a un artista. Le dije que me preocupaba que ella no estuviera a salvo cuando Baladine sólo me quería a mí.

—Me voy a llevar el ordenador a casa. Es lo único que necesito del despacho ahora mismo. Y después me encargaré de que se enteren de que ya no trabajo aquí. Podríamos instalar una cámara de vídeo en la entrada y esconderla con una de tus piezas de metal; si entrara alguien, por lo menos lo tendríamos filmado. Por unos quinientos dólares más, podríamos tener pequeños monitores para controlar la entrada. Y podríamos instalar un código de cinco cifras con un dispositivo que bloqueara la entrada si alguien intenta más de tres combinaciones en diez minutos. Con eso podrías estar tranquila.

Se secó la cara con una toalla usada, que le dejó unas motas de polvo brillante en las mejillas.

—Joder, Vic, qué generosa eres. Ahora que ya me había preparado para echarte la bronca y darte una paliza. ¿Y ahora qué se supone que tengo que hacer?

—Sería más útil que te pelearas con Baladine. Ya sé que todos pensáis que me he metido en este lío porque soy demasiado impulsiva, pero de verdad que lo único que hice fue pararme a ayudar a una mujer tendida en medio de la calle.

—Y supongo que eso significa algo para ti. Instala una cámara de vídeo y un nuevo número mañana y deja el ordenador aquí. Por cierto, mi padre se ha puesto pesado con que venga alguien de su trabajo a buscarme por la noche.

—¿Y según tu madre es el nuevo candidato ideal para ser el padre de sus nietos?

Rió entre dientes.

—Eso espera. Se llama Jason Goodrich. Suena bien, ¿no? Es uno de esos niños prodigio en informática que ya tecleaba en la matriz.

—Lo importante es que sepa desarmar a un tío con una automática. Pero si tú eres feliz, yo soy feliz.

Volví al despacho para llamar a Mary Louise. Cuando le pregunté si tendría tiempo de encargarse de instalar el sistema de seguridad, masculló una excusa sobre los exámenes parciales.

—Por el amor de Dios, Mary Louise. No te estoy pidiendo que te revuelvas durante un mes en el fango de Georgia. Te agradecería mucho que me instalaras el sistema. Pero no quiero explicarte lo que quiero por teléfono; paso por tu casa esta noche o mañana a primera hora y te lo cuento.

—¡No! —espetó—. No te acerques a mi casa.

—Pero ¿qué pasa? —me había herido—. ¿Qué te he hecho?

—Es que... Vic, no puedo seguir trabajando para ti. Te arriesgas demasiado.

—Estuviste diez años con la policía y ¿me dices que me arriesgo demasiado si te pido que vayas a comprar una cámara? —colgué con tanta fuerza que se me resintió la palma de la mano.

¿De verdad era más peligroso trabajar para mí que para la policía de Chicago? Estaba de los nervios y me puse a andar de un lado a otro del despacho. Si fue capaz de meterse en callejuelas oscuras para perseguir a camellos, por qué no podía ir a comprarme una cámara de seguridad. Y siempre la misma excusa: que no pondría a sus chicos en peligro. Ni que le hubiera pedido que los utilizara de escudo humano.

De repente me paré al lado de la mesa. Claro. La habían amenazado con los niños. Ahora lo entendía. Alargué la mano hasta el teléfono, pero me lo pensé dos veces. Si BB estaba escuchando mis llamadas, daría por supuesto que Mary Louise se había chivado. Y entonces sí que iría directo a los niños. Estaba atrapada, y me sentía muy sola. Me senté con la cabeza entre las manos intentando no llorar.

—¡Vic! ¿Qué te pasa? —Tessa se había inclinado hacia mí y su rostro mostraba verdadera preocupación.

Me pasé la mano por el pelo.

—Nada. Siento pena por mí misma y esta indulgencia es terrible para una detective. ¿Te vas?

—El caballero que me han asignado acaba de llegar. Tengo que irme o mi madre se presentará aquí con el FBI.

Hizo un gesto señalando la puerta y entró un hombre. Era alto y moreno, casi tanto como Tessa, con unos rasgos muy bien definidos y la soltura que te da haber nacido en una familia con dinero. Ahora entendía por qué la señora Reynolds lo veía como un buen partido.

—No te quedes aquí compadeciéndote —dijo Tessa—. Te llevamos al Glow o a algún sitio donde puedas encontrar a tus amigos.

Me levanté. Las piernas me dolían mucho menos, gracias a Dios, ya fuera por mis ejercicios diarios o por mi ADN.

—No es muy buena idea que ahora te vean por ahí conmigo —intenté no ser melodramática y sonó más pedante que yo qué sé—. De todas formas voy a ver a un cura, o sea que estaré en buenas manos.

—¿Un cura? —repitió Tessa—. Ay, Vic, no me tomes el pelo. Bueno, no te quedes aquí sola hasta muy tarde, ¿eh?

La acompañé hasta la puerta y la observé mientras se iba con su escolta. Tenía un BMW sedán azul marino, un coche muy fácil de seguir. Suerte que había rechazado que me llevaran.

Me quedé mirando la calle a través de la malla metálica de la ventana. Quién sabe si me estaban vigilando o no. Dejé el coche donde estaba y anduve hasta la esquina.

Elton pregonaba el *Streetwise* cerca de la parada de metro. Paré a comprarle unos cuantos; sus ojos azules chispeados de rojo me miraron con intensa curiosidad.

—He visto a unos tipos merodeando por aquí —susurró con voz de máxima importancia—. *Streetwise,* señora, *Streetwise,* señor. Lea qué pasa con el alcalde y los sin techo en Lower Wacker. Conducían un coche último modelo oscuro, tal vez un Honda. Por cierto, ahora están bajando por Leavitt, detrás de ti. *Streetwise,* señor, gracias, señor.

Subí las escaleras del metro como un rayo buscando monedas desesperadamente para meterlas en la máquina de billetes. Desde arriba vi cómo se paraba el Honda. Cogí un ticket y subí corriendo al andén empujando a la gente que me insultaba por ser tan bruta. Un metro que iba hacia el sur estaba a punto de salir. Metí la mano entre las puertas que se cerraban y me gané otro grito, esta vez del conductor, y me quedé mirando el andén con angustia hasta que se cerraron las puertas con un siseo y nos pusimos en marcha.

No bajé hasta que llegué al Loop, donde me di una vuelta por los almacenes Marshall Field, admirando los artículos de playa en el escaparate de State Street y los muebles de jardín unos metros más allá. El sol poniente convertía el vidrio en un espejo; observé a la gente que había detrás de mí. No vi a nadie que me prestara una atención especial.

Volví a subir al metro aéreo y cogí la línea azul hasta las afueras; había tenido un momento de inspiración mientras me compadecía en el despacho. Bajé en la parada California, en medio de Humboldt Park. Caminé seis calles hasta San Remigio.

San Remigio era un edificio enorme de ladrillo de finales del siglo pasado, cuando Humboldt Park albergaba a la mayor parte de la población italiana. No tenía ni idea de quién había sido Remigio, pero estaba claro que sus poderes milagrosos no consiguieron conservar el edificio. Los ventanales en forma de arco estaban tapiados, y las antiguas puertas de madera cerradas con cadenas macizas.

Aunque era tarde, todavía había chicos corriendo tras una pelota de fútbol en el patio de la escuela rodeado de verjas. Un hombre fornido y con poco pelo daba órdenes en castellano. Al cabo de un minuto o dos me vio frente a la puerta cerrada y vino a preguntarme, en castellano, qué quería.

—Ando buscando al Padre[*] —saqué la frase del castellano que había aprendido de pequeña.

Con el brazo señaló detrás de la iglesia y dijo algo, pero tan rápido que no lo entendí. Antes de que pudiera pedirle que me lo repitiera, dos chicos vinieron a tirarle del brazo y a pedirle, por lo que entendí, que hiciera de árbitro en una disputa. Se olvidaron de mí para ocuparse de lo más importante en aquel momento.

Pasé por delante de la iglesia y vi una senda que llevaba a la parte de atrás. Faltaban trozos de asfalto, pero alguien había hecho el amable intento de arreglarlo. Había plantado unos cuantos rosales alrededor de la estatua de mirada abatida de, supongo, San Remigio. Cogí una botella vacía de Four Roses que estaba detrás de la escultura y busqué una papelera sin éxito. Al final, como no quería presentarme ante el párroco con una botella en la mano, me la guardé en el bolso y llamé a un timbre que llevaba la etiqueta PADRE LOU.

Después de una larga espera, cuando se me ocurrió que tal vez lo que me había dicho el entrenador de fútbol era que el padre Lou no estaba ahí, una voz rezongona me sobresaltó. No me había fijado en el interfono de la pared.

—Me llamo V. I. Warshawski. Me gustaría hablar con el párroco acerca de uno de sus feligreses.

---

[*] En español en el original. *(N. de la T.)*

Me vi incapaz de explicar a gritos lo que quería a través de un altavoz.

Al cabo de otra larga espera, se abrió el cerrojo y apareció en el umbral un hombre que llevaba camiseta y zapatillas. Tenía el torso y el cuello con la musculatura de un levantador de pesas. Me miró como si estuviera considerando la idea de recogerme o echarme.

—¿Padre Lou?

—¿Es de la policía o de la prensa? —tenía la voz ronca del Irish South Side.

—No. Soy investigadora privada...

—Pública o privada, no voy a permitir que rebusque en el pasado del chico para difamarle.

Se volvió y empezó a cerrar la puerta.

Puse la mano para impedírselo; tuve que usar todas mis fuerzas para dejar una brecha y gritar:

—No quiero difamar a Lucian Frenada. Intenté que el *Herald Star* no publicara aquella historia de drogas. He intentado hablar con Lacey Dowell porque sabe algo de por qué lo mataron, pero no quiere hablar conmigo. Pensé que a lo mejor usted sabría decirme algo.

Dejó de hacer presión por el otro lado de la puerta. El padre Lou se presentó en el umbral otra vez, con el ceño fruncido.

—Si no quiere sacar a relucir sus trapos sucios, ¿qué tiene que ver en todo esto?

—¿Nos podemos sentar, por favor? Le explicaré toda la historia pero no aquí, con el calor que hace, y con el pie en la puerta para que no me la cierre.

—Es mi hora de descanso —gruñó—. Todos saben que no pueden molestarme de seis a siete. Es la única forma de seguir con esta parroquia tan grande a mi edad.

Seguramente eso fue lo que me dijo el entrenador: el párroco está ahí, pero no interrumpa su siesta. Estaba empezando a mascullar una disculpa cuando añadió:

—Pero con la muerte de Lucy... tampoco puedo dormir. O sea que da igual, también puedo hablar con usted.

Me hizo pasar a un recibidor grande y oscuro. Para lo mayor que era, se movía con garbo, como si fuera dando saltitos. Piernas de bailarín o piernas de boxeador.

—Fíjese por dónde anda. No enciendo las luces del pasillo. Tenemos que ahorrar hasta el último céntimo en una parroquia pobre. No quiero que el cardenal nos la cierre porque le sale demasiado cara.

El padre Lou abrió la puerta de una habitación pequeña con muebles del siglo pasado. Ocho sillas con las patas trabajadas presidían la sala alrededor de una mesa maciza. Una pintura ennegrecida de Jesucristo con una corona de espinas colgaba del hueco de una chimenea.

El párroco me hizo sentar en una silla.

—Voy a hacer té. Póngase cómoda.

Hice lo que pude en la silla de madera. Las flores grabadas en la espalda se me clavaban en los omóplatos. Me incliné hacia delante. En la mesa había una estatua de yeso de la Virgen María que me sonreía con tristeza. Tenía los labios esquirlados y se le había saltado la pintura del ojo izquierdo, pero el derecho me miraba con parsimonia. Llevaba un manto de tafetán descolorido y bordado, santa paciencia, a mano.

El padre Lou volvió con una bandeja de metal abollada con una tetera y dos tazas mientras yo estaba apreciando la tela con los dedos.

—Este bordado tiene cien años. También lo tenemos en el altar. ¿Cómo ha dicho que se llamaba?

Cuando le repetí mi nombre intentó hablarme en polaco. Tuve que explicarle que yo sólo conocía unas cuantas palabras que había aprendido de la madre de mi padre; mi madre, una inmigrante italiana, me hablaba en su lengua. Entonces empezó a hablar en italiano y sonrió divertido ante mi sorpresa.

—Llevo muchos años en esta parroquia. He bautizado a italianos, he casado a polacos, y ahora digo la misa en castellano. Este barrio siempre ha sido pobre, pero antes no era tan peligroso. El concilio de la parroquia apostó por el fútbol. Y parece que les va bien a los chicos; al menos sacan parte de la adrenalina que llevan dentro.

—Pero usted era boxeador, ¿no? —dije por su modo de andar.

—Sí. Boxeé en Loyola en los años cuarenta, después encontré mi vocación pero seguí boxeando. Aún entreno a chicos. Al San Remigio no le gana nadie. Los chicos están orgullosos. No podemos jugar al fútbol contra escuelas grandes. No podemos conseguir todo el equipo para once chicos, y no digamos para cincuenta o sesenta. Pero puedo equipar a los boxeadores. Lucy era uno de los mejores. Estaba tan orgulloso de él.

Se le entristeció el rostro. Durante unos segundos se me apareció como un viejo, cansado, con sus pálidos ojos nublados, pero de repente se sacudió las penas; de forma inconsciente les dio un puñetazo.

Me miró con agresividad, como si quisiera asegurarse de que no me compadecía de su debilidad.

—La policía vino diciendo que Lucy utilizaba la fábrica para traficar con drogas. Querían que le espiara. Les dije lo que pensaba de sus ideas. Después vinieron los periodistas, y los de la tele. Un mexicano, qué puede hacer sino vender drogas. Tantas calumnias. Ya he leído lo que dice el *Herald Star*. ¿Un chico que conducía un coche viejo para poder pagar la escuela a sus sobrinas en Remigio? No le dejaban en paz.

Sorbió un poco de té. Yo también tomé un poco, por no ser descortés. Era suave y perfumado, y para mi sorpresa, muy refrescante contra el calor.

—¿Cuándo fue la última vez que habló con él? —pregunté.

—Venía a misa una o dos veces por semana. Creo que la última vez fue el martes pasado. Se ofreció como monaguillo cuando vio que el chico que tenía que hacerlo no había venido. Se reían de él cuando tenía catorce años; cuando me ayudaba en la iglesia lo llamaban el chico del altar, pero cuando empezó a ganar torneos de boxeo, los comentarios que se oían de él por la calle cambiaron de la noche a la mañana. Lo siento, me estoy yendo por las ramas. No me gusta pensar que está muerto, eso es todo. Es fácil decir que cuando alguien muere se va con Dios, y yo incluso me lo creo, pero necesitamos a Lucy aquí. Al menos yo le necesito. Jesús lloró cuando murió Lázaro. No va a condenarme por llorar por Lucy.

Cogió la estatua de la Virgen y la giró, acariciándole el tafetán contra las caderas. No dije nada. Ya hablaría cuando estuviera preparado. Si le provocaba, podría volverse agresivo otra vez.

—Como iba diciendo, aún venía a misa. Cuando empezó con el taller, Special-T, podría haberse mudado a un barrio menos peligroso, pero quiso quedarse cerca de la iglesia. Creía que aquí se había salvado. Pasó de merodear con los Lions, una banda de delincuentes de tres al cuarto, a ser el campeón de los pesos ligeros de la ciudad. Después fue al mismo colegio que había ido yo, Loyola, y trabajó de noche en un hotel para poder pagarse la universidad, pero dejó a aquella banda de Lions y las drogas cuando empezó a boxear conmigo. Siempre les digo a los chicos que no pueden entrar en el cuadrilátero con Dios y las drogas al mismo tiempo.

No había ni pizca de compasión en su tono, sólo los hechos. Cualquiera que le viera los brazos y lo adusta que tenía la mandíbula, no dudaría de su capacidad para enfrentarse a un delincuente de poca monta.

—En fin, creo que fue el martes, pero quizá fuera miércoles. No sé. Pero después de la misa nos tomamos un café y un donut.

—¿Estaba preocupado?

—¡Pues claro que estaba preocupado! Con todas esas mentiras de su negocio con las drogas —gritó dándole un golpe a la mesa con tanta fuerza que hizo temblar la Virgen—. ¿Y a usted qué más le da?

—Si le sirve de consuelo, creo que le tendieron una trampa con las drogas.

Por enésima vez conté la historia de Nicola Aguinaldo y de Alex Fisher y el estudio, que me pidieron que investigara el estado de cuentas de Frenada, y los dos informes tan distintos que salieron.

—Es indignante —dijo el padre Lou— que se pueda husmear en los asuntos privados de un chico por las buenas.

Me sonrojé. Ni siquiera intenté defenderme. Ya sé que es violar la intimidad de las personas, y no iba a dar la típica excusa patética adolescente de que todo el mundo lo hace.

El padre Lou me clavó los ojos moviendo la mandíbula, y luego dijo:

—Aun así, supongo que es mejor que viera las cuentas reales. Pero ¿cómo puede ser que cambiaran el informe de forma que usted viera una versión y su amigo periodista otra?

—He estado pensando mucho en eso —dije—. En parte por eso he venido a verle. A veces salen noticias en el periódico de *hackers* que intentan transferir dinero de otras cuentas a las suyas. Pero cuando intentan retirar el dinero del banco, hay un sistema de seguridad que lo impide. Supongo que para alguien con recursos sofisticados no debe de ser muy difícil conseguir que aparezcan más ceros de los que en realidad hay. Pero ¿qué pasaría si se intentara sacar ese dinero? Si la hermana de Lucian Frenada es la heredera, ¿puede pedirle que intente sacar el dinero? Eso demostraría si el dinero existe de verdad o es una farsa.

Se quedó meditando. No tuvo una reacción rápida, pero era consciente de lo que pedía y me hizo un montón de preguntas para asegurarse de que la hermana de Frenada no correría ningún peligro si intentaba sacar el dinero.

—Está bien, no le daré una respuesta ahora mismo pero hablaré con Celia mañana. Pero me tiene que prometer que no la molestará. ¿Es católica? ¿Cumple sus promesas?

Me revolví en la silla. Mi madre había escapado de la Italia fascista por culpa de la religión y no quiso que eso fuera un factor determinante en la vida de su hija en el Nuevo Mundo.

—Le doy mi palabra. Cuando la doy, hago todo lo que puedo por cumplirla.

Refunfuñó entre dientes.

—Supongo que tendré que conformarme con eso. Y la otra cosa de la que me quería hablar...

Tomé una bocanada de aire y dije de carrerilla:

—Lacey Dowell. Sabe algo de Frenada, de las camisetas que hacía de la Virgen Loca aunque él lo negara. Pero no quiere hablar conmigo.

—Ah, Magdalena. Nunca pienso en ella cuando oigo ese estúpido nombre artístico. ¿Cree que puedo conseguir que me cuente su versión de la historia? —dijo torciendo la boca aunque no sé si con sorna o desprecio—. Quizás, quizás. Siendo detective y todo eso, supongo que sabe en qué hotel se aloja mientras está aquí. Seguro que evita su antiguo barrio, a menos que tenga a un equipo de cámaras detrás.

30. La historia de la Virgen Loca

El padre Lou me dejó a solas durante veinte minutos. Cuando volvió, me dijo que si podía esperar, probablemente Magdalena pasaría por la parroquia al anochecer.

De repente me acordé de Morrell: estaría esperándome en el restaurante de Damen, y pregunté si podía hacer una llamada. El padre Lou me llevó a su despacho, una habitación destartalada pero mucho más cómoda que la sala en que nos habíamos sentado. Tenía trofeos de boxeo esparcidos por los estantes atiborrados de papeles. El escritorio, con un sencillo crucifijo de madera como ornamentación, estaba repleto de informes económicos y viejos sermones. Tenía muy pocos libros; me fijé en una colección de relatos de Frank O'Connor, y qué raro, un libro de Sandra Cisneros. Es para estar al día de lo que leen mis feligreses, me dijo cuando vio que lo estaba mirando.

Tenía un teléfono de los antiguos de color negro, y muy pesado para manos acostumbradas a las teclas de plástico. No tuvo ningún reparo en escuchar mi conversación; supongo que era para asegurarse de que no iba a tenderle una trampa a la hermana de Frenada, pero cuando oyó que preguntaba al *maître* si podía hablar con Morrell, se le iluminaron los ojos.

—¿Conoce a Morrell? —dijo en cuanto hube colgado—. ¿Por qué no me lo ha dicho antes? No sabía que estaba en Chicago.

—Lo expulsaron de Guatemala —dije—. Pero no le conozco muy bien.

El padre Lou había conocido a Morrell en la época Reagan, cuando algunas iglesias americanas daban cobijo a los refugiados de El Salvador. San Remigio albergó a una familia que luego se instaló en Humboldt Park, y Morrell había venido a hacer un reportaje sobre ellos.

—Es un buenazo, Morrell. No me extraña que lo expulsaran de Guatemala. Siempre se preocupa de los desamparados. Si había quedado con él para cenar debe de tener hambre.

Me llevó por un pasillo oscuro hasta la cocina, una especie de caverna con un horno más viejo que el teléfono rotatorio. No me preguntó qué quería, o si había algo que no me gustara; se puso a freír un montón de huevos con maestría. Él comió tres y yo sólo dos, pero con las tostadas no me quedé corta.

Cuando ya eran las nueve y Lacey aún no había llegado, nos pusimos a ver el programa de Murray en un televisor que había en el salón. Era tan viejo que la cara de Murray flotaba en la pantalla entre líneas rojas y verdes. El reportaje era muy poco arriesgado y no tenía el gancho que Murray acostumbraba a darle. Aunque me hubiera echado a patadas de su casa, supongo que le desconcertó mi versión de los hechos. El documental se centraba en la ruta que seguía la droga desde México hasta Chicago y sólo dedicaba un par de minutos a Lucian Frenada, «un empresario prometedor cuya muerte prematura suscita muchas preguntas sin respuesta. ¿Era el hombre clave de un negocio de droga, como sugieren los cinco kilos de cocaína que se encontraron en su fábrica la semana pasada? ¿Lo mataron sus socios en un ajuste de cuentas, o se trata de la víctima de una emboscada como aseguran su hermana y sus amigos?».

Entonces Murray dio paso a unas imágenes de la fábrica en las que se veía la cocaína que habían hallado en una caja de camisetas; después pasó una vieja cinta en la que se veía a Frenada con Lacey en la misma iglesia en la que yo estaba sentada. «El padre Lou Corrigan, que entrenó a Lucian Frenada en este edificio y lo convirtió en el campeón de pesos ligeros de la ciudad, no quiso hacer declaraciones al Canal 13, ni sobre Frenada ni sobre su otra galardonada estudiante, Lacey Dowell.»

Siguió con detalles de la vida de Lacey, mostró pedazos de la entrevista que le había hecho dos semanas antes y acabó con un resumen que me pareció muy pobre. El padre Lou estaba furioso, pero yo pensaba que Murray no se habría contenido tanto si yo no hubiera hablado con él. Claro que el padre conocía a Frenada desde hacía treinta años. Para él se trataba de una historia personal.

De nuevo en su despacho, hablando con una segunda taza de té, sonó el timbre; un timbrazo bronco, como la voz del párroco. El padre Lou se levantó y se fue hacia el pasillo con su gracioso andar. Lo seguí: si Lacey era el cebo de una trampa de Global no quería estar sentada bajo un crucifijo esperando a que me pillara por sorpresa.

La estrella vino sola, con los ricitos rojizos apretujados por el casco de la moto. Nadie la habría reconocido con vaqueros y chaqueta ordinaria.

—Lo siento, padre Lou. No sabe cómo lo siento.

—¿Qué es lo que sientes tanto, mi niña? ¿Algo de lo que deberíamos hablar en privado en un confesionario?

Sacudió la cabeza y miró por encima del hombro del padre Lou. Cuando me vio se echó atrás y dejó de lado su ánimo alicaído.

—¿Quién es ésta?

—Es una detective, Magdalena —dijo el párroco—. Privada, pero tiene algunas preguntas sobre Lucy que harías bien en responder.

Lacey se volvió hacia la puerta, pero el padre Lou la agarró por la muñeca con autoridad y la obligó a entrar.

—Se trata de tu compañero de juegos, y tengo que llamarte para que vengas a hablarme de él. Eso lo explica todo.

—¿No os parece un poco peliculero que tengamos que encontrarnos a medianoche en una iglesia? —dijo Lacey.

—¿Y por qué no? —me metí en la conversación—. Estas dos últimas semanas han sido muy serie B. ¿Le has dicho a Alex Fisher que venías hacia aquí? ¿Será ella la próxima en llamar al timbre?

—Alex no sabe que he venido. Me está poniendo un poco nerviosa últimamente.

—¿Y no te diste cuenta hasta que viste que hablaban de Frenada en las noticias? —inquirí.

—Chicas, perdón, señoras. Vamos a sentarnos. Necesitamos un ambiente más relajado.

El padre Lou nos rodeó con sus musculosos brazos y nos arrastró hasta el despacho. Lo tenía a la altura de la nariz, pero no me gustaría tener que probar la fuerza de aquellos brazos. Llenó tres tazas de té frío y dejó la tetera en la bandeja con un golpe seco.

—Y ahora, Magdalena, cuéntame todo lo que sepas de la muerte de Lucy, por tu propio bien —hablaba con la autoridad que seguramente utilizaba cuando ella era pequeña.

—No sé nada de su muerte. Ni siquiera sé por dónde empezar. Estoy tan confundida.

Dejó resbalar unas lágrimas de sus enormes ojos azules, pero a mí no me conmovió, y al padre Lou, creo que tampoco. Se quedó mirándola fijamente y le dijo que se ahorrara las escenas dramáticas para las películas.

Lacey se sonrojó y se mordió el labio.

—Empecemos por la cocaína —dijo el padre Lou—. ¿Sabes algo acerca de quién puso las drogas en su fábrica?

—¿Que alguien las puso ahí? No, no es eso —negó con la cabeza—. A mí también me sorprendió mucho. Hablé con Lucy en el hotel, hará unas semanas, y no me dijo nada de esto. Claro que no tenía por qué... pero, sea como sea, fue muy inesperado.

—¿Cómo sabes que no las colocó alguien ahí? —le pregunté—. ¿Es lo que te dijo Alex? ¿Después de que te pasara la nota diciéndote que Global haría un reportaje esta noche?

—¿Cómo sabes que...? Ella no me dijo nada —farfulló Lacey.

—¿Alex? —dijo el padre Lou—. Ah, la de Hollywood. No mientas, Magdalena. Si habló contigo de esto, quiero saberlo.

La vasta boca de Lacey se contrajo en un mohín de malestar.

—Cuando leí la nota de esta tal Warshawski, llamé a Alex. No me condenéis por eso. A Alex la conozco y a Warshawski no la había visto en mi vida. Alguien como yo recibe un millón de cartas al día de gente que dice que tiene noticias muy importantes o que pueden protegerme de no sé qué historias. Pensé que Warshawski quería asustarme para que contratara sus servicios.

—No es descabellado —dije—, pero no era como para que te asustaras y llamaras a Alex. Escribí a la señora Dowell diciendo que Global iba a calumniar a Frenada por televisión —añadí para el párroco—. Quería hablar con la señora Dowell. Como no conseguí hablar con ella por teléfono, le escribí una nota y esperé en el vestíbulo por si quería hablar conmigo. Al cabo de media hora entró en el hotel el perro guardián de Global, muy nervioso.

—¿Qué te dijo, Magdalena? —quiso saber el padre Lou.

—Alex... vino al Trianon y me dijo que era verdad, incluso me enseñó una fotografía en la que se veía un kilo de cocaína dentro de una caja que Lucy trajo de México —Lacey miraba al párroco con ojos de súplica—. Si crees que no vine a verte porque no tengo sentimientos, te equivocas. No era capaz de hablar contigo si Lucy estaba metido en asuntos de drogas. Nunca has soportado que nadie hable mal de Lucy. Ni siquiera cuando tenía once años y estaba con la banda de los Lions. Si prefieres creer que alguien puso las drogas ahí, muy bien, créetelo, pero Alex ya me avisó, me dijo que Warshawski intentaría difamarme. Y me dijo que no hablara de eso. Una cosa es que Hugh Grant o algún otro actor se meta en un asunto de sexo y drogas, pero cuando lo hace una mujer, sobre todo una de mi edad, todos la consideran una perdida. Alex dijo que podría ser el fin si se corría la voz —Lacey me miró—. Supongo que tú estabas escondida detrás de la palmera del vestíbulo.

—¿Y la creíste sin preguntar a nadie más? —dijo el padre Lou—. Tu antiguo compañero, que te defendía cuando te querían pegar, y ¿ni siquiera te importó lo que fuera a decir un programa de televisión acerca de él? ¿Has visto lo que le han hecho? Lucy, el chico que trabajaba noche y día para dar un cobijo a su hermana cuando le mataron el marido.

—Alex tenía una foto —dijo Lacey, pero se miró las manos.

—Ciertamente, señora Dowell —dije—. Ciertamente.

Lacey se sonrojó.

—Tenía una foto; vi la cocaína en la foto.

—Le tendieron una trampa —dije—. Vivimos en un mundo de imágenes trucadas; seguro que sabe que es muy fácil hacer que una foto parezca real. ¿Y cómo sabía que el kilo de coca en la caja de ropa estaba en la fábrica de Frenada? Pero no es la coca en sí lo que me interesa. Lo que intento averiguar es por qué querían que cerrara la boca. ¿Tiene algo que ver con las camisetas? ¿Por qué tenía camisetas de la Virgen Loca en su despacho?

—No tiene nada que ver con las camisetas —dijo—. No hay nada especial. Os voy a contar lo que pasó. Lucy y yo ya no éramos tan amigos como antes, pero seguimos, seguíamos en contacto. Me envió el artículo que publicaron en el *Herald Star* hará un par de años, donde decían que era un empresario prometedor de una minoría. Entonces decidimos grabar *La Virgen VI* en Chicago. Y, claro, fue noticia enseguida, Lucy lo leyó y me escribió para preguntarme si podía pedirle al estudio que le contratara para hacer algunas de las camisetas de la Virgen Loca, como un tributo que me hacía Chicago, o algo así. Le dije que hablaría con Teddy Trant. Y lo hice, pero Teddy se limitó a soltar un comentario sarcástico. Y me olvidé del asunto.

—Antes no te rendías tan fácilmente, Magdalena. ¿Tan poco te importaba Lucy que ni siquiera insististe?

El párroco la miraba por encima del borde de la taza de té.

—Estábamos negociando un contrato difícil y... Sé que debería haber pensado más en Lucy, pero tengo treinta y siete años; dentro de unos años, a menos que tenga mucha suerte, ya no podré ser una estrella. Además, padre Lou, hace más de veinte años que me fui —lo decía con las manos extendidas, el mismo gesto que solía hacer a su antiguo amante a mitad de sus películas.

—Pero hizo unas cuantas, por si acaso —dije.

—Supongo. De repente, el día antes de salir el avión, me llamó Teddy y me pidió el número de Lucy. Quería ver la fábrica o no sé.

—¿Entonces por qué te enfadaste tanto con Frenada en la fiesta que dio Murray en el Golden Glow?

—¿Estabas ahí? —dijo—. ¿Detrás de una palmera también? Teddy dijo que miraría qué podía hacer. Fue a la fábrica de Lucy y dijo que no estaba al nivel de Global. Pero Lucy decía que Teddy le había robado una de sus camisetas. Le dije que no tenía ningún sentido, que nosotros, bueno, que el estudio produce millones de camisetas al año. ¿Qué necesidad tenía Teddy de robarle una? Lucy me amenazó con montar una escena ahí mismo, y no soporto que me humillen en público, así que pedí que lo echaran. Pero después me avergoncé. De verdad, padre Lou. Le llamé, le pedí disculpas y le invité a comer al hotel. Hablamos durante mucho rato y volvió a decirme que había desaparecido una de sus camisetas. No pude quitárselo de la cabeza y al final le dije que se lo comentaría a Alex, aunque yo pensaba que la habría cogido alguno de los trabajadores. Es algo que te llevarías pensando que nadie se daría cuenta.

—Sí, podría ser —dijo el padre Lou—. ¿Y qué le dijiste a esta tal Alex o a tu jefe?

Jugueteó con sus dedos.

—A Teddy ya no sabía qué más podía decirle. Ya me había dicho que él no había robado ninguna camiseta. Y entonces habló mal de Lucy y tuve que recordarle que yo también soy mexicana. Después se lo dije a Alex y me dijo que dejara de darle vueltas, que si Lucy había perdido una camiseta, que le mandaríamos una y ya está, pero ésa no era la cuestión.

—¿Por qué son tan especiales estas camisetas? —pregunté—. ¿Por la tela, por el dibujo?

—Sinceramente, no lo sé —dijo extendiendo las manos de nuevo—. Creo que Lucy estaba enfadado porque Global no lo contrató y eso le afectó mucho.

—¿Dónde se hace toda la mercadotecnia de la Virgen Loca? Las camisetas, las muñecas y todas esas cosas —pregunté.

—Nunca lo he preguntado. En todas partes, supongo.

—Pero ¿en países del Tercer Mundo o en Estados Unidos?

Negó con la cabeza nerviosa.

—No lo sé.

—Te quedas con tu parte de las ganancias, pero ¿no preguntas por miedo a lo que te puedan decir?

—Ya me habéis dejado bastante claro que soy un ser deplorable —desenroscó las piernas y se levantó de la silla—. Me voy.

El padre Lou llegó antes a la puerta y le cortó el paso.

—Podrás irte dentro de un momento, Magdalena. Estoy contento de que hayas venido. Creo que dormirás mejor ahora que has dicho la verdad, ya que estoy seguro de que todo lo que has dicho era verdad. Mañana se celebra el funeral —añadió—. Espero que vengas. Es a las once. Lucy dejó dinero a sus sobrinos porque tenía una póliza de vida, pero podrían tener un poco más de dinero para pagar el colegio. Y sería un detalle por tu parte si crearas una beca para la escuela en su memoria.

Lacey estaba a punto de explotar, pero después de mirar a los ojos del párroco durante largo tiempo, asintió. Él dejó que se fuera. Al cabo de un rato oímos el rugido de un motor. Su motocicleta. Tendría que preguntarle a Emily qué moto tenía Lacey Dowell. Juraría que algo bastante potente.

¿Veinte mil dólares para San Remigio en vez de tres avemarías? Eso es lo que me había parecido.

—Estoy cansado, me gustaría irme a la cama —dijo—. ¿Te ha dicho lo que querías saber?

No estaba segura; seguía sin entender por qué era tan importante la camiseta de Frenada. Y no estaba tan segura como el padre Lou de haber oído la verdad. Cuando dejé la casa del párroco me pregunté cuánto tiempo me quedaba antes de reunirme con Frenada en una caja de pino. A lo mejor el padre Lou también me haría un funeral, aunque fuera una pagana.

31. Un día en el campo

Tenía los nervios a flor de piel. Me daba miedo ir a casa por si se me echaba alguien encima. Me daba miedo ir a buscar el coche por la misma razón. Me daba miedo pedir al señor Contreras que fuera a buscar mi coche por si Baladine había puesto una bomba bajo el capó. Al final los nervios me pusieron de tan mal humor que cuando salí del metro fui directa a casa, por la acera y entrando por la puerta principal. No pasó nada, y contra toda lógica, aún me puse más irascible.

A la mañana siguiente fui hasta el despacho en metro y tiré una piedra contra el capó del coche. Rebotó. El coche no explotó, pero un par de chicos que holgazaneaban en la acera de enfrente se escabulleron hacia un callejón: es peligroso estar en la misma calle que una loca.

La mujer de la agencia me estaba esperando dentro. Cosa rara, Tessa había llegado pronto y la había dejado pasar. Antes de llamar a Unblinking Eye para comprar un sistema de seguridad para el edificio, le enseñé a la mujer lo que tenía que ordenar. Como Tessa y yo sólo teníamos que vigilar una entrada, no necesitábamos más de dos pantallas, una para cada una. Aunque era dinero que no tenía, no fue el sablazo que me esperaba. Unblinking Eye vendría a instalar el sistema por la mañana y recogerían las gafas-cámara que les había alquilado.

Después de hablar con ellos enchufé el ordenador e intenté encontrar a Veronica Fassler a través de los juicios. Era como buscar una aguja en un pajar porque no existe un índice de casos por acusado. Intenté adivinar el año en que la habían condenado, ya que me había dicho que llevaba más tiempo en Coolis que Nicola Aguinaldo, y al final, con un poco de suerte, encontré su caso, con fecha de cuatro años atrás. A Fassler la habían pillado con cinco gramos de *crack* en la esquina de Winona con Broadway, y la justicia había seguido su inexorable curso de tres a cinco años. Un año por gramo. Es curioso que Estados Unidos se haya negado siempre a utilizar el sistema métrico decimal excepto cuando se trata de mandar a alguien a la cárcel por drogas, aunque se trate de una cantidad ínfima.

También busqué información de Coolis. No había leído nada en el periódico cuando lo construyeron porque para entonces ya no trabajaba de abogada de oficio. Empecé a leer: «Carnifice consigue el contrato para tener nuevas instalaciones». El *Corrections Courier* decía que era «una nueva idea que combina cárcel y prisión al noroeste de Illinois, con el típico enfoque innovador de integración vertical que es el sello distintivo de Carnifice Security». Como las prisiones de Cook y Du Page estaban abarrotadas de reclusas, las mujeres arrestadas que no pudieran pagarse la libertad bajo fianza estarían en un ala especial de Coolis. De esta forma, sólo tendrían que recorrer un pasillo hasta la cárcel si finalmente las condenaban, ya que estar en prisión preventiva durante un año o más esperando el juicio aumenta las posibilidades de que te condenen. Si no te puedes pagar la fianza, es que debes de ser culpable, digo yo.

Si tienes que ir de la prisión al juzgado, se supone que las prisiones tienen que estar cerca de los tribunales, una condición que Coolis evidentemente no cumple. Un artículo del *Herald Star* explicaba cómo había solucionado este pequeño obstáculo el gobernador Jean Claude Poilevy. El año en que abrió Coolis, propuso una sesión especial para cambiar leyes acerca del sistema penitenciario. Se aprobaron quince de los dieciséis proyectos de ley. Uno consistía en atribuir a un juzgado del condado de Cook los lunes, martes y miércoles, al condado de Du Page los jueves, y que los viernes se lo partieran Lake y McHenry. Dos abogados de cada condado podían compartir coche y trayecto con el fiscal, pasar unas cuantas noches en Coolis y ahorrar al Estado los autobuses que habrían llevado a las mujeres de la prisión al juzgado que les correspondiera según su condado.

Ahora entendía por qué Baladine era tan amigo de Poilevy; el gobernador dirigía Springfield como si se tratara de hacer juegos de manos en vez de leyes. Lo que aún no entendía es qué pintaban Teddy Trant y Global Entertainment en todo esto. Y los números y las operaciones financieras que encontré no me dieron ninguna pista.

El único artículo que publicó el *Wall Street Journal* se planteaba si Carnifice estaba haciendo la inversión apropiada en un correccional de mujeres multifuncional. El *REIT Bulletin,* en cambio, alababa el traspaso y adjudicaba un sobresaliente al proyecto animando a los inversores.

Según el *Bulletin,* el número de mujeres presas suponía el segmento de población reclusa que incrementaba más rápidamente en la ya de por sí gigantesca cifra de reclusos en Estados Unidos. El número de presas se había multiplicado por doce en la última década. El 75 % de las reclusas tenían hijos, el 80 % habían cometido delitos no violentos, como posesión de drogas, prostitución o robo, para pagar el alquiler y otras facturas, al contrario que los hombres que cometían delitos para comprar drogas o por el reto y la excitación que les aportaba.

Eché una ojeada a todos los artículos y acabé con: «Talleres modélicos en las cárceles: Coolis es por y para las presas». Los talleres de Coolis ofrecían a las reclusas la posibilidad de ganar hasta treinta dólares por semana cosiendo ropa o preparando comida para consumir dentro de la prisión estatal. En la pantalla apareció una foto borrosa de unas reclusas sonriendo en la cocina y dos mujeres muy serias utilizando máquinas de coser monstruosas. Carnifice había invertido muchísimo dinero en los talleres cuando se construyó la prisión; hicieron presión para cambiar una ley de Illinois que prohibía la venta de bienes fuera de la prisión, pero no lo consiguieron. De hecho, éste fue el único proyecto de ley que no consiguió la aprobación de la asamblea que había organizado Poilevy.

«Los sindicatos de este Estado nos tienen maniatados», refunfuñó Jean Claude Poilevy cuando vio que no había conseguido los votos necesarios para cambiar esta ley. «Hacen todo lo que está a su alcance para impedir el buen desarrollo de la industria y mantener su propio feudo.»

Mientras esperaba que se imprimieran los artículos, me conecté a LifeStory. Tendría que haberlo hecho hace días pero mis aventuras con la cocaína me habían hecho olvidar el resto. Quería saber qué tipo de informe sobre Frenada me saldría esta vez y compararlo con el primero. Abrí otra ventana con el informe original para poder comparar los parámetros de uno y de otro.

Cuando apareció el informe en la pantalla me quedé alucinada: en vez de las modestas cuentas bancarias y los gastos de las dos tarjetas de crédito que había visto diez días antes, ahora me salían páginas y páginas con todo tipo de detalles. Cuentas en México y Panamá; dieciocho tarjetas de crédito con gastos de veinte mil dólares al mes en viajes y joyas; una casa en Acapulco, otra en la Costa Azul. La lista era interminable y te dejaba sin respiración.

Estaba tan impresionada que ni siquiera pude pensar durante unos minutos. Al cabo de un rato cogí mi maletín y saqué las copias de seguridad que siempre llevo de casa al despacho y viceversa. Encontré el disquete en el que había grabado el informe de Frenada y abrí el documento. Salieron los números sencillos que había enseñado a Murray aquella mañana.

Me quedé boquiabierta un buen rato antes de poder pensar. Con un poco de tiempo caí en la cuenta de que los que habían entrado a destrozarme el despacho habrían entrado en el sistema informático y me habrían cambiado cosas de las carpetas. De alguna forma u otra habían introducido números falsos en el LifeStory y después lo habían grabado en mi ordenador.

Ojalá no hubieran tocado ninguno de los otros documentos: mis casos, mis impuestos... podían haber hecho cualquier cosa. Me sentí mal otra vez ante la sensación de violación de intimidad. Habían utilizado con total impunidad algo que era casi un apéndice de mi cerebro.

Había empezado el día pensando que iría hasta Coolis para intentar ver a Veronica Fassler en cuanto encontrara su sentencia, pero estaba demasiado deprimida para discutir con los de la prisión. Ojalá pudiera encontrar a mi viejo amigo *hacker,* Mackenzie Graham. Él me habría dicho cómo consiguieron cambiar los números del Life-Story, pero estaba perdido por el este de África.

Abrí unas cuantas carpetas de casos antiguos pero al final decidí que no quería encontrar pruebas de manos extrañas en mi vida. Borré todo el disco duro. «¿Está seguro de que quiere borrar el contenido del disco duro?» Me lo preguntó dos veces y después fue como si encogiera sus hombros electrónicos. «Ok, pero se borrarán todas sus carpetas.» Lo borré todo y volví a cargar el sistema con las copias que tenía en los disquetes dando un millón de gracias a Mackenzie por obligarme a la pesada disciplina de copiar en disquete todos mis archivos.

El resto del día lo dediqué a trabajar intensamente con la mujer de la agencia. A las cinco teníamos ochenta y dos pilas de papeles ordenados a los que podría poner etiquetas a la mañana siguiente. Le expliqué qué tenía que hacer cuando vinieran a instalar la cámara de vigilancia y los monitores al día siguiente y salí del despacho con el ordenador a cuestas. Lo metí en el coche y me fui a casa. No sabía qué sitio podía ser realmente seguro, pero al menos mi piso era menos vulnerable que el almacén porque siempre había alguien por allí.

Subí el ordenador hasta el tercer piso y pasé media hora en la bañera escuchando a Bach e intentando relajarme. Habría sido de gran ayuda saber qué querían mis contrincantes. Aparte de volverme loca, claro. También me iba sirviendo traguitos de whisky y bajé a ver a mi vecino. Quería convencerle de que se escondiera en alguna parte hasta que se acabara todo aquel espectáculo lamentable. Cuando vino a abrirme, le puse una mano en la boca y lo llevé hasta la parte trasera del piso. Una pareja del segundo piso estaba disfrutando del patio. Se oía el ruido de vasos y las risas que ayudaron a disimular nuestra conversación. Protegidos por ese ruido, expliqué al señor Contreras que habían amenazado a Mary Louise si no dejaba de verme y que no quería que hicieran lo mismo con él.

—No quiero que seas el blanco perfecto para BB Baladine —susurré de forma apremiante—. Imagina que viene a investigar quién fue conmigo a Coolis. Creo que tienen una cámara de seguridad escondida en alguna parte. No me paré a pensar en nada. No he hecho nada más que meterme en problemas sin pensar en las consecuencias. Me da miedo que también te esté poniendo en peligro a ti. No me extraña que no quisieras escribir tu nombre en el registro.

—No es típico de ti asustarte por tan poca cosa, cielo.

—No me cruzo todos los días con alguien que piensa que cargarse a recién nacidos forma parte de un día normal de trabajo. ¿Puedes hacerme un favor? ¿Por qué no te vas a casa de tu hija hasta que se solucione todo esto de Nicola Aguinaldo?

Claro que no pensaba irse. Aparte del hecho de que él y su hija se parecían tanto como un huevo y una castaña, no tenía ninguna intención de salir corriendo. ¿O es que nunca me había hablado de Anzio?

—¡Haz el favor de escucharme! —grité olvidando que debía susurrar, y provocando que en la fiesta de arriba se callaran durante unos segundos—. Tenías veintitantos años en Anzio. Quizá aún tengas la misma voluntad, pero ya no tienes la misma fuerza. Y si este tipo descubre la relación que tenemos, lo que no le costará demasiado si hace un poco de esfuerzo, sabrá que fuiste tú quien me acompañó al hospital de Coolis, y no el abuelo de Nicola Aguinaldo.

Discutimos más de una hora pero no daba su brazo a torcer. Decía que negaría tener cualquier tipo de relación conmigo si venía alguien a preguntar. Ah, la señora Warshki, sí, vive aquí, es una mujer joven, sólo nos conocemos de hola y adiós. Claro que si preguntaban a los otros inquilinos era muy posible que alguien dijera que aquel viejo y yo teníamos una relación muy estrecha. La mujer del principal, por ejemplo, que se quejaba del ruido de los perros cuando volvía tarde a casa. O incluso los de la fiesta de arriba. Mitch y Peppy, cansados de estar tumbados en el patio, subieron al segundo piso a investigar. Los seguí a tiempo de que Mitch no se comiera un plato de humus. Seguro que aquellos vecinos nos habían visto más de una vez haciendo barbacoas en el patio.

—De acuerdo, no abriré la puerta a nadie que no conozca si tú no estás en casa, pero aunque no sea el mismo que cuando tenía veinte años, aún sé cuidar de mí mismo sin tener que salir corriendo hacia Hoffman Estates como un chucho muerto de miedo.

No conseguiría nada más.

El jueves por la mañana me levanté pronto, llevé los perros al lago y cogí el coche para ir a Coolis. Aunque no me paré a comer, sin el señor Contreras el viaje se me hizo más largo que el de la otra semana. Aun así, aparqué en el descampado para visitas un poco antes de las doce del mediodía.

Me había puesto mi atuendo profesional: el traje chaqueta de rayón color ocre. Después de conducir tanto rato sin aire acondicionado tenía manchas de sudor en las axilas y en el cuello de la camisa blanca, pero en general iba planchada y arreglada para la misión. Llevaba el maletín que me regaló mi padre cuando me licencié. Ya tiene casi veinte años, y los bordes de piel rojiza están gastados y tienen un color rosa pálido. Para que no se gaste demasiado sólo lo uso de vez en cuando, pero hoy necesitaba su presencia en mi vida.

El sol del campo me abrasaba de camino al primer puesto de control. A lo lejos se oía el ric-ric de los saltamontes, pero a medida que me acercaba a los barracones ya no había árboles ni césped que mitigaran el calor; el sol rebotaba contra el suelo y levantaba olas de aire caliente. La piedra blanca era tan brillante que se me saltaban las lágrimas a pesar de llevar gafas de sol.

Me paré en el primer puesto de control, enseñé el carné de identidad y expliqué que era abogada y había venido a ver a una reclusa. En el segundo puesto me inspeccionaron el maletín por si llevaba armas. La guardia que me acompañó adentro era una mujer bajita y regordeta que le hizo unas cuantas bromas al de la entrada, pero a mí no me dijo nada.

En la entrada se abrió una puerta corredera ajustada a un riel. Después nos encontramos con otra puerta que no se abría hasta que se hubiera cerrado la que teníamos detrás. Una vez dentro, me llevaron hasta otro guarda y le tuve que explicar qué había venido a hacer. Era abogada y había venido a ver a Veronica Fassler.

Me llevaron a una sala de espera muy pequeña, sin ventanas y con sillas de plástico en un suelo de linóleo muy gastado y una pequeña televisión colgada en la pared, desde donde Oprah se dirigía a gritos a mí y a las otras tres mujeres que aguardaban en la sala.

Dos eran negras, las únicas caras de color que había visto desde que había entrado en el complejo penitenciario; las tres miraban al infinito con la pasividad de los que están acostumbrados a no tener nada que ver con el mundo que les rodea. De vez en cuando entraba una guardia a echar un vistazo, supongo que para comprobar que no nos lleváramos los muebles. Cuando le pedí que bajara el volumen, ya que ninguna de las tres estaba mirando el programa, me dijo que me ocupara de mis asuntos y se fue.

Alrededor de la una y media se llevaron a la mayor de las mujeres a la sala de visitas. Llegaron dos personas más, una pareja de hispanos, de edad media, nerviosos, y que querían saber qué les esperaba cuando les dejaran ver a su hija. La mujer blanca continuó mirando al más allá, pero la segunda mujer negra empezó a explicarles cómo funcionaba, dónde te sentabas, de qué podías hablar. A la pareja le costaba seguir la explicación por el estruendo de la televisión. Cuando repetía algo por tercera vez, la guardiana vino para llevarme al despacho del director.

CAPITÁN FREDERICK RUZICH, DIRECTOR, ponía en la placa de la puerta. La guardia le saludó de forma militar; el capitán le dijo que podía retirarse y me invitó a sentarme. A pesar del título de militar, iba vestido de civil con un traje de estambre de color perla y una corbata azul. Era muy corpulento; aunque estaba sentado, parecía más alto que yo, que estaba de pie. Entre el pelo canoso y los ojos grises parecía desteñido, de aspecto terrorífico.

—Tengo entendido que quiere ver a una de las reclusas, señora...

—Warshawski. Sí, Veronica Fassler. Cumple una condena de cinco años por posesión y...

—Ya veo que conoce el caso. Pensé que tal vez viniera a ver si pillaba algo.

Sonrió, pero con tanta condescendencia que se convirtió en un insulto.

—Nadie va a la cárcel a buscar clientes, capitán. La subvención del Estado no da ni para gasolina y peajes desde Chicago. ¿Examina personalmente cada relación abogado-cliente en Coolis?

—Los casos importantes. ¿Ha hablado con el abogado de Veronica sobre su caso? Esperaba que viniera con usted o al menos que llamara para decir que la señora Fassler había cambiado de planes.

—La señora Fassler me llamó al despacho y me pidió que viniera. Y el cambio de planes en todo caso es entre ella y yo, no entre la cárcel y otro abogado. O entre yo y la cárcel.

Reclinó su armario-espalda en la silla, cruzó las manos detrás de la cabeza y dejó escapar una sonrisita desde la comisura de la boca.

—Sea como sea, nos dieron órdenes de trasladarla. Está en otra cárcel. Lo siento, detective, pero ha hecho el viaje en vano.

Me quedé mirando su sonrisa burlona.

—Es verdad que soy detective, capitán. Pero también soy abogada y tengo buenos contactos en la abogacía de Illinois. ¿Adónde han enviado a la señora Fassler?

—Ojalá pudiera decírselo, pero no puedo porque no lo sé. Carnifice Security envió a alguien con una furgoneta y se la llevaron a ella y al niño ayer por la mañana. Es todo lo que puedo decirle.

Tenía los ojos de un verde tan transparente que casi hacían daño al mirarlos.

—¿Por qué la han trasladado? Cuando me llamó no sabía nada de eso.

La sonrisita de superioridad seguía ahí, estática.

—Siempre supone un problema que una reclusa tenga un bebé. No es fácil vivir aquí dentro. Hubo muchas quejas de las otras presas.

—Qué lugar tan comprensivo es este en que el personal se toma tan en serio las quejas de las reclusas —no dejaría que me hiciera perder los nervios, pero no podía evitar provocarle un poco—. Pero un hombre como usted, que le gusta tenerlo todo controlado, no me creo que se limite a saludar y a decir sí, señor, cuando sus jefes le dicen que se llevan a una reclusa a un paradero desconocido. Sobre todo tratándose de una prisión privada, porque cualquier cambio afecta a sus beneficios.

Seguía con su sonrisita.

—Piense lo que quiera, Warshawski, lo que quiera. ¿Cómo consiguió su teléfono Fassler, para empezar?

—Seguramente de las páginas amarillas. Como la mayoría de la gente que me contrata.

—¿Seguro que no fue cuando vino al hospital a hacer preguntas sobre Nicola Aguinaldo? Cuando vino con su... abuelo, ¿no? A investigar. ¿Entonces vino como detective o como abogada?

—Cuando se quiere poner un pleito, normalmente se exige la presencia de un abogado.

—Y normalmente se presenta alguien con credibilidad —su sonrisita de suficiencia se convirtió en una burla abierta—. Usted dijo que aquel hombre era el abuelo de la chica, pero no es verdad, no tiene ningún abuelo. Al menos no americano y el que usted trajo era clarísimamente americano.

Puse las manos alrededor de la rodilla derecha para simular que estaba muy relajada.

—¿Quién le pasa la información acerca de la familia de la señora Aguinaldo? ¿BB Baladine o el servicio de inmigración? Me cuesta creer que BB se preocupe tanto de las familias de los inmigrantes ilegales que contrata. Y ni siquiera se dé cuenta de que un americano podría haber servido en las Filipinas durante la Segunda Guerra Mundial y tener una nieta filipina.

Pobre señor Contreras: si supiera que le estaba atribuyendo esta inmoralidad. Quizá habría tenido relaciones con alguna autóctona durante su época de servicio, pero no la habría dejado sola con un niño.

—Si tanto le importaba la chica, me extraña que no hubiera venido nunca a verla.

—Las relaciones familiares son un misterio insondable, ¿no cree? —dije afablemente.

—Si este abuelo existe de verdad, me gustaría hablar con él, sobre todo si tiene intención de demandar al hospital.

No sabía si creerme o no pero al menos había conseguido que dejara de sonreír como un estúpido.

—Si decide llevar a cabo la denuncia, los abogados del hospital podrán interrogarle. Hasta entonces, si quiere hacerle alguna pregunta, tendrá que hacérmela a mí. Por cierto, las posibilidades de poner una denuncia serían menores si pudiera contarle más detalles sobre por qué enviaron a la señora Aguinaldo al hospital, y cómo pudo escaparse de un sitio tan seguro.

—Lo único que me han dicho es que tenía problemas de mujeres. Usted sabrá mejor que yo lo que significa.

La sonrisita burlona volvía a acechar en las comisuras.

—Un quiste ovárico o un cáncer, pero los doctores que la operaron no vieron nada de eso.

Además de borrarle la sonrisa, conseguí que se olvidara de quién era: se le escapó que se había perdido el cadáver y que no habían podido hacerle la autopsia.

—Veo que se preocupa mucho por los prisioneros, incluso después de muertos —dije maravillada—. Es verdad que su cadáver desapareció de la morgue antes de que pudieran practicarle la autopsia, pero el cirujano que la operó en urgencias escribió un informe detallado de su cavidad abdominal cuando no consiguió salvarle la vida. Se preguntaba si la peritonitis fue causada por la rotura de un ovario o del útero y observó estos órganos con detenimiento.

Por supuesto me lo estaba inventando todo, pero daba igual. Estaba convencida de que Nicola Aguinaldo no había ido al hospital por culpa de un ovario inflamado. Por primera vez, en todo el rato que llevaba allí dentro, me di cuenta de que Ruzich estaba incómodo. ¿Tenía miedo de lo que se habría visto en una autopsia?

—¿Por qué no me deja echar un vistazo al taller de ropa en el que trabajaba Nicola Aguinaldo cuando se puso tan enferma que tuvo que ir al hospital? Si puedo convencer a su abuelo de que es un sitio seguro, quizá no denuncie al hospital.

Puso mala cara, pero prefería aquella mueca a su sonrisita.

—Por supuesto que no. No tiene ningún motivo para meterse en eso. Es asunto mío.

—¿Ni siquiera si las heridas de Aguinaldo se produjeron ahí? —sugerí como quien no quiere la cosa.

—No fue allí donde se hizo daño, a pesar de los rumores que va predicando Veronica Fassler. Sí, Warshawski, controlamos todas las llamadas. Tenemos que hacerlo. Es la mejor forma de controlar el tráfico de drogas y de bandas entre la ciudad y la cárcel. Siento que haya recorrido tantos kilómetros para nada, pero aquí no tiene nada más que hacer. A menos que me salga con el nombre de otra reclusa a la que pretenda representar.

Ruzich apretó el botón del interfono y pidió que viniera a buscarme una guardia para llevarme hasta la puerta.

32. Visita a medianoche

Intenté pensar qué había averiguado hablando con el director de la cárcel, pero como me habían hecho esperar tanto rato, ahora tendría que chuparme la hora punta. Mientras esperaba en el peaje, no podía pensar en nada que no fuera tumbarme en el lago Michigan con una bebida fría en la mano.

Habían trasladado a Veronica Fassler en cuanto oyeron mi conversación con ella. Si la habían enviado a otra prisión de Illinois, a otro Estado o simplemente la habían confinado a la celda de aislamiento, poco importaba ya. Lo importante era que Fassler sabía algo acerca de la muerte de Nicola Aguinaldo que la cárcel no quería que yo descubriera.

Más allá de aquellas básicas deducciones, no se me ocurría nada. Cuando llegué a casa, con unas ganas terribles de quitarme los pantalones de rayón, me reprimí para no echarle la bronca al señor Contreras que vino a saludarme haciendo un montón de ruido junto con los perros. Por lo visto, el único efecto que había tenido en él la conversación del día anterior era doblar la vigilancia en mi puerta.

Me apoyé en la verja acariciando las orejas de los perros. No podía mezclarlo en mis asuntos y después no hablar con él, pero mientras le explicaba el complicado día que había tenido, sólo podía pensar en mis pies hinchados.

A mitad de la explicación, la mujer que vive enfrente del señor Contreras abrió la puerta.

—Tengo una presentación con un cliente importante mañana y no os necesito a vosotros y a los perros como ruido de fondo mientras la acabo. Si tenéis tantas cosas que deciros, ¿por qué no os vais a vivir juntos? Los vecinos estaríamos mucho más tranquilos y agradecidos.

—Vivir juntos no asegura tranquilidad en la escalera —dijo el señor Contreras con los colores subidos—. Quizá nadie se lo haya dicho antes, pero cuando usted y su marido, novio o lo que sea no paran de gritarse el uno al otro, le aseguro que puedo oír todas y cada una de las palabras que dicen, y eso que ya no tengo el oído tan fino como antes.

Antes de que la discusión fuera a más reaccioné diciendo que tenía que ir a ducharme y a cambiarme de ropa. La mujer murmuró no sé qué que acababa con «mostrar un poco de consideración» y dio un portazo. Mitch se puso a ladrar porque no le gustaba aquella actitud, pero convencí al señor Contreras para que se lo llevara dentro y me dejara descansar.

Me quedé mucho rato en la bañera, incluso después de quitarme la mugre del viaje del pelo y la piel, intentando averiguar qué pretendía Baladine. A lo mejor sólo quería desacreditarme con un arresto espectacular por posesión de drogas en vez de matarme, pero en el fondo daba igual.

No podía seguir así, sin saber de dónde vendría la siguiente amenaza. Tanto si Baladine quería ponerme de los nervios, como si quería matarme o arrestarme, no podía continuar con mi trabajo si tenía miedo de estar en el despacho y en casa. No podía confiar en mis viejos amigos por temor a poner sus vidas en peligro. Y Murray, con el que había trabajado durante tantos años, ahora estaba de parte de los otros. A Mary Louise la habían asustado para que dejara de trabajar conmigo.

Si pudiera recomponer la historia, quizá encontrara la manera de que saliera a la luz. Tenía que ver con Coolis y con la fábrica de Frenada, aunque no entendía qué pintaban aquellos dos sitios con el cuerpo inerte de Nicola Aguinaldo. Tenía que ponerme en contacto con Morrell y convencerle para que me llevara a casa de la madre de Aguinaldo antes de que Baladine consiguiera lo que fuera que tenía en mente.

Cuando salí de la bañera ya era de noche. Se oían los petardos de la gente que ya empezaba a festejar el cuatro de julio, que aquel año caía en sábado.

Cuando era pequeña mi padre siempre me llevaba a dar una vuelta el cuatro de julio y me explicaba la guerra de la independencia emocionado, dando especial importancia al general Kosciuszko y a los otros polacos que participaron en la revolución de América. Mi madre siempre le recordaba que fueron los italianos los que descubrieron el Nuevo Mundo e hicieron posible que los ingleses y los polacos pudieran irse de Europa.

Por la tarde íbamos de picnic con los amigos de mi padre del cuerpo de policía y la profesora de canto de mi madre y su hija. Mi madre preparaba mi postre favorito, un pastel de arroz con gelatina y vino dulce típico de la región de Umbría, y yo me pasaba la tarde gritando con los otros niños, jugando al béisbol y deseando tener una familia más numerosa en vez de mi único primo Boom-Boom.

Me preguntaba qué les enseñarían los Baladine a sus hijos el cuatro de julio. Quizá una lección instructiva sobre el libre mercado.

Me fui a dormir con esta idea envenenada. A pesar de estar reventada, no conseguía relajarme. Coolis, Aguinaldo y Frenada pasaban por mi cabeza, a ratos con Baladine al acecho y otras veces con Alex Fisher. Estaba a punto de levantarme y hacer algo productivo en vez de dar vueltas a ideas sin sentido cuando llamaron a la puerta.

A nadie de Chicago mínimamente considerado se le ocurre hacerte una visita a medianoche. Me puse los vaqueros y cogí la pistola de la caja de caudales antes de contestar al interfono.

Una voz trémula dijo:

—Soy yo. Robbie Baladine.

Metí la pistola en el bolsillo trasero de los vaqueros y bajé al vestíbulo. Al otro lado de la puerta estaba Robbie Baladine, en persona.

Tenía los mofletes sucios y parecía muy cansado. Abrí la puerta al mismo tiempo que el señor Contreras venía a recibirnos con Mitch y Peppy; seguramente pensó que Morrell me hacía otra visita nocturna.

Cuando los perros se acercaron a saludarle, Robbie se quedó tieso como un palo y se puso pálido. Mientras gritaba a los perros que se estuvieran quietos, cogí al chico cuando empezaba a caerse. Llegué justo a tiempo de que no se diera contra el suelo. Su peso muerto fue como aguantar un golpe seco de un martinete en los riñones y en los tendones.

—Venga, mete a los perros en casa —dije sin aliento al señor Contreras— y vamos a prepararle algo caliente.

Robbie no llegó a desmayarse. Mientras mi vecino hacía entrar a los perros en el piso contra su voluntad, llevé a Robbie hasta las escaleras para que se sentara con la cabeza entre las piernas. Estaba temblando e intentaba sofocar los sollozos. Tenía la piel húmeda de sudor ácido con olor a miedo.

—Qué miedica soy, me desmayo cuando veo un perro —dijo con la respiración entrecortada.

—Ah, ¿era eso? Bueno, Mitch es muy grande y te ha cogido por sorpresa. Y estás reventado. No te preocupes.

El señor Contreras volvió con un jersey viejo y me ayudó a colocarlo en los hombros de Robbie.

—¿Es amigo tuyo, cielo? Necesita una buena taza de chocolate caliente. Tú te quedas aquí con él y yo voy a calentar leche.

La puerta de enfrente del señor Contreras se abrió y salió la mujer de la presentación importante con ropa de estar por casa.

—¿Habéis comprado la escalera para utilizarla de salón? —preguntó airada—. Si no es así, ¿por qué no lleváis a vuestros amigos arriba para que la gente como yo que trabaja pueda descansar un poco?

Mitch, que estaba detrás de la puerta del señor Contreras, se ofendió por la hostilidad de la vecina y le soltó un ladrido contundente.

—¿Crees que podrás subir las escaleras? —pregunté a Robbie—. Si está mujer sigue tan nerviosa al final tendrá un ataque y perderemos toda la noche en llevarla al hospital y nunca podrás decirme por qué has venido o cómo has llegado hasta aquí.

—Sólo le pido un poco de consideración —dijo la mujer.

No creí oportuno que Robbie tuviera que soportar una discusión mía con la vecina teniendo en cuenta su estado; me reprimí todos los comentarios que se me pasaron por la cabeza y me concentré en ayudarle a subir las escaleras. Cuando le di la espalda a la mujer, suspiró aliviada y entró en su piso. Cuando llegamos al segundo piso me di cuenta de que seguramente me había visto la pistola. Sonreí maliciosamente para mis adentros: quizá era la última vez que se quejaba del ruido en la escalera.

Subimos despacio; cuando llegamos a mi puerta el señor Contreras ya nos había alcanzado con una bandeja y tres tazas de chocolate. Este hombre es un encanto cuando se trata de cuidar a desvalidos. Dejé que obligara a Robbie a beber un poco de chocolate mientras yo llevaba la pistola a mi cuarto.

—Debes de pensar que soy un bicho raro, aparezco de repente, me desmayo... —dijo cuando volví al salón.

Arrastré el banco del piano al lado del sillón.

—No pienso nada de ti, pero me muero de curiosidad. Tu hermana me dijo que te habías escapado. ¿Cómo has llegado a Wrigleyville?

—¿Eso es Wrigley Field? He estado aquí con mi padre —se le borró parte de la ansiedad de la cara; si yo vivía en territorio conocido, no podía ser tan peligroso como había pensado—. He venido como lo hacía Nicola. Fui en bici hasta la parada del autobús, lo cogí y después tomé el tren. Pero después me perdí intentando buscarte y no tenía suficiente dinero para un taxi así que empecé a andar y a andar. Creo que he andado siete u ocho kilómetros. Eleanor y BB darían saltos de alegría si supieran que he hecho tanto ejercicio en una sola tarde.

—¿Quiénes son BB y Eleanor? —preguntó el señor Contreras.

—Sus padres —dije escuetamente—. El apodo de Baladine en Anápolis era BB-pistola Baladine.

—Le encanta ese nombre —dijo Robbie—. Es tan macho él, y le gusta que le llamen así. Claro que yo... yo no lo soy. Y lo odia. O me odia. Le hubiera gustado que Madison y Utah hubieran sido los niños y yo la niña; dice que si fuera una niña al menos podría ponerme... volantes rosas.

Le empezaron a castañetear los dientes. Me incliné hacia el sillón y le obligué a beber un poco más de chocolate mientras le hacía una señal al señor Contreras para que se callara. Me daba miedo que incluso un hombre tan bueno como mi vecino pudiera ser amenazador para un niño tan cansado.

—Estás muy cansado —dije con total naturalidad—. Y seguramente también estás deshidratado de andar tanto. Por eso tu cuerpo reacciona así. A todo el mundo le pasa cuando está muy cansado y tiene que enfrentarse a una situación desconocida: a mí me pasa, por eso lo sé. Acábate el chocolate antes de explicarme más cosas.

—¿De verdad? —me miró con los ojos como platos—. Pensé que me pasaba por... por todas las cosas que me dicen.

Imaginé que Baladine le llamaba maricón o media-nena u otras cosas que son insultos para alguien como Robbie.

—Insultar es una tortura horrible, sobre todo si lo hacen tus padres. Te deja sin defensas.

Bebió otro trago y se quedó mordiendo la taza para controlar sus sentimientos rebeldes. Cuando lo vi más calmado, le pregunté por qué había acudido a mí.

—Supongo que es lo más estúpido que podía hacer, porque ¿qué puedes hacer tú? Pero cuando vi que quería mandarme a un campamento de entrenamiento militar, pensé que no podría soportarlo otra vez, como cuando me envió al campamento para niños gordos; fue horrible pero al menos ahí estaban todos gordos, pero en un campamento militar te hacen novatadas y te llaman marica porque no eres como ellos. Como pasa con mis primos, cuando voy un mes a su casa, y juegan al fútbol y se supone que tienen que convertirme en un chico fuerte.

Me puse a parpadear.

—¿Es seguro que te mandarán allí?

—Sí —me miró sombríamente—. Y no me digas que está mal mirar en su maletín porque es la única forma que tengo de saber qué se propone y vi el fax de ese sitio de Carolina del Sur. Cualquier persona que tiene algo que ver con las cárceles o el ejército siempre piensa en ayudar a BB, y ese hombre es el jefe de la escuela militar y tiene un campamento de verano. Le envió un fax a BB diciéndole que me esperan el sábado por la noche y que empezaré el lunes por la mañana. BB y Eleanor pueden meterme en un avión a Columbia antes de irse a Francia. No es que quisiera ir a Francia con esos gemelos horribles Poilevy y mis hermanas, viendo cómo nadan todo el día para prepararse para la competición que organiza mamá el Día del Trabajo. Lo hará para recoger fondos para algo de caridad, y quiere que Madison sea la ganadora. Pero prefiero cronometrar a Madison y Rhiannon Trant en la piscina que ir a un campamento militar.

—Pero ¿te escapaste hace dos días, no? ¿Dónde has estado hasta ahora?

Se quedó mirándose las manos.

—Me escondí en nuestro jardín. Cuando BB y Eleanor se fueron a la cama me escondí en la cabaña. Pero los jardineros me han visto esta mañana y he pensado que a lo mejor se chivarían a Eleanor.

—Tus padres te están buscando. Por eso sé que te escapaste de casa. ¿Crees que llamarán a la policía o confiarán la misión a la fuerza de seguridad Carnifice?

—Qué idiota soy, no había pensado en eso —dijo Robbie—. Sólo pensé que tenía que escaparme cuanto antes. Claro que si quiere encontrarme movilizará a todo su equipo. No es que me necesite, pero nadie se ríe de BB Baladine.

—A mí me parece que eres muy listo —le dije para reconfortarlo—. Te escondiste durante dos días en las narices de tus padres y no te encontraron. Y ahora me has encontrado a mí, y no es fácil para un niño de las afueras acostumbrado a ir en coche a todas partes encontrar el camino de noche en una ciudad como Chicago. Lo que pasa es que a mí no me importa que te quedes aquí, pero tu padre está encima de mí todo el rato y si viene a buscarte no puedo retenerte: eres menor y yo no tengo ninguna relación de parentesco contigo. ¿No conoces a nadie que daría la cara si fuera tu padre a buscarte? ¿Un profesor o una tía? ¿Tus abuelos?

Negó con la cabeza, desdichado.

—No, soy el raro de la familia. Incluso mi abuela le dice a BB que es demasiado suave conmigo. Si fuera a pedirle ayuda, seguramente me ataría las manos y me llevaría al campamento militar ella misma.

El señor Contreras carraspeó un poco.

—Puede quedarse en mi casa. Tengo aquel sofá-cama.

Robbie se puso pálido pero no dijo nada.

—¿Es por los perros? —pregunté—. Parecen agresivos porque son enormes, pero son muy tranquilos.

—Ya sé que es de maricas tener miedo a los perros —susurró— pero es un... uno de los clientes de BB trabaja con rottweilers, y pensó que sería divertido, a todos les hizo mucha gracia, Nicola intentó que los perros se fueran y uno le mordió.

—¿Qué es lo que hizo? —la mano que tenía en su hombro se había convertido instintivamente en un puño y tuve que obligar a los dedos a que se relajaran.

—Trajo los perros a casa. Y al entrenador. Igual que cuando empezó con Carnifice. Eso te matará o te curará, como me dice siempre. No es que me echara los perros encima, no les dijo que me atacaran, pero los puso a mi alrededor, en el salón, yo estaba mirando la tele y los perros no se iban, se quedaban ahí y... yo tenía que ir al baño urgentemente...

Empezó a temblar otra vez. No dejé de rodearlo con mi brazo pero yo también bebí chocolate para intentar que el estómago no se me revolviera. Noche en casa de los Baladine. Diversión asegurada.

—Escucha, jovencito —dijo el señor Contreras con seriedad—. He sido soldado y operario y he pasado mi vida al lado de hombres que podrían descuartizar a tu padre en un momento sin que les cayera una gota de sudor, y deja que te diga que un hombre de verdad no echa un perro a su hijo.

—Muy bien dicho —dije—. Hagamos una cosa. Que los perros duerman aquí conmigo y Robbie se quede en tu casa. De esta forma, si viene BB, se llevará unos ladridos de Mitch de bienvenida, pero no encontrará a su hijo.

Robbie se animó un poco. Le ayudé a bajar las escaleras hasta el piso del señor Contreras y aguanté a los perros mientras él entraba. Mi vecino dijo que le dejaría un pijama para dormir y que al día siguiente ya buscarían unos vaqueros y una camiseta.

—Sé que estás muy cansado, pero ¿podrías contestarme a una pregunta antes de irte a la cama? —estaba desplegando el sofá mientras el señor Contreras traía sábanas limpias—. ¿Qué querías decirme cuando me llamaste la semana pasada?

Con todo el ajetreo de la huida ya no se acordaba. Pero aquella llamada fue la causante de que BB y Eleanor decidieran llevarlo a un campamento militar, aunque ahora ya no era importante. Parpadeó con ansiedad intentando recordar, y de repente le vino a la cabeza.

—¿Sabes el hombre que sacaron del lago Michigan? Estoy seguro de que vino a ver a BB. Con el señor Trant, sabes.

—¿Con Teddy Trant de Global? ¿Estás seguro?

—Cielo, el chico se está cayendo de sueño. Esto puede esperar hasta mañana.

—Tienes razón. Lo siento, no estaba pensando —dije, pero Robbie, quitándose la camiseta militar con alivio y poniéndose una camiseta raída del señor Contreras, dijo:

—Claro que conozco al señor Trant y estoy seguro de que el hombre que vi en la tele estaba con él. Estaba muy enfadado pero no pude oír lo que decía y, bueno, me encerraron en la habitación de los niños con Rosario y Utah. Según mamá, soy un chismoso e iría por la escuela contando historias. Pero me levanté en mitad de la noche porque estaban bajo mi ventana y el señor Trant dijo que tendría que solucionar el problema excepto si Abigail, la señora Trant, sabes, no tenía ideas de samaritana otra vez.

—Ya está bien, Victoria. El chico tiene que dormir. Se ha acabado la sesión de preguntas.

—Señora Warshawski, gracias por dejar que me quede, y usted también señor, y lo siento porque no sé su nombre y lo siento por los perros, que haya tenido que echarlos. Quizá mañana ya no me darán tanto miedo.

Le puse una mano en el hombro.

—Anda, felices sueños, que mañana será otro día.

Cuando empecé a subir las escaleras recordé que quizá BB había puesto micrófonos en mi piso. Ojalá me equivocara pero sólo de pensarlo ya se me hacía un nudo en el estómago pensando cuál sería su próximo paso.

33. En chirona

Lemour me arrestó mientras abría la puerta el viernes por la tarde. Me tiró contra la verja de piedra y me arrancó el bolso del hombro. El policía de Du Page que lo acompañaba intentó calmarlo, pero recibió un empujón como respuesta.

Cuando ya me había puesto las esposas, me enseñó una orden de arresto de una tal Victoria Iphigenia Warshawski por supuesto secuestro y sin el consentimiento de los padres de un menor, Robert Durant Baladine, que no era su hijo.

El señor Contreras salió enseguida con los perros. Mitch se abalanzó sobre Lemour. El detective le dio un golpe en la cabeza. Mitch aulló y se restregó por el suelo. Lemour empezó a darle patadas, pero yo me tiré al suelo entre el perro y sus botas. Nos liamos con la correa, Lemour y yo, mientras Peppy aullaba preocupada por su hijo.

—Ya está bien, Warshki —jadeó Lemour desde la acera—. También se te acusa de resistencia a la detención. Estarás de suerte si estás en casa por Navidad. Y haré que sacrifiquen a este perro por haberme atacado.

Los que volvían del trabajo empezaban a arremolinarse para ver el espectáculo. Una chica dijo que era tener mucha cara pegar a un perro y después amenazar con sacrificarlo.

—Es un perro muy bueno y está atado, ¿verdad, bonito?

Le acarició las orejas evitando mirarme a la cara.

—Cállate o te arrestaré por interferir con la policía —dijo Lemour salvajemente.

La chica se alejó mientras su compañero intervenía inútilmente otra vez.

Tenía las manos atadas a la espalda. Me había caído al suelo y permanecía allí, en la acera, sin aliento, con la mejilla derecha llena de rasguños por el roce con el cemento. Mitch se levantó y se sacudió como un boxeador que ha recibido un buen golpe pero que está dispuesto a seguir en el cuadrilátero. Peppy lo lamió con ansiedad. Es un perro grande y feo, medio labrador negro, medio golden como Peppy, y aunque nunca había sido mi preferido, ahora con sus intentos por sonreír, mover la cola y no guardar rencor, me hacía saltar las lágrimas.

Me puse de rodillas. El señor Contreras corrió a ayudarme a ponerme de pie, sin dejar de controlar con el rabillo del ojo a Lemour, que estaba quitándose el polvo del traje, con el rostro rojo, a punto de explotar. Cuando se levantó los perros se lanzaron contra él.

—¡Mitch, Peppy, quietos! —me faltaba aire, pero los perros me hicieron caso por una vez y se sentaron—. Llévalos adentro antes de que Lummox se trastorne de verdad y les pegue un tiro —dije al señor Contreras—. Y coge mi bolso antes de que este cretino me robe el monedero. ¿Puedes llamar a Freeman? Ah, y también a Morrell. Había quedado para ir de picnic con él mañana. Si no salgo a tiempo, ¿le llamarás? Su número está en mi agenda electrónica, en el bolso.

El señor Contreras estaba tan conmocionado que no sé si me oyó, pero cogió el bolso que Lemour había tirado al suelo. Iba a repetir la parrafada otra vez, pero Lemour, furioso porque no lograba ponerse bien la corbata, me agarró del brazo y me llevó calle abajo. Intentó hacerme entrar en el coche con un empujón pero no tenía tanta fuerza como creía. Su ayudante me cogió del brazo izquierdo y me susurró una disculpa mientras me metía en la parte trasera del coche.

—Eh, ¿me das la llave? Tengo que atarla al asiento y no puede ir con los brazos a la espalda.

Lemour no le hizo ni el menor caso y subió al volante del coche sin distintivo policial. Su compañero me miró desconcertado pero cuando vio que Lemour encendía el motor, cerró mi puerta y subió corriendo al asiento del copiloto. Lemour arrancó tan deprisa que me di un golpe en la cabeza contra el techo del coche.

La rabia se me comía por dentro. Pero tenía que tranquilizarme. Era vulnerable, físicamente y debido a mi estado, y si dejaba que la cólera se apoderara de mí, le daría a Lemour la excusa perfecta para pegarme una paliza. Cuando paró en el semáforo de Addison, aproveché para sentarme de lado y estirar las piernas a lo largo del asiento trasero. Los hombros empezaban a dolerme muchísimo.

Y mira que había empezado el día bien. Cuando había vuelto del lago con los perros, Robbie ya se había despertado y empezaba a hacer pinitos con Peppy. El señor Contreras preparó su especialidad para desayunar, tostadas pintadas de huevo, y Robbie se sintió claramente aliviado cuando mi vecino le dio otra ración; seguramente era la primera vez que comía a gusto sin que nadie le controlara ni le criticara.

Después fui a casa de Morrell, en Evaston. Siguiendo con nuestro juego de espías, le escribí una nota en la que le explicaba mi visita a Coolis y que me urgía hablar con la señora Mercedes. Morrell puso mala cara, pero al final decidió llevarme a casa de la madre de Nicola. Nunca sabré si fue por mi insistencia, mi lógica aplastante o mis esbeltas piernas. Fuimos en metro porque es la mejor manera de saber si te están siguiendo; cambiamos de línea en el Loop y dirección Pilsen llegamos al suroeste de la ciudad.

Cuando conocí a la Abuelita Mercedes me di cuenta de que me había dejado llevar por el estereotipo de «abuela». Esperaba toparme con una mujer vieja con un pañuelo en la cabeza y los mofletes rojos. Pero claro, una mujer que tenía una hija de veintisiete años era bastante joven, sólo unos años mayor que yo. Era bajita, robusta, con el pelo negro y mechones que le bajaban por la oreja y la frente y un surco permanente entre ceja y ceja, signo de preocupación.

Su lengua materna era el tagalo, pero se hacía entender en castellano; Morrell lo hablaba perfectamente, aunque su versión era la de

América Central y no siempre coincidía con el castellano de Filipinas, según él. El inglés de la Abuelita Mercedes se limitaba a cuatro frases de cordialidad, que utilizó cuando Morrell nos presentó: «Señora Mercedes, le presento a la señora Victoria*». Morrell le dijo que era una amiga preocupada por la muerte de Nicola y una abogada comprometida con la causa de los pobres.

Sherree, la única hija que le quedaba a Nicola, saludó a Morrell con un grito emocionado, «¡Tío!»*, pero luego se puso a hablar con él en inglés. Después de una presentación formal, con café y pastitas, empezamos a abordar el tema de la muerte de Nicola.

Con la traducción al castellano de Morrell y las dos o tres frases que Sherree añadió a regañadientes en tagalo, la madre de Nicola nos explicó la historia de su hija ininterrumpidamente. Explicó que no sabía casi nada de lo que le había pasado a su hija en la cárcel. La señora Mercedes no podía permitirse un teléfono, de manera que sólo hablaba con su hija muy de vez en cuando; una vecina le dejaba el teléfono, normalmente la señora Attar, para que Nicola pudiera llamar a cobro revertido en un día acordado de antemano. Pero que finalmente pudieran hablar también dependía de si la señora Mercedes conseguía hacer llegar una carta a Nicola o de si Nicola tenía permiso para llamar por teléfono aquel día.

Tenía que escribir en castellano, lengua que ni ella ni Nicola conocían bien, porque cualquier carta escrita en tagalo era automáticamente devuelta al remitente. Aun así, también le devolvieron muchas cartas en castellano. Coolis, situado en una zona rural habitada por blancos, sólo tenía uno o dos funcionarios que hablaban castellano, a pesar de la gran cantidad de reclusas hispanas. A menudo rechazaban las cartas en castellano con la excusa de que la señora Mercedes podía estar pasando información de mafias a su hija.

Ahora que Sherree ya estaba en tercero escribía bien en inglés, muy bien de hecho, pero Nicola no escribía tan bien como para mandar noticias más detalladas.

---

* En español en el original. (*N. de la T.*)

Cuando murió el bebé, fue espantoso. La señora Mercedes no podía ir a Coolis: no tenía permiso de residencia, no sabía qué papeles le pedirían. ¿Y si la detenían mientras estaba de visita en la cárcel? Además, todo cuesta dinero; el autobús hasta Coolis era demasiado caro. Así que decidió enviar una carta en castellano. Sherree escribió la carta (el cura la ayudó a escribirla en inglés porque entonces todavía no conocían a Morrell, si no seguro que las habría ayudado), pero nunca recibió respuesta de su hija; ni siquiera sabía si Nicola llegó a saber lo de la muerte de su hija antes de morir ella misma, y ahora sólo quedaba la pobre Sherree, sin madre ni hermana, y su padre, muerto en Filipinas.

Seguro que Sherree ya había oído lamentarse a su abuela varias veces. Miró a sus muñecas con cara de disgusto y le dio la espalda a la señora Mercedes mientras ella se recreaba contándonos la muerte del bebé. Pobre niña, la causa de tanto sufrimiento, necesitaban dinero para llevarla al hospital y Nicola tuvo que robar, y sus amos, tan mezquinos que no dejaban que se fuera al hospital con su bebé ni le dejaban dinero. Claro que Nicola no tendría que haberles robado, pero la señora Mercedes entendía por qué lo hizo. Y luego, ¿cinco años en prisión? Cuando había un montón de hombres que cometían delitos mucho peores y pasaban menos tiempo ahí. Estados Unidos era un sitio horrible. Si no fuera por darle a Sherree la oportunidad de una buena educación, nunca se habrían quedado.

Hicimos una pausa para que la señora Mercedes recuperara la compostura, antes de preguntarle lo que a mí me interesaba: el trabajo que hacía Nicola en la cárcel. Eso estaba muy bien, dijo su madre, porque le pagaban dos dólares y medio la hora. Tenía que coser, coser camisetas, y Nicola era muy rápida, con aquellos dedos tan pequeños y tan diestros, sí, aquélla era la palabra, era la mejor, sus jefes lo decían. Trabajaba a destajo, pero aun así era tan rápida que siempre era la que hacía más camisetas.

¿Qué tipo de camisetas?, pregunté a la señora Mercedes, pero no tenía ni idea. Y nunca había visto el trabajo de su hija. Aunque la hubiera visitado, nunca habría visto lo que hacía. Camisetas, es todo lo que sabía. Me enseñó una carta de Nicola.

Con Morrell sobre mi hombro para ayudarme con la traducción, leí el texto lleno de líneas censuradas.

Querida mamá

Estoy bien, espero que tú, Sherree y Anna también estéis bien y felices. Ahora trabajo en el taller de confección, y gano dinero. Cosemos *(tachado)*, hago más que todas en una hora, las mujeres están celosas. Si eres más rápida puedes trabajar *(tachado)*, pero es muy difícil para mí.

No te preocupes por mí, aunque soy pequeñita *(dos líneas tachadas a conciencia)*. La señora Ruby es una vieja muy amable que cuida de mí, y ahora que las chicas ven que cuida de mí las mujeres grandes *(tachado)*. La comida es buena, como bien, y rezo todos los días. Muchos besos a Sherree y a Anna.

Nicola

Anna se llamaba el bebé. En total había seis cartas, todas las que Nicola había podido enviar en quince meses y la mayoría de ellas con muchas líneas censuradas.

Cuando pasamos a temas más delicados, es decir, a la vida amorosa de Nicola, la señora Mercedes o no sabía nada o es que realmente no había nada que saber. ¿Cuándo tenía tiempo Nicola para estar con un hombre? Trabajaba seis días a la semana para aquella familia tan cruel. Venía a casa los domingos y pasaba el día con sus hijas. Nicola trabajaba, la señora Mercedes trabajaba de noche en una fábrica de cajas, todo para que Sherree y Anna pudieran tener una vida mejor. ¿Un hombre que se llamaba Lemour? No, la señora Mercedes nunca había oído a su hija mencionar aquel nombre. ¿Y el señor Baladine, el jefe de Nicola? A Nicola no le gustaba pero necesitaba el dinero e intentaba no quejarse. Sherree, jugando con sus muñecas, no tenía nada que añadir a la historia.

Habíamos estado hablando durante dos horas. Morrell nos llevó a comer a una taquería. Mientras comíamos burritos y plátano frito la señora Mercedes me habló del día en que murió Nicola.

—No supe que estaba muerta hasta el día siguiente. Mi propia hija. Porque el lunes vino la policía federal y la señora Attar, una mujer muy buena a pesar de tener otra religión y otra lengua, me despertó y los vio antes de que pudieran arrestarme a mí y a Sherree. Les dijo que yo era su madre. ¡Qué mujer tan buena! Pero igualmente tuve que irme enseguida.

Interrumpí la traducción de Morrell para que me diera una descripción detallada de los hombres. Eran dos. ¿Y cómo iban vestidos? Con traje. ¿No llevaban uniforme?

—¿Por qué es importante? —preguntó Morrell cuando insistí en una descripción más detallada.

—Si eran policía federal, llevarían uniformes. Los de inmigración, no sé, pero por lo que dice parece que estos hombres llevaban ropa cara. No creo que tuvieran nada que ver con la ley, excepto su propia ley.

—¿Qué? —preguntó la señora Mercedes a Sherree—. ¿Qué dicen?*

Sherree seguía ensimismada con sus muñecas, que se había traído a la taquería y con las que ahora estaba haciendo una pirámide en un terrible enredo de piernas y brazos.

—La señora cree que no eran policías de verdad, sino alguien que quería hacer daño a Nicola y a su familia —dijo Morrell en castellano.

Y eso era todo. La señora Mercedes sabía que el señor Baladine había acompañado a su hija a casa en coche unas cuatro veces en todos los años que había trabajado para él, pero siempre se quedaba en el coche, no le había visto la cara. Tendría que buscar fotos de Baladine y Trant para ver si la señora Mercedes los reconocía.

Nos fuimos de la taquería dándole mil gracias a la señora por su tiempo. Morrell compró un helado de mango para Sherree en un ca-

---

* En español en el original. (*N. de la T.*)

rrito de la calle. Ya en el metro, Morrell y yo analizamos la historia desde distintos ángulos pero no sacamos nada en claro.

Y el cadáver de Nicola seguía sin aparecer. Morrell había hablado con Vishnikov, y éste le había dicho que no lo había encontrado. Vishnikov también había hecho el informe de Frenada: había muerto ahogado, el agua en sus pulmones no dejaba lugar a dudas.

—Frenada estuvo en la mansión de los Baladine la noche antes de morir —dije—. Robbie Baladine lo vio. Me gustaría saber si el agua de los pulmones es del lago Michigan o de una piscina.

Morrell apretó los labios, pero no hizo ningún ruido.

—Ya se lo preguntaré a Vishnikov. Aunque a lo mejor ya es demasiado tarde porque la morgue entregó el cadáver de Frenada a su hermana ayer por la tarde. Y ahora, ya que he sido un buen colaborador, te he llevado a donde querías y te he dicho lo que he averiguado de Frenada, ¿puedes hacer algo por mí?

—Si está en mi poder, por supuesto.

—Celebra conmigo el cuatro de julio con un picnic. Yo traigo la comida. Podemos ir a la playa privada que está a una manzana de mi casa. Conozco a una de las familias que vive ahí.

Me eché a reír.

—Creo que está dentro de mis posibilidades. Gracias.

Cuando llegué a casa y aterricé en los brazos de Lemour seguía con la sonrisa en los labios.

Pasaría mucho tiempo hasta que pudiera recuperarla.

34. El picnic del cuatro de julio

Pasé la noche del viernes en la comisaría de Rogers Park. Cuando llegué me tomaron las huellas y me cachearon. Me cachearon desnuda con Lemour al lado, mirando. Le brillaban los ojos y se le hacía espuma en la boca. Lo único que podía hacer era mostrarme distante. Todos los presos lo hacen. En las semanas siguientes me convertiría en una experta.

La policía tiene que cumplir unas normas cuando hace un interrogatorio, pero si las rompe, no puedes hacer nada, sobre todo un viernes por la noche víspera de festivo y con tu abogado vete a saber dónde. Les dije varias veces que tenía derecho a llamar a un abogado, pero no me hicieron caso, ni Lemour ni el otro agente.

Estuve en la sala de interrogatorios durante horas, sin agua, y con Lemour berreando preguntas sin sentido. ¿Cuándo pensaba confesar que tenía cocaína? ¿Cómo había secuestrado a Robbie Baladine? Alternaba preguntas y puñetazos. De vez en cuando salía de la sala y un hombre uniformado entraba y me decía: «Dile lo que quiere saber, cielo, o será peor».

Al principio no paraba de repetir que no contestaría a ninguna pregunta sin la presencia de mi abogado. Esperaba que Freeman apareciera en cualquier momento. ¿Habría entendido el señor Contreras mi súplica para que lo llamara?

Al cabo de un rato dejé de hablar. Lemour montó en cólera y al final me dio un puñetazo que me tiró al suelo. No estoy segura de lo que pasó luego; el sargento echó a Lemour de la sala y vino hacia mí.

—Ve a dormir —me aconsejó—. Mañana todo tendrá mejor aspecto.

—¿El qué? —murmuré con los labios hinchados—. ¿La denuncia contra Lemour por brutalidad policial?

El sargento me llevó al calabozo en el que había media docena de mujeres esperando. Una me miró con sorpresa y medio admirada.

—¿Qué le has hecho a Lemour? ¿No le has dicho lo que quería oír? Le he visto volverse loco más de una vez pero nunca como lo que te ha hecho a ti.

Intenté decir algo pero tenía la boca demasiado hinchada para poder hablar. La mujer golpeó las rejas para pedir agua. A cada rato pasaba una matrona con una taza de papel llena de agua del grifo tibia. La tragué como pude y me senté, tocándome lentamente las heridas de la cabeza y los hombros. Intenté darle las gracias a mi benefactora pero sólo conseguí pronunciar simulacros de palabras.

No pegué ojo en toda la noche. Había una mujer que encendía un cigarrillo tras otro, la que estaba a mi lado no paraba de insultarla porque le caía la ceniza encima, y otra se lamentaba del destino de su bebé. Las cucarachas campaban a sus anchas. Nosotras estábamos de paso; la sala era de ellas.

Por la mañana entró una matrona en la jaula y nos obligó a levantarnos. La luz era muy intensa, pero si cerraba los ojos todo me daba vueltas y me entraban arcadas. Me apoyé en la pared para no perder el equilibrio y empecé a tener náuseas. No quería vomitar: ni vomitarme encima, ni vomitar en público, pero no pude contenerme.

—Joder, todas las putas hacéis lo mismo: venís con el pedo y nos dejáis la celda hecha un asco. Vamos, lávate y ponte esto. Rápido.

Me engancharon las esposas a otra mujer que también había vomitado. Nos llevaron a un mini lavabo y nos limpiamos como pudimos. Puse la cabeza bajo el grifo y dejé que el agua me empapara el pelo y la boca hasta que vino un guardia.

—Venga, Warshki, que es para hoy.

—Necesito un médico —tosiendo roncamente—. Tengo una conmoción.

—Necesitas ropa. Ponte esto. Nos vamos a Coolis.

—¿Coolis? —sólo alcanzaba a susurrar—. A Coolis no. Estoy detenida, no condenada.

La policía me apartó del lavabo.

—¿Qué te pasó ayer? ¿Te caíste o te tocó un cliente un poco bruto? Anda, ponte esto.

La camiseta, amarillo chillón, me dañaba a los ojos. En la espalda tenía las letras IDOC (Departamento Correccional de Illinois) impresas.

—El detective Lemour debe de ser el cliente más bruto de Chicago. Esto es obra suya. Y no pienso ir a Coolis. Tengo que ver a mi abogado primero. Para apelar libertad bajo fianza.

—Mira, Warshki, no tengo tiempo para juegos. Debo llevar a cuatro mujeres en el autobús y una de ellas eres tú, y no estás en condiciones de decir nada que no sea: «Sí, señora». Hoy es fiesta y el tribunal que dicta la fianza no trabaja; si tu abogado llama, ya le dirán dónde estás. En Coolis están los reclusos que no caben en Cook y en Du Page, y estamos hartas de vosotras y vuestros truquitos en la ciudad. Así que os llevamos al campo a tomar aire fresco, que es mucho más de lo que yo puedo hacer en el día del aniversario de la nación.

Me puse la camiseta. No veía qué otra opción tenía. Estaba tan segura de que Freeman habría llegado por la mañana a pagar la fianza que mi decepción me impedía reaccionar. Sólo nos fuimos cuatro a Coolis. Y las otras ¿qué? ¿Merecían un trato especial?

La matrona me volvió a esposar junto a mi compañera de baño y nos hizo salir a la calle, donde nos esperaba un viejo autobús blanco con el logotipo del correccional. Nuestra escolta intercambió unas palabras de amistad con un guardia mientras nos entregaba al Estado. Me devolvieron el reloj y los seis dólares que tenía en el bolsillo de los vaqueros, pero mis llaves, un arma potencial, se las dieron al guardia dentro de un sobre sellado junto con el papeleo.

Rogers Park era la última parada de aquel autobús. Cuando yo entré ya había recogido a mujeres de todos los cuarteles de la ciudad. Éramos veintinueve en total. El guardia me colocó en una silla, me puso grilletes en las manos y en los pies y los ató a un palo que estaba en medio del bus; después le dijo al conductor que arrancara.

Dirección a la autopista, entre el olor del motor diesel y los asientos duros, me entró el mareo otra vez. Una mujer embarazada que estaba sentada dos asientos delante del mío y hacia la izquierda le suplicó al conductor que parara en un inglés muy precario. Nadie le hizo caso. Vomitó intentando taparse la boca con las manos atadas.

—¿Puede parar? —grité por entre los labios heridos—. Hay una mujer que está vomitando.

El guardia armado no dijo nada.

Grité otra vez. Algunas presas empezaron a dar patadas al suelo. El guardia cogió el micrófono y nos amenazó con parar el autobús y obligarnos a estar firmes durante una hora en la cuneta de la carretera si continuaba el ruido. Todas abandonaron la protesta, incluso yo, porque no quería ser la culpable de que todo el grupo tuviera que aguantar el sol del mediodía en medio de la carretera.

—Hijos de puta —musitó la mujer que estaba a mi lado mientras estábamos en la cola del peaje—. No dejes que te lleven al baño, te dan una paliza para que te mees encima.

No estaba hablando conmigo, de forma que no respondí. No paraba de maldecir desde que nos habían esposado. Le temblaba el párpado y tenía los ojos de un amarillo revelador. A medida que avanzaba el día, se le iba formando un circulillo de baba en las comisuras, pero no podía dejar de hablar.

A mediodía hicimos un alto en el lugar en el que había comido con el señor Contreras y los perros dos semanas antes. Nos quitaron los grilletes de dos en dos y cerraron el baño al público mientras nos llevaban dentro. Era difícil pasar al lado de gente que había parado a comer algo o a pasear a los perros y que intentaban disimular que nos estaban mirando con gran curiosidad.

Nos dieron quince minutos para ir al váter o comprarnos algo en las máquinas expendedoras. Con uno de los seis dólares que tenía me compré una lata de zumo que tuve que beberme a toda prisa bajo la mirada insistente del guardia: nos confiscarían cualquier objeto de metal que intentáramos subir al autobús.

Mientras esperábamos al conductor, algunas mujeres se pusieron a hablar con los guardias. Cuando nos volvieron a meter en el bus, las que tenían más labia se pusieron delante, lejos del olor a gas del diesel. Yo tuve que sentarme más atrás. Mi recompensa por intentar ayudar a la mujer embarazada.

A las tres entramos por la puerta grande de Coolis. Un grupo de guardias armados hasta las cejas controlaron cómo nos desataban del poste y nos llevaban al patio de la prisión. Acabé detrás de la mujer embarazada. Era bajita y morena, como Nicola Aguinaldo, y estaba muy avergonzada de haberse vomitado encima. Intentó pedir ayuda tímidamente pero los guardias no le hicieron caso. Estaban demasiado ocupados contándonos y mirando listas. Aquí se separaba el grano de la paja: unas iban a la cárcel y otras a prisión preventiva.

—Esta mujer necesita ayuda —le dije a uno de los guardias que estaba cerca de mí.

Cuando vi que no me escuchaba, repetí la frase pero la mujer que estaba a mi lado me dijo que me callara y me pisó el pie izquierdo.

—Cállate. Cada vez que los interrumpas volverán a empezar a contar, y tengo que ir al váter.

De pronto olía a meado y la mujer embarazada empezó a sollozar. Los guardias la ignoraron y empezaron a contar otra vez. Al cabo de mucho rato, cuando el calor y la larga espera me hacían pensar que se desmayaría, nos empezaron a llamar. Mis compañeras de viaje fueron entrando de una en una en el edificio. Pasó otra media hora. Yo también tenía que ir al lavabo con urgencia, pero nos llamaban por orden alfabético. Cuando sólo quedábamos tres, me llamaron.

—Warshki.

Arrastré los pies con los grilletes.

—Es Warshawski, no Warshki.

Tendría que haberme callado. La palabra es su licencia para matar. Me mandaron a la cola otra vez y llamaron a White y a Zarzuela, mientras yo apretaba los muslos tanto como podía. Y después volvieron a llamarme. Ya no dijeron Warshki, sino Warshitski.

Al entrar me quitaron las esposas, me tomaron las huellas otra vez y dos guardias me llevaron a una sala donde tuve que quitarme la ropa de nuevo, agacharme, toser e intentar borrar la vergüenza de mi rostro y las gotas de pipí que ya no podía contener. Una guardia me dijo a gritos que entrara en la ducha, llena de pelos y con una capa de jabón blanquecino en el suelo y las paredes. Me dieron un uniforme IDOC nuevo con los pantalones demasiado cortos y apretados en la entrepierna, y una camiseta en la que cabían tres como yo. Al menos me cubría la cintura y podría ir con los pantalones desabrochados.

Entonces me quitaron los grilletes. Un guardia me llevó por un montón de pasillos cerrados con llave hasta el ala de la prisión preventiva. A las cinco me llevaron a la cola del comedor y tuve un cuatro de julio muy especial: pollo asado requemado, judías verdes supercocidas, una mazorca de maíz y unas rebanadas de manzana al horno encima de algo que parecía cartón. Era demasiado duro para cortarlo con los utensilios de plástico que nos dieron, así que la mayoría de las mujeres se lo comieron con las manos.

Estaba comiendo la mazorca cuando noté algo en mi pierna. Miré debajo de la mesa y vi una cucaracha que se acercaba a la comida. La maté asqueada pero después vi que había por todas partes, por el suelo y encima de la mesa. Intenté levantarme pero vino un guardia enseguida y de un manotazo me sentó otra vez. Aunque no había comido nada desde que Morrell me invitó el día anterior, no podía con aquella comida. Seguí espantando cucarachas, reales e imaginarias, de mis piernas y mis brazos hasta que a los guardias les pareció que era hora de llevarnos a las celdas.

A las nueve me encerraron en una celda de doce por ocho con otra mujer, una negra que podría ser mi hija, que me dijo que la habían arrestado por posesión de *crack*. Teníamos una litera enroscada a la pared con una pieza de metal, y para cada una, un colchón muy delgado, una sábana de nylon y una manta. Un váter y un fregadero formaban un todo de acero empotrado en el suelo. No hay intimidad en la prisión. Tendría que acostumbrarme a hacer mis necesidades con la puerta abierta.

Al igual que la ducha, el fregadero estaba lleno de pelo y moho. No sabía si me darían jabón o algún producto de limpieza para dejarlo en condiciones y poder cepillarme los dientes. ¡Pero si tampoco tenía cepillo de dientes!

Mi compañera de celda estaba muy enfadada y no paraba de fumar: me daba jaqueca. Si tenía que estar más de un día con ella se lo diría, pero era el tipo de cuestión que podía convertirse en pelea y no quería pelearme con las presas. Mi guerra no era contra ellas.

Estaba hecha polvo, mareada, me dolían los hombros, pero no podía dormir. Me aterrorizaba estar encerrada en un sitio a la merced de los caprichos de hombres y mujeres vestidos de uniforme. Pasé toda la noche con un ojo abierto, rígida en aquel colchón tan estrecho y escuchando los gritos y las plegarias que se oían en el pasillo. Soy fuerte y he peleado muchas veces en la calle, pero el sufrimiento y la locura que veía aquí me estaban llevando a la histeria generalizada. Como los postes que pasan a toda velocidad cuando vas en tren, y sólo se apartan en el último momento, cuando ya crees que van a chocar contra ti. Me dormía a ratos, pero de repente se oía el portazo de una celda, el grito o el llanto de una mujer, o mi compañera que hablaba en sueños, y me despertaba sobresaltada otra vez. Cuando me tranquilicé un poco ya eran las cinco y vino un guardia a despertarnos para hacer el primer recuento del día e ir a desayunar.

35. Un partidillo

A lo largo del domingo intenté que me dejaran llamar pero no encontraron un hueco para mí hasta el lunes por la tarde. Me pasé el día cabreada por estar encerrada. Estaba furiosa por estar allí dentro, como la mayoría de mis compañeras. La tensión era tan alta que el edificio podría haber explotado en cualquier momento. Siempre teníamos a los guardias detrás, controlándonos tras vidrios dobles o por cámaras de circuito cerrado, siguiendo las peleas y las rabietas para evitar que los pasillos se volvieran incandescentes.

Las mujeres que estaban más relajadas eran las que llevaban meses en prisión, esperando el juicio. O les habían denegado la fianza, o normalmente no tenían mil o mil quinientos dólares para pagarla. Al menos había una docena de mujeres que pasaban el segundo Día de la Independencia en prisión. Se habían acostumbrado a la rutina y lo llevaban bastante bien, aunque se preocupaban por sus hijos, sus amantes, sus padres enfermos o por si aún tendrían un sitio donde vivir cuando salieran de allí.

En la prisión esperas tu juicio. A la cárcel sólo vas si te han condenado. Coolis era un experimento que combinaba las dos cosas para ahorrar dinero. Y aunque en teoría la prisión y la cárcel estaban separadas, Carnifice ahorraba dinero haciendo espacios plurifuncionales. Prisioneras y carcelarias compartíamos comedor y sala de recreo.

El domingo por la tarde un guardia me llevó a la sala de recreo a la que tenía derecho durante una hora. Era una sala multifuncional con una zona de ejercicios separada de la mesa de juegos por el tipo de suelo: linóleo verde para los juegos y cemento para el ejercicio. La parte del entretenimiento constaba de una tela colgada de la pared y una mesa con cartas, ajedrez y puzzles. Un puñado de mujeres estaba mirando un estúpido concurso de televisión con el volumen al máximo, y otras tres se insultaban ferozmente mientras jugaban a cartas.

Fui al área de ejercicios para desentumecerme los hombros y las piernas. No había casi nada para ponerse en forma, pero como mínimo tenía una pelota y un aro de baloncesto. Empecé a lanzar tiros. Al principio mis hombros se resistían y me costaba marcar con mi especialidad: el gancho. Al cabo de un rato de calentamiento, mis músculos se relajaron y empecé a pillarle el tranquillo. Lanzar tiros es como una rutina privada y adictiva. Driblas, tiras, recuperas la pelota, driblas, tiras y recuperas. Era la primera vez que me relajaba desde el viernes por la tarde. El tormento de la televisión y los insultos de las mujeres que jugaban a cartas empezaron a disminuir.

—Eres bastante buena —una mujer que estaba frente al televisor se había vuelto para verme.

Hice un gesto con la cabeza, pero no dije nada. Juego casi todos los sábados de invierno con un grupo de mujeres que lo hacen desde hace quince años. Algunas de las más jóvenes entrenaron mucho en la universidad (tendría que estar más en forma para ponerme a su nivel), pero juego por el placer de sentir cómo se mueve mi cuerpo por el espacio.

—Te reto uno a uno —insistió—. Un dólar cada punto.

—Uno a uno y no nos jugamos nada —dije casi sin aliento pero sin perder el ritmo—. Estoy a cero.

—¿No tienes nada? —inquirió—. Y tú familia, ¿no te ha enviado nada para abrirte una cuenta en la cárcel?

—Nada. Además, llegué ayer —salté y la pelota rebotó fuera del tablero.

La mujer se levantó del sillón y vino a mi lado. Las otras empezaron a animarnos a jugar: «Venga, Angie, ésta te va a dar un buen partido». «Ni de coña, yo apuesto por Angie.» «Ah, yo apuesto por Cream. Me he fijado en cómo jugaba. Apuesto cinco dólares.»

Al fondo de la multitud distinguí a mi compañera de celda, temblando y fregándose los brazos.

Angie me robó la pelota y se preparó para saltar. Salté mientras lanzaba y le arrebaté el balón. Me dio un codazo en el costado, volvió a coger la pelota, lanzó y marcó. Cuando pillé el rebote agachó la cabeza e intentó darme un golpe en el estómago. Me volví y lancé por encima de su cabeza. La pelota bordeó la canasta y al final entró. Ella cogió el rebote y me dio una patada brutal en la espinilla al pasar por debajo del aro. La observé mientras se preparaba para lanzar y le golpeé en los brazos. Me insultó y me dio un golpe en la barbilla. Me volví y cogí la pelota. No contaban los puntos, sólo el predominio de la pelota.

Los gritos de las que nos miraban eran cada vez más fuertes. Por el rabillo del ojo vi guardias alrededor de la multitud, pero no quitaba los ojos de Angie ni de la pista. Los hombros doloridos, el estómago descompuesto, no importaban. Lanzar, agarrar, fintar, esquivar, rebotar y lanzar de nuevo.

El sudor me resbalaba por los ojos. Angie era buena. Fuerte y más joven que yo pero no estaba en forma y no tenía técnica, ni para jugar ni para pelear. Estábamos bastante igualadas y le devolvía cada golpe. Pasos que había aprendido en las calles del sur de Chicago treinta años atrás me salían como si hubiera jugado el día anterior en Commercial Avenue.

La turba gritaba cada vez que tiraba yo. Y sólo conseguían que Angie jugara peor y con más violencia. Ya no era tan difícil arrebatarle la pelota. Me estaba dirigiendo hacia la canasta cuando vi metal que brillaba en la mano de Angie. Me tiré al suelo, rodé sobre mi espalda y le di un golpe de tijeras. Cuando me levanté para dar una patada al arma, Angie estaba tumbada bajo la canasta. Un cuchillo hecho de una lata de aluminio yacía a su lado.

Las mujeres que nos secundaban empezaron a berrear y a alentar una pelea. Las seguidoras de Angie buscaban bronca; las otras querían que me la cargara de una vez por todas: «Aprovecha que está en el suelo y clávale el cuchillo», oí que gritaba una.

De entre la muchedumbre salió un guardia y cogió el cuchillo mientras otro me hacía una llave para inmovilizarme. Sabía cómo deshacerme de él y con la adrenalina a cien estuve a punto de hacerlo, pero después pensé que era mejor quedarme quietecita. Los guardias llevaban pistolas de descargas eléctricas en los cinturones y tenían muchas otras armas, aparte del poder de hacerme quedar en Coolis más tiempo del que quería.

—Esa zorra ha sacado esto —musitó Angie.

Uno de los guardias que había estado más animado durante el partido dijo que nos abría un expediente a las dos. Si te abren expediente mientras estás en prisión preventiva, te lo añaden a los cargos de los que te acusan el día del juicio. Si ya estás en la cárcel te pueden mandar a la celda de aislamiento y descontártelo de tu «buen comportamiento» para que te dejen salir antes.

Mientras estaba inmovilizada por el brazo del guardia mirando a Angie, acorralada de la misma forma, una mujer alzó la voz. Todo el mundo calló: las reclusas y los guardias. La mujer dijo que no había sido ninguna pelea, sólo baloncesto, y que no sabía de dónde había salido el cuchillo, pero que podía jurar que yo no lo había sacado.

—Es verdad —afirmaron varias voces—. Tú estabas aquí, Cornish, lo has visto. Estaban jugando uno contra uno. Angie debe de haber resbalado con su propio sudor.

Cornish era otro guardia que había visto el partido, si se le puede llamar así a mi encuentro con Angie. Le preguntó a la mujer que había hablado primero si estaba segura, porque si lo estaba no nos restaría ningún día de permiso de fin de semana a ninguna de las dos.

—Claro que estoy segura. Y ahora voy a comprarme una gaseosa. Hace mucho calor.

Era una mujer alta con la piel tostada y el pelo canoso recogido en un moño. Mientras se dirigía hacia una de las máquinas expendedoras, la turba se separó, como el mar Rojo.

El guardia que me había estado agarrando, me soltó. Un par de mujeres se me acercaron para darme unas palmaditas y decirme que desde el principio habían estado de mi parte. Otras, seguramente las de la banda de Angie, me miraron con cara de odio y me soltaron una sarta de insultos.

El guardia Cornish me agarró del brazo y me dijo que tenía que volver a la celda para tranquilizarme. Y me preguntó cómo me llamaba. ¿Warshawski?

—Ah, eres la nueva de prisión. Pues no tendrías que estar aquí. La hora de recreo de prisión es por la mañana.

Abrí la boca para decir que a las tres me habían dicho que bajara, pero la cerré sin llegar a decir nada. No te busques problemas, me decía mi madre, y los problemas te dejarán en paz.

Una guardia, una de las pocas mujeres que había visto desde mi llegada, me llevó de vuelta al ala de la prisión.

—Tuviste mucha suerte de que la señora Ruby te defendiera. Si no, la fianza te habría costado el doble.

—¿La señora Ruby? ¿Quién es?

La guardia se echó a reír.

—La señora Ruby se cree la Reina de Coolis porque lleva mucho tiempo en la cárcel. Estuvo ocho años en Dwight antes de que construyeran esta cárcel. Cortó a su marido en pedacitos y los esparció por todos los contenedores de Chicago. Alegó defensa propia, pero claro, el juez no se lo tragó y le cayeron treinta años. Ahora se ha convertido en una beata y las reclusas e incluso algunos de los guardias la tratan como si fuera sagrada. Y tiene mucha influencia entre las mujeres más jóvenes, o sea, que te aconsejo que no le lleves la contraria.

Llegamos a mi ala. La guardia le hizo un gesto al guardia de detrás del panel de control para que me dejara entrar. Se quedó a un lado de la cámara estanca y esperó a que se cerrara. Cuando la puerta del otro lado se abrió, ella se fue.

En aquella ala había una ducha entre las celdas y el puesto de los guardias. Sabía que había cámaras en las duchas y que los guardias podían entrar cuando les diera la gana, pero tenía que quitarme la sangre y el sudor. Angie me había dejado unos buenos moratones. Cuando te estás peleando, o jugando, no te das cuenta de los golpes y las heridas. Pero luego, cuando la adrenalina desaparece, te empieza a doler todo.

No tenía jabón. Por la mañana me había enterado de que incluso lo más básico para la higiene, como un champú o un cepillo de dientes, se tiene que comprar en el economato de la prisión y para ello necesitas tener dinero en una cuenta de la prisión. Una mafia, vaya. Tienen el mercado monopolizado y te cobran lo que les da la gana. Aunque mis escasos dólares hubieran alcanzado para pagar el jabón o el cepillo, me dijeron que no podía abrirme la cuenta hasta después del fin de semana festivo.

Me sequé con el pedazo de toalla raída que me dieron cuando llegué y me puse los pantalones otra vez. Olían bastante mal, pero al menos me entraban.

A las cinco nos hicieron entrar en las celdas para hacer otro recuento y después nos llevaron al comedor a cenar. El día anterior no me había dado cuenta de que podías escoger, más o menos, lo que querías comer y que podías repetir de ensalada. Así que pedí ensalada, más pan y un bocadillo de lechuga que comí de camino a la mesa. Cuando ya estaba sentada intenté comer parte de la carne recocida y las judías, pero las cucarachas me seguían dando mucho asco. Supongo que si me quedaba más días me acostumbraría, pero aún era demasiado finolis para no verlas. Al cabo de cinco minutos de estar sentada ya me habían bautizado como «la que derrotó a Angie». La mujer que estaba sentada delante de mí me dijo que vigilara porque Angie era de la banda de las West Side Iscariots y que estaban sedientas de venganza. Otra mujer dijo que su novia le había dicho que yo había hecho karate para eliminar a Angie y que si podía enseñarle. Una mujer con la cabeza llena de trencitas de colores dijo que la señora Ruby había dicho una mentira para salvarme pero otras tres le llevaron la contraria.

—La señora Ruby no dijo ninguna mentira. Dijo la verdad: porque dijo que Cream no había sacado ningún cuchillo y que ella y Angie sólo jugaban al baloncesto, no se peleaban, que es la pura verdad, ¿eh, Cream?

—Ha sido el partido más duro de mi vida —dije, y creo que se quedó satisfecha.

La mujer de las trencitas dijo:

—No, lo que pasa es que Angie se rebeló contra la señora Ruby y le robó el champú, y la señora Ruby estaba esperando una oportunidad para darle una lección a Angie: por eso defendió a la nueva. A pesar de ser blanca.

Ahí empezó una discusión muy acalorada como si yo no estuviera ahí: ¿era blanca, española o negra? La que me había bautizado como Cream decía que era negra. Debido al color aceituna de mi piel y al pelo negro y rizado podía ser cualquier cosa: como había muy pocas blancas en la mesa, decidieron que yo formaba parte de la cultura mayoritaria, aunque la mayoría estaban convencidas de que era española.

—Soy italiana —les dije al final.

Entonces empezaron a discutir si Italia formaba parte de España. Dejé que decidieran ellas mismas. Yo no estaba allí para dar clases de geografía. De hecho, tenía la impresión de que cuanto menos alardeara de mi educación, mejor.

También quisieron saber la edad que tenía, y cuando se lo dije, la de las trenzas saltó y dijo que no podía ser: que su madre era más joven que yo y que en cambio parecía mucho más vieja. Me impresionó que todas aquellas mujeres fueran tan jóvenes. Las de mi edad se podían contar con los dedos de una mano, por no hablar de las de la edad de Ruby. La mayoría no tenía ni veinte años, y casi ninguna tenía más de veinticinco. Quizá echaran mucho de menos a sus madres, o el hecho en sí de tener una madre, y por eso respetaban a la señora Ruby y estaban celosas según de parte de quién se pusiera.

No vi a Ruby en el comedor, pero comíamos en tres turnos de trescientas personas. Aunque estuviera en mi turno, quizá tampoco la hubiera visto entre tanta gente. Cuando pregunté por ella me dijeron que seguramente estaba comiendo en su habitación: las mujeres con suficiente dinero o estatus podían comprar comida especial del economato. Me dijeron que era tan caro que la mayoría sólo lo hacía el día de su cumpleaños, pero que casi siempre había alguien dispuesto a comprar comida a Ruby.

Mi compañera de celda comía en el turno después del mío, así que tuve una celda de no-fumadores durante cuarenta y cinco minutos. Cuando llegó, vi que le había afectado mi proeza con Angie: se dirigía a mí un poco nerviosa y mostrándome respeto, y cuando le pedí que no fumara por la noche, ni siquiera esperó a que apagaran las luces; pisó el cigarrillo a medias en el suelo.

Su inquietud me hizo ver que era lo bastante grande y fuerte para ser una amenaza. Me acordé, por desgracia, del año en que murió mi madre, cuando iba como una loca por las calles de mi barrio: South Chicago. Siempre había sido más alta que los de mi edad y aprendí muy rápido, en parte por mi primo Boom-Boom que jugaba al hockey, y en parte por mi propia experiencia, a defenderme en el barrio conflictivo en el que habíamos nacido. Cuando cumplí dieciséis años, iba por la calle en busca de pelea. Después de la muerte de Gabriella, es como si no pudiera sentir nada excepto dolor físico. Con el tiempo incluso los tíos más fuertes no se me acercaban: estaba demasiado ida, peleaba con mucha rabia. Hasta que un día me detuvieron, Tony se enteró y me ayudó a recuperarme. Y en el partido contra Angie había sentido la misma rabia, y no quería que se apoderara de mí otra vez; quizá era capaz de aterrorizar a mis compañeras pero me podía afectar muy negativamente.

Saqué la cabeza de la litera y le pregunté a mi compañera cómo se llamaba y si tenía fecha para el juicio. Solina, y aún no sabía la fecha. Con un interés que en realidad no tenía, le saqué la historia de su detención y se relajó y me contó toda su vida: sus hijos, su madre, el padre de los niños, que sabía que no tenía que tomar *crack* pero que te enganchaba enseguida y era muy difícil dejarlo, y que lo único que quería era una vida digna para sus hijos.

A las nueve nos interrumpió el altavoz. Tocaba el último recuento del día. Nos levantamos y nos pusimos al lado de la litera mientras los guardias nos preguntaban el nombre, lo buscaban en la lista y cerraban la puerta. El ruido de la balda metálica seguía revolviéndome el estómago. Subí a la litera cuando se apagaron las luces y recé para que Freeman recibiera el mensaje del señor Contreras, me buscara y me estuviera esperando por la mañana con un cheque en la mano para pagar la fianza.

El cansancio me venció al fin y dormí como pude, ahuyentando cucarachas de mi cara y mis manos. De vez en cuando me despertaba algún portazo. También oí a una mujer que gritaba. El corazón se me aceleraba: estaba encerrada y no podía hacer nada, ni para salvarme ni para salvar a nadie que corriera peligro.

Pensé en Nicola Aguinaldo, en una litera como la mía, en la cárcel de Coolis. Se tenía que sentir mucho más desgraciada que yo, sin abogado que pudiera pagarle la fianza, sin amigos poderosos, sola en un país que no era el suyo y recibiendo órdenes en una lengua que apenas entendía. Al menos esto es lo que le había contado a su madre en la última carta que escribió. Me incorporé. Nicola le había dicho a la Abuelita Mercedes que no se preocupara, que la señora Ruby la cuidaba. La señora Ruby, la protectora de las reclusas más jovencitas.

Qué idiota por decir que era una injusticia que me llevaran a Coolis. Estaba donde tenía que estar: en el centro de Carnifice, donde habían visto a Nicola Aguinaldo viva por última vez. Me tumbé de lado en el estrecho camastro y dormí profundamente.

36. ¿Pagar la fianza? Con lo bien que se está aquí...

Cuando llegó Freeman Carter el martes por la mañana se quedó de piedra con mi decisión de no pagar la fianza.

—Ya sé que dos mil quinientos dólares es una burrada, pero es porque se trata de Baladine y Carnifice. No conseguí que el juez la rebajara. Pero, Vic, no existe ningún motivo para que te quedes aquí. Si quieres saber la verdad, hueles muy mal y tienes un aspecto terrible. Eso da muy mala impresión al jurado.

—No oleré tan mal cuando pongas dinero en mi cuenta para que pueda comprar jabón y champú —dije—. Y no voy a estar aquí hasta el día del juicio. Sólo hasta que descubra lo que quiero saber.

Ahí sí que se encendió.

—Me pagas doscientos dólares la hora para que te aconseje y ni siquiera me haces caso. Lo siento, pero voy a pagar la fianza. Si te quedas aquí porque se te ha ocurrido un plan disparatado para destapar la corrupción de Coolis, te advierto que te harán tanto daño que no puedes ni imaginártelo. Y si luego me mandas un mensaje de socorro no me hará mucha gracia, te lo aseguro.

—Freeman, no voy a negar que no estoy en mis plenas facultades mentales. Estar encerrado te trastoca un poco, de acuerdo. Pero en las tres últimas semanas no he hecho más que esquivar los misiles que me lanzaban Carnifice y Global Entertainment. Pensaba que lo entenderías en cuanto vieras el vídeo que le pedí a Morrell que te mandara donde se ve al poli de Baladine buscando la coca que él mismo puso en mi despacho. Por una vez en la vida no he sido yo la que se ha buscado al enemigo. Han sido ellos los que me han encontrado.

Estábamos sentados en la sala de visitas de los abogados. No había nada excepto dos sillas de plástico separadas por una mesa atornillada al suelo. No podíamos levantarnos de las sillas porque si no el guardia que nos miraba a través del cristal me sacaría de la sala. Decían que la sala estaba insonorizada pero yo estaba convencida de que nos estaban grabando la conversación.

Cuando hablé con Freeman el lunes por la tarde, durante los quince minutos de teléfono que me concedieron, le pedí que trajera una cámara para fotografiar las magulladuras que me había dejado Lemour antes de que se curaran. Aunque me trató de exagerada al final trajo una Polaroid. Cuando vio las marcas en la cara y en los brazos se enfadó tanto que empezó a tomar un montón de fotos. Ya estaba preparando la denuncia contra Lemour, y aún entendió menos por qué quería quedarme en Coolis.

Junté las manos e intenté poner en orden las palabras.

—Todo empezó hace tres semanas cuando paré el coche para ayudar a la ex niñera de los Baladine. Hasta que no descubra qué es tan importante para Baladine y Teddy Trant, no creo que esté a salvo, ni aquí dentro ni en la calle. La respuesta está en Coolis, al menos la respuesta a lo que le pasó a la niñera, a Nicola Aguinaldo. Si tuviera dinero en la cuenta y unos cuantos billetes para sobornar a los guardias, podría averiguar lo que quiero saber en un par de semanas, o incluso menos.

Freeman pensaba que estaba como una cabra e intentó hacerme cambiar de idea. Quizá pensaba que pinchar a Baladine iba con mi carácter, pero por qué no lo había dejado correr un mes antes cuando estaba negociando la devolución de mi coche con la fiscalía. Además, la prisión era un lugar destructivo. Te desgastaba física y mentalmente y te deformaba la capacidad de razonar y la ética.

—Lo sabes tan bien como yo, Vic; cuando trabajaste de abogada de oficio ya viste cómo funcionan estas cosas.

—Llevo cuatro días aquí. El domingo tuve una pelea con la cabecilla de las West Side Iscariots y desde entonces ando con mucho cuidado. Odio estar encerrada. Me siento sola. Aunque la comida no es tan horrible, el comedor es asqueroso y tienes que quitarte las cucarachas que te suben por las piernas. Cada vez que nos encierran en la celda se me hace un nudo en el estómago y no puedo dormir; no tengo intimidad, ni siquiera en el baño —y casi no podía creer que estuviera hablando yo cuando le dije con la voz entrecortada y a punto de llorar—: Pero si dejo que pagues la fianza, lo único que conseguiré es cerrar mi negocio y esconderme en alguna parte. Aunque mi amor propio me lo permitiera, mi economía me lo impide.

—No intentes convencerme de que sólo tienes estas dos opciones. En fin, tengo que volver a Chicago, al juzgado —miró el reloj—. Además, eres tan cabezota que diga lo que diga no te haré cambiar de idea. Dime lo que quieres, de dinero y lo que te dejen entrar y le diré a Callie que vaya a tu casa a buscarlo. Tengo a un chico de prácticas que puede traerte las cosas y hacer el papeleo para abrirte la cuenta.

Aparte de la ropa a la que tenía derecho (dos sujetadores, dos pares de pantalones, tres bragas, cinco camisetas, dos pantalones cortos y un par de pendientes sencillos) le dije que lo que más quería era ver a Morrell.

—Claro, quiero ver a cualquier amigo que pueda venir hasta aquí: he puesto a Lotty, al señor Contreras y a Sal en mi lista de visitas. Pero ¿puedes pedirle a Morrell que venga cuanto antes? Y de dinero, me gustaría que me ingresaras trescientos dólares en la cuenta de la prisión.

Y luego escogí bien las palabras de mi petición:

—Sé que es delito entrar dinero en prisión, o sea que no voy a pedírtelo a ti. Me gustaría tener cuatrocientos dólares en metálico, pero tienen que entregármelos a mí personalmente. ¿Podrías explicarle la idea, y el riesgo, a Lotty?

Quería tener dinero a mano por si tenía que sobornar a algún guardia o a alguna reclusa, o a ambos. En principio el dinero en metálico no existía en Coolis: cuando entrabas te daban un carné de identidad con tu foto y una banda magnética. El dinero de tu cuenta se gastaba con la lectura de la banda magnética y cada vez que consumías algo, en las máquinas expendedoras, en el economato o en la lavandería, te lo deducían de tu cuenta. Lo hacían para que no se apostara, sobornara o se vendieran drogas, pero en los cuatro días que llevaba allí ya había visto varios billetes cambiar de manos, y no siempre de forma disimulada.

Freeman puso mala cara, pero con un tono muy severo dijo que hablaría con Lotty y le explicaría el tipo de delito que constituía entrar dinero en la cárcel.

Terminó de tomar apuntes rápidamente con su letra menuda y recogió los papeles.

—Vic, ya sabes que mi consejo es que pagues la fianza y te vayas a casa. Si decides hacerme caso, llama al despacho y vendrá alguien a buscarte enseguida.

—Freeman, antes de que te vayas, ¿sabes por qué estoy aquí? O sea, ¿por qué aquí y no en Cook County? ¿Fue cosa de Baladine?

Negó con la cabeza.

—Yo también me lo pregunté, pero cuando te detuvieron, y aunque lo hiciera Lemour, saliste de la órbita de Baladine. La única razón es que Cook County está siempre hasta los topes y el cuatro de julio ya no cabía ni una aguja. Todas las mujeres detenidas al norte y al oeste de Chicago fueron trasladadas automáticamente aquí. Además, Baladine se ha ido de viaje. Se ha llevado a su familia a no sé qué lugar exótico.

—Ya lo sé: al sur de Francia. ¿Y Robbie está con ellos? No sé nada de él desde que salí de casa el viernes por la mañana.

Freeman me contó que Baladine había entrado en casa del señor Contreras el sábado por la noche y se había llevado a Robbie. («Ese hombre lleva demasiado tiempo viviendo contigo», dijo en un aparte inecesario.) Quería una orden de detención del sheriff de Du

Page. Se rindió cuando Robbie dijo que no soportaría que arrestaran al señor Contreras; dijo que se iría si el sheriff le prometía que no le haría nada al viejo. El padre de Robbie se lo llevó a Carolina del Sur, a un campamento militar, antes de irse con los Poilevy y los Trant y el resto de la familia a los Pirineos.

—Intenté hablar con Baladine, pero sus empleados no quisieron darme su número en Francia. Y dejó órdenes estrictas de que aunque haya recuperado al chico, no va a hacer ningún trato contigo.

—Freeman, si no saben dónde estoy, no les digas nada. Deja que piensen que he pagado la fianza y que estoy escondida en alguna parte.

Esbozó una sonrisa ambigua, entre cariñosa y desesperada.

—Como usted desee, Doña Victoria de la Triste Figura.

Dio unos golpecitos al cristal para decirle al guardia que habíamos acabado. Cuando me registraron, el guardia se demoró más de lo necesario en el sujetador y después me llevó al ala de la prisión. Ahora que estaba sola me sentía abatida. Me tumbé en la cama con un trozo de toalla encima de los ojos para que no me molestara la luz, desde las cinco de la tarde hasta que apagaron las luces, a las nueve, y dejé que me arropara el dolor.

37. En la cárcel

Las cuatro semanas siguientes fueron las más duras de mi vida. Agaché la cabeza e intenté aprender las reglas para sobrevivir en Coolis: cómo evitar que tus compañeras te zurren, cómo tener contentos a los guardias sin tener relaciones sexuales con ellos, y cómo ocupar el tiempo para que la impotencia y el aburrimiento infinitos no te dejen tarada.

Quería hablar con la señora Ruby, para darle las gracias por lo del domingo, pero sobre todo para averiguar qué sabía de Nicola, y cómo se podía conseguir trabajo en el taller de costura. Cada vez que hablaba con alguien le decía que me gustaría hablar con la señora Ruby, pero exceptuando un par de veces que la vi en el comedor y que no pude levantarme por la severidad de los guardias, no había vuelto a verla.

La visita de Freeman supuso un cambio radical en mejora de calidad de vida. Tal como había dicho, el chico de prácticas vino con el dinero para abrir la cuenta y con la ropa. También trajo un montón de papeles que tenía que leer y firmar. En medio, había una carta de Lotty. Me suplicaba que pagara la fianza con tanto cariño que me costó resistirme a su petición, pero en la posdata había escrito: «Ayudé a la secretaria de Freeman a hacer la maleta y te he zurcido algunas costuras».

—Me dijo que tenías un agujero en la cintura de los shorts —dijo el chico de prácticas un poco cortado.

Lotty no era una fanática de la costura. Cuando volví a mi celda, descosí un dedo de la cinturilla sin que me viera nadie. Los billetes doblados eran casi idénticos al color caqui del pantalón. Saqué un billete de veinte y volví a coserlo rápidamente; era el mejor sitio para guardar dinero, y si lavaba los pantalones, los billetes no se mojarían.

Con el dinero de la cuenta pude comprar un cepillo de dientes, jabón y un bote de detergente para limpiar el lavabo de la celda. El resto lo guardaría para sobornos, cuando supiera a quién y cómo tenía que administrarlo.

Aparte de poder comprar champú y jabón carísimo y de mala calidad, mi primera excursión al economato fue una decepción. Las chicas me habían hablado de aquellas expediciones semanales de media hora como si fueran a Water Tower Place. Supongo que les gustaba ir a comprar porque era algo fuera de la rutina. También era nuestro mayor contacto con el mundo exterior a través de las revistas *Cosmo* y *Essence*. *Soap Opera Digest* también era bastante popular.

Aparte de las revistas y los utensilios de limpieza, se podía adquirir comida enlatada, cigarrillos y artilugios hechos en el sistema penitenciario de Coolis. Daba la sensación de que había muchas reclusas a las que les gustaba bordar. Se podían comprar pañuelos de cuello y de cabeza, manteles individuales y hasta blusas con dibujos de flores y pájaros muy trabajados, directamente traídos de Joliet y otras prisiones del sur.

También tenían camisetas y chaquetas de la Virgen Loca; al fin y al cabo la media de edad de las reclusas era la del público de Lacey y había muchas presas que eran fans suyas. Por curiosidad, miré las etiquetas. *Hechas con orgullo en los Estados Unidos de América;* no creo que Nicola hubiera comprado allí la camiseta que llevaba puesta cuando murió. En el economato también había muñequitos de Global, como Capitán Doberman o los Space Berets, que las mujeres compraban para sus hijos.

En mi primera visita compré papel rayado barato (de hecho, el único que tenían) y un par de bolígrafos. Cuando le pregunté a la vendedora si tenía papel blanco o puntafina, se echó a reír y me dijo que fuera a Marshall Field's si no me gustaba la selección que tenían allí.

Cuando volví a la celda, mi compañera Solina me miró con incredulidad mientras limpiaba el lavamanos. Ella había llegado una semana antes que yo a Coolis y si el lavamanos ya estaba guarro cuando llegó, significaba que no era tarea suya limpiarlo.

—Haremos turnos —dije con mi tono más amenazador—. Lo voy a dejar como los chorros del oro, o sea, que mañana, cuando te toque a ti, ya será mucho más fácil de limpiar.

Empezó a decir que no tenía ningún derecho a darle órdenes, pero después se acordó de mi pelea con Angie y dijo que se lo pensaría.

—Hay tan pocas cosas que podemos controlar aquí —dije—. Si tenemos esto limpio al menos podremos controlar el hedor.

—Vale, ya lo he captado —salió de la celda de mal humor y se fue a ver la tele a la celda de una reclusa que llevaba once meses esperando su juicio.

Me acordé de todos mis amigos diciéndome lo desastrosa que era con la limpieza y se me escapó la risa; tendrían que verme ahora, dando lecciones de higiene a mi compañera.

Aparte de conseguir que pudiera ducharme, Freeman había llamado a Morrell. El jueves de mi primera semana conseguí verle en la sala de visitas.

Mi arresto le había dejado de piedra. No sabía nada hasta que no vio un párrafo en el *Tribune* del domingo. Al señor Contreras nunca le había gustado hablar con los hombres de mi vida y estaba demasiado nervioso para llamar a Morrell. Igual que Freeman, Morrell intentó convencerme con todas los razones que existían para que saliera de Coolis, pero en cambio, sí que entendió que quisiera quedarme ahí.

—¿Has averiguado algo interesante?

Hice una mueca.

—Sobre Nicola todavía no. Pero sí que he aprendido muchas cosas sobre la gente que no tiene poder y que se enfrenta a sus compañeros porque se siente tan impotente que no sabe a quién culpar de su miseria.

Me incliné hacia delante para hablar con más intimidad, pero el guardia que nos vigilaba me obligó a echarme atrás; se exige la longitud del brazo como mínimo. Si nos tocábamos, Morrell podía estar pasándome drogas. Después de cinco minutos sin quitarme la vista de encima, el guardia decidió que no estaba intentando hacer nada tan abyecto y se fijó en otra reclusa. Sólo unas cuantas reclusas conseguían visitas entre semana; era muy difícil hablar en privado.

—Hay una tienda que se llama Unblinking Eye, en la que tienen un reloj-cámara —dije en susurros cuando el guardia dejó de mirarnos—. Si me compras uno y me lo traes el sábado o el domingo, que esto estará hasta los topes, podríamos hacer el cambiazo.

—Vic, es demasiado arriesgado.

Sonreí de forma provocativa.

—No creo que te hagan nada si te pillan. Como mucho te prohibirán que vengas a visitarme.

Resopló exasperado.

—No me preocupa por mí, sino por ti, tonta.

—Gracias, Morrell. Pero si alguna vez consigo entrar en el taller de costura, quizá vea cosas que debería grabar. Además, se pueden grabar muchas más cosas aquí dentro, entre las reclusas y los guardias.

Morrell me miró de forma socarrona otra vez y me dijo que vería lo que podía hacer. Luego hablamos de temas menos comprometidos como de mi vecino, que estaba tan consternado por imaginarme encerrada que no quería venir a verme. También me dio noticias de Lotty, de los perros y de toda la gente que me importa y de la que ahora no podía ocuparme. Se quedó una hora. Sentí una punzada muy aguda cuando se fue. Fui a la sala de recreo y lancé tiros durante una hora hasta que quedé empapada de sudor y tan cansada que ni siquiera sentía lástima por mí misma.

Cuando me dirigía hacia la ducha, el guardia de la entrada, un tal Rohde, reaccionó de una forma extraña. Me miró y cogió el teléfono. Cuando llegaron dos guardias más al cabo de unos cinco minutos, me dejó entrar. Quizá habían grabado mi conversación con Morrell y querían abrirme un expediente, pero Rohde se quedó mirándome mientras pasaba por delante de la sala de los guardias sin decir nada. Aunque parecía estar excitado y junto a él, detrás del cristal, se reunieron los otros dos guardias. En las duchas había cámaras, como en todas partes, pero ya había averiguado qué ducha tenía el ángulo perfecto para que sólo pudieran verme si me ponía justo debajo. Si había llamado a sus colegas para tener sesión de *strip-tease,* creo que le daría morcilla.

Nada más entrar en la ducha me asaltaron. Dos mujeres: una por delante y otra por detrás. Si la actitud de Rohde no hubiera sido tan sospechosa, me habrían destrozado. Estaba preparada. Tiré la toalla y el jabón y les di dos patadas. Tuve suerte: a la mujer que tenía delante le di en la rótula, lanzó un grito y se echó hacia atrás.

La de detrás me tenía agarrada por el hombro izquierdo. Me estaba tirando hacia ella. Soltó un grito ahogado: tenía algo afilado que me hizo un corte en el hombro. Hice tijera con los pies en sus tobillos y usé su propia fuerza para tirarla hacia delante. Era muy difícil tener un punto de apoyo en el suelo mojado y me caí al suelo con ella. Le aplasté la muñeca derecha para que soltara el arma antes de que se recuperara.

Se acercaba a la que le había dado la patada. Me deslicé por el suelo para levantarme pero sólo conseguí ponerme en cuclillas. Se me tiró encima antes de que pudiera apartar el arma. Me agarró por el cuello. La cogí por los hombros para poder darme impulso y le di con las dos rodillas en el estómago. Gritó de dolor y me soltó.

La mujer que tenía el arma estaba detrás de mí. Yo estaba hecha polvo; había estado haciendo deporte durante una hora y no sabía cuánto tiempo más podría aguantar de pelea. La primera vez que intentó clavarme el arma, la esquivé. Y el suelo mojado hizo el resto. Perdió el equilibrio, resbaló y se dio un golpe tan fuerte que perdió el conocimiento. Cuando su compañera vio cómo caía pidió ayuda.

Los guardias aparecieron tan deprisa que seguro que ya estaban de camino cuando la mujer resbaló.

—Me ha atacado. Y a Celia también y la ha dejado sin conocimiento.

Rohde me agarró y me puso los brazos detrás. Polsen, el guardia que se había unido a él para disfrutar del vídeo, se quedó ahí al lado pero sin tocar a mi asaltante.

—Y una mierda —dije casi sin aliento—. Celia me cortó en el cuello con lo que tiene en la mano. Y tú, seas quien seas, si estabas esperando para ducharte, ¿dónde están tus cosas, eh? Y vosotros lo sabéis porque lo estabais viendo por el monitor.

—Me lo has robado.

—Lo que está en el suelo es mío. ¿Dónde está tu toalla y tu jabón? —pregunté.

Entonces apareció el guardia Cornish. Era el más imparcial de nuestra ala.

—¿Peleando otra vez? —me preguntó.

—Esta mujer me cortó con algo cuando entré en la ducha —resumí la historia—. Aún tiene la cuchilla o lo que sea en la mano derecha.

La mujer empezó a moverse. Antes de que Rohde o Polsen pudieran hacer nada, Cornish se inclinó y le cogió la hoja de metal que tenía en la mano.

—Ésta es del ala de la cárcel. Y ésta también. ¿Os abro expediente a las tres? Warshawski, si te metes en otra pelea, te pondremos en celda de aislamiento. Y vosotras dos, a vuestra ala. ¿Cómo habéis entrado aquí si se puede saber?

Rohde tuvo que soltarme. Él y Polsen se llevaron a las agresoras. Cornish echó un vistazo a mi cuello y me dijo que fuera a la enfermería para que me pusieran la inyección antitetánica. Era lo más que iban a acercarse a admitir que me habían atacado, pero ayudaba a sobrellevar la injusticia de la situación.

—Me gustaría lavarme primero —dije.

Cornish me esperó en el pasillo mientras yo recogía la toalla y el champú del suelo pringoso. Me quité la camiseta y el sujetador y me lavé en la ducha más alejada de la cámara de vídeo. Cornish me llevó en ascensor hasta el sótano, que nunca había visto, y me esperó mientras me ponían la inyección y una pomada en la herida del cuello. No era tan profunda como para tener que poner puntos, por suerte, ya que no tenían los utensilios para hacer la sutura.

Cornish me llevó a la celda y me dijo que anduviese con mucho cuidado, especialmente por la noche. Me pareció que todo el mundo sabía que me habían atacado, incluso que les habían dicho que no se acercaran a las duchas cuando subí de la sala de recreo.

—Te has metido en un buen lío —dijo Solina regodeándose en las palabras—. Rohde es uno de los Iscariots. Les dijo a aquellas dos que te atacaran para vengarse de lo que le hiciste a Angie. Y apostó por ellas.

En el recuento de antes de cenar, Rohde me pasó un papel. Me habían apuntado en el expediente otra falta por instigar una pelea y haber lesionado a dos reclusas. La vista se celebraría dentro de un mes, cuando el capitán hubiera examinado el caso. Genial. El capitán Ruzich descubriría que era una de sus reclusas. Mientras miraba la tarjeta vi un poso de esperanza: Rohde había escrito *Washki* en vez de *Warshawski*. Quizá el hecho de que ninguno de los guardias supiera pronunciar mi nombre, y mucho menos deletrearlo, me salvaría.

La señora Ruby me paró por el pasillo después de cenar y me dijo que la había decepcionado, que no creía que peleando pudiera solucionar mis problemas.

—Las chicas me han dicho que podrías ser su madre. Ésa no es forma de tratar a las jóvenes ni de darles un buen ejemplo.

Me bajé el cuello de la camiseta para enseñarle la herida que aún supuraba.

—¿Tendría que haber puesto la otra mejilla hasta que me hubieran partido las costillas? —le pregunté.

Se echó a reír un poco impresionada, pero no tenía ganas de discutir quién había empezado.

Empecé a preguntarme si el asalto en la ducha me impediría averiguar algo de Nicola. Incluso me imaginé que Baladine ya sabía dónde estaba y que había enviado un mail para pedir voluntarias para atacarme. Cuando vi que los guardias no me trataban ni mejor ni peor que a las otras reclusas, decidí que era una paranoia de las mías.

La historia de la ducha se exageraba a medida que la iban contando. Decían que les había hecho llaves de kung fu, como en las películas. Que había dejado sin sentido a las dos Iscariots y que después las había rematado con un cuchillo, pero que los guardias llegaron a tiempo. Algunas mujeres querían convertirse en mis protectoras, y otras, las que venían de bandas callejeras, querían pelear conmigo. Intentaba evitar los enfrentamientos, pero me ponía muy tensa tener que estar vigilando durante todo el rato de recreo o a la hora de comer. Cada vez que veía signos de que el ambiente se estaba caldeando y acabaría en pelea, me iba a mi celda.

Las peleas surgían por cualquier cosa que parece banal para alguien que no ha tenido nunca esta experiencia, la experiencia de estar encerrada con muchísima gente, sin intimidad y a merced de los caprichos de los guardias. Si alguien le robaba la crema hidratante a alguien, o si se colaba en la fila, o si hablaba mal de algún familiar, los puños y las armas caseras aparecían al instante.

También se peleaban por la ropa. En la cárcel sólo te dan ropa nueva cada cinco años, o sea, que una camiseta rota o un botón de menos es algo muy grave. Las mujeres se juntaban y se peleaban como las parejas. Aparte de los Iscariots, había otras bandas que marcaban su territorio e intentaban tener el control sobre ciertas cosas, como por ejemplo, las drogas.

Después de mi pelea en la ducha, mi compañera de celda estaba más nerviosa que nunca. Al menos el miedo que le había infundido inconscientemente había servido para que fumara menos y limpiara el lavabo de vez en cuando, pero me enteré de que había pedido traslado de celda porque tenía miedo de que la atacara en plena noche.

Su actitud cambió radicalmente mi segundo jueves, cuando volví de hacer mis ejercicios y me la encontré hecha un ovillo en la cama desconsolada.

—La asistente social quiere llevarse a mis hijos —aulló cuando le pregunté qué le pasaba—. Dice que los dará en adopción, que yo no soy capaz de ocuparme de ellos. Que aunque salga de aquí no puedo quedarme con ellos. Yo quiero a mis niños, y nadie puede decir que alguna vez han ido a la escuela sin calcetines o sin zapatos. Y la asistente, ¿acaso me ha visto alguna vez preparándoles la cena? Todos los días tienen un plato caliente en la mesa.

—¿Tu madre o alguna hermana tuya no podría cuidarlos?

—Son peores que yo. Mi madre está siempre colocada desde que yo iba a la escuela, y mi hermana tiene ocho hijos, nunca sabe qué hacen ni dónde están. Tengo una tía en Alabama que seguro que los acogería pero la asistente no quiere saber nada de mi tía. ¿Y quién me dará dinero para el autobús de mis hijos si tengo a la asistente en contra?

Me apoyé en la pared: evidentemente no teníamos sillas.

—Podrías escribir una carta y alegar que tienes una casa en condiciones para ellos y que estás dispuesta a entrar en un programa de rehabilitación para llegar a un acuerdo de reducción de pena con el fiscal.

Me miró con desconfianza.

—¿Y tú qué sabes de acuerdos con el fiscal y programas de rehabilitación? Además, alguien que no puede permitirse un abogado, como yo, ¿cómo quieres que me acepten en un programa de rehabilitación? ¿Crees que crecen en los árboles para los pobres? La única rehabilitación posible para alguien como yo es el tiempo.

Evité explicarle por qué sabía cosas de reducciones de pena y me concentré en encontrar un programa de rehabilitación financiado por el Estado. Los buenos tienen listas de espera muy largas. Me pregunté si Solina estaría realmente enganchada y si sólo se apuntaría a un programa para salir antes de la cárcel, pero en realidad no lo dejaría. Era muy fácil encontrar drogas en Coolis, como en la mayoría de las cárceles y prisiones, y sus cambios de humor repentinos, con ataques de abstinencia preocupantes, me hicieron pensar que Solina había encontrado un camello de *crack* en la cárcel. Pero si le escribía la carta al menos tendría algo que hacer aparte de jugar al baloncesto y cantar de vez en cuando.

Solina se quedó visiblemente impresionada cuando vio la carta. No teníamos acceso a ordenadores ni a máquinas de escribir, pero se la escribí con buena letra en el papel rayado del economato. La leyó varias veces y al final se la llevó a la celda en la que pasaba la mayor parte del día y se la enseñó al grupito que miraba la televisión. Una serie de reclusas leía libros de derecho en la biblioteca y escribía quejas o apelaciones para ellas o sus amigas, pero la mayoría de las reclusas de Coolis tenía una educación tan básica que no podía escribir en un registro adecuado lo que habían aprendido leyendo en la cárcel.

La voz corrió deprisa. Todo el mundo se enteró de mis conocimientos de derecho y empezaron a venir visitas a mi celda pidiéndome que les escribiera cartas: para fiscales, abogados de oficio, asistentes sociales, ex jefes, maridos y novios. A cambio de una carta estaban dispuestas a darme lo que fuera: cigarrillos, porros, cocaína, *crack*. ¡Ah! ¿Que no tomaba drogas? Pues entonces podían conseguirme alcohol, chocolate o incluso perfume.

Si no aceptaba nada a cambio parecía una pánfila o una impostora, así que decidí pedir fruta o verdura: mucho más difícil de conseguir en Coolis que las drogas.

En realidad fueron las cartas las que me salvaron el pellejo en Coolis. Las mujeres a las que había ayudado se convirtieron en mis protectoras y me avisaban si veían que acechaba el peligro.

Las cartas también me sirvieron para hacer preguntas sobre Nicola y el taller de costura.

38. Prisioneras del bloque H

Tanto si estabas en la cárcel como si estabas en la prisión, si pasabas más de dos semanas en Coolis tenías que trabajar. Una teniente llamada Dockery, severa, pero más o menos justa según la mayoría de las reclusas, era la que se encargaba de distribuir los trabajos. A las nuevas les tocaba la cocina o limpieza, los trabajos peor pagados y menos agradecidos. Trabajar en la cocina tenía que ser lo peor porque te pringabas de grasa, pasabas mucho calor y tenías que cargar con grandes ollas, aunque fregar duchas y otras salas comunes le seguía en la lista de trabajos penosos.

Los trabajos más codiciados eran los de telemarketing y reservas de hoteles. Estaban mejor pagados y no requerían ningún esfuerzo físico. Pero aquel trabajo sólo se lo daban a las carcelarias. Según la dirección, las que estábamos en prisión esperando el juicio no estaríamos el tiempo suficiente para aprender cómo se hacía, o más exactamente, no tendríamos la oportunidad de escalar puestos hasta llegar a los trabajos más codiciados.

Claro que a mí me interesaba el taller de costura. Siempre que estaba en la cola de la comida o en la sala de recreo o en mi celda escribiendo cartas para las mujeres, intentaba encontrar a alguien que trabajara ahí o que compartiera celda con alguien que trabajara ahí. Cada una tenía su versión, pero nadie quería trabajar en el taller.

—Pero conocí a una mujer, Nicola, que escribió a su madre diciéndole que pagaban muy bien en el taller —dejé caer un día en la sala de recreo mientras una serie de mujeres me miraba lanzar tiros.

Ellas no querían jugar, pero esperaban que viniera alguien que supiera jugar y así pudieran apostar: uno de los mejores pasatiempos. Una mujer preguntó quién era Nicola.

—La chica de China que se escapó —dijo una mujer.

—No era de China, pero de por ahí. De Japón o algo así —dijo una tal Dolores.

—De Filipinas —dije mientras lanzaba un tiro y rebotaba contra el aro—. Conozco a su madre y me dijo que Nicola le dijo en una carta que estaba muy contenta de trabajar en el taller de costura.

—Claro, en una carta a casa —se echó a reír Dolores—. No puedes decir nada malo porque no pasa la censura. Yo conocí a una mujer que trabajó allí y siempre estaba llorando, la trataban muy mal.

La tercera mujer dijo que sólo cogían a extranjeras en el taller; las mataban a trabajar y luego traían más extranjeras para sustituirlas.

—No seas idiota —dijo Dolores—. Sólo cogen a las extranjeras porque saben que no protestarán si las amenazan con deportar a sus hijos.

—Ya, pero ¿no te acuerdas de Monique? Era de Haití y dijo que el taller era el corredor de la muerte de las extranjeras. Están separadas del resto. Los guardias las traen por la mañana en una furgoneta y por la noche se las vuelven a llevar.

Te ponía un poco los pelos de punta imaginar aquello, pero dije que no creía que hubiera un corredor de la muerte en Coolis.

—Quizá no —dijo la más cabezota—, pero hay algo raro ahí. A lo mejor por eso no dejan trabajar a las americanas. Sólo a mexicanas, chinas y... ¿De dónde has dicho que era Nicola? Oh, oh, Polsen nos está mirando de una forma rara; será mejor que vayamos a las celdas para el recuento.

Esa frase que acababa de murmurar estaba en boca de todas después de unos días en Coolis. Polsen siempre miraba a las mujeres de forma «rara», cuando no nos magreaba directamente o amenazaba con magrearnos.

Polsen era uno de los guardias que intentaba evitar, pero claro, los guardias tenían mucha influencia en nuestras vidas. Si te cogían manía, te abrían expediente a la mínima y eso podía significar desde pérdida de privilegios en el economato hasta pasar una temporada en una celda de aislamiento. A las mujeres que les gustaban les traían regalos, desde cosméticos mejores que los del economato hasta drogas. Pero esas mujeres tenían que pagar un precio por aquellas atenciones. Rohde, que se tiraba a una de las Iscariots, no era el único guardia que mantenía relaciones con una reclusa.

Una de las cosas más duras en Coolis era soportar el acoso sexual permanente. Verbal, físico y constante. Había muchos guardias, aparte de Rohde, que te tocaban el culo mientras hacías cola en el comedor. Cuando te registraban después de haber tenido visita, siempre se entretenían más de la cuenta en los pechos. Tuve que aprender a mantenerme muy quieta y distante, y no actuar como habría hecho en la calle, rompiendo un brazo o una costilla. Cuando veía algo flagrante intentaba fotografiarlo con mi reloj-cámara, pero el lenguaje era tan degradante como el comportamiento. Era muy difícil que abusaran de ti y te quedaras pasiva: me ponía de muy mal humor y también me daba miedo.

Morrell me trajo el reloj-cámara el segundo domingo en Coolis. Aprovechando que la sala estaba abarrotada de mujeres y niños, hicimos el cambiazo. Ahora tenía un reloj que hacía fotografías, aunque no me gustó que mi reloj se fuera con Morrell: la madre de mi padre se lo había regalado cuando se graduó en el cuerpo de policía, cincuenta y cinco años atrás.

Aquella minicámara había costado mil cuatrocientos dólares. Freeman estaba cubriendo mis gastos mientras yo estaba en la prisión, pero no sabía cómo iba a devolvérselo. Mi estancia en prisión no era muy buena propaganda para mis clientes.

Al menos la cámara me permitía tener un mínimo control en aquella locura que estaba viviendo. Empecé a tomar fotos de las atrocidades que veía, pero habría necesitado el modelo videocámara que me llevé a Georgia para poder grabar el abuso verbal.

—Qué buen aspecto, Cream —me dijo Polsen unos días más tarde cuando entré en la sala de recreo—. Me gustaría verte en pantalón corto. Seguro que tu coño ha visto mucha acción y yo entraría como la seda.

Pasé de largo sin ni siquiera mirarle a la cara. Polsen se había convertido en enemigo, y lo único que se me ocurría para defenderme era hacer como si no existiera.

Todo había empezado el día de la pelea en la ducha; él había estado mirando por los monitores y se sintió engañado cuando vio que me deshice de mis asaltantes sin dejar que pasara nada más grave. Pero su hostilidad contra mí se exacerbó la noche después de que consiguiera la cámara, mientras estaba haciendo la colada. La lavandería estaba detrás de la sala de recreo, así que me quedé a ver la tele con otras mujeres mientras esperaba que acabara la lavadora.

Polsen estaba de guardia. De repente le dijo a Dolores que saliera de la sala. La cara de pavor que puso y la forma en que se fue me hizo levantar de la sala y seguirla al cabo de un rato.

Polsen estaba detrás de la puerta intentando bajarle los pantalones. Dolores intentaba lo contrario susurrándole: «No lo hagas, por favor, no lo hagas. Se lo diré a la teniente».

Él no paraba de reír y de decirle que era una guarra, que nadie se creía sus mentiras y que si decía algo la metería en aislamiento en menos que canta un gallo. Ya había practicado un poco con el reloj y entonces también tomé unas cuantas fotos. Polsen se giró y yo saqué la ropa de la lavadora. Dejó a Dolores, que se fue corriendo al ala de la cárcel. Polsen me lanzó una mirada que me heló la sangre.

Cuando volví a la sala de recreo, las mujeres que miraban la televisión se apartaron de mí: todas sabían por qué Polsen había llamado a Dolores y nos habían espiado cuando yo fui a la lavandería. No querían que Polsen pensara que estaban de mi parte.

Cuando volví a la celda transcribí todo lo que había oído decir a Polsen y lo que había visto, con la fecha y la hora. Metí los papeles en medio de una *Cosmo* que había comprado en el economato para disimular mis notas. Cuando vino el chico de prácticas de Freeman al día siguiente para decirme que el juicio sería la última semana de septiembre, me las arreglé para pasarle la revista en un intercambio confuso y rápido de papeles. Le pedí que me guardara la revista. No sabía exactamente lo que haría con aquellas notas, pero no quería dejarlas en mi celda; ya nos habían registrado dos veces en el poco tiempo que llevaba en Coolis.

Antes de irse, el chico de prácticas me preguntó si quería pagar la fianza. Fue difícil decir que no, pero antes quería echar un vistazo al taller de costura. Me daría otra semana antes de tirar la toalla.

Estaba casi segura de que al menos un guardia entraba en nuestra ala por la noche: era la única explicación que encontraba a los gritos y los portazos que a veces me despertaban en medio de la noche. Pero nadie hablaba nunca de aquello. Y había unas cuantas embarazadas, incluso mujeres que llevaban más de un año ahí; había una que llevaba seis años encerrada.

Cuando preguntaba a las mujeres de las cartas sobre este tema, se quedaban calladas como tumbas. Una vez en la cola de la cena, una me dijo al oído que una tal Cynthia se había pasado un año aislada por haber denunciado a un guardia que la había violado. La prisión consideró que se lo había inventado para estar menos tiempo encerrada. Desde entonces las mujeres tenían mucho miedo de denunciar a los guardias. Normalmente, si te quedabas embarazada te daban drogas. «Tienes el ciclo irregular. Tómate esto. Después estás mala durante tres días o una semana y pierdes al bebé.»

Abortos inducidos químicamente, en un país que prohíbe la RU-486. Menuda iniciativa la del Departamento de Correccionales. Me preguntaba quién haría el diagnóstico y quién les procuraba las pastillas, pero ya teníamos las bandejas y mi informadora se fue a reunirse con sus amigas.

¿Qué haría si Polsen decidía entrar en mi celda por la noche? Aquella idea me hizo estar muy tensa en la cama aquella noche y unas cuantas más.

39. Audiencia con la señora Ruby

A principios de mi tercera semana en Coolis me asignaron un trabajo en la cocina, un trabajo espantoso, sobre todo en verano. Teníamos que llevar ollas de veinticinco kilos del fuego a la mesa, sacar montones de basura, resbalar en el suelo grasiento y quemarnos por culpa de cocineras poco cuidadosas con la comida caliente. Nos pagaban sesenta centavos la hora. Mis compañeras de trabajo eran tan lentas y descuidadas que provocaban muchos accidentes que podrían haberse evitado.

Lo único que podíamos hacer para rebelarnos era negarnos a trabajar, pero esto suponía otra falta en el expediente, y si tenías unas cuantas te metían en la celda de aislamiento. Aunque después de un tiempo allí volvían a darte otro trabajo. Era muy pesado trabajar en la cocina, pero no podía perder tiempo en la celda de aislamiento así que hice lo que pude para conservar el trabajo.

—No estás de vacaciones —decían los guardias si te quejabas de una quemadura o de que te dolía la espalda—. Tendrías que habértelo pensado mejor antes de decidir que la vida delictiva era divertida. No estás aquí por motivos de salud, sino para aprender una lección.

Hablando con las mujeres descubrí que el tratamiento médico que podían dispensarte no era nada del otro mundo. Si a una mujer le caía sopa caliente en el brazo, el guardia de turno la reprendía por llorar por una tontería. Al día siguiente no venía a trabajar; y luego te enterabas de que durante la noche aquel brazo se le había convertido en un montón de pústulas. Había ido al «médico» de la cárcel, un guardia que había hecho un curso de preparación de enfermería un año antes de entrar en Coolis.

La peste de la comida quemada y la visión de las cucarachas y los ratones por todas partes me quitaban el apetito; si no fuera por la fruta y la verdura que me traían mis clientas no creo que hubiera comido. Después de estar una semana trabajando en la cocina, estaba tan hecha polvo que casi no recordaba por qué había decidido quedarme en la prisión en vez de pagar la fianza. Estaba tumbada en la cama el viernes por la noche intentando decidir si llamaba a Freeman y le pedía que me pagara la fianza el lunes, cuando entró Solina para decirme que se había corrido la voz de que la señora Ruby quería verme.

El primer día que pasé en Coolis, Cornish me echó la bronca diciéndome que las mujeres de la prisión tenían que usar la sala de recreo a horas diferentes que las de la cárcel, pero después descubrí que esa norma sólo la utilizaban los guardias cuando les interesaba ponerte una falta.

La razón principal por la que no había visto a la señora Ruby en la sala de recreo desde el Día de la Independencia era su horario de trabajo. Tenía uno de los mejores trabajos: reservar habitaciones de hoteles y alquilar coches por teléfono. Mientras que la mayoría de los trabajos era de nueve a tres, las reservas tenían que hacerse veinticuatro horas al día y ella tenía el turno de doce a seis de la tarde. No se me había pasado por la cabeza mirar en la sala de recreo por la mañana.

El día antes había escrito una carta a Rapelec Electrónica para una mujer, explicando por qué no podía participar en su programa de preparación para el trabajo y pidiendo que le guardaran un puesto para septiembre. La mujer me pagó con una caja de seis tomates, lo mejor que había comido desde que me arrestaron. Cogí dos para llevárselos a la señora Ruby y fui a buscarla con la mujer a la que le había dado el mensaje; Jorjette se había criado con una de las nietas de la señora Ruby.

Nos costó un poco que nos dejaran entrar en la sala de recreo por la mañana. Cornish, que estaba de guardia aquella mañana, era más severo con las normas que Polsen o Rohde, que hacían el turno de tarde. Las reclusas del ala de la prisión no podían ir al recreo hasta las tres.

—Vic quiere enseñarme sus tiros de baloncesto —dijo Jorjette en tono de protesta—. Ya sabes que todos dicen que es la mejor, que ganó a Angie. Y tenemos que empezar en la cocina dentro de una hora; si queremos ir al trabajo, sólo puede enseñármelo ahora.

—Podríamos hacerlo en otro momento —dije—. Aunque seguramente la próxima vez ya no tendré tomates. ¿Tú cultivas, Cornish?

Le enseñé uno. Me dijo que sí, que cultivaba como hobby pero que sus tomates aún no habían madurado.

—Tenéis una hora, chicas —dijo al fin aceptando un tomate y haciendo una señal al hombre que estaba detrás del vidrio a prueba de balas para que abriera el cerrojo del ala de la cárcel.

Cuando entramos en la sala de recreo, había una guardia que no había visto nunca. Estaba mirando a Oprah sentada en el sofá con un grupo de reclusas. La señora Ruby estaba sentada en medio del grupo, con el pelo canoso acabado de cortar y rizar y con unos pendientes tres o cuatro tallas más grandes que su oreja.

Nos miró cuando entramos y pusimos unas sillas cerca del sofá, pero fue como si no nos hubiera visto hasta que Jorjette se le acercó durante la publicidad y le preguntó nerviosa cómo se encontraba hoy la señora Ruby.

La señora Ruby hizo un gesto con la cabeza, dijo que lo mejor que podía con aquel calor, demasiado para salir fuera pero que tenía ganas de tomar el aire. Jorjette dijo que bueno, que para todas era pesado, pero que sabía que a la señora Ruby le dolían mucho los huesos cuando hacía tanto calor. Quizá le apetecía un tomate que le recordara el aire fresco del campo.

—Cream lo ha traído expresamente para ti.

La señora Ruby aceptó el tomate e hizo un gesto con la cabeza hacia el final de la mesa de juegos. La guardia se quedó en el sofá viendo a Oprah y las otras mujeres nos dejaron solas: la señora Ruby quería intimidad, la señora Ruby tendría intimidad.

—No sé qué pensar de ti, Cream —dijo cuando nos sentamos—. ¿Eres una camorrista o una buena samaritana? Primero te peleas con dos gamberras y ahora me dicen que estás escribiendo cartas para las chicas en tu tiempo libre. Algunas creen que eres una policía de incógnito.

Me quedé parpadeando. En cierta forma tenía razón, pero no creía que la señora Ruby y yo pudiéramos compartir mis secretos con una extraña que parecía estar tan al tanto de los cotilleos como la misma señora Ruby.

—Si hubiera sabido que mi vida era tan importante la habría escrito en la pared del baño —dije—. Me detuvieron como a las demás.

—¿Y por qué delito, si se puede saber?

—¿Sabes la típica historia del hombre que deja a su mujer por una jovencita? Y la esposa, que trabajó duro y lo ayudó para que prosperara en su negocio, se queda de repente con el culo al aire. Y él se queda con los hijos, claro. ¿Cómo puede ella darles una casa decente si no tiene suficiente dinero y se pasa el día fuera de casa trabajando?

—Oí muchas versiones de esa historia en mi época —lo decía mirando al infinito y con susurros.

—Total, que como pienso que es el mayor hijo de puta de Chicago, me llevo al chico mayor. Un chico gordo y sensible al que su padre le gusta pegar, y hacerle llorar, y después seguir pegándole porque llora como una niña. Su papá me hizo arrestar por secuestro.

—Mmmm. ¿Y no pudiste pagar la fianza? Todas dicen que tienes un abogado de verdad, no uno de oficio. Aparte de tu educación, con la que puedes escribir todas esas cartas.

—Ese tío tiene un montón de amigos importantes. El juez fijó la fianza en un cuarto de millón. Si tus amigos investigaran mi estado de cuentas, sabrías por qué no pude reunir tanto dinero de la noche a la mañana.

—¿Y cómo aprendiste a pelear así, como lo hiciste con aquellas dos en la ducha? —inquirió—. Por no hablar de Angie, que lo vi con mis propios ojos.

—Pues igual que Angie —dije con prudencia—. En las calles de Chicago. Exactamente en la Noventa y Uno con Comercial. Pero tuve suerte. Mi madre quiso que estudiara y me obligó mientras otras chicas de mi calle empezaban a tomar drogas o a quedarse embarazadas.

La señora Ruby se quedó pensando un rato.

—No sé si creerte o no. Pero he oído que haces preguntas sobre una chica que estuvo aquí y también me han dicho que querías hablar conmigo de ella. Pues aquí estoy, hablando contigo y preguntando de qué la conoces y si ésa es la verdadera razón por la que estás en Coolis.

Ignoré el comentario.

—Nunca conocí a Nicola Aguinaldo. Pero conozco a su madre, la señora Mercedes, y te está muy agradecida por haber cuidado de Nicola.

—No es tan agradecida en persona.

—No tiene dinero, ni permiso de residencia. No quiso venir a la cárcel por si le pedían los papeles y llamaban a los de inmigración. Además, no sabe escribir en inglés. Pero la última carta que Nicola envió a su madre la tranquilizó porque le dijo que tú la cuidabas.

La señora Ruby inclinó la cabeza un poco hacia delante en señal de agradecimiento.

—¿Y cómo alguien como tú se hizo amiga de la madre de Nicola?

Sonreí.

—Yo no he dicho que fuéramos amigas, sólo que la conozco. Antes de que me arrestaran estaba ayudando a la señora Mercedes a averiguar qué le había pasado a su hija. ¿Sabes que murió?

La señora Ruby volvió a inclinar la cabeza ligeramente.

—Las mujeres dicen que sabes todo lo que pasa en esta prisión. Quiero saber qué le pasó a Nicola. ¿Por qué fue al hospital?

—Si no eres policía, al menos reconoce que alguien te paga para que hables conmigo —hablaba con determinación pero sin desdén.

—A la policía le importa un comino quién ha matado a una pobre chica que no tenía ni permiso de residencia.

—¿Pues quién te envía?

—¿Sabes quién es Robert Baladine?

Cuando negó con la cabeza, le expliqué que era el propietario de Coolis y que Nicola había trabajado para él antes de que la arrestaran.

—De ese hombre hablaba antes. Tiene más dinero y más poder del que yo jamás tendré. Le encanta que esté encerrada.

Por fin me miró directamente a los ojos, pensando sobre mi historia, que tenía la inusual virtud de ser casi cierta, aunque diera a pensar que Baladine era mi ex marido.

—Nadie sabe lo que le pasó a Nicola. He oído muchas versiones diferentes, y no sé cuál es la cierta. El guardia dice que tenía problemas de mujeres, la llevaron al hospital y desde ahí se escapó. Hay quien dice que tuvo un accidente con una de las máquinas grandes de coser y que murió y que como los guardias no pararon la máquina a tiempo se asustaron y tiraron su cuerpo en Chicago. Hay otras chicas que dicen que pegó a un guardia, pero no me lo creo porque ella era muy canija, no precisamente como los guardias.

—De hecho, murió en Chicago —le dije.

La señora Ruby prefería mil veces la información confidencial que un racimo de tomates y quiso saber todo tipo de detalles sobre la muerte de Nicola. Después de contarle lo que sabía, exceptuando cómo supe de Nicola, le pregunté cómo es que se convirtió en la protectora de Nicola.

—La mayoría de estas chicas no tienen ningún respeto por el resto de los seres humanos del planeta. Nicola era de un país en el que se trata con respeto a los mayores, de algún sitio cerca de Japón, supongo que sería por eso. Vio que tenía el cuello y los hombros entumecidos después de hablar seis horas por teléfono, y me daba masajes para relajarme la espalda. Y yo se lo agradecí ayudándola de otra forma.

Mientras la señora Ruby hablaba pensé que tal vez Nicola nunca fuera al hospital de Coolis. Quizá el capitán Ruzich ordenó que la llevaran directamente a Chicago. No, no podía ser, porque el director del hospital sabía perfectamente quién era Nicola. A menos que le hubieran dicho que tenía que decir que había estado allí aunque no fuera verdad.

—Quiero encontrar a alguien que pueda explicarme qué pasó en el taller el día que se fue Nicola. O necesito conseguir un trabajo allí.

La señora Ruby masculló.

—No puedes saber lo que pasa en el taller. Aquí todo el mundo está más o menos asustado, los guardias te pueden retirar tus privilegios de economato o de llamadas o te pueden llevar a la celda de aislamiento. Pero las chicas del taller no hablan con nadie. Además, la mayoría ni siquiera habla inglés.

—O sea, que si quisiera trabajar allí, tendría que ser extranjera.

—Primero, tienes que perder el juicio, porque si estás en prisión preventiva sólo te dan trabajo en la cocina y otros trabajos duros, pero nada bien pagado.

—Tengo que ver ese taller —dije mirando hacia el fondo de la sala.

Polsen estaba en el umbral de la puerta mirándome de una forma que no me gustaba nada pero lo borré de mi cabeza.

—¿Cuánto podría costarme y quién me podría ayudar?

—¿Cuál es tu verdadera intención, Cream? —me preguntó la señora Ruby en tono quedo.

Seguí mirando al infinito mientras ella hablaba en susurros.

—Quiero destrozar a Robert Baladine. Si consigo descubrir qué le pasó a Nicola, quizá encuentre la manera de que se arrepienta de haberse cruzado en mi camino.

—Si lo que quieres es venganza, vas a tener una buena indigestión. No vale la pena, Cream. Créeme. Yo ya lo probé hace un montón de años, antes de que el Señor me enseñara un camino mejor.

Hizo una pausa, como si esperara que dijera amén, hermana, o le preguntara cómo fue su conversión, pero aunque necesitara su ayuda no podía fingir tener una fe que nunca he sentido.

Decepcionada por mi falta de interés, al final dijo:

—Nadie quiere trabajar en el taller de costura. Las historias que se oyen de malos tratos son demasiado duras. Nunca he oído a nadie que quisiera sobornar a un guardia para entrar ahí. Normalmente están desesperadas por que las saquen de ahí dentro. Y la mayoría duermen y comen juntas. Si quieres entrar, bueno, la teniente Dockery se encarga de los detalles del trabajo pero nunca se ha dejado sobornar: es severa pero justa. Pero Erik Wenzel, que se encarga del taller, ya es otra historia. Y no es un funcionario. Lo han contratado como al tipo de las reservas que hago yo. Es alguien que se supone que sabe cómo se hace el trabajo. Dame un día o dos y veré lo que puedo hacer.

Me tocó el brazo con las uñas pintadas.

—No sabes cómo debes comportarte aquí, Cream. Quizá seas la tía más dura de tu calle en Chicago, pero eso supone un reto para los guardias. Quieren aplastarte. No hay secretos en Coolis. Para los guardias tampoco. Siempre habrá alguna chica dispuesta a chivarse a cambio de algún favor: un trabajo mejor o maquillaje de verdad. Supongo que te habrás fijado en que la mayoría de las chicas son negras pero el maquillaje del economato está hecho para blancas. En vuestra piel os queda bien, pero no en la nuestra. Así que si consigues un pintaúñas rojo y una barra de labios para mí, quizá pueda ayudarte más deprisa en tu extraña petición. Lo que intento decirte, Cream, es que Troy Polsen es malo, que no intentes meterte con él. La satisfacción que consigas no valdrá la pena. Te mandarán a la celda de aislamiento y no te dejarán salir, y el día de tu juicio tendrás que ir vestida de presa, y ya te puedes imaginar la imagen que da. Ten cuidado, Cream.

Polsen lanzó un grito a Jorjette y a mí diciendo que nos esperaban en la cocina.

—No estáis de vacaciones. Moved el culo de una vez.

—Qué delicadeza —dije—. No sé si es su educación o la cocina lo que consigue que siga aquí. Gracias por el aviso y la ayuda, señora Ruby. No quiero que parezca que le miro los dientes a un caballo regalado, pero... —dejé la frase a medias sugestivamente.

—¿Por qué te estoy ayudando? No tienes que saberlo todo de mi vida —de repente esbozó una sonrisa—. Te voy a decir algo a cambio de nada: tengo una curiosidad enorme. Mi madre siempre me decía que eso acabaría conmigo, pero también me gustaría saber qué sucede en aquel taller. Me quedan ocho años aquí dentro. No soporto pensar que hay cosas de la cárcel que todavía no sé.

Polsen vino y me tiró del brazo para ponerme de pie.

—Venga, Lady Di, te están esperando en Buckingham Palace.

Mientras me empujaba hacia el pasillo, no pude evitar pensar que tal vez mi enorme curiosidad acabaría conmigo también.

40. Coser y coser

—*Mannaccia!* —maldije—. *Puttana machina!*

Me habían resbalado los dedos otra vez en la tela elástica y se me arrugó la sisa. Mientras trataba de quitar los hilos con unas pinzas, intenté desentumecer los hombros y el cuello. Nadie se giró ni paró de trabajar. Estaban tan absortas por el zumbido de las máquinas, haciendo mallas y chaquetas, y sus dedos se movían con tanta rapidez que el movimiento de brazos, telas y agujas era una imagen borrosa.

—¡Eh, Victoria! —Erik Wenzel apareció frente a mí—. Pensaba que sabías cómo funcionaba esta máquina. *Sabes usar esta máquina.**

Cuando hablaban castellano, los hombres siempre te trataban de «tú», no de «usted». Dije en italiano que el trato de Wenzel era insufrible y después añadí en castellano:

—*Sí, sí, sé usarla.*

—Entonces trabaja para *fabricar* —me arrancó la camisa de las manos, la rompió en dos y me dio un golpe en la cabeza—. Has destrozado esta camisa. Ya no sirve. *¡La arruinaste!* Te lo voy a descontar de tu sueldo. *No te pago por ésta.*

---

* Todas las frases en cursiva de esta página están en español en el original. (*N. de la T.*)

Llegar aquí me había costado casi los cuatrocientos dólares que tenía; por ahora sólo había averiguado que el capataz del taller puede hacer contigo lo que le dé la gana. La señora Ruby se las apañó para distribuir el dinero entre Rohde, del ala de la prisión, su homólogo del ala de la cárcel, y uno de los subordinados de Erik Wenzel que se encargaba de hacer la lista de turnos para trabajar en el taller de costura. Le dijo al hombre que era una inmigrante lejos de casa y que pensaba que el trabajo en la cocina podía matarme. A la señora Ruby le conseguí un lápiz de labios Revlon y una polvera, que tampoco me fue fácil.

Espero que nunca tenga que depender de mis habilidades con la aguja para pagar mis facturas. Pensé que sería pan comido hacer funcionar una máquina de coser, y que después de haber trabajado en algo tan duro como la cocina de la prisión, esto serían vacaciones. Pero después de cuatro días allí dentro vi que tenía el cuello y la espalda permanentemente entumecidos y los dedos llenos de heridas y de sangre porque se me escapaba la aguja. Total, para ganar tres dólares y veinticuatro centavos, que no meterían en mi cuenta hasta el fin de semana.

Nos pagaban por pieza: nueve centavos la camiseta, que era lo más fácil, quince por los pantalones cortos, treinta y tres por las chaquetas vaqueras. Había algunas mujeres tan rápidas que hacían nueve o diez chaquetas a la hora. Una de mis compañeras hacía treinta y dos camisetas en una hora.

El primer día le pidieron a una mujer que me enseñara cómo se ensamblaba una camiseta. Lo hizo a la velocidad del relámpago: no estaba dispuesta a reducir su velocidad de producción para enseñar a una nueva. La seguí como pude. Al cabo de dos días conseguí hacer dieciocho en una hora, pero sólo unas diez pasaron los controles de calidad; las que no servían te las restaban del sueldo. Y si Wenzel se enfadaba con una mujer, como ahora lo estaba conmigo, te rompía la pieza y te la descontaba del salario. Cuando trabajas en la prisión no existe ningún sindicato ni Ministerio de Trabajo al que puedas presentar tus quejas. Si el capataz se cabrea contigo, te puede escupir, pegar o destruirte las prendas sin que puedas hacer nada al respecto.

Irónicamente, a las camisetas les cosíamos unas etiquetas en las que ponía *Hecho con orgullo en los Estados Unidos*. Al menos había entendido algo: las camisetas del economato se hacían en la cárcel, aunque nosotras sólo cosíamos camisetas blancas. Quizá luego las mandaban a una prisión de hombres para que cosieran la Virgen Loca o el Capitán Doberman.

En la sala de al lado, las mujeres trabajaban con unas tijeras muy grandes con las que cortaban la ropa que nosotras cosíamos. Había un par de mujeres que se encargaban de ir de una sala a otra para traernos los materiales necesarios.

Teníamos dos descansos de diez minutos en nuestra jornada de seis horas, y media hora en el comedor, pero la mayoría de las mujeres, excepto las fumadoras, preferían trabajar durante los descansos. Tal como me había dicho la señora Ruby, todas las chicas que trabajaban ahí eran extranjeras, mayoritariamente hispanas, pero también había un puñado de camboyanas y vietnamitas.

También era verdad, como me había dicho la señora Ruby, que la mayoría de las chicas del taller dormían juntas. Por la mañana llegaban en grupo, las acompañaban hasta el comedor o el economato en grupo, y por la noche se las llevaban a una zona separada de las demás. A mí no me habían trasladado a sus dependencias, pero los guardias me controlaban mucho más. Me controlaban tan de cerca que decidí sólo hablar italiano, o las cuatro palabras que sabía en castellano, incluso en mi celda.

El hecho de que de repente ya no hablara inglés provocó que Solina y las otras mujeres me pidieran cartas primero de rodillas, y después a gritos. Para vengarse, Solina empezó a fumar como una carretera en la celda a ver si así me provocaba y la insultaba en inglés en vez de en italiano. Todas las noches se dormía con un cigarrillo encendido que dejaba caer al suelo. Cada vez tenía que bajar a comprobar que se apagaba; no estaba pasando aquel calvario para acabar ahogada por un incendio provocado por un cigarrillo.

Parecía imposible que pudiera engañar a los guardias simulando que no hablaba inglés, pero tenía que hacerlo hasta que descubriera algo de la muerte de Nicola. Si alguien tenía que traerme problemas, seguramente sería Polsen. Cuando tenía el turno de tarde y le tocaba llevarme a la sala de recreo después de mi trabajo, no dejaba de ser grosero todo el rato. Cuando me insultaba hacía como si no lo oyera, como si fuera parte del ambiente, pero si intentaba tocarme, me ponía a gritar a voz en cuello, siempre en italiano, hasta que llegaba a un espacio común. No era una forma muy buena de defensa, pero era lo único que se me ocurría. Esperaba descubrir algo pronto porque no sé cuánto tiempo tardarían Polsen o las mujeres en perder la paciencia y darme una paliza.

Durante los descansos me iba con las fumadoras para intentar hacer preguntas sobre Nicola o sobre la ropa. ¿Adónde iban todas aquellas prendas? Había una ley en Illinois que decía que lo que se producía en la cárcel no podía salir de allí, pero yo no había visto nunca en el economato aquellas camisetas y chaquetas blancas. Y la producción, al menos la de mis compañeras, era enorme.

El tamaño de la producción y el hecho de que nadie hablara inglés, fue lo que me hizo seguir en el taller, a pesar de tener las manos destrozadas y tener que soportar la furia de Erik Wenzel.

La otra razón por la que insistía en descubrir qué pasaba era una sala al fondo del pasillo a la que llevaban nuestra producción. Cada hora, Wenzel y Hartigan, el subordinado al que había sobornado a través de Ruby para que me diera aquel empleo, se llevaban lo que habíamos hecho, lo inspeccionaban, escribían en una tarjeta lo que se podía usar y ponían todas las piezas en un carro enorme. Una camboyana era la encargada de llevar el carro hasta la otra sala.

Mi segunda mañana, durante la pausa del cigarrillo, la seguí. Cuando se abrió la puerta, vi un calidoscopio de luces, máquinas y gente. Antes de que pudiera ver mejor de qué se trataba, me tiraron al suelo. Me preparé para devolver el golpe. Estaba haciendo las tijeras con las piernas cuando me acordé de dónde estaba. Wenzel me miró lleno de cólera y me ordenó que volviera a mi sitio en una mezcla de inglés y castellano. Su castellano no era mejor que el mío, pero sabía un montón de insultos relacionados con la anatomía femenina que me dejaron despavorida. Otra falta: la tercera ya desde que entré en Coolis. Corría el riesgo de que me metieran en la celda de aislamiento en cualquier momento porque todas mis faltas podían considerarse agresiones físicas.

Fue tan fugaz lo que vi que no pude imaginar lo que era. ¿Tan grande era el secreto si dejaban entrar a la mujer camboyana? A mis compañeras les daba tanto miedo hablar de aquello que tenía que ser realmente un secreto muy bien guardado. Las únicas mujeres que trabajaban allí dentro habían sido condenadas a cadena perpetua. Eso es todo lo que pude sacar en claro. Nadie hablaba nunca con ellas, y estaban alojadas en una parte separada de la cárcel.

Cuando a la mañana siguiente intenté hacer más preguntas sobre la sala secreta, las fumadoras se apartaron de mí como si fuera a comérmelas. Hartigan también era un fumador empedernido; las mujeres lo miraban nerviosas cuando hablaba con ellas.

—*Tú preguntas demasiado* —me dijo una al oído cuando Hartigan se fue a la sala donde cortaban la tela a arreglar una máquina que se había estropeado—. *No sigas preguntando por Nicola.* Cuando supo que su bebé había muerto quiso ir a Chicago a enterrarlo. Pero evidentemente nadie la dejó salir, y llena de rabia y tristeza empezó a darle golpes a Wenzel con sus manitas. Él y Hartigan la dispararon con las pistolas de descargas eléctricas, se pusieron a reír y practicaron deporte con ella. Y ahora, no preguntes más. Para nosotras nunca existió y los guardias te castigarán si saben que haces preguntas sobre ella. Y a mí también me castigarán si creen que me acuerdo de ella.

Tenía un castellano tan rudimentario que me costaba seguir lo que decía, pero antes de que pudiera decirle que me lo repitiera, se escabulló hacia la sala de las máquinas de coser. Hartigan la agarró por el brazo y luego por un pecho y se lo torció hasta que soltó un grito ahogado de dolor.

—¿No estarás hablando de cosas de las que no tienes que hablar, verdad? —le preguntó a la mujer—. Recuerda que sabemos dónde están tus hijos. *Sabemos dónde son tus niños.**

Le corrían lágrimas por las mejillas y habló jadeando.

—Sólo le decía, no tiene dinero, no tiene cigarro. Lenta, no trabaja, ¿cuándo me pagará?

Sabía que sólo estaba utilizando el ingenio para defenderse a ella, no a mí: la mirada que me lanzó fue de odio. Hartigan la soltó y me pegó un bofetón: era una vaga que no servía para nada, me dijo, y no podría vivir siempre del cuento.

Me tuve que controlar otra vez. La rabia y la impotencia me estaban ahogando. Si no me iba de Coolis, acabaría explotando. Aunque los guardias no me hicieran daño, me estaba destrozando a mí misma. Si no descubría algo que pudiera utilizar en contra de Baladine, perdería la oportunidad de entender qué chanchullo había con la ropa. Al menos ahora sabía por qué Nicola había ido al hospital, aunque no supiera cómo había muerto en Chicago; pero eso no me servía para que arrestaran a sus asesinos.

No quería ni pensar lo que significaba «hacer deporte» con Nicola. Sólo sabía que tenía que moverme rápido antes de que descubrieran que hablaba inglés o que mi ineptitud con las máquinas me trajera problemas. El poco tiempo que me quedaba lo descubrí aquella tarde al volver al ala de la prisión cuando me dijeron que tenía visita.

Morrell se levantó de la silla cuando me vio entrar, un acto de cortesía tan pasado de moda y tan impensable en Coolis que se me cayeron las lágrimas. Era jueves, y como siempre entre semana, la sala de visitas estaba casi vacía.

Morrell me apretó la mano un segundo, pero el guardia hizo la vista gorda.

—Tienes que salir cuanto antes, Vic.

Le dije que sí, pensando en los abusos que estaba sufriendo, y empecé a contarle lo que hacían los guardias y el lenguaje que utilizaban.

---

* Las frases en cursiva están en español en el original. *(N. de la T.)*

Morrell me cortó.

—Eso es espantoso, Vic, pero yo me refiero a otra cosa. Se está complicando todo ahí fuera. Cuando Baladine se fue de Chicago, no sabía nada de ti, pero mañana vuelve de Europa. Si no lo sabe ya, en cuanto llegue se enterará de que estás aquí, y si estás en Coolis puede hacer que te traten mucho peor de lo que puedas llegar a imaginarte.

Temblé sin darme cuenta.

—¿Cómo lo sabes?

Esbozó una sonrisa.

—Soy periodista, tengo carné de prensa. He estado observando los movimientos de Alex Fisher y de Global y le he dicho que estoy escribiendo un libro sobre sistemas de seguridad.

Aunque pensarlo hiriera mi orgullo, me puse celosa. Entre tanto miedo y sufrimiento, me comparé con Alex. Ella, con su piel hiperhidratada y vestida con ropa cara de Rodeo Drive, y yo, en un estado lamentable. Como si no tuviera bastante con seducir a Murray, y tuviera que encandilar a Morrell también. Dije algo cruel sobre su capacidad de conseguir un contrato para una película sobre su libro.

—Entonces será mejor que consiga un contrato antes de que lo lea. Ah, por cierto, tiene muy buena opinión acerca de ti y cree que es una pena que tu tozudez se interponga en tu camino hacia el éxito. Le dije que estabas de vacaciones, hasta el día del juicio, y no creo que se moleste en comprobar si es cierto. Y como está tan ocupada, me ha dejado en manos de su ayudante estresada, que es un poco cotilla y no sabe guardar secretos, como el e-mail urgente que Baladine envió ayer a Alex para saber dónde te habías metido después de pagar la fianza. Tardará esto —chasqueó los dedos— en descubrir que estás aquí. ¿Has averiguado lo que querías saber?

Negué con la cabeza.

—He averiguado unas cuantas cosas, pero no lo suficiente. Creo que Nicola murió de las heridas que le infligieron aquí, aunque creo que me sería imposible demostrarlo. El taller de confección en el que trabajó es como un reino de terror; hoy el capataz ha amenazado a los niños de una mujer que estaba hablando conmigo. No sé si es porque sí, hay mucho abuso aquí, sobre todo sexual, o si es por algo concreto sobre lo que quieren impedir que las mujeres hablen. No sé, pero me parece muy curioso que las únicas mujeres que trabajan allí no sepan hablar inglés.

Morrell dio unos golpecitos en la mesa impaciente.

—Vic, ¿me das permiso para que le diga a Freeman que pague tu fianza cuanto antes? Seguramente podría ir mañana al juzgado en vez de esperar todo el fin de semana.

Me fregué la cara. Todo me sobrepasaba; me moría de ganas de dejar caer la cabeza encima de la mesa y ponerme a llorar a lágrima viva. Todo lo que había hecho desde que paré el coche para ayudar a Nicola parecía tan fútil. Mi carrera estaba por los suelos y aquellas semanas en Coolis me estaban desmoralizando del todo. No sabía por qué Baladine quería deshacerse de mí. Tenía tan poca información como un mes antes.

—Sí, dile a Freeman que pague la fianza. De todas formas no me queda demasiado tiempo hasta que se descubra todo. Todas las mujeres del ala de la prisión saben que hablo inglés. Incluso escribí cartas legales para algunas de ellas. Seguro que en cualquier momento se enterará el desgraciado del taller y luego, bueno, lo mejor que me puede pasar es que me hagan volver a la cocina.

—Vic, no sé si eres enormemente valiente o simplemente estás como una cabra, pero le das mil vueltas a Alex Fisher. No hagas ninguna locura antes de que Freeman pueda pagar la fianza.

Me rozó el dorso de la mano con los labios y se fue.

Polsen no trabajaba aquel día. La guardia me cacheó de forma muy superficial y me llevó hasta la celda para el recuento de antes de la cena. Froté el dorso de la mano contra la mejilla. Sólo me quedaba una oportunidad para descubrir algo palpable en Coolis. No sabía si era valiente o loca, pero el único plan que se me ocurrió era tan estremecedor que me quedé temblando bajo la manta mientras Solina y sus amigas se iban hacia el comedor.

41. Operación: fotos

Como no podía dormir, en mitad de la noche me puse a escribir una carta a Lotty. Por la rejilla de la puerta entraban unos rayos que proyectaban una cuadrícula de luz en la pared del baño suficiente para ver la forma de las palabras, aunque no para leerlas.

Quería que Lotty supiera lo importante que había sido para mí, desde que estudiaba en la Universidad de Chicago, cuando no era sólo joven sino una bruta sin remedio. Me acogió en su regazo y me enseñó a tener don de gentes, algo que no había podido aprender en un barrio conflictivo y con una madre agonizante. A lo largo de los años había pasado de ser una sustituta de mi madre a una amiga de igual a igual, pero siempre había sido muy importante para mí.

«Si soy insensata y temeraria, escribí, no es porque no te quiera, Lotty. Odio hacerte sufrir, y sé que si resulto gravemente herida vas a sufrir. No tengo respuesta a este interrogante. No se trata de la vieja fantochada de los hombres de que no puedo quererte tanto si no quiero más al honor. Lo que me mueve a actuar así es algo más inquietante; siento como un terror de que si no cuido yo misma de las cosas, me sentiré muy impotente. Más que cualquier otra persona que haya conocido en estos años, tú has mantenido esta impotencia a raya. Gracias por tus años de amor.»

Por la mañana la metí en un sobre sin releerla. De camino al comedor se la di a Cornish para correo externo.

La última comida del condenado: cereales, zumo de naranja en polvo, café aguado y una tostada remojada. A las nueve Cornish me llevó a la puerta del ala de trabajo de prisión. Nos volvieron a contar y recorrimos el pasillo hasta nuestros puestos. Un grupo se fue a la sala de los teléfonos, donde la señora Ruby y otras veteranas reservaban hoteles para las familias que viajaban por los Estados Unidos en sus vacaciones. Al resto nos llevaron a la sala de coser. Estuvimos firmes mientras nos contaban una tercera vez, ahora Wenzel y Hartigan, y luego nos mandaron hacia las máquinas.

Antes de que pudiera empezar con la pila de piezas que había dejado a medias el día anterior, Hartigan me agarró del brazo.

—¡Eh, tú! —me escupió en inglés. Por un momento pensé que Baladine ya me había localizado y había dado órdenes para que me trataran de forma atroz.

Pero en realidad era mi ineptitud como costurera el motivo por el que me agarró. En una mezcla muy gráfica de inglés y castellano me dijo que me relegaban a una máquina de cortar tela. Ahí pagaban un dólar treinta centavos la hora. ¿Entendido?

—*Comprendo*[*] —dije con un humor de perros.

Durante las tres horas siguientes, con un único descanso de diez minutos, estuve de pie en la sala de cortar, pegando las plantillas a enormes pilas de algodón y aguantando la tela para que unas tijeras automáticas la cortaran. Me estaba rompiendo la espalda, y encima tenía que soportar los gritos de Hartigan que aparecía cada dos por tres.

—*¡Vamos, más rápido!*[*]

Había estado toda la noche sin pegar ojo y ahora mientras acoplaba las pesadas plantillas de plástico a la tela, seguía ensayando en mi mente el plan. A la hora de comer tendría la oportunidad. Paraba-

---

[*] En español en el original. (*N. de la T.*)

mos las tijeras y dejábamos las plantillas a un lado para que la camboyana pasara a recoger lo que habíamos hecho y lo pusiera en el carro. Mientras el resto se ponía en fila para dirigirse al comedor, yo seguí al carrito, en dirección contraria del grupo. Mientras se ponían en corro a charlar y se quejaban de los dolores musculares, ni Wenzel ni Hartigan se dieron cuenta de que me iba para el otro lado.

La camboyana llamó a un timbre de la puerta. Cuando se abrió, la seguí hacia dentro. Al principio no entendí nada: sólo una confusión de luz y ruido que me daba la bienvenida: máquinas enormes, mujeres con el uniforme de presidiaria y el traqueteo de las cintas transportadoras. Era una planta de producción en serie. Me acerqué a una cinta que transportaba camisetas.

Los ojos de Lacey Dowell me miraban. Con el pelo rojo despeinado a propósito y la boca medio abierta con una sonrisa maliciosa. La sonrisa se repetía una y otra vez mientras iban pasando las camisetas por la cinta. Unos focos de luz muy intensa me hicieron sudar; eran para secar la tinta. A mi derecha había dos mujeres que pegaban calcomanías a las camisetas que traía la camboyana con una prensa gigante. En otra cinta transportadora, dos mujeres pegaban la insignia de los Space Berets en chaquetas vaqueras.

Al fondo había unas mujeres que recogían las camisetas, las doblaban y las pasaban a otra mujer que tenía una plancha industrial. Más allá, dos mujeres metían las camisetas dobladas en cajas. Me quedé mirando el proceso fascinada hasta que un grito me dejó helada. Empecé a disparar fotos con mi reloj como una loca, de Lacey, de las cintas, de las mujeres que pegaban las calcomanías en camisetas y chaquetas.

Un hombre me cogió del brazo gritando:

—¿Qué coño estás haciendo aquí? ¿De dónde has salido?

Me eché para un lado intentando hacer fotos de las máquinas, de las trabajadoras y de cualquier cosa significativa. El hombre que había gritado empezó a perseguirme. Me escondí bajo una cinta transportadora y arrastrándome por el suelo me dirigí hacia la entrada. Las mujeres que pasaban las camisetas a la planchadora dejaron de trabajar y se arremolinaron contra la pared. La ropa empezó a amontonarse hasta que cayó al suelo.

Mi perseguidor tropezó con las camisetas y gritó pidiendo refuerzos. Hartigan apareció en la puerta al momento. Las chaquetas y las camisetas se caían de las cintas y se enredaban con las máquinas. Sonaron unas sirenas y las máquinas pararon en seco.

Pasé por debajo del brazo de Hartigan con la esperanza tonta de hacer como si me hubiera confundido de dirección y hubiera entrado en la sala por error. Wenzel estaba al otro lado de la puerta. Me cogió por los brazos. Le cogí los tobillos con las piernas y con toda la rabia contenida en aquel último mes le hice perder el equilibrio. Cayó de espaldas y me soltó mientras se desmoronaba. Me aparté, rodé por el suelo y me puse en cuclillas.

Hartigan estaba delante de mí, apuntándome con una pistola. Me giré pero perdí el equilibrio y el disparo salió como un cañonazo: me caí de cabeza contra la pila de chaquetas. Tenía las piernas húmedas y olía a meado y a ropa quemada. Tenía espasmos en los brazos y en las piernas.

Hartigan me miraba con una sonrisa sádica y levantó un pie. Conseguí echarme de lado antes de que me diera una patada, pero hundió su bota en mis costillas y después en mi cabeza.

Cuando desperté estaba en una habitación oscura. Mi cabeza estaba a punto de estallar. Intenté levantar una mano para tocármela pero no pude mover los brazos. Las costillas me dolían un horror y el estómago lo tenía revuelto. Cerré los ojos y volví a quedar inconsciente.

Noté una mano en mi brazo y alguien que decía ¿Está viva? Quería apartar el brazo pero no podía moverlo. Estaba viva, confirmó otro, pero no iría muy lejos, me podían quitar las esposas.

—Ésta es capaz de engañarte, Hartigan —dijo la primera voz. Era Polsen—. Wenzel tiene una contusión del golpe que le dio. No la desates, por si acaso.

Fue la caída, quise decir. Le hice perder el equilibrio y se cayó. Pero me dolía la mandíbula y no conseguía hablar. Al cabo de un rato me trajeron agua. Estuve tan agradecida que se me saltaron las lágrimas.

Mi primo Boom-Boom me dijo que no sería capaz de subir a la grúa, intenté decirle a mi madre. Y por qué lo había hecho, me preguntó en italiano. «¿Tienes que hacer todas las locuras que haga él? ¿Qué intentas demostrar? ¿Que eres un gato y tienes siete vidas?» Mi padre le dijo que me dejara en paz, que tenía una contusión y dos costillas rotas: aquello ya era un castigo. «Y mi castigo será», gritó mi madre en inglés, «que si la pierdo en una de esas hazañas que a tu hermano y a ti os hacen tanta gracia, no podré resistirlo».

Pensé que ya podía abrir los ojos porque mi padre me estaría mirando con una sonrisa cómplice, pero cuando los abrí, estaba en una celda, pero no la que había compartido con Solina, sino una celda con una sola cama. Oí un ruido seco. Sentía punzadas en la cabeza pero ya podía moverla un poco. Vi la puerta con una ventanilla en la parte de arriba y un ojo que me miraba. Otro ruido seco cerró la ventanilla y volví a quedarme a oscuras.

Seguí durmiendo a ratos y tuve sueños extraños, de cuando tenía ocho o nueve años y mi madre me obligaba a practicar escalas en el piano. Hasta que los brazos me dolían tanto que le suplicaba que no me hiciera estudiar más música, o con Boom-Boom, en un picnic del cuatro de julio con fuegos de artificio que retumbaban en mi cabeza y me corrían las lágrimas por las mejillas. Los fuegos artificiales también olían como un baño sucio.

Cada vez que abrían o cerraban la portezuela me despertaba. Ahora ya podía mover los brazos, pero las costillas y los intestinos me dolían tanto que no intentaba moverme. Tenía frío y calor a intervalos tan rápidos que sentía como cascabeles en los pies. Pensé que mis huesos hacían un ruido metálico, pero cuando intenté incorporarme para mirarme los pies, el dolor en el estómago fue espantoso. Grité y volví a tumbarme. En otra ocasión en que abrieron la portezuela tuve un momento de lucidez: me habían puesto grilletes en las piernas. Pero daba igual. Con tanto dolor no podría levantarme. Volví a cerrar los ojos.

Volvieron a preguntar si estaba viva. Conocía la voz pero mi mente divagaba. No está muy en forma, dijo otro hombre. Apesta, dijo el primero. Ya recuperará el conocimiento, Polsen, y cuando se la metas ya verás cómo no hueles nada. Wenzel no puede conducir; tendrás que venir tú. Ponte guantes y una máscara. Quítale la camiseta. No quiero que nos pase como la otra vez que tuvimos que buscarle una limpia porque tenía marcas de quemaduras.

Polsen me estaba arrancando la camiseta; me haría lo mismo que a la otra mujer y yo no podría hacer nada para impedírselo. Pero no lloraría. No le daría la satisfacción de verme llorar cuando me tocara la piel en carne viva del pecho. Me empaló de forma tan bestia que me desmayé. Entonces me noté mareada y mi padre me llevaba en brazos, pero era muy bruto, me hacía daño, en la cabeza y en el estómago.

—No, papá —supliqué—. Déjame bajar.

Eso le hizo mucho gracia, y llamé a mi madre pero no me oyó. Cuando al final me dejó en el suelo no estaba en la cama, sino en una superficie muy dura. *«Mio letto»*, grité, *«voglio mio proprio letto»*. Me dio una bofetada y cerró la puerta, y luego recordé que le molestaba que hablase en italiano porque no me entendía. «Quiero mi propia cama», repetí en inglés, pero fue peor porque empezó a mover la habitación y me rebotaban las costillas y el estómago contra el suelo.

Me desmayaba a cada rato. Recuperaba el conocimiento cuando notaba una sacudida muy fuerte contra el suelo. Al cabo de un rato pararon las sacudidas y abrieron la puerta. Tuve otro momento de lucidez: estaba tumbada en un camión encima de cartones. Se me acercaron dos hombres. No pude hacer nada cuando me agarraron. Me tiraron al suelo y cerraron la puerta de la furgoneta. Polsen me llamó idiota de mierda y me dijo que esto me enseñaría a no meterme en los asuntos de los demás. Me dejaron allí y volvieron a la furgoneta. Se abrió la puerta trasera cuando arrancaron y cayeron varias cajas al suelo.

Ahora entendía cómo había salido de la cárcel Nicola Aguinaldo y cómo había llegado hasta Chicago. Y había muerto.

42. Lenta recuperación

Abrí los ojos y vi la máquina de las calcomanías a punto de aplastarme. Tenía los brazos atados a la cama y no podía levantarlos para protegerme la cara. Un hombre se inclinó hacia delante. No quería que Polsen supiera que estaba asustada pero no pude contenerme y grité. El hombre me llamó «cariño» y parecía estar llorando. Cerré los ojos y volví a dormirme.

Cuando volví a despertarme me di cuenta de que aquella máquina era una botella de suero. No llevaba esposas pero tenía tiras que me bajaban por los brazos y un tubo de oxígeno en la nariz. Una mujer me tocaba la muñeca izquierda. Llevaba un jersey amarillo y sonrió cuando vio que la miraba.

—No te preocupes. Estás bien y entre amigos. No estás en la cárcel y te recuperarás muy pronto.

Me miré la muñeca. No tenía nada. No llevaba el reloj que mi padre había llevado durante veinticinco años.

Mascullé algo y ella contestó:

—Cuando te trajeron del hospital no llevabas ningún reloj, pero se lo preguntaré a la doctora Herschel.

Me pareció tan horroroso que me puse a llorar. La mujer del jersey amarillo se sentó a mi lado y me secó las lágrimas porque yo no podía mover los brazos. Tenía los dedos de la mano derecha entablillados, pero me dolían tanto los brazos que no creía que pudiera moverlos para secarme los ojos.

—Haremos todo lo posible para encontrar tu reloj. Y ahora que te has despertado, a ver si puedes beber un poco. Te recuperarás más rápido si puedes comer tú sola. Cuando hayas bebido un poco de esto, llamaré al hospital y preguntaré por tu reloj.

Subió la cama y tragué algo dulce.

Volví a musitar con voz ronca.

—Estás en el Instituto Grete Berman recuperándote de las heridas.

Había oído hablar del Instituto Grete Berman, pero no recordaba qué era. Volví a dormirme intentando averiguar de qué se trataba y poco a poco fui recuperándome. Cada vez que me despertaba bebía un poco más y aguantaba más rato despierta. A veces el hombre que me llamaba «cielo» estaba allí, y al final recordé que era el señor Contreras. Intenté sonreír y decir algo para que entendiera que le había reconocido y que le agradecía que estuviera allí: sólo conseguí decir: «Peppy», y eso le hizo llorar otra vez.

Una de las veces que me desperté, la mujer del jersey me trajo el reloj de mi padre y me ayudó a ponérmelo en la muñeca. Me sentí mejor al verlo pero seguía triste, como si me faltara algo más importante. La mujer del jersey me obligó a beber sopa de miso. Cada vez estaba mejor; dentro de unos días ya podría comer arroz, y después incluso podría recordar lo que me inquietaba tanto.

Estaba cansada de pensar. Dejé de preocuparme por el reloj y me dejé llevar por el sueño y la comida. También intentaba incorporarme en la cama. La herida en el abdomen suponía una tortura para incorporarse. En realidad sólo pasaron tres días entre la primera vez que me desperté y mi tembloroso paso de la cama a una silla y una vuelta por el pasillo, pero el dolor y los calmantes alargaban el concepto del tiempo de una forma muy extraña.

El día que el señor Contreras me ayudó a sentarme en una silla para que pudiera comer arroz y ver a los Cubs, entró Lotty. Sammy Sosa acababa de marcar su *home run* número 46, pero el señor Contreras quitó el volumen del televisor y con una delicadeza inusitada en él nos dejó a solas.

Cuando Lotty me vio en una silla se puso a llorar y se agachó para abrazarme.

—Victoria. Pensaba que te perdía. No sabes cómo me alegro de volver a tenerte.

Al verla desde tan cerca, vi que tenía muchas más canas; por alguna razón, eso también me hizo llorar a mí.

—Pensaba que venías a echarme la bronca.

Dejó de llorar.

—Después. Cuando puedas defenderte.

—Que no se excite, doctora Herschel —dijo la enfermera.

Lotty se levantó. A pesar del pelo canoso, seguía moviéndose con agilidad. No se quedó mucho rato pero al día siguiente vino con Morrell. Entre los dos me contaron lo que me había pasado.

Un agente me había recogido en la salida de Belmont de la autopista Kennedy a las tres de la mañana del domingo. Las cajas que habían caído del camión cuando Polsen arrancó me salvaron la vida; un motorista, que derrapó para esquivarlas, me vio en el suelo y llamó a la policía. Los agentes me llevaron a Beth Israel y el doctor Szymczyk, el mismo cirujano que estaba de guardia la noche que encontré a Nicola Aguinaldo, me operó.

Había tenido más suerte que Nicola por muchas razones. Cuando Hartigan me dio patadas conseguí girarme de forma que mis costillas recibieron el mayor impacto. Tenía el intestino muy dañado y con una infección grave, que me daba fiebre, pero cuando me encontró el agente, la herida sólo había empezado a perforarme el peritoneo. Cuando yo encontré a Nicola estaba en un estado tan avanzado de peritonitis que no tenía posibilidades de sobrevivir.

Además, yo estaba en forma y acostumbrada a defenderme; a pesar de la sacudida de la pistola de descarga eléctrica con la que Hartigan me había disparado, pude cubrirme de sus golpes. Se ve que me había puesto las manos en la cabeza y que el golpe que me dejó inconsciente me rompió los dedos de la mano derecha pero apenas me rozó el cráneo.

—Has tenido mucha suerte, Vic —dijo Lotty—. Pero no estás acostumbrada a ser una víctima.

—Pero ¿por qué estoy aquí en lugar de en el hospital? El Grete Berman es para víctimas de la tortura, ¿no? Y a mí no me han torturado.

—Yo no quería que te sacaran de Beth Israel hasta que estuvieras más estable, pero Morrell me convenció de que Baladine podía encontrarte fácilmente en el hospital si decidía buscarte. Yo quería llevarte a mi casa, pero el Instituto Berman es seguro y con personal especializado, y al final accedí a que te trajeran aquí cuando estuvieras fuera de peligro. Pero aparte de eso... —se le rompía la voz e intentó calmarse—. Estabas indefensa. Estabas a merced de la ley, te dispararon con un arma eléctrica, te pegaron y te ataron a una cama. Claro que te torturaron, Victoria.

—Ahora tiene que descansar, doctora Herschel —dijo la enfermera.

Durante los días siguientes, empecé a levantarme y a hacer ejercicio en los jardines del Instituto Berman, y Morrell me contó el resto de la historia. Había llamado a Freeman Carter tan pronto como volvió de Coolis el jueves y le dijo que tenía que pagar la fianza el viernes, como fuera; Morrell le dijo a Freeman que temía que Baladine no me dejara pasar de aquel fin de semana. Freeman era muy escéptico al principio pero al final Morrell lo persuadió.

Freeman se pasó todo el viernes removiendo cielo y tierra para poder liberarme. Hasta las tres de la tarde no consiguió que el encargado de un tribunal de primera instancia le diera permiso para pagar mi fianza en un juzgado de Chicago y poder liberarme aquella misma tarde en vez de esperar hasta el lunes que un juez de primera instancia fuera hasta Coolis.

Entonces, y aunque nadie de fuera de la prisión lo supiera, yo ya estaba atada a una cama en una celda de aislamiento con una fiebre altísima. Freeman no conseguía que nadie en Coolis le dijera dónde estaba y al final le dijeron que el personal administrativo necesario para efectuar mi liberación ya había acabado el turno y que tendría que volver el lunes.

Entonces Freeman fue al tribunal de apelaciones y consiguió una orden de emergencia que solicitaba mi liberación inmediata. En la prisión le dijeron que había fingido una lesión en mi trabajo y que me habían llevado al hospital. El sábado, mientras me subía la fiebre, jugaron al gato y al ratón con Freeman, mandándole de la prisión al hospital y del hospital a la prisión, cada uno diciendo que era el otro el que tenía mi cuerpo.

Ni Freeman ni Morrell sabían exactamente qué pasaba entre el personal de la prisión, pero lo más seguro es que estuvieran muertos de miedo. Quizá pensaban que iba a morir y Freeman les había dejado claro que si no salía en perfecto estado llevaría a cabo una investigación a fondo. Supongo que pensaron que podrían repetir la misma historia que se habían inventado con Nicola Aguinaldo: tirarme en medio de Chicago y esperar que alguien me atropellara o que muriera de mis propias heridas y publicar una noticia de que me había escapado. Morrell me enseñó el artículo del *Herald Star*.

DETECTIVE PRIVADA DETENIDA POR SECUESTRO ESCAPA DE LA PRISIÓN

Por segunda vez este verano, una mujer consiguió escapar del sistema penitenciario experimental (prisión-cárcel) de Coolis dirigido por Carnifice Security. Sin embargo, esta vez el revuelo ha sido mucho mayor: la mujer en cuestión es conocida en Chicago, ya que se trata de la detective privada V. (Victoria) I. (Iphigenia) Warshawski. La investigadora fue detenida por secuestrar al hijo de Robert Baladine, director de Carnifice, y pasó un mes en la prisión preventiva de Coolis al no poder pagar la fianza que le impuso el juez.

No era una prisionera fácil, según el director de la cárcel Warden Frederick Ruzich; a menudo se peleaba con otras reclusas y no hacía caso de las órdenes de los guardias, cuyo trabajo incluye ayudar a las mujeres a adaptarse a una nueva vida en Coolis.

Quizá no sabremos nunca cómo consiguió escapar Warshawski. La encontraron en la salida de Belmont de la autopista Kennedy. Aunque sigue viva, tiene un traumatismo craneal y puede que no hable nunca más. La doctora Charlotte Herschel, que se ocupó de la señora Warshawski en el Hospital Beth Israel, dice que la detective puede respirar por sí sola, y eso les da esperanza de una recuperación parcial. Ahora se encuentra en una clínica de reposo, pero la doctora Herschel no ha querido informar a los periodistas de qué clínica se trata.

Warshawski se hizo especialmente conocida el año pasado cuando capturó al asesino del activista social Deirdre Messenger, pero sus eficientes investigaciones en delitos de empresarios han merecido el respeto de varios departamentos de Chicago, incluyendo el Departamento de la Policía.

Robert Baladine, el presidente de Carnifice Security, está preocupado por los evidentes problemas de seguridad en Coolis que están convirtiendo la fuga de presas en algo rutinario. Ha prometido que se llevará a cabo una investigación a fondo de las medidas de seguridad. El gobernador de Illinois, Jean Claude Poilevy, hizo unas declaraciones desde Oak Brook asegurando que la asamblea ofrecía a Carnifice ventajas fiscales si se hacía cargo de la prisión de mujeres, y que espera que ahora cumplan su parte del trato. *(Lea el reportaje de Murray en la página 16 sobre los casos más significativos de Warshawski.)*

La historia incluía un mapa de Illinois con una ampliación del noroeste que mostraba la prisión de Coolis y los caminos que la enlazaban con Chicago.

Dejé el periódico a un lado con desidia. No me importaba lo que Murray dijera de mí. Acababa de recordar qué era lo que me preocupaba tanto sobre el reloj y me sentía tan inútil que estaba afectando a mi recuperación.

—La cámara que fue la causa de estos golpes. Ha desaparecido —musité a Morrell—. No sé si me la quitaron cuando me aislaron o si se perdió en el hospital, pero ya no la tengo.

Morrell abrió los ojos de par en par.

—V. I. Pensaba que te lo habían dicho cuando te devolvieron el reloj de tu padre. Lo tengo yo. Lo he llevado al Unblinking Eye para que revelen las fotos. No te lo he dicho porque todo el rato insisten en que no te ponga nerviosa y pensé que ya me lo preguntarías tú cuando estuvieras preparada para ver las fotos. Estarán dentro de un día o dos.

Sentí un alivio aturdidor.

—Tú y Lotty, ¿de verdad pensasteis que no hablaría más o fue para despistar?

Morrell soltó una sonrisita.

—Alex Fisher quería sacarme información como fuera, así que pensé que era mejor jugar sobre seguro. Cuando se lo conté a Freeman, me dijo que era muy buena idea y que teníamos que publicarlo. Los únicos que saben la verdad aparte de él y la doctora Herschel son Sal y por supuesto tu vecino. Lotty pensó que sería muy cruel que el señor Contreras pensara que estabas en una situación tan extrema. Además, eso nos da tiempo para pensar qué hacemos con Baladine y Global Entertainment.

Es verdad. Baladine y Global Entertainment. Quería hacer algo pero no sabía qué. Durante mi primera semana en el Instituto Berman había estado tan cansada y me dolía el cuerpo por tantas partes que no había podido pensar en todo lo que me había pasado. A medida que podía pensar con más claridad, me sorprendían mis terribles cambios de humor. A ratos estaba eufórica porque me había escapado y había conseguido hacer fotografías y al cabo de un momento se me acercaba un extraño y pensaba que era un guardia, Polsen o Hartigan, y me sentía terriblemente impotente, como cuando estaba en Coolis; intentaba escapar, aunque me temblaban las piernas, y pensaba que volverían a darme cinco mil voltios de electricidad.

El instituto trataba a muchos pacientes que habían estado más tiempo cautivos y sometidos a una dureza peor. Me sentía culpable por estar ocupando una cama que podría ser para alguien de Ruanda o de Guatemala, pero el psicólogo que me visitaba dos veces por semana me dijo que el instituto no lo veía así.

—¿Crees que nuestros médicos no deberían curarte una mano rota porque hay otra persona que tiene cáncer de pecho y necesita más atención médica? Tienes que recuperarte cuanto antes aunque hayas tenido la experiencia que sea.

—Pero los otros no escogieron que les torturaran —grité—. Yo decidí quedarme en Coolis. Si le hubiera hecho caso a mi abogado y hubiera pagado la fianza, no habría pasado nada de todo esto.

—Te culpas de tus desgracias. Aquí hay mucha gente que se atormenta de la misma forma: si no hubiera vuelto a casa aquella mañana, si hubiera escuchado a mi madre y hubiera ido a verla, si no hubiera firmado aquella demanda. Queremos controlar nuestro sino y nos echamos la culpa cuando algo nos sale mal. Tú quisiste quedarte en Coolis para intentar entender qué le pasó a aquella muchacha que intentaste ayudar. A mí me parece muy noble. Y no puedes echarte la culpa por el hecho de que hombres y mujeres con poderes ilimitados sobre nuestras vidas utilicen este poder de una forma tan sádica. Si Coolis fuera un poco más humano, tu amiga no habría muerto, para empezar.

Intenté seguir su consejo, pero seguía teniendo muchas pesadillas y a veces me daba miedo ponerme a dormir. Y sabía que sólo si descansaba bien, me podría recuperar antes.

—¿Qué te ayudaría a dormir mejor? —me preguntó la siguiente vez que nos vimos.

—Dejar de sentirme tan humillada. Sé que no puedo cerrar Coolis ni puedo cambiar las prisiones de América. Las humillaciones seguirán ahí y las sufrirán todas las mujeres que vayan a una cárcel. El lenguaje degradante, las violaciones, todo. La ley hace que sea casi imposible poner una denuncia a los guardias, y aunque lo consigas, los guardias tienen tanto poder que te cierran la boca en un momento.

Freeman Carter estaba preparando denuncias para mí; una contra el Departamento de Policía de Chicago y la violencia que sufrí yo y mi despacho a manos del agente Douglas Lemour. La otra era contra el sistema penitenciario de Illinois, por las heridas y los golpes que me habían infligido. Bryant Vishnikov estaba examinando las radiografías para ver si podía demostrar que las patadas eran de un tipo de botas muy particulares. Como las que llevaba Hartigan en Coolis.

—Pero estos casos tardarán años en llegar a los juzgados —le dije al psicólogo—. Para entonces a lo mejor me he quedado sin un duro y no puedo trabajar ni tengo un fondo de pensiones ni nada. Quiero que Robert Baladine pague por lanzarme a su poli corrupto y detenerme por acusaciones falsas. Quiero que expulsen a este policía del cuerpo y quiero que Baladine quede en evidencia públicamente. Y claro, también necesito que deje de molestarme si quiero trabajar de investigadora de nuevo.

La señora Ruby me había dicho que si quería venganza para comer se me indigestaría, pero me parecía que la pasividad me sentaba peor que cualquier venganza.

Mi psicólogo no me animó en mi decisión: me dijo que era mejor que me recuperara por mis propios medios y luego ya vería lo que podía hacer.

Recuperarme por mis propios medios significaba recuperar mi fuerza física. Empecé a aplicarme. Pasadas cuatro semanas de que me encontraran en la salida de Belmont, corría un poco más de un kilómetro, y a partir de ahí mi fuerza física fue creciendo día a día. El jueves antes del Día del Trabajo, cuando el calor sofocante de El Niño decidió dejarnos en paz, estaba lista para pasar a la acción.

43. Haciendo planes

Había decidido que ya era hora de moverme, pero no sabía adónde ir. Si me iba a casa sería una presa demasiado fácil en cuanto Baladine descubriera que había resucitado. Por ese mismo motivo rechacé la invitación de Lotty de quedarme en su casa; prefería que me mataran antes que poner su vida en peligro otra vez con una de mis hazañas.

Morrell me sugirió que pasara una o dos semanas en la rectoría del padre Lou. Le pregunté varias veces si lo había hablado con él y si estaba al tanto del riesgo que corría; al final el padre Lou me envió un comunicado escueto diciendo que era bienvenida siempre y cuando no fumara. Los niños de la escuela y del barrio estaban acostumbrados a ver a familias desconocidas porque el párroco ofrecía su rectoría a gente que habían desahuciado o a los que buscaban refugio; estaban acostumbrados a no chismorrear en la calle sobre los protegidos del párroco. Así que el viernes anterior al Día del Trabajo pasé de estar en el moderno, confortable y bien equipado Instituto Berman a una cama estrecha bajo un crucifijo y un lavabo con un váter y una bañera ajados. Aunque comparado con Coolis, era una delicia.

Durante mi convalecencia, Morrell y Lotty vinieron a verme casi todos los días. Lotty me traía las flores que le enviaban a su despacho los que me deseaban una pronta recuperación, pensando que tenía una lesión cerebral. Darraugh Graham, mi cliente más importante, me envió un naranjo en miniatura y una nota que decía que si algún día me sentía con fuerzas para volver a trabajar, él estaría encantado de seguir haciendo negocios conmigo. Me emocioné, y me sentí aliviada, aunque Morrell, que se encargaba de traerme el correo que llegaba a mi despacho, se encontró con un montón de cartas de clientes que prescindían de mis servicios: «Hemos pensado que una empresa mayor, como Carnifice, cumple mejor los requisitos de seguridad que en estos momentos...».

El señor Contreras me visitó muy a menudo mientras estuve en Berman. Y cuando se enteró de que podía traer a Mitch y a Peppy, los metía en el coche y venía teniendo en cuenta las instrucciones de Morrell de que nadie le siguiera. Los perros me ayudaron a recuperarme. Cuando corría con ellos en los jardines de detrás del instituto, me sentía mucho mejor.

Un día recibí un ramo de anémonas de Abigail Trant con una nota en la que me deseaba que me recuperara rápidamente de todas mis dolencias. Después de la visita que me había hecho una semana antes de que me detuvieran, el ramo no me sorprendió: me hizo mucha ilusión.

Abigail Trant salía de vez en cuando en el periódico, sobre todo a medida que se acercaba la competición de natación que organizaba Eleanor Baladine. El *Herald Star,* en su nuevo papel de promotor de Global Entertainment, le concedía, a veces, la primera página. La competición era para recaudar fondos para organizaciones de niños en las que colaboraban Abigail Trant, Jennifer Poilevy y Eleanor Baladine. También publicaron varias fotografías de las tres alrededor de la piscina de Eleanor con sus exquisitos trajes de baño. Participar en el concurso costaba mil dólares. Cualquiera que tuviera un hijo o una hija menor de trece años y quisiera participar tenía que ponerse en contacto con Alex Fisher, de Global.

Otro día vino Lotty con un ramo enorme de flores rojas y amarillas y una carta de Murray Ryerson.

«Querida Vic:

No puedo creerme que estés en coma. Por una parte porque no quiero creérmelo, y por otra, tengo mis recursos; no han podido localizarte en ninguna clínica de reposo de por aquí, así que tal vez Lotty Herschel te lleve las flores y esta carta.

Siento que te arrestaran. Siento que pasaras tanto tiempo en la prisión. No entiendo por qué no pagaste la fianza y saliste de ahí. En todo caso, menudas agallas. Siento haberte gritado por lo de las cuentas de Frenada. No sé quién ni cómo introdujo aquellos datos en su LifeStory, pero eran falsos. Cuando su hermana intentó sacar dinero de una de aquellas cuentas, se demostró que no había nada. Por razones que no he podido averiguar, Carnifice quería desacreditar a Frenada. Sea como sea, está claro que tienen los recursos técnicos necesarios para introducir datos falsos.

De todas formas, quiero que sepas que intenté solucionarlo. Quise hacer una segunda parte del caso Frenada explicando que me habían dado información falsa, pero no me dejaron emitirlo. Intenté publicar un artículo en el *Star,* pero el editor lo censuró. Me han dicho que me tome unas semanas de vacaciones para ver si "recupero el sentido de las cosas".

Si estás bien, llámame. Y si tu vida corre peligro de verdad, V. I., me gustaría poder verte para pedirte perdón. Y te suplico que no te mueras. Creo que no podría seguir trabajando en Chicago si tú dejaras de formar parte del paisaje.»

Murray

Me puse una flor del ramo en el ojal de la camisa y empecé a bailar por los jardines de Berman. Tuve un impulso eufórico de llamar a Murray para que dejara de sentirse culpable. Habíamos hecho cosas increíbles juntos. Pero ahora no podía arriesgarme, ni siquiera por un viejo amigo. El comportamiento de Murray durante este último verano había sido demasiado cambiante para confiar de repente en él sólo por una carta.

El mismo día que recibí la carta de Murray vino Morrell con las fotos que había hecho en Coolis. En total había treinta y tres; no había tenido tiempo de sacar el rollo entero. En algunas se veían escenas de la cárcel, como la vez en que Polsen intentaba bajarle los pantalones a Dolores, o las pústulas de una quemadura en el brazo de una mujer que trabajaba en la cocina. En las que había tenido tiempo de enfocar, aún no sé cómo, la calidad era bastante buena como para que se apreciaran detalles.

La mayoría de las que tomé en la sala de máquinas habían quedado borrosas debido a mi nerviosismo, pero había una en la que se veía muy claramente la cara de Lacey estampada en una camiseta, y un hombre con el uniforme de la prisión justo detrás. También tenía dos fotos de mujeres que manejaban las máquinas de estampar. Y tampoco sé cómo lo hice, pero tenía una foto de Hartigan mientras me apuntaba con la pistola de descargas eléctricas. No me acordaba de haberla sacado; quizá con sus patadas o con el impacto de la pistola se disparó la cámara automáticamente. Hartigan salía escorzado porque yo estaba en el suelo, pero se le veía la cabeza enorme y la expresión rebosante de sádico placer, mucho mayor su cabeza que su cuerpo. La pistola se veía a un lado de la foto.

Cuando vi aquella foto comencé a sudar. Tuve que dar una vuelta por el jardín antes de volver a sentarme con Morrell. Estaba avergonzada de mi debilidad.

—¿Qué demuestran estas fotos, Vic? Aparte de una gran cantidad de sadismo en la prisión, claro.

Había tenido mucho tiempo para pensar durante mi recuperación, y entonces lo puse todo en orden, tanto para Morrell como para mí.

—Una prisión es un lugar perfecto para tener una fábrica. La mano de obra es barata y está obligada a trabajar. No existe el peligro de que se forme un sindicato ni nada por el estilo para protestar contra las condiciones de trabajo. Aunque pagues más de lo que pagarías en el sur asiático, te sale más barato porque no tienes inversión inicial de capital. El Estado te proporciona el local. El Estado compra la maquinaria. Llevar la mercancía a los mercados es más barato que hacerlo desde Tailandia o Burma porque estás muy cerca de las vías principales de comercio de Chicago. Así que Coolis empezó a manufacturar camisetas y chaquetas para Global Entertainment.

Murray levantó las cejas.

—Es denigrante, pero que te quieran matar sólo por haberlo descubierto...

—Según una ley del Estado de Illinois, todo lo que se produce en una prisión debe venderse dentro del sistema penitenciario. Baladine y Teddy Trant, de Global, son buenos amigos. Cuando Baladine empezó con Carnifice Security y después tuvo la oportunidad de construir y dirigir Coolis, seguramente los dos se dieron cuenta del gran potencial que tenía la mano de obra cautiva. Los dos son amigos del gobernador de Illinois. Hace un par de años, Poilevy convocó una asamblea extraordinaria para retocar las leyes de derecho penal. Es muy posible que le prometiera a Baladine que si conseguía repartir el dinero entre las personas adecuadas podría cambiar la ley, pero el Ministerio de Trabajo se puso firme. A menudo hacen lo que dice el gobernador, pero si dejaban pasar eso se les echarían encima todos los sindicatos: eso sería robar puestos de trabajo descaradamente.

Morrel manoseaba las fotografías.

—Pero sigo sin entenderlo. ¿Baladine hizo arrestar a su niñera sólo para tener otra esclava en la fábrica de la cárcel?

—No. A Nicola la detuvieron por robo. La juzgaron, la condenaron y acabó en el taller de costura porque era pequeñita, con los dedos muy ágiles y apenas hablaba inglés. Los de la cárcel intentan que no se sepa nada de esta operación. Intimidan a las mujeres que trabajan en el taller e intentan separarlas del resto de reclusas. Enseguida descubrí que las mujeres tenían miedo de trabajar en el taller, aunque estuviera mejor pagado que otros trabajos. En resumen, que a Nicola le dijeron que su niña había muerto de asma, la misma niña a la que no le pudo pagar las facturas del hospital y por eso tuvo que robar el collar. Quería ver a la niña y enterrarla, pero los guardias se lo tomaron a cachondeo. Entonces perdió los estribos y empezó a dar golpes en el pecho a este tío —señalé a Hartigan con el dedo—.

Él le disparó con una pistola de descargas eléctricas. Le dio patadas y le perforó el intestino. La metieron en una celda de aislamiento, se asustaron porque estaba muy débil y la mandaron al hospital de la cárcel. Supongo que el hospital dijo que la operación era cara y complicada, y que igualmente no les aseguraban que sobreviviera. Pensaron que si la dejaban tirada en el arcén cerca de su casa podían decir que se había escapado y que la habían matado en su barrio.

Mi tono era cada vez más neutro, más impersonal, como si intentara separar los sentimientos de lo que estaba contando. Morrell me tocó con la mano, dejándome espacio para apartarla si quería. Es una de las cosas que te enseñan en Berman. Déjales espacio por si se ponen nerviosos al tocarlos. Le apreté los dedos en señal de agradecimiento, pero necesitaba levantarme y moverme. Salimos al jardín y hablamos mientras yo no paraba de moverme alrededor de las plantas que aún no habían florecido.

—Cuando dejaron a Nicola en Chicago, se dieron cuenta de que la pistola había dejado marcas de quemadura en el cuello de la camiseta. Por si acaso el forense veía las marcas durante la autopsia, le quitaron la ropa y le pusieron una camiseta de la Virgen Loca. Estoy casi segura de que la había hecho Lucian Frenada por si acaso Global lo contrataba.

Expliqué a Morrell lo que había descubierto sobre Frenada y Trant después de haberme pasado por la parroquia del padre Lou, justo antes de que me detuvieran. Que Frenada había hecho unas cuantas camisetas para Global y que discutió con Trant y con Lacey para averiguar qué había sido de ellas.

—Decía que Trant le había robado una, y Lacey se echó a reír. Y yo también, claro. ¿Por qué tendría que robar una camiseta el jefe de Global cuando puede tener todas las que quiera gratis? Pero las que podía conseguir Trant llevaban una etiqueta en la que ponía *Hecho con orgullo en los Estados Unidos,* una especie de *Arbeit macht frei** que teníamos que coser en el cuello de las camisetas. Por qué

----

* «El trabajo os hará libres.» (*N. de la T.*)

querían que Nicola llevara una camiseta de la Virgen Loca, no tengo ni idea. Quizá pensaban que podrían culpar a Frenada de su muerte si alguien hacía preguntas. No sé. Todo lo que hacían tenía un aire de película serie B. El tipo de argumento que gusta a los grandes estudios. O quizá fue idea de Alex Fisher. Cuando pensaban que me iba a morir, me quitaron la camiseta y me pusieron otra. Hicieron un comentario. Aunque no paraba de perder el conocimiento, estaba más o menos al tanto de lo que estaba pasando, aunque en aquel momento no lo entendiera. Antes de que me detuvieran, pensaba que tal vez Frenada tenía algo que ver con la muerte de Nicola Aguinaldo, pero durante una noche en vela en Coolis me acordé de todas las conversaciones que habíamos tenido. Cuando le pregunté cómo era que una de sus camisetas había llegado al cuerpo de Nicola, Frenada se quedó mudo y me colgó el teléfono. La noche que Robbie lo vio en Oak Brook, Frenada había ido allí a enfrentarse a Trant y a Baladine. El problema es que no podía demostrar que Baladine había matado a Frenada; sólo lo intuía. Pregunté a Morrell si Vishnikov había visto algo raro en la autopsia.

—Ah, es verdad. Teníamos que hablar de tantas cosas que ya no me acordaba de eso —dijo Morrell—. Frenada murió ahogado. Eso seguro. Vishnikov dice que tenía una marca de un golpe en la cabeza que podría ser de cuando resbaló en las rocas del puerto, porque era previo a la muerte, y que quizá por eso cayó al agua. También tenía contusiones postmortem.

Protesté.

—Estuvo en casa de los Baladine la noche en que murió. Robbie lo vio y después oyó una frase de Trant bastante sugerente, algo así como: tenemos que encargarnos de este problema. Creo que ahogaron a Frenada en la piscina y luego se fueron al lago a tirarlo, pero supongo que esto no se ve en la autopsia.

Morrell negó con la cabeza.

—Cuando me pediste que fuera a ver a Vishnikov otra vez, examinó el cadáver órgano por órgano, pero dijo que no se podía demostrar si murió en agua normal o clorada.

Empecé a triturar la flor mustia del ojal.

—Si no puedo endosarle nada gordo a este cabrón, no podré volver a trabajar. No puedo demostrar que mató a Frenada. Podría contarle a alguien lo de las camisetas pero nunca podré probar que tiene una fábrica en Coolis. O sea, que no puedo demostrar que venden camisetas, chaquetas y qué sé yo fuera de la prisión, sin un esfuerzo inhumano.

—¿Qué necesitarías para demostrarlo? —preguntó Morrell.

—Todo el trabajo sucio de los detectives que hacíamos antes de que casi todo se pudiera comprobar por Internet. Vigilancia veinticuatro horas de las furgonetas como la que me llevó a mí, seguirles, ver cuáles llevan productos de Global, ver dónde dejan la mercancía. Sobornando a los conductores se ahorra un montón de tiempo, pero aun así, serían semanas. Y después las vistas en el juzgado, y durante todo ese tiempo tendría que vivir de algo, por no hablar de lo que cuesta financiar la investigación. Sería mucho más fácil si consiguiera que Baladine confesara.

Morrell me miró con cara de póquer.

—¿No lo dirás en serio? Ese tipo no confesaría nunca. Está en juego su imagen y su prestigio...

Mientras Morrell hablaba me puse a pensar de qué manera nos había atrapado a Frenada y a mí: poniendo cocaína en nuestros despachos, deteniéndome por secuestro, con datos falsos en Internet sobre las cuentas de Frenada. Baladine no era muy sofisticado; le gustaba ensuciarse las manos. Pero empezaba a ver cómo podía utilizar sus artes para que confesara. ¿Pensaba ser una insensata y una temeraria otra vez? Me daba igual. Ya había pasado lo peor. Había salido muy quemada, pero viva. Nada de lo que me pudiera pasar en un futuro podía ser peor que aquel infierno.

—Tengo una idea —interrumpí a Morrell bruscamente—. Pero necesitaré un poco de ayuda.

44. Nadando entre tiburones

La competición de natación en casa de los Baladine atrajo a una cantidad notoria de público. Morrell me dejó a unos veinte metros de la entrada principal. La puerta estaba abierta pero controlada por miembros de Carnifice uniformados. Me puse en la fila entre un par de niñas que se peleaban por una bolsa de gimnasia y dos hombres repeinados que hablaban de béisbol. Íbamos adelantando a medida que los guardias de seguridad comprobaban que nuestras entradas no eran falsas; para ello utilizaban un pequeño escáner. Pasaron el escáner por mi pase de periodista y me inspeccionaron el maletín, aunque sólo encontraron cintas de vídeo y una libreta. Otro hombre me dio un plano y un programa. Me acompañó hasta la piscina donde habían montado un tenderete con refrescos para la prensa.

—Puede utilizar el baño que está al lado de la cocina, señora. El público y los nadadores utilizan los servicios de la cabaña.

Me gustó que un miembro de Carnifice me llamara «señora». Le di las gracias y me escurrí entre la muchedumbre. No iba disfrazada, pero confiaba en que el sombrero de ala ancha y el hecho de que nadie esperase verme ahí me protegería. Fui hacia la parte trasera de la casa porque estaba más concurrida.

En la carpa para la prensa me dieron una bolsa con artículos a nombre de Morrell pero salí de ahí antes de que alguien me diera conversación. La ayudante inepta de Alex Fisher también estaba allí; no quería que me preguntara dónde estaba Morrell. Además, ya había reconocido a unos cuantos periodistas y con sólo dos frases habrían descubierto que la que se escondía tras la pamela y las gafas de sol era yo. Ya hablaría con ellos más tarde, pero si me veían ahora podría ser el fin.

Participaban treinta y dos niños en la competición, según el programa que me dieron. La competición se dividía en distintas categorías según edades y habilidades. Empezarían a la una, pero Carnifice y Global, los patrocinadores del acto, habían preparado un montón de actividades para entretenernos antes y después de las carreras de natación. Lacey Dowell asistiría al acto más tarde y mientras tanto, nos podíamos deleitar con las tres primeras entregas de la Virgen Loca que estaban pasando en otra carpa detrás del garaje.

El acto había recogido sesenta y siete mil dólares que se repartirían entre tres asociaciones para niños: una de atención a niños discapacitados, otra para niños de barrios deprimidos y otra para programas de deportes para niños. Carnifice Security y Global habían contribuido con diez mil dólares cada uno. Era un acto muy mediático y de hecho la carpa era un avispero de periodistas.

—¡Jennifer! Dentro de cinco minutos tenemos una rueda de prensa.

Era Eleanor Baladine, hablando desde tan cerca que casi doy un brinco. Estaba detrás de un arbusto con pinchos. Di unos sorbos de la botella de agua mirando con el rabillo del ojo el lino turquesa, que era todo lo que podía ver de su cuerpo.

—Me molesta la actitud de Abigail —dijo Eleanor—. Dice que Rhiannon se cansó de nadar cuando estuvimos en Limoux y que ya no quiere participar en la competición. Podría haberlo dicho antes de que hiciéramos imprimir los programas. Intenté decirle que queda muy mal que una de las organizadoras saque a su hija de la competición. Además, me pareció ridículo que se fuera cada dos por tres a Toulouse con su hija como si fueran amigas que se van de compras juntas. Mis niñas estuvieron seis horas diarias en la piscina y se lo pasaron fenomenal.

—Es que tú eres tan intensa, Eleanor —dijo Jennifer Poilevy—. No todo el mundo tiene tu energía. Claro que tus hijas han heredado tu espíritu competitivo, pero fue una pena que Robbie no viniera a Francia. Quizá habría calmado un poco a mis gemelos. Lo paso muy mal cuando no paran de subir a todas partes y saltar. Pienso que acabaran trayéndomelos en una camilla.

—Con Robbie nunca tenemos que preocuparnos de eso —dijo Eleanor con sequedad.

—Ah, Eleanor, por fin te encuentro —Baladine había salido de la otra punta de la casa.

Sólo con oír su voz me entró un odio tan profundo y una sensación de rabia e impotencia que decidí marcharme antes de que saltara del arbusto y le estrangulara.

Las últimas palabras que oí que decía Baladine fueron:

—¿Te ha dicho tu hermana que el viernes fue a visitar a Robbie al campamento? Me ha llamado el comandante Enderby para decir que la tía Claudia se lo llevó a cenar y que lo trajo de vuelta muy tarde.

Me dio un vuelco el corazón. No esperaba que el comandante del campamento informara a la familia de las visitas. Tenía que actuar cuanto antes.

Atravesé la carpa de los periodistas y fui hasta la cocina, que es donde estaba el baño al que teníamos derecho. Rosario, la niñera, estaba lavando vasos mientras el servicio de *catering* preparaba bandejas monstruosas de gambas, tartaletas de champiñones y otras delicias. La diferencia con la cocina de Coolis, llena de cucarachas que se incrustaban en la grasa y siempre entre gritos e insultos de las mujeres que llevaban cazuelas de un lado a otro me puso de mala leche otra vez. Cuando un camarero me ofreció una tartaleta de salmón con un círculo de caviar en medio, lo despedí con muy malas maneras.

El baño estaba al lado de una puerta giratoria que daba a la casa. La empujé, cualquiera podía equivocarse, y apareció un guardia de Carnifice detrás. Vio el pase de periodista verde y me dijo:

—No se puede entrar en la casa, señora. Si busca el baño es la puerta de al lado. ¿Y no quiere ir a la rueda de prensa? Empieza dentro de dos minutos.

Musité una disculpa y entré en el baño. La primera modalidad de competición empezaría justo después de la rueda de prensa. Empezaban con los más pequeños, la modalidad en la que participaba la hija pequeña de los Baladine. BB y Eleanor estarían en la piscina, o eso creía Robbie.

—Quieren ver cómo sus niñas ganan a todo el mundo, y si pierden, BB y Eleanor les querrán enseñar todo lo que han hecho mal. Eso les encanta.

Me lo había dicho el viernes por la noche. Cuando entró en la sala de visitas del campamento Muggerton arrastrando los pies y con la cabeza gacha, vi una inquietante similitud con la sala de visitas de Coolis, pero cuando alzó los ojos le cambió la cara.

Pensé que a lo mejor la sorpresa me delataba sin querer, pero después de un momento de confusión, dijo:

—Ah, pensé que... Ah, pero si eres tú, tía Claudia.

Mientras comíamos pollo y patatas en Columbia, me suplicó que lo sacara de allí. Ojalá pudiera, pero le dije que su padre podía denunciarme otra vez por secuestro y entonces sería mucho más difícil que me absolvieran.

Empezó a llorar y a disculparse entre sollozos diciendo que el campamento Muggerton era un sitio espantoso, las novatadas eran insoportables, que no hacía nada bien, que siempre era el último. Y que eran muy estrictos con la comida, ¿lo sabía?

Claro que lo sabía. El comandante Enderby había hecho hincapié en aquello cuando entré en su despacho con una tarjeta de visitante. Al comandante le hizo ilusión que un familiar fuera a visitar a Robbie: la mayoría de los chicos volvían a casa el fin de semana y el pobre Robbie se sentía un poco solo en el campamento, pero el comandante y la señora Baladine pensaban que tampoco era necesario prepararle una gran fiesta. Le ofrecí mi sonrisa más radiante y asentí con la cabeza cuando me dijo que Robbie no podía comer ni grasas ni dulces: ya sabe, señora, ni Big Macs ni batidos.

Dije que el sobrepeso de Robbie traía a toda la familia de cabeza y que no sabíamos de quién lo había heredado. De mi hermana, seguro que no, dije, aunque la madre del comandante Baladine sí que estaba un poco rellenita.

Le conté mi charla con el comandante a Robbie mientras le ayudaba a escoger entre caramelo o chocolate líquido para poner encima del helado. Había perdido peso, pero su aspecto mofletudo se había convertido en algo peor, en una cara demacrada.

—Tú también has perdido peso. ¿Por culpa de la cárcel? ¿La cárcel es tan horrible como este campamento? ¿No quieres helado?

A mí no me apasionan los dulces, pero pedí un helado para que no se sintiera solo. Mientras lo acabábamos, Robbie me hizo un plano de su casa: el despacho de BB, los sistemas de alarmas, la situación de las cámaras de seguridad. Le dije que quería saberlo porque tenía relación con la muerte de Nicola.

—Quiero utilizar la información, bueno, en parte para que tu padre me deje en paz de una vez y pueda seguir con mi trabajo, y en parte por hacerle pagar por todo el sufrimiento que he soportado en la prisión que él dirige. Quiero que lo pienses bien antes de traicionar a tus padres.

Su expresión ya de por sí al borde del llanto se convirtió en una mueca de rabia.

—No me salgas con los Diez Mandamientos tú también. Ya sé que tengo que honrar a mi padre y a mi madre pero ¿por qué nunca piensan en mí? Es como si fuera algo monstruoso, como si quisieran que desapareciera. Ojalá, ojalá fuera más valiente y fuera capaz de matarme.

Le consolé como pude: no le dije que en el fondo sus padres le querían, sino que en el fondo era una persona especial y que tenía que aferrarse a aquella idea de forma positiva. Al cabo de hablar un rato, alegró la cara. Le pregunté si quería más tiempo para pensárselo, pero me dijo que le parecía bien, siempre y cuando Utah no saliera herida.

—Es una cría, pero me gusta.

—No creo que salga nadie herido. Al menos no físicamente, aunque espero que tu padre tenga que buscarse un trabajo nuevo, quizá en otra ciudad. Eso le dolerá a tu madre.

Se comió otro helado mientras me ayudaba a dibujar los planos del interior de la casa. Luego hablamos un rato de lo que le podría deparar la vida cuando fuera mayor y se fuera a vivir por su cuenta. No me había dado cuenta de que estaba oscureciendo. Llegaríamos tarde al campamento. Metí a Robbie en el coche de alquiler y apreté el acelerador.

Antes de dejarlo en el cuartel, le di unas cuantas monedas de veinte.

—Con esto tienes bastante para coger el autobús de Columbia hasta Chicago. Por si ves que ya no puedes soportarlo más. Guárdalas en la banda de los pantalones, pero por favor, no los utilices hasta que tu padre haya retirado la denuncia por secuestro o hasta que haya pasado el juicio, lo que pase primero.

La idea de poder escapar le inspiró un poco de optimismo. Me disculpé con el guardia por haber traído a mi sobrino tarde y le pedí que no culpara a Robbie. Me había perdido y el chico no tenía la culpa. Pensé que otra sonrisa radiante lo arreglaría todo, pero resulta que al comandante Enderby no se le ocurrió nada más que llamar a los Baladine para decir que la tía Claudia había violado el toque de queda.

Esperé en el baño hasta que oí que anunciaban la competición por el altavoz. El cuarto de baño tenía una segunda puerta, cerrada con llave, que daba a la habitación de Rosario. En quince segundos la forcé. Tenía que moverme deprisa por si Rosario tenía un descanso durante la competición. Sólo me paré un segundo frente a una estampilla de la Virgen de Guadalupe clavada encima de la cama individual. Le rogué en susurros que me protegiera, aunque quizá la Virgen pensara que por muy vil que fuera Baladine, eso no justificaba la protección de una intrusa.

Las escaleras me llevaron a las habitaciones de Utah y Madison y al cuarto de jugar. Después había un pasillo que llevaba al despacho de

Baladine. Comprobé dónde estaban colocadas las cámaras en mi plano a lápiz, y me fui a cuatro patas hasta el despacho de Baladine.

Robbie me había dicho que el sistema de vigilancia captaba el movimiento y el ruido. El frufrú de mis manos y rodillas en la moqueta tal vez no lo captara, pero un estornudo era posible que sí.

Dentro del despacho de Baladine seguí andando a gatas hasta detrás del escritorio. Alargué un brazo y encontré un botón que apagaba la cámara de vídeo. Me puse en pie y aguanté la respiración. Después de un par de minutos, cuando vi que no aparecían guardias de seguridad, me relajé un poco y eché un vistazo a mi alrededor.

Estaba tensa, atenta a cualquier ruido. La casa estaba bien insonorizada y el jaleo de la piscina se oía como un lejano eco. Quizá tenía media hora; tendría que calmarme y actuar deprisa.

El despacho tenía todo lo que quería tener un hombre poderoso en casa: un sillón de cuero negro mullido en el hueco de la ventana, y los últimos artilugios electrónicos: trituradora de papel, fax, escáner y videoteléfono.

Encendí el ordenador cubriéndome la mano con un pañuelo de papel; pensé que sería imposible dar una explicación coherente a alguien si me encontraba con guantes de goma. Se abrió el sistema y me pidió una contraseña. Robbie me dijo que seguramente sería el número del barco de Baladine. Cuando me denegó la entrada, probé con el nombre del barco. ¡Bingo! Para entrar en los archivos de Carnifice necesitaba otra contraseña. Probé el número del barco otra vez pero la máquina sólo me dejó acceder con la fecha de su entrada en las fuerzas armadas.

Entré en el servicio de seguridad de la casa y puse la imagen de la cámara de la entrada en un rincón de la pantalla. Así tendría tiempo para esconderme si venía Baladine. Comprobé que no hubiera nadie detrás de las puertas del despacho. Una era de un armario, otra de un baño y la tercera, la del pasillo.

Me conecté al servidor de correo electrónico y pedí la lista de clientes. Cinco de mis propios clientes tenían estrellitas al lado de los nombres; Darraugh Graham tenía un signo de interrogación. Me había aprendido de memoria lo que quería decir y lo escribí rápido, aunque iba corrigiendo todo el rato. ¿Quería enviar el e-mail a todas las direcciones de la agenda? Sí.

Después fui a mi correo y escribí otro mensaje. Después de haberlo enviado respiré un poco más tranquila. Borré todos los mensajes, de la bandeja de salida y de la papelera para que Baladine no pudiera saber que habían utilizado su servidor si miraba en su buzón. Aunque descubriera que había sido yo, ya le habría causado bastante daño.

Por precaución copié todos los documentos de su carpeta de seguridad en un disquet; en otro copié la lista de sus clientes y después miré los títulos de los mensajes recibidos para ver si había alguno que hablara de mí.

Ya había pasado mucho tiempo buscando. Estaba sudando, pensando que tal vez sería mejor recoger los disquetes e irme a casa, cuando vi a Baladine y Alex Fisher por el monitor del recibidor. Apagué el ordenador, cogí los disquetes y me metí en el armario. El corazón me latía tan rápido que pensé que la puerta del armario vibraría al mismo ritmo.

Entraron hablando tan bajito que sólo les oía murmurar. Estaba chorreando de sudor pensando que quizá me había dejado un disquete o un pañuelo encima de la mesa que podría delatarme.

No sabía si empezar a reír o a gritar cuando me di cuenta de que Alex y Baladine no habían subido a mirar el ordenador, sino a pasar el rato mientras Eleanor estaba concentrada en la competición. Aunque hubo un momento de pánico cuando Baladine dijo que se había olvidado de desconectar la cámara del despacho. Después de veinte minutos de revolcarse por el sofá y de gritos ahogados, una mano abrió el pomo del armario.

Se abrió una brecha, pero Baladine dijo:

—No, cariño. El baño está al otro lado. Eso es un armario.

Alex, con la cabeza en otros lares, no cerró la puerta.

—Tengo que volver abajo, BB. Tengo una llamada perdida de Lacey, y eso significa que la limousine ya está llegando y Teddy querrá que esté atenta. Está un poco rara desde que murió Frenada y no queremos que le vaya con el cuento a un periodista.

—¿Como Ryerson? —dijo Baladine.

—Ryerson sólo sirve para periódicos. No tendría que haber dejado que convenciera a Teddy de que podía triunfar en televisión; no tiene ni idea de cómo funciona este medio. Pero todavía no hemos encontrado a nadie que pueda sustituirle en *Behind Scenes in Chicago*. Bueno, basta de cháchara. Vamos a vestirnos.

—¿Quieres ver la repetición en vídeo mientras te vistes?

—¿Aquí también tienes una cámara? Por Dios, pensaba que Teddy Trant estaba encaprichado de su cuerpo, pero al menos él no se filma cuando lo hace.

—Yo estoy encaprichado de tu cuerpo. Y así puedo verlo una y otra vez.

—Ya está bien, BB. Me lo llevo. No quiero que lo cuelgues en Internet y tú eres el tipo de persona que haría algo así con un vídeo.

Se sobaron un rato más mientras Baladine reía y luego la trataba de puta. No es que Alex me cayera demasiado bien, pero esperaba que al menos esto significara que le había arrebatado la cinta de las manos. Después se oyó un ruido de una mano golpeando carne y un grito histérico de Alex. Pegué el ojo a la ranura del armario. Baladine le había torcido el brazo izquierdo a Alex y le estaba apretando la muñeca. Se le contrajo el rostro de dolor y dejó caer la cinta al suelo.

Baldine se echó a reír y dijo:

—Pensé que lo verías a mi manera, pero no te preocupes, cielo. No te compartiré con los internautas. No todos serían capaces de apreciarte como lo hago yo.

Alex lo insultó pero cuando Eleanor llamó para decir que Lacey había llegado y que estaban buscando a Alex, se fue. Oí cómo cerraba la puerta. Luego Baladine se lavó con estruendo en el baño tarareando *Anchors Aweigh*. Al cabo de un momento también se fue.

Estaba tan nerviosa que pensé en irme yo también con lo que tenía, pero probablemente nunca volvería a tener una oportunidad como aquélla. Apagué la cámara y volví a conectar el ordenador.

Como lo había cerrado sin seguir todos los pasos necesarios le costó arrancar. Tuve que esperar cinco minutos hasta que revisara todas las carpetas. Mientras tanto busqué la cinta que acababa de grabar. La había dejado en el lavabo. Me encogí de hombros y la metí en el bolso.

Volví al servidor de Baladine y miré su buzón. En junio, justo cuando me había ido a Georgia, encontré un mensaje de alguien que se hacía llamar «Tiburón» con un mensaje titulado «entrega realizada».

«Sujeto fuera de la ciudad. Tres bolsas de Oro Colombiano colocadas en lugar uno, y cuatro más en lugar dos.»

Me entraron unos retortijones tan fuertes que notaba la herida en mi intestino. Copié toda la correspondencia de Baladine con Tiburón. Me desconecté de la Red y busqué en los archivos de datos para ver si encontraba algo que hablara de mí o de Tiburón. Encontré el informe del LifeStory sobre mi vida y otros datos de la vigilancia de mi piso. En estas carpetas se hablaba de Tiburón como D. L. No necesitaba un acrónimo para saber que se trataba de Douglas Lemour, pero era un engorro menos que Baladine no hubiera pensado en buscar un nombre más enigmático.

El último informe de D. L. decía que había ido a mi barrio a comprobar si había reaparecido. También señalaba la casa de Lotty como «la casa segura que normalmente escoge el sujeto». Eché un vistazo al resto de las carpetas y encontré una de gastos. Cinco mil dólares para D. L. por el trabajo de seguridad. No me parecía bastante por todo el sufrimiento que me había causado.

El corazón me latía con mucha fuerza y me costaba concentrarme en la pantalla. Copié la carpeta y apagué el sistema. Tenía que salir de ahí cuanto antes.

En un estante del armario en el que me había escondido, había cintas de los vídeos que Baladine grababa. Después de su escarceo con Alex, me entró la curiosidad. Cogí una cinta del último mes que Nicola había trabajado allí y otro de seis meses antes. Les quité las etiquetas, las pegué en las cintas vírgenes que había traído yo e hice el cambiazo.

Cuando ya estaba en el pasillo me acordé de Frenada. Conté los días con los dedos a toda prisa. Aunque no tenía una tercera cinta virgen para cambiar, volví al despacho y cogí una cinta grabada dos semanas antes del cuatro de julio. Cuando salía por segunda vez, me acordé de volver a conectar la cámara vanidosa de Baladine. Salí corriendo por el pasillo, pasé por el cuarto de jugar de las niñas a rebosar de Barbies y peluches y bajé las escaleras hasta la cocina. Me detuve un momento en la habitación de Rosario para dar las gracias a la Virgen de Guadalupe.

Había estado una hora y media arriba, aunque con los nervios se me había hecho mucho más largo. Salí de la casa sin que nadie me detuviera. Morrell me estaba esperando en el cruce de la calle. Tenía la expresión muy crispada, de ansiedad; en cambio yo no estaba de tan buen humor desde hacía muchos meses.

45. Fugitiva

Morrell llegó a la mañana siguiente con los periódicos y dos *cap-puccinos;* el padre Lou tomaba pan con beicon y té para desayunar, o sea que no tenía ni café ni fruta en la parroquia. Hacía horas que me había levantado cuando llegó Morrell. Los nervios del día D, supongo.

El párroco también se había levantado hacía mucho rato. Empezó el Día del Trabajo como cualquier otro día: con una misa. Aunque esa mañana me quedé atónita cuando me pidió que le ayudara ya que la mayoría de los niños del grupo no habían venido. Cuando le dije que ni siquiera me habían bautizado, refunfuñó un poco y dijo que para alguien muy minucioso seguramente esto sería un impedimento, pero que si, al menos, no me importaría hacerle compañía haciendo la lectura.

De pie, en la capilla de la Virgen de aquella iglesia enorme, leí unos fragmentos del libro de Job sobre el deseo de Dios de que los humanos veamos la luz. Después el padre Lou rezó por las almas de Lucian Frenada y Nicola Aguinaldo, por la gente trabajadora de Chicago, y por todos aquellos que trabajaban mucho y sin embargo no alardeaban de lo que tenían. Al cabo de un rato me sorprendió cuando pidió que la luz iluminara mi empresa para ver si valía la pena que prosperara. Volví a pensar en la señora Ruby, que me había advertido de que la venganza me sentaría mal.

Al final de la misa me quedé frente a una estatua de madera de la Virgen de Guadalupe, justificando mis actos mentalmente. Aunque fuera venganza, ¿acaso no tenía derecho a vivir y a trabajar en esta ciudad? También se lo pregunté al padre Lou mientras freía beicon en la cocina cavernosa.

Volvió a refunfuñar.

—No digo que no lo tengas. Dar la otra mejilla no es el único consejo que Nuestro Señor da a la gente. Pero recuerda que no eres el Todopoderoso para juzgar a Robert Baladine. Y por cierto, si te he pedido que leyeras no era para evangelizarte —rió entre dientes como un crío—. Sólo quería un poco de compañía. Es una iglesia muy grande para celebrar misa solo.

La llegada de Morrell interrumpió la charla teológica en seco. Dejó caer los periódicos delante de mí junto con un café y una bolsa de melocotones de Michigan.

—Diez puntos, Warshawski. Sales en los tres periódicos de Chicago, aparte de en el gordo de Nueva York.

Cogí el montón. El de Nueva York era el primero y empezaba con una de sus típicas frases ampulosas.

LA CONFUSIÓN REINA EN CARNIFICE SECURITY

«Oak Brook, Illinois. — La pradera de este barrio acomodado al oeste de Chicago se ha convertido en agradables caminos de piedras y mármol blanco pulido, pero en las oficinas de Carnifice se respira de todo menos tranquilidad en este Día del Trabajo. Robert Baladine no para de repetir que él no escribió el e-mail que recibieron ayer los clientes de Carnifice en el que se anuncia su dimisión como presidente y director ejecutivo de Carnifice Security; mientras, los trabajadores de esta empresa se preguntan cómo es posible que una tercera parte pudiera acceder al servidor del señor Baladine.

»Los mensajes, que llevan la "impronta" personal de la dirección de e-mail del señor Baladine, explican que debido a la inminente publicación de supuestas irregularidades en el sistema penitenciario de

Coolis, que dirige Carnifice, el señor Baladine se ve obligado a dimitir *(Mensaje íntegro enviado a la compañía de seguros Ajax en la pág. C23)*. Las supuestas irregularidades de las que habla el mensaje se refieren al hecho de usar la cárcel de Coolis para fabricar camisetas y chaquetas para la empresa Global Entertainment. Eso significaría una grave violación de la ley de Illinois que prohíbe vender fuera del sistema penitenciario lo que se haya fabricado allí dentro. El congresista Blair Yerkes ha pedido que se lleve a cabo una minuciosa investigación en Coolis para averiguar qué tienen de ciertas estas afirmaciones. "Conozco a BB Baladine desde que cazábamos juntos de pequeños, y me niego a creer que haya podido mentir."

»Aunque lo que más preocupa a los clientes de Carnifice es la posibilidad de que un intruso pudiera penetrar en el sistema informático de Carnifice. Eso significaría que la información más confidencial, y a veces muy imprevisible, que las empresas han confiado a esta compañía podría verse en cualquier momento difundida por la Red. El comentario al respecto de Ralph Devereux, el director de Ajax, ha sido el siguiente: "Desde nuestro punto de vista, nos encontramos ante dos posibilidades desafortunadas por igual: o Robert Baladine miente sobre su dimisión, o un *hacker* ha sido capaz de romper todas las barreras de seguridad de Carnifice. Sea lo que sea, la inestabilidad del jefe de la compañía se ha puesto en entredicho y nos preguntamos si Carnifice es la empresa más apropiada para proteger nuestra información más confidencial".

»Algunos periódicos y cadenas de televisión han recibido otro e-mail del servidor de Carnifice con detalles de la relación entre Carnifice y Global para la producción de camisetas en la prisión de Coolis. Como no se ha podido comprobar la fuente de información, no sabemos si se trata de algo real o de una pataleta de un ex empleado de Carnifice. Los funcionarios de Coolis se han negado a enseñar el taller de la prisión, pero los legisladores piden que se abra una investigación enseguida.

»El señor Baladine no ha querido hacer ninguna declaración a este periódico, pero la portavoz de Global Entertainment, Alexandra

Fisher, dice que Global sospecha que una investigadora privada de Chicago con una rencilla contra Baladine puede haber sido la autora de esta fechoría. La investigadora, V. I. Warshawski, estuvo un mes en la prisión de Coolis por la denuncia de secuestro que interpuso el señor Baladine. Aunque la señora Warshawski escapó de la prisión con lesiones cerebrales muy graves, según palabras de la doctora Charlotte Herschel, la señora Fisher afirma que se desconoce el paradero de la detective. Ahora, la prioridad de Carnifice Security es encontrar a esta detective. *(Investigaciones de espionaje industrial de V. I. Warshawski en la pág. 45.)*»

El padre Lou estaba leyendo el artículo del *Sun Times,* el periódico de Chicago que le dio más importancia a la historia. En el *Herald Star,* como ahora pertenecía a Global, sólo le dedicaron un párrafo en la sección de economía que, además, daba a entender que era una mera metedura de pata del servidor de Carnifice. Ni siquiera hablaban de las camisetas de Global hechas en Coolis. El *Tribune* le dedicaba media columna entre las celebraciones de Marshall Field's en el Día del Trabajo.

—¿Y ahora qué? —me preguntó Morrell cuando acabé de leerlos todos—. ¿Vas a esperar que los clientes de Carnifice caigan rendidos a tus pies?

Hice una mueca.

—Deben de estar demasiado ocupados pensando en los secretos que han confiado a Carnifice. La directora y jefe ejecutiva de Investigaciones Warshawski tendría que dejar de esconderse si quiere encontrar clientes. Creo que ahora tendría que hacer una presentación a los medios de comunicación. Necesito un sitio seguro. Creo que eso pondría a BB de tan mala leche que vendría a buscarme en persona. Me gustaría hacer un vídeo con la información que tengo y las fotos. Ah, y pasar transparencias con uno de esos bolis con un láser en la punta; todo el mundo piensa que la información es más veraz si te la enseñan con un boli de ésos. También necesito un vídeo para ver las cintas de Baladine. Ayer se grabó follándose a Alex Fisher.

Me hizo mucha gracia que guarde las cintas de seguridad que graba en su propia casa, y me llevé tres.

El padre Lou me miró con cara de asco.

—¿Ese hombre se graba haciendo el acto? ¿Y la chica lo sabía?

—Intentó quitarle la cinta, pero él no se dejó.

No me apetecía contarle que ahora la tenía yo. Además, no sabía qué haría con aquella cinta.

—Tenemos un vídeo en la escuela que puedes utilizar —dijo el párroco—. Aún no sé si estás haciendo lo correcto, y no sé si debería animarte a seguir porque robaste las cintas que quieres mirar, pero parece que al Baladine ese le gusta hacer daño de formas muy distintas. Ahora te lo prepararé y luego me iré al consejo de la parroquia. Viene un montón de niños a limpiar la cripta antes de que empiece la escuela, o sea, mañana. Y esta tarde, el picnic de la parroquia. Tengo que hacer muchas cosas.

Como un rayo fui a buscar las cintas a mi habitación y los tres atravesamos la iglesia hasta llegar a una puerta que comunicaba con la escuela. La bóveda oscura estaba llena de vida por un grupo de chicos que gritaban tras el altar.

—¿Qué te juegas a que está lleno de huesos?

—¡Ja, ja! Y Carlos se va a morir de miedo cuando vea que le persigue un brazo, ¿eh?

El padre Lou les dijo con tono autoritario pero bondadoso que deberían tener más miedo de él que de los huesos, y que volvía al cabo de un minuto para asegurarse de que estaban ordenando los cantorales. Abrió la siguiente puerta y nos llevó por otro pasillo sin luz. Él se movía con agilidad en la oscuridad pero Morrell y yo íbamos tropezando con baldosas sueltas mientras intentábamos seguirle el paso. Después subimos por una escalera hasta la biblioteca de la escuela. Entonces decidió a regañadientes que necesitaba luz para saber lo que estaba haciendo y encendió una lámpara de mesa que daba una luz muy tenue.

Cuando vio que tanto Morrell como yo sabíamos cómo funcionaba un vídeo, volvió a la cripta para ver qué hacían sus niños. Primero puse la cinta de la semana en que murió Frenada.

Vimos unas imágenes sueltas, con el sistema de voz activado, de Rosario despertando a Utah y Madison, y Eleanor en la piscina con las niñas, y luego se cortaba. En la siguiente escena se veía a Frenada, Trant y Baladine al lado de la piscina. La fecha en rojo que aparecía en una esquina ponía 26 de junio, la noche que murió Frenada. Trant decía que se había enterado de que Frenada le decía a la gente que él, Teddy Trant, le había robado una camiseta y que ya estaba cansado de oír aquella historia. Seguramente Baladine apagó entonces la cámara porque en la siguiente imagen se veía a Rosario otra vez en el cuarto de las niñas.

Me incliné hacia atrás en la silla.

—No es ninguna prueba, pero es muy sugerente —dije a Morrell—. Podemos hacer unas cuantas copias antes de mandarlo de vuelta a casa de los Baladine.

Dijo que bueno, pero que con aquello no se podía detener a Baladine, y mucho menos condenarlo. Le di la razón y puse el primer vídeo de Nicola para ver si teníamos algo más concreto.

La cinta era de seis meses antes de que detuvieran a Nicola por robar el collar. Vimos cómo Nicola despertaba a Utah y a Madison; Utah, muy dormida, se agarraba al cuello de su niñera mientras Madison no paraba de hablar de todas las cosas que hacía mejor en el colegio que los otros niños. Después vimos a Eleanor y BB besándose un segundo antes de que él se fuera a trabajar con un «no sé a qué hora llegaré, cariño», y luego Eleanor en el cuarto de las niñas regañando a Nicola por tratar a Utah como si aún fuera un bebé. «Ya tiene casi tres años. Deja de llevarla siempre en brazos.» Cuando Nicola dijo con cara de pena que no la entendía, Eleanor le dijo que no se hiciera la tonta, le quitó la niña de los brazos y la dejó en el suelo. Utah empezó a berrear. Cuando Eleanor salió de la habitación, Nicola volvió a coger a Utah en sus brazos y a consolarla en una lengua que no entendía, supongo que era tagalo.

Me desconcertaba ver a Nicola Aguinaldo viva, aunque fuera en un vídeo casero de mala calidad. Era tan menuda que al lado de Eleanor parecía una niña. Cuando estaba Eleanor delante se ponía pálida como las muñecas de las niñas, pero cuando estaba a solas con las niñas se la veía mucho más relajada. Robbie entró en el cuarto y se puso a jugar con Utah. Hablaba castellano con Nicola; ella se reía de su acento y después le alentaba a que él se riera del de ella. Nunca había visto a Robbie feliz. Cuando le hablaba en castellano, Nicola tenía una expresión vivaz y un rostro casi hermoso. Eleanor llamó para decir que el autobús del colegio ya había llegado.

En la cinta había imágenes de dos semanas. Las escenas se cortaban de forma brusca cuando alguien salía del encuadre o cuando alguien apagaba la cámara. Una conversación entre Eleanor y el jardinero se cortó de repente cuando Baladine pidió a Nicola que fuera a su despacho. Entraba como si le hubieran chupado la sangre. Se quitó la ropa y la dobló de la misma forma que si desvistiera a las niñas. Baladine no se desnudó. Era insoportable, no podía seguir mirándolo. Cuando Morrell me oyó llorar paró el vídeo.

—No puedo enseñar esto a un grupo de periodistas —musité—. Es demasiado indecente.

—¿Quieres que mire la otra cinta y te haga un resumen? —preguntó.

—Sí. No. Será mejor que la mire yo misma.

La segunda cinta era muy parecida a la primera exceptuando la escena en el despacho de Baladine. Aquí Nicola le pedía dinero para pagar las facturas del hospital de su niña y Baladine le decía muy acalorado que le pagaba un buen sueldo y que cómo se atrevía a pedirle dinero por algo que, además, era mentira. Nicola le ofreció su cuerpo y Baladine se echó a reír. Era una escena tan larga y humillante que al final salí al pasillo a andar un poco. Cuando volví, Morrell ya había acabado de ver la cinta y la había rebobinado. El padre Lou había entrado en la habitación mientras yo daba vueltas.

—No hay nada del collar ni de la detención. Tendremos que imaginarnos esta parte —dijo Morrell.

—Pobre chica —dijo el padre Lou—. Qué cruz. Este hombre, su jefe, ¿es el que buscas?

Estaba tan sudada y hecha polvo como si hubiera corrido una maratón. Sólo pude asentir con la cabeza.

—Todavía no sé si estás haciendo lo correcto o no, pero te ayudaré. Puedes utilizar la biblioteca para tu rueda de prensa.

—Pero, padre. Baladine no sólo tiene mucha artillería, sino que no le da miedo usarla. Las mujeres y los niños no son especiales para él. No puedo garantizar seguridad, ni para usted, ni para la escuela. A no ser...

—¿A no ser qué? —dijo Morrell impaciente porque no había acabado la frase.

—A no ser que consiga que Baladine venga a mí primero. Antes de contar el caso a los medios. Sobre todo porque podemos demostrar que Frenada estaba en su piscina la noche que murió. Si consigo que venga, no tendré que estar esperando aquí, siempre tensa y al acecho de que él se decida a actuar.

—No —dijo Morrell—. Darle tu cabeza en bandeja, estás loca. Y sabes que Freeman Carter te diría lo mismo que yo.

Puse cara de mono.

—Seguramente. Pero estoy harta de andar aterrorizada todo el día. Desde que Baladine me echó a Lemour al cuello en junio, tengo que estar atenta todo el rato y pasar un tiempo en Coolis sólo me ha servido para estar más nerviosa. Si le digo que tengo estas cintas, y especialmente la de él con Alex, vendrá a buscarlas. Y si dejo la parroquia, los niños ya no correrán peligro.

—Una presentación es lo mejor que puedes hacer —dijo Morrell paciente. Si hablas de lo que hace en Coolis y cómo utiliza a la policía de Chicago para poner drogas en tu despacho, Baladine tendrá que dejar de acosarte. Y seguramente la junta directiva también le obligará a dejar su cargo.

—Abigail Trant me dijo que no soporta que le ganen. De hecho lo vi, bueno lo oí ayer; cuando Alex le quitó la cinta se puso muy agresivo. Le hizo daño para quitársela otra vez; para él no se trataba de un juego. Es imposible adivinar lo que es capaz de hacer.

—Piénsatelo esta noche —sugirió el padre Lou—. Y mañana haré una misa especial. Y limpia un poco la cripta. No hay nada como el trabajo duro para aclarar las ideas.

Así que Morrell y yo no tuvimos más remedio que pasarnos la mañana bajo el altar sacando cajas de cantorales que el padre Lou había decidido que no necesitaba más y ordenando los disfraces que se ponen los niños por Navidad; de repente encontramos un relicario auténtico que trajeron los italianos que construyeron la iglesia cien años atrás. Eso provocó mucha excitación y rivalidad entre los niños que estaban trabajando con nosotros.

A las tres, cuando el padre Lou vino a buscar a los niños para el picnic, aún no me había decidido. Tampoco se me ocurrió nada al echar una cabezadita mientras Morrell jugaba con los niños a béisbol en Humboldt Park. Quería llamar a Baladine y decirle que tenía las cintas; de hecho, como si fuera una cría y me burlara de él: ven y cógelas si puedes.

El problema era dónde esperarle. En la iglesia ponía en peligro al padre Lou y a los niños de la escuela. En mi casa, al señor Contreras y a los otros inquilinos. El estudio de Tessa quedaba descartado porque no quería ver mi despacho destrozado otra vez. Además, Baladine estaba tan loco que podría ir a por Lotty, por pura venganza aunque yo no estuviera allí.

Hasta medianoche estuve preparando la presentación con Morrell; ordenamos las fotos, decidimos qué trozos del vídeo de Lemour pondríamos, dónde encajaban Trant, Frenada y Baladine en la piscina, debatimos si enseñábamos algún trozo de Baladine con Nicola, y escribimos el texto en un ordenador de la escuela de San Remigio. Después Morrell se fue con el material para llevarlo a Unblinking Eye a la mañana siguiente y que lo editaran. Todavía no se me había ocurrido nada.

Fui a la cama pero no conseguía relajarme y dormir de un tirón. Una hora después me despertó el padre Lou.

—Hay un hombre en la puerta con un chico y unos perros. Dice que es tu vecino.

—¿Mi vecino?

Me puse los vaqueros y las zapatillas en un segundo y fui corriendo hasta la puerta con el padre Lou detrás con sus andares de boxeador.

Por la mirilla lo vi claramente: el señor Contreras con Mitch, Peppy y Robbie Baladine. Me dio un vuelco el corazón, pero le dije al padre Lou que, de hecho, sí, era mi vecino.

—Y éste es el niño cuyo padre me hizo arrestar la última vez que se escapó y vino corriendo a buscarme.

El padre Lou abrió los cerrojos y los dejó entrar. El señor Contreras empezó a hablar nada más abrirse la puerta. Lo único que entendí fue:

—Lo siento, cielo, pero no quise llamar por si me habían pinchado el teléfono —justo antes de que los perros se me echaran encima para saludarme con entusiasmo.

Y luego, Robbie, delgado y sucio, empezó a disculparse:

—Ya sé que dijo que me esperara hasta que tuviera noticias, pero BB llamó.

El padre Lou cerró la puerta.

—Venga, vamos a la cocina a hablar con calma. Estos perros, ¿están amaestrados?

—¿Dónde está el coche? —dije antes de que el padre cerrara la puerta.

—Lo siento, cielo, está aquí delante. ¿Lo muevo?

—Claro. No puedes dejarlo aquí. Es fácilmente reconocible y si Baladine está registrando toda la ciudad, lo encontrará.

—Al garaje de la parroquia —dijo el padre Lou—. Está lleno de trastos pero un coche cabrá. Se lo enseñaré... ¿cómo se llama? Contreras. Le enseño el garaje. Tú llévate al chico a la cocina y prepara la tetera.

Robbie y los perros me siguieron hasta la cocina. Robbie no se separaba ni un momento de Mitch y éste le correspondía con entusiasmo.

—Lo siento —susurró—, pero descubrieron que no eras la tía Claudia. Me querían encerrar en los barracones de castigo y no me dijeron cuándo me sacarían de ahí. Y pensé que si BB te hacía daño porque habías venido a verme, tendría que matarme. Y me escapé. Pero ahora veo que puede meterte en la cárcel haga lo que haga.

—Ssst, *poverino*. Tranquilo. Ahora estás aquí y ya está. Ya veremos qué hacemos. Cuéntame la historia cuando vuelvan el señor Contreras y el padre Lou; así todos tendremos la misma versión y sólo tendrás que contarlo una vez.

Cuando vinieron, el agua ya estaba hirviendo. El padre Lou preparó una taza de té verde para Robbie y una de té negro con azúcar para él. Yo me calenté un poco de leche.

El señor Contreras estaba nervioso y no quiso beber nada.

—Vino hace una hora, cielo. Está agotado. No sabía qué hacer, como te he dicho, tenía miedo de que el teléfono... pero pensé que si estaban vigilando tu piso tampoco podía quedarse allí. Supongo que podría haber ido a casa de Morrell, pero sólo pensé que estarías en problemas si el cabrón de Baladine... Lo siento, chico, ya sé que es tu padre, pero...

—A ver, explique la historia desde el principio y resumiendo —dijo el padre Lou—. Tengo misa dentro de unas horas y no quiero estar despierto toda la noche.

Tan corta como podía ser una historia contada por el señor Contreras, resumida era lo siguiente: el comandante había llamado a Robbie y le había preguntado sobre mi visita. Robbie insistió en que era su tía Claudia, la hermana pequeña de su madre, pero el comandante le dijo que había hablado con BB y con la tía Claudia de verdad el domingo por la noche después de la competición de natación. Robbie no me traicionó: siguió insistiendo en que era tía Claudia. El comandante le dijo que lo encerrarían unos días en los barracones de castigo hasta que llegara Eleanor para hablar con él.

—Me escapé cuando tocaban diana, cuando todo el mundo tiene que ponerse firme. Fue esta mañana pero parece que fue hace un año. Corrí por la cuneta paralela al campamento y salí por la parte de atrás. Hice autoestop hasta Columbia y después pagué el autobús hasta Chicago con el dinero que me diste. Pero no sabía adónde ir, excepto a tu casa. Lo siento muchísimo, Vic; si esto significa que BB te meterá otra vez en la cárcel por secuestrarme, no sé lo que voy a hacer.

Se le dilataban las pupilas de miedo y cansancio. El padre Lou cortó una rebanada de pan y la untó con mantequilla.

—Cómete esto, hijo. Ese problema ya lo solucionaremos cuando llegue el momento, pero si cuentas tu historia como un hombre en un juicio, nadie la mandará a la cárcel. Y ya tendrías que estar en la cama. Ha sido un día difícil. Por la mañana podrás dormir, pero por la tarde tendrás que ir a la escuela. ¿En qué curso estás? ¿Séptimo? Te encontraré un uniforme. Tenemos unos cuantos para los niños que son muy pobres y no pueden comprarse uno. Del resto, ya te preocuparás más adelante.

El padre Lou se parecía un poco a Popeye pero su tono de voz era tranquilizador y autoritario a la vez: lo que les gusta a los niños. Robbie se calmó y me siguió hasta una habitación cerca de la mía. Saqué sábanas limpias de una estantería y le hice la cama.

De repente oí unos ladridos y fui corriendo a la cocina a ver qué pasaba. Mitch estaba orgulloso de su hazaña: acababa de matar una rata que estaba en la despensa. El padre Lou dijo que en aquel caso los perros también podían pasar la noche allí. Al cabo de un momento reaccionó y le ofreció una cama al señor Contreras también.

El párroco se fue a dormir y me dejó con otra cama por hacer. Cuando nos dimos las buenas noches, el señor Contreras me dio una bolsa de papel.

—Te lo he estado guardando desde el día en que te detuvieron, cielo. Supongo que ahora lo necesitarás.

Era mi Smith & Wesson, que estaba en el bolso que le di al señor Contreras cuando Lemour me arrestó.

46. Iglesia combativa

Mitch había atrapado otra rata y estaba ladrando de alegría.

—Buen chico —musité—. Ahora cállate y déjame dormir.

Saqué el brazo para acariciarlo y me desperté tocando el aire y oyendo los ladridos en otra parte de la iglesia. Me puse los vaqueros y cogí la Smith & Wesson.

Me había acostumbrado a orientarme a oscuras por la parroquia y seguí la voz de Mitch por el pasillo. Él y Peppy intentaban pasar a la iglesia por el pasadizo de la rectoría. Cuando me oyeron llegar se me echaron a las piernas para que les abriera la puerta que da a la iglesia.

Peppy, que no dejaba de rascar la puerta con las patas, gruñía entre dientes, pero Mitch no paraba quieto y no me dejaba escuchar los sonidos de la iglesia. Al final le cerré el hocico con la mano, pero se movía con tanta fuerza que no me dejaba oír nada. Intentaba imaginar la disposición de los edificios, tal vez pudiera acceder a la iglesia por la parte trasera, cuando el padre Lou apareció detrás de mí.

—¿Crees que es tu hombre?

—No sé. ¿Os entran a robar a menudo por la noche? —dije en susurros.

—Utilizan técnicas mejores. Puedo llamar a la policía, pero tardan una hora en llegar. Coge a los perros. Voy a abrir la puerta de la iglesia. Quiero saber qué pasa sin animales corriendo como locos por el santuario.

Abrió los tres cerrojos de la puerta de la iglesia y entró. Mitch se estiraba y aullaba para seguirlo y Peppy también me hacía daño en los brazos para protestar. Conté hasta cien, y luego decidí que si cuando llegara a ciento cincuenta no había vuelto el párroco, iría a salvarlo, pero entonces apareció.

—Creo que vienen por la escuela. Las ventanas del cuarto piso no tienen barrotes. Supongo que han escalado por la pared. Voy a salir a cantarles las cuarenta.

—¡No!

Dejé a Mitch. Entró corriendo en la iglesia y fue derechito a la puerta que daba a la escuela.

—Si es Baladine, seguro que tiene a alguien fuera con órdenes de matar al primero que salga de aquí dentro. Si viene por la escuela, quizá espere un ataque sorpresa, pero a lo mejor sólo es un ardid para que salgamos, vaya, para que salga yo.

No había ni una pizca de luz. Más que ver la cara de mal humor del párroco, la presentía.

—Hay pasadizos que conectan la iglesia, la escuela y la vivienda a través de la cripta. Aunque siempre cierro las puertas para que los críos no se pongan a correr por ahí. Puedo ir a la escuela por el sótano y salirle por detrás. Yo puedo orientarme a oscuras, tú no. Así que quédate aquí. No quiero disparos en la iglesia. Haz lo que puedas si entran. Llamaré a la policía de camino; espero que lleguen antes de que nos hayan matado a todos.

Por acuerdo tácito dejamos al señor Contreras durmiendo. El padre Lou se fue por el pasillo hasta la cocina y yo entré en la iglesia. No sabía qué hora era, pero supongo que muy pronto porque no entraba ni un rayo de luz por las ventanas mugrientas. La lámpara roja del santuario era la única luz que había. Llegué como pude al santuario, intentando orientarme con la lámpara, y con Mitch, que no paraba de ladrar a la puerta de la escuela.

Tropecé con Peppy y casi pego un grito. Me dio con la cola en las piernas. La cogí por el collar y dejé que me guiara. En las escaleras del altar pude seguir el comulgatorio que llevaba al podio que sólo se utilizaba para sermones en ocasiones formales.

Cuando llegamos hasta Mitch, ya se había hartado de rascar la puerta y estaba sentado sobre sus patas. Cuando le toqué el lomo, tenía el pelo erizado y movió la cabeza para que apartara la mano. La puerta era demasiada gruesa para descifrar los sonidos que oía al otro lado. Pegué la oreja unos minutos y cuando me di por vencida volví al altar. Un rosetón de madera y mármol estaba detrás. Mientras me orientaba por detrás para ir a la cripta, el retablo del altar tapaba casi toda la luz del santuario.

La trampilla de la cripta estaba abierta. Bajé por la escalera de caracol con Peppy detrás. Aullaba porque no quería bajar pero al final la convencí.

Al fondo de la escalera estaba tan oscuro que no había forma de orientarse. Me arriesgué a encender la luz al final de las escaleras, y vi los pasillos en los que ni me había fijado por la mañana cuando estaba trabajando; uno iba hacia la vivienda y el otro, en dirección contraria, hacia la escuela. Apagué la luz y me dirigí al sótano de la escuela.

Agarrada al collar de Peppy, dejé que me guiara hasta que encontró otra escalera. Subimos parándonos a cada escalón para escuchar. Sólo oía el ronroneo de electrodomésticos, pero ninguna voz humana. Cuando llegamos arriba, empujé la puerta. El padre Lou ya había pasado por ahí y la había dejado abierta.

Estábamos en la cocina de la escuela; una farola de la calle iluminaba los hornos y las neveras. Vi una puerta giratoria, entré y entonces oí voces. Sin soltar a Peppy, más para que se callara que para que me guiara, caminé hasta el ruido. El padre Lou estaba al otro lado de la puerta, la que va de la escuela a la iglesia.

—Si creía que su hijo estaba aquí conmigo, podría haber llamado a la puerta como un hombre honrado —dijo el padre Lou—. Esto es allanamiento de morada. Además, no sé qué espera encontrar en una escuela de un barrio tan pobre, pero la policía ya está en camino.

Baladine se echó a reír.

—Tengo a un policía fuera. Si aparece la pasma, él les dirá que está todo bajo control, que pueden irse. Estoy seguro de que lamentarían mucho su muerte en este barrio, padre. ¿Por qué no me deja pasar en vez de arriesgar su vida por la estúpida de Warshawski y el pesado de mi hijo?

Se me hizo un nudo en el estómago, ese tono de superioridad me carcomía. Al principio pensé que Baladine estaba solo, y quería arriesgarme a salir y dispararle, pero cuando agudicé la vista y el oído, me di cuenta de que al menos estaba con dos hombres más. Sólo podía ver sus siluetas, pero la cabeza calva del padre Lou reflejaba la poca luz que había. Él era la sombra más baja y parecía como si dos espectros más le estuvieran sujetando los brazos. Bajé la pistola; era imposible hacer un único disparo y dar en el clavo.

—Sé que ha llegado a la escuela pasando por la iglesia, *Padre**—dijo Baladine con tono paternalista—, porque mi hombre tiene el exterior cubierto. Sea bueno y déjenos entrar en la iglesia, y le prometo que mañana estará vivo para decir misa.

—Dios me quiere esta noche, esta noche me tendrá —dijo el padre Lou—. De todas formas, no es su decisión.

Baladine se echó a reír. Cuando le soltó otro comentario de sabelotodo oí un ruido mucho peor que la voz de Baladine: unos gritos ahogados al otro lado de la puerta. No entendía las palabras, pero por la cadencia diría que el señor Contreras se había despertado. Quería saber qué estaba pasando, y si Mitch había acorralado a alguien. El señor Contreras intentaba abrir los cerrojos.

Justo en el momento en que todos desviamos nuestra atención, el padre Lou dio un puñetazo a uno de sus captores y lo dejó tendido en el suelo. Pegué un grito a pulmón abierto para que el señor Contreras dejara la puerta en paz y bajé corriendo hacia el sótano. Vi una luz roja en el suelo que se movía, que me buscaba. Como una idiota, pensé que era otra luz del santuario. Y luego se oyó un dispa-

---

* En español en el original. (*N. de la T.*)

ro y la luz seguía persiguiéndome. Baladine tenía una pistola con láser. Una mira luminosa para acertar el blanco, no un santuario. Me
entró tanto miedo que fui corriendo hasta la puerta giratoria de la
cocina con Peppy detrás. Con la luz de la farola de la calle encontré
las escaleras y las bajé tan rápido que tropecé con mis propios pies
y caí rodando. Oí el eco de un disparo. Recé para que no hubiera tocado al padre Lou. O al señor Contreras.

Peppy aterrizó encima de mí. Entre la confusión de piernas y patas, nos levantamos y fuimos corriendo hasta la cripta. Detrás de mí
oía puertas que se cerraban, de mi perseguidor que me iba a la zaga.
Entonces vi la luz de una linterna que enfocaba la escalera. Me dio
la visión que necesitaba del sótano. Me había estado alejando de la
cripta. Cambié la dirección, llamé a Peppy y nos metimos las dos
dentro. Cerré por dentro mientras sonaba otro disparo.

Me temblaban las piernas mientras subía la escalera de caracol
otra vez. La iglesia estaba oscura, pero cuando llegué arriba vi una
luz que se paseaba por una de las naves laterales. Me agaché tras el
altar. Intentaba averiguar por los sonidos qué estaba pasando, cuando oí la voz de Baladine.

—¿Warshawski? Tengo al cura y al viejo. Sal. Tu vida o la de ellos.

—No lo hagas, cielo —dijo el señor Contreras casi sin aliento—.
No salgas. Ve a buscar ayuda. Yo ya he vivido bastante tiempo, aunque tampoco tendría que haber abierto la puerta.

Me deslicé por detrás del rosetón, agachada para que el altar me
sirviera de protección. Conseguí llegar a la antigua torre desde la que
se predicaba y subí. Desde ahí arriba pude ver que la luz de la nave
lateral era una linterna. Era difícil ver qué había detrás, pero parecía
que el padre Lou y el señor Contreras estaban atados el uno al otro.
Uno de los matones de Baladine los apuntaba con una pistola. No
veía ni oía a Mitch.

—Esto es entre tú y yo, Baladine —grité—. Ellos no tienen nada
que ver. Cuando los dejes ir a la casa, saldré.

La linterna intentaba enfocar hacia mí, pero Baladine no podía
verme. La luz roja de la mira de la pistola seguía danzando por el altar.

—Ve a abrir la puerta principal de la iglesia —dijo Baladine a su secuaz al cabo de un rato—. Que venga Lemour a ganarse su sueldo ya que el cura ha dejado sin sentido a Fergus. Este sitio es demasiado grande para buscar yo solo. No intentes nada, Warshawski. Al primer paso en falso que des, me cargo a tus amigos.

El subordinado se fue a abrir los cerrojos. Yo no sabía qué hacer. Peppy estaba llorando porque quería subir conmigo a la torrecilla, y Baladine, muy cabreado, dijo que pensaba matar a aquel perro de los cojones. El láser rojo daba vueltas al santuario, intentando encontrar el blanco, pero la torre estaba entre Peppy y él.

Él se escondía tras una columna, si no me habría arriesgado a dispararle.

—¿Es que no hay luces aquí? —era la voz de pito de Lemour—. ¿Qué quiere, jefe? ¿Que me cargue a la Warshki de los cojones? Con luz, la encuentro en un momento. Drabek, ve a buscar los interruptores. Yo cubro el altar.

Aprovechando la cháchara de Lemour, bajé sigilosamente de la torre. Había escogido aquel sitio porque podía disparar a cualquiera que se me acercara, pero era un escondite muy estúpido; mis amigos estarían muertos mientras yo intentase defenderme, se me acabarían las balas y al final también moriría. Me arrastré a cuatro patas hasta la nave central y me escondí tras un banco. Comprobé que el seguro de mi pistola estuviera puesto, metí la pistola en el bolsillo de los pantalones y me arrastré hasta Baladine. Ojalá pudiera haber dicho a Peppy que se quedara en la torrecilla, pero no dejaba de seguirme.

—Sé que estás ahí detrás, Warshawski, puedo oírte. Contaré hasta cinco. Si no sales, mato al viejo.

—No te preocupes, cielo. Podré soportarlo, pero no me guardes rencor por haber dejado que me siguieran. Sabes que no ha habido nadie en mi vida como tú, en mis setenta y nueve años, y no voy a dejar que te maten para que yo pueda llegar a los ochenta.

Baladine le ordenó con agresividad que se callara, pero el viejo o no le hacía caso o intentaba mitigar el ruido de mis movimientos. Empezó a contar la primera vez que nos vimos, que llevaba un top rojo y unos pantalones anchos, y que perseguía a un tipo que era un punki, un pequeño delincuente, pero nada que ver con este cabrón, perdón por el vocabulario.

Baladine le dio un golpe, creo que con la pistola. Cuando el señor Contreras se calló, el padre Lou empezó a entonar un canto en latín, muy fuerte y desafinando. Me arriesgué: me levanté y corrí hacia Baladine. En una mano tenía la linterna y en la otra la pistola apuntando a la cabeza del señor Contreras. Estaba diciendo a gritos al padre que se callara o le pegaba un tiro, cuando llegué por detrás y le di un golpe en el cráneo.

Dejó caer la linterna. Se le doblaron las rodillas y le cogí el brazo derecho con todas mis fuerzas. Intentó deshacerse de mis garras y la pistola se disparó. Una ventana se hizo añicos. El padre Lou dio una patada para apartar la linterna y yo no dejaba de forcejear con Baladine en la oscuridad. Lemour gritó al otro tipo que encendiera las luces de una puta vez y que entonces acabaría conmigo para siempre.

Baladine intentaba girar el brazo para dispararme. Yo estaba detrás de él, agarrándole el brazo izquierdo para que sólo tuviera libre la mano de la pistola; si quería pelear conmigo tendría que dejar caer el arma.

Dio un golpe hacia atrás con el brazo de la pistola. Yo le di un rodillazo en la espalda y tiré su hombro izquierdo hacia mí. Dejó caer la pistola, que volvió a dispararse, y se agachó para intentar hacerme saltar por encima de su cabeza. Me agarré bien a él y los dos caímos al suelo. Pero él fue más rápido: se sentó encima de mí a horcajadas y empezó a estrangularme. Levanté una rodilla y se la puse en la entrepierna. Dejó de apretarme tanto en el cuello e intenté sacarme la pistola del bolsillo.

Justo a mi lado oí un aullido grave y noté un cuerpo peludo. Baladine pegó un grito y me soltó. Me aparté de él y me puse de pie. Di patadas tan fuertes como pude, aunque no podía verle en la oscuridad. Daba patadas un poco arriba, intentando no tocar al perro. Al final di contra un hueso. Baladine me cayó encima. Me aparté para patearle otra vez, pero no se movía. Supongo que estaba sin sentido. Me deslicé bajo un banco y cogí la linterna.

Mitch yacía entre las piernas de Baladine. Sangraba, pero estaba vivo. No tenía tiempo de pensar en lo que había pasado, cómo había mordido a Baladine... Tenía que ocuparme de Lemour y el otro esbirro. Enfoqué un momento al padre Lou, pero estaba atado al señor Contreras por la espalda. Ahora no podía desatarlos.

El padre Lou pegó un grito de aviso: Lemour se estaba adentrando por entre los bancos. Le iluminé un segundo con la linterna y fui corriendo hasta el altar.

Una bala salió disparada y rebotó contra el retablo. Olía a humo. Me escondí tras el retablo. Lemour volvió a disparar, esta vez la bala me pasó por delante. La luz inundó la iglesia y me cegó. Lemour, que corría hacia mí, también estaba cegado. No vio la trampilla y cayó escaleras abajo. Se oyó un estrépito de vidrio cuando chocó contra el suelo.

Me preparé para atacar, atenta al otro hombre, cuando apareció un bombero detrás del altar. Al principio pensé que estaba viendo visiones, o que Baladine también había sobornado al cuerpo de bomberos, y levanté el arma.

—No dispare, señora —dijo el hombre—. He venido para apagar el fuego.

47. Para los que también nos protegen

—Los disparos me despertaron, y al ver que la puerta de la iglesia estaba abierta, asomé la cabeza. Lo oí todo pero no sabía qué hacer porque BB dijo que tenía un poli fuera que le cubriría las espaldas. Así que pensé que si la iglesia se quemara, vendrían los bomberos, y prendí fuego a un periódico en la cocina y llamé a los bomberos y les dije que la iglesia estaba en llamas. Después me asusté y pensé que quizá acabaría quemando la iglesia. ¿Mitch se pondrá bien? ¿Qué ha dicho el veterinario?

Estábamos sentados en la cocina de la rectoría bebiendo más té mientras el padre Lou y yo intentábamos limpiar el suelo empapado que habían dejado los bomberos.

—Robbie, eres un héroe. Fue una idea brillante, pero la próxima vez no hace falta que enciendas fuego en la cocina. Desde la ciudad no ven si la iglesia está en llamas o no —dije entre risas—. Mitch se pondrá bien. El veterinario ha dicho que la bala le tocó el hombro, por suerte, en vez del corazón. Y aunque ha perdido mucha sangre, se curará.

Peppy se quedó en la sala de urgencias del veterinario para donar sangre a su hijo. Después de que los bomberos apagaran el fuego de la cocina, llamaron a una ambulancia para llevarse a los heridos. Se llevaron al señor Contreras y a Baladine al hospital del condado, aunque mi vecino no quería ir de ninguna forma: decía que había soportado cosas mucho peores en Anzio.

El detective Lemour estaba en la morgue. Se había desnucado cuando había caído encima del relicario que hay al fondo de las escaleras. A los otros hombres se los llevó una patrulla que llamaron los bomberos. Uno de los agentes había estudiado en San Remigio seis años antes. Se horrorizó cuando vio a su párroco maniatado y se quedó muy tranquilo con la versión de los hechos que le dio el padre Lou: Baladine había entrado con dos matones y Lemour había muerto intentando salvar al párroco.

—Menos problemas —dijo el padre cuando se marcharon los agentes—. Para la policía es muy difícil aceptar que uno de ellos es corrupto. Si Baladine niega la historia cuando se recupere, le costará explicar qué hacía con Lemour.

Los bomberos me ayudaron a llevar a Mitch a su camión. Nos llevaron con Peppy al veterinario y esperaron hasta que acabamos y me llevaron de vuelta a la iglesia una hora más tarde.

—Son las seis en punto —anunció el padre Lou—. La misa. ¿Va a servir, señora?

Empecé a recordarle que ni siquiera estaba bautizada pero cuando vi la mirada asesina, me callé. Le seguí hasta la iglesia. Robbie vino detrás de nosotros. En una nave lateral había vidrios por el suelo y un trozo del brazo de Santa Verónica había saltado de un disparo, pero la iglesia tenía un aspecto bastante plácido de día.

Acompañé al padre Lou a la sacristía y vi cómo se ponía las vestiduras. Me dijo qué copas tenía que llevar y que si hacía lo que me pedía ya tenía bastante. Lo seguí hasta la capilla de la Virgen, donde esperaban media docena de mujeres, profesoras que iban a misa el primer día de escuela.

El padre Lou hizo una reverencia ante el altar y se dirigió a las mujeres.

—Qué alegría cuando me dijeron, vamos a la Casa del Señor.

48. Rueda de prensa

—Esta fotografía es un primer plano de la herida de mi abdomen. Un médico forense me ha dicho que puede identificar al menos el tipo y el tamaño de la bota que lo hizo. Iremos a juicio porque he demandado a la persona que me agredió, y puedo identificarlo, así que da igual si limpia la bota o la quema. Lo importante es que estoy viva y que puedo identificarle ante un jurado.

Los once periodistas cuyos periódicos y cadenas de televisión habían mandado a San Remigio se miraron los unos a los otros con cara de incredulidad, en plan, ¿a eso hemos venido? Les sonreí con encanto, o eso intenté. Cuando llegaron a la librería, donde Morrell había instalado la pantalla y el proyector, me acosaron con toda clase de preguntas, desde qué sabía de las heridas de Baladine hasta dónde había estado desde que salí de Coolis. Les prometí que podrían preguntarme lo que quisieran cuando acabara la presentación.

Murray Ryerson, entre beligerante y avergonzado, fue el único que se desmarcó del grupo que me asaltaba. Dijo que sabía que no podía estar muerta, que era demasiado exhibicionista para eso, y después se fue a una esquina a estudiar su papel mientras yo empezaba a hablar.

Al final de la sala estaba sentado el padre Lou con dos tipos grandes como armarios, miembros de la parroquia, dijo el padre, que estaban ahí por si acaso surgía la necesidad. También al fondo estaban el señor Contreras con Mitch y Peppy, Lotty y Max, y Sal. Ni el señor Contreras ni Mitch tenían mal aspecto después de aquella noche en la iglesia, a pesar de que Mitch llevaba un vendaje en la barriga y el hombro. Estaba sentado sonriendo como un idiota y dejándose acariciar por quien quisiera. Morrell estaba a un lado, encargado del proyector.

Había pasado una semana desde el asalto de Baladine a la iglesia. Decidimos seguir adelante con la presentación porque había demasiados interrogantes sin resolver. Baladine se estaba recuperando y estaba preparando el caso para defenderse diciendo que había escalado la pared de la iglesia, había entrado por la ventana del cuarto piso y había atacado al párroco para recuperar a su hijo. Quería que mi versión se diera a conocer cuanto antes mejor.

—Empiezo con esta diapositiva porque es el quid de un caso muy complicado que toca a Global Entertainment, Carnifice Security y la sempiterna política de Illinois. Yo estoy viva, y puedo contarlo, pero otra mujer, que creo que recibió las mismas heridas que yo, no tuvo tanta suerte. Nicola Aguinaldo murió la madrugada del diecisiete de junio de una perforación en el intestino. Su cadáver desapareció de la morgue antes de que pudieran hacerle una autopsia.

Pasamos una imagen fija de Nicola sonriendo extraída del vídeo casero en el que hablaba con Robbie. Conté quién era, con una diapositiva y el bolígrafo con láser en la punta, cómo había ido a parar a la cárcel y cómo me había topado yo con ella por pura casualidad.

—Supongo que nunca sabremos qué pasó con su cadáver; a su pobre madre no se lo dejaron enterrar. Imagino que alguien nombrado por Jean Claude Poilevy en la morgue retiró el cuerpo por órdenes suyas para que nunca pudiera saberse qué clase de bota pegó a Nicola Aguinaldo en el abdomen.

Hice un gesto con la cabeza y Morrell pasó la siguiente diapositiva: Hartigan apuntándome con la pistola de descargas eléctricas. Todos soltaron un grito ahogado.

—Medía un poco más de metro ochenta, y pesaría unos noventa kilos. Nicola no llegaba al metro y medio y pesaba como máximo, cincuenta kilos. No tenía nada que hacer contra él. Conseguí hacer esta foto con una cámara escondida segundos después de que me disparara cincuenta mil voltios, y antes de que una patada me dejara sin sentido.

Levanté la mano, que la tenía como en una abrazadera; me había hecho daño en los dedos otra vez peleando con Baladine.

—Me rompí dos dedos y cinco huesos intentando protegerme la cabeza de la patada.

Oí otro suspiro horrorizado pero continué con mi presentación en un tono neutro, académico. Era la única forma de hablar sin que me traspasaran los sentimientos. Les expliqué de qué murió el bebé de Nicola, lo que me habían contado las mujeres de Coolis sobre lo desesperada que estaba Nicola por ir al funeral de su hija, que los guardias se rieron y que ella empezó a darle golpes en el pecho a uno de ellos. No podía mirar al señor Contreras; estaba tan afectado que si le miraba no podría seguir hablando. Peppy aullaba a su lado solidarizándose con su dolor.

Morrell pasó la siguiente diapositiva. Ésta tenía un título en rojo que ponía *¡Especulaciones! ¡Especulaciones!* Habíamos decidido ponerlo para separar los hechos de las conjeturas. Les dije que creía que a Nicola la habían dejado tirada en las calles de Chicago como a mí.

—Me lo imagino porque antes de salir de Coolis los guardias me cambiaron la camiseta. Yo estaba maniatada, llena de golpes y con fiebre alta, sin poder defenderme. Me arrancaron la camiseta y me pusieron otra para que no se vieran las marcas de las quemaduras de la pistola —hice una pausa para beber agua y me acordé de Polsen tocándome los pechos quemados—. Hicieron un comentario sobre que no querían cometer el mismo error que la otra vez, que tuvieron que cambiar la camiseta de la víctima en Chicago; así que ya lo habían hecho una vez. Sólo es una hipótesis que aquella persona era Nicola. Seguimos con las especulaciones, pero muy interesantes. La camiseta que le pusieron a Nicola la había hecho Lucian Frenada.

Seguro que os suena este nombre: encontraron su cadáver en el lago Michigan justo antes del cuatro de julio. Cualquiera que no esté clínicamente muerto sabe que Frenada nació en el mismo barrio que Lacey Dowell y que de pequeños eran amigos, porque Global lo ha estado anunciando durante meses en la televisión y en *Herald Star*. Se criaron aquí, en San Remigio.

Eché un vistazo a Murray, que estaba mirando al suelo.

Beth Blacksin, del Canal 8, me interrumpió para preguntar algo de Lacey, y unos cuantos aprovecharon para atacar con el mismo tema. Sin hacerles caso, les expliqué que Frenada había ido a pedirle a Lacey una oportunidad de hacer mercadotecnia para Global.

—El dinero en el cine no sólo se hace con las películas. Cuando vuestro hijo insiste en que le compréis la camiseta del Capitán Doberman o los muñequitos de Space Beret, la caja registradora de Global empieza a sonar. Las camisetas de la Virgen Loca son muy populares entre los adolescentes. Es el producto de mercadotecnia de películas que más vende entre las jóvenes. Las chaquetas vaqueras son otro éxito de la colección Virginwear, de Global. Cuando encontré a Nicola Aguinaldo, llevaba una camiseta que había hecho Frenada de prueba para Teddy Trant. Seguro que todos recordáis la fiesta en el Golden Glow en junio, cuando vino Frenada y Lacey lo echó. Frenada había venido a preguntar por qué le había robado Trant una de sus camisetas. Global no quiso contratarle y Frenada tenía miedo de que le copiaran el trabajo. Cualquiera que escuchara la historia pensaría que Frenada estaba haciendo lo que fuera para que Lacey ejerciera su influencia sobre Global y le contrataran. Porque, ¿qué sentido tiene que el director de un estudio, que puede coger una camiseta gratis de la Virgen Loca cada vez que le dé la gana, vaya a robar una de un pequeño empresario de Humboldt Park? Pero creo que esto es exactamente lo que hizo Trant. El martes por la noche antes de que Nicola muriera, estaba en el taller de Frenada. Esto es un hecho. Y lo que viene ahora es una hipótesis, pero creo que después de ver demasiadas de las películas que produce, Trant robó una camiseta a Frenada para ponérsela a Nicola y pensó que si alguien hacía preguntas sobre su muerte, podría desviar la atención de Coolis, de Global y dirigirla a un pobre inocente que pasaba por ahí.

Se armó un revuelo en la sala. Desarrollé la historia y señalé los puntos en la diapositiva que lo remarcaban.

Cuando me siguieron el hilo, pasé a hablar de Baladine y la manía que me cogió. Les conté cómo Global intentó sobornarme para que tendiera una trampa a Frenada, y cuando me negué, cómo Baladine empezó a hacerme la vida imposible hasta ponerme cocaína en el despacho.

Pasamos el vídeo que había grabado en mi despacho. El grupo se abalanzó a hacerme tantas preguntas que tuve que pasar la cinta tres veces antes de poder seguir.

—No sé si Baladine quería matarme o sólo desacreditarme —empecé a decir cuando Murray apareció de repente desde el final de la sala.

—Estaba cabreado. No creo que le dijera a nadie que quería matarte, pero cuando algunos de los periodistas del *Star* nos enteramos de que a él no le gustaba que te metieras en el caso, intentamos, bueno, le dejamos bastante claro que... que había mucha gente en Chicago que querría saber qué te había pasado. Y además creo que algún pez gordo de Global te estaba protegiendo, aunque Al, bueno, mis contactos, nunca me dijeron quién era. De todas formas, y aunque nunca hablé de ti con los del *Star,* creo que Baladine pensó que desacreditarte sería lo más factible. No sabía lo de las drogas. Y me quedé de piedra cuando te arrestaron por secuestro, como todos supongo. Y se puede saber ¿por qué no pagaste la fianza? ¿Querías volver a ser una Superwoman? ¿Arriesgar tu vida otra vez, Warshawski?

Me sonrojé pero seguí con mi presentación.

—En lo que concierne a Frenada, creo que querían verlo muerto: estaba empezando a decirle a demasiada gente que Trant le había robado una camiseta. Pensaron que podían desacreditarle con drogas; le pusieron unas bolsas de coca en su taller y añadieron unos cuantos ceros a sus cuentas bancarias en la Red para que pareciera un traficante. Creo que fue por algo que dije yo por lo que se fue de-

recho a Oak Brook a enfrentarse con Baladine y Trant la noche del
veintiséis de junio.

Morrell pasó el trozo de cinta en que se veía a Frenada con Baladine y Trant en la piscina de los Baladine. Apretó la pausa para que
todo el mundo pudiera fijarse en la fecha.

—La cinta no demuestra que Baladine y Trant mataran a Frenada, pero sí que muestra a los tres hombres juntos la noche en que
Frenada murió. Frenada me había dicho que no podía competir con
los proveedores de Global porque los costes de la compañía eran ba-
jísimos. Si tienes una fábrica en una cárcel los costes se reducen al mínimo. El Estado de Illinois paga la maquinaria que utiliza Global. El
Estado de Illinois paga el alquiler del espacio que utiliza Global como fábrica. Es imposible conseguir costes de producción más bajos,
ni aunque te vayas a Burma, porque no puedes hacer la competencia a un local gratis y a una maquinaria también gratis. Además, dis-
pones de mano de obra que no puede hacer huelga, que no puede
quejarse de las condiciones de trabajo ni acudir a sindicatos. Es un
chollo en estos días de economía globalizada.

Hubo otra tanda de preguntas acerca del taller de Global-Carni-
fice.

—Habéis tenido mucha paciencia al escucharme durante tanto
rato —dije—. Sólo quiero decir un par de cosas más. Durante todo
el verano, mientras Baladine y Trant me hacían la vida imposible,
no paraba de preguntarme qué misterio había en Nicola Aguinaldo
que necesitaban culpar a alguien de su muerte. Pero no era ella la que
les importaba, sino el proceso de manufacturación. Había funcionado
como una seda durante años, sin que nadie hiciera preguntas o investigara. No querían que una extraña se pusiera a investigar la muerte de Nicola y lo jorobara todo. Quizá os preguntéis cómo se puede tener una fábrica de este tipo durante tanto tiempo sin que nadie
se entere. Para empezar, tenían buenas relaciones con el gobernador
de Illinois, que tiene mucho poder, dentro y fuera de Springfield.
Por otro lado, todos pensamos que pase lo que pase tras las rejas nos
protege a los ciudadanos que cumplimos con la ley, perdón, los ciu-

dadanos que cumplís con la ley; yo estoy en libertad bajo fianza y pendiente de un juicio por un delito grave.

La gente rió mucho más fuerte de lo que mi chiste merecía; supongo que necesitaban aliviarse de alguna forma después de todas las atrocidades que acababan de oír.

—Seguro que se hacen cosas desagradables, pero como me dijeron los guardias, a mí y a mis compañeras, muchas veces, como cuando no quisieron atender a una mujer de una herida en el brazo que se hizo en la cocina —hice un gesto y Morrell pasó la diapositiva del brazo—: Coolis no es un balneario. No estáis de vacaciones. Nosotros, los ciudadanos que respetamos la ley, no siempre queremos que os rehabilitéis: queremos castigaros. Y vaya si nos castigaban.

Acabé con las diapositivas de Polsen atacando a Dolores en la lavandería. Lo único que se oía en la sala era a Peppy, que quería venir conmigo.

—Eso es el pan de cada día. Lo presencié y también me humillaron de formas parecidas. Las mujeres no pueden hacer nada contra este tipo de abusos. La ley de Illinois no da facilidades para despachar a los guardias que abusan de su autoridad o para sancionarlos. Si una mujer quiere denunciar a un guardia por violación o malos tratos, tiene que esperar un año para ir a juicio. Durante este tiempo la pueden poner en una celda de aislamiento, y la pueden violar varias veces. Si el juez desestima el caso, es pasto para los guardias. Así es la vida en Coolis. Me han dicho que Robert Baladine envió un e-mail anunciando que dimitía. No sé si es cierto o no pero, a pesar del hecho de que probablemente mataron a Lucian Frenada para que no se destapara la operación delictiva de Global, creo que Baladine debería dimitir, no por Frenada, sino por la humillación que sufren las reclusas todas los días en la prisión que su empresa construyó y dirige en el Estado de Illinois.

Había perdido la compostura. Estaba temblando. Morrell vino a ponerme una chaqueta en los hombros. Murray, que se había acercado con el resto de periodistas, dio media vuelta cuando vio a Morrell detrás de mí.

Lotty, Sal y el señor Contreras aplaudieron entusiasmados, y al final el señor Contreras soltó a Peppy. Le arrebujé el pelo dorado e intenté calmarme para poder contestar a las siguientes preguntas.

Lo que más les interesaba a los periodistas, aparte del morbo sexual en la prisión, era cómo se había hecho daño Baladine.

—Baladine dice que tuvo que entrar en la iglesia a la fuerza para recuperar a su hijo, pero creo que el padre Lou ha hecho una declaración jurada en la que consta que Baladine no le preguntó por su hijo en ningún momento. Es cierto que Robbie llegó a la iglesia unas horas antes que su padre, que podría haber llamado por teléfono o al timbre como harían la mayoría de los mortales. Pero alguien que vigilaba mi piso vio llegar a Robbie, lo siguió hasta San Remigio y después llamó a Baladine para recibir órdenes. Decidió venir a buscar a su hijo de una forma tan peculiar que como consecuencia tenemos a un policía muerto. Uno de los hombres de Carnifice que vino la semana anterior con Baladine a la iglesia decidió llegar a un acuerdo con la fiscalía cuando vio que allí nadie se interesaba por Lucian Frenada, Nicola Aguinaldo o por mí. Pero el padre Lou era una leyenda local. En los últimos cuarenta años, cualquier policía que hubiera boxeado lo conocía. Atacar su iglesia era peor que una blasfemia. Así que el matón que quedó inconsciente con el puñetazo del párroco, cuando se dio cuenta de que a la policía sólo le interesaba qué tipo de gancho había utilizado, decidió traicionar a su jefe y contarles la historia de la vigilancia en mi piso, de la llegada de Robbie y de la llamada a Baladine para recibir instrucciones.

—¿Es verdad que el agente muerto es el mismo que puso la cocaína en su oficina?

Esbocé una sonrisa.

—Eso tendrá que preguntarlo al departamento de policía. De hecho nunca vi la cara del hombre que murió en San Remigio, porque todo pasó a oscuras.

—¿Y Baladine? —preguntó Beth Blacksin del Canal 8—. Me han dicho que le están dando inyecciones antirrábicas porque su perro le mordió. ¿Cree que la denunciará?

—Creo que le han contado la historia al revés —dije—. Yo estoy dando inyecciones antirrábicas a mi perro Mitch por si acaso Baladine lo infectó. No, de verdad, disparó al perro y pensaba que lo había matado, porque mi perro no le dejaba atar al padre Lou y a mi viejo amigo y vecino Salvatore Contreras. Cuando Baladine me estaba estrangulando, Mitch hizo un superesfuerzo canino, se levantó en sus débiles patas y le mordió el culo a Baladine. Si Baladine decide denunciarme, mi abogado estará encantado de hacerle la contrainterrogación, pero de eso ya me ocuparé cuando llegue el momento.

Regine Mauger, la periodista de cotilleo del *Herald Star,* se levantó para preguntarme qué derecho tenía yo a vilipendiar a la familia Trant. Abigail Trant, dijo, es una mujer encantadora que hace muchas cosas buenas para los pobres de Chicago, y Regine pensaba que tendría que estar avergonzada de atacar a su marido de aquella forma.

No le dije que yo misma había llamado a Abigail Trant el día después de la pelea en la iglesia. Después de sus intentos por ayudarme, se merecía saber con antelación lo que pensaba decir sobre su marido. Sólo me preguntó si estaba segura. Y yo le dije que no estaba segura de todo, pero sí de que Trant estaba con Baladine y Frenada la noche que Frenada murió. Y también que estaba segura sobre la fábrica de mercadotecnia de Global en Coolis.

No me preguntó nada más, pero dos días más tarde vino a verme, otra vez sin avisarme y dejando el Gelaendewagen aparcado en doble fila en Racine. Estaba tan bella como siempre pero tenía la piel de la cara tirante por culpa de los nervios.

—Rhiannon y yo nos enamoramos de Francia este verano. Me voy a Toulouse con ella. Ya le he encontrado una escuela maravillosa. No sé qué hará Teddy porque no sé cómo reaccionará Global cuando oiga tu comunicado.

Vaciló un momento y luego dijo:

—Y no quiero que pienses que te culpo por haber roto mi matrimonio. Estoy segura de que algún día te agradeceré que me abrieras los ojos, pero ahora mismo sólo siento dolor. Hay algo más que deberías saber. La noche del debut de Global, Teddy llegó a casa con sus Ferragamo y les faltaba un emblema. Quizá te parezca que soy una cobarde, pero el día que me lo preguntaste, lo primero que hice al llegar a casa fue tirar los mocasines a la basura.

Y después se fue como un relámpago. No me pareció imprescindible transcribir estas palabras a Regine Mauger para su columna de cotilleos.

Mauger y otros periodistas seguían acribillándome a preguntas. Lotty se acercó y dijo que como médico declaraba la sesión por finalizada, que ya no me quedaban fuerzas; me estaba recuperando de heridas graves, por si no se acordaban. Todos se sintieron un poco avergonzados y recogieron las grabadoras y el equipo. Morrell entregó una copia del vídeo a cada uno y diapositivas. Los dos hombres que estaban sentados al lado del padre Lou se levantaron con desgana para acompañar a los periodistas hasta la puerta.

—¿Y ahora qué? —me preguntó Sal cuando ya se habían marchado.

—Ahora —me encogí de hombros— intentaré poner en marcha mi despacho otra vez. Espero que haya gente que crea mi versión de los hechos y que Coolis no sea un sitio tan duro aunque no detengan a nadie por el asesinato de Nicola Aguinaldo.

—Y Robbie ¿qué hará? —preguntó Sal.

Esbocé una sonrisita.

—Eleanor vino a buscarlo el miércoles por la tarde. Cuando él la vio, entró corriendo en la iglesia pidiendo asilo a gritos y dijo que se encadenaría al altar y haría una huelga de hambre. En principio tendría que haberle encantado la idea, pero sólo sirvió para que se cabreara más. Al final hizo un trato con el padre Lou y Robbie se queda a estudiar en San Remigio. El padre Lou dijo que si hacía una donación para las becas de la escuela y reparaba los daños del altar, retiraría la denuncia por allanamiento de morada contra Baladine.

Ver cómo el padre Lou le sacaba un cheque de cincuenta mil dólares a Eleanor Baladine ha sido uno de los pocos momentos jocosos de estos últimos meses. Llegó a San Remigio con su abogado convencida de que intimidaría al párroco con amenazas de cargos adicionales como secuestro y agresión contra Baladine: pensaba decir que un hombre viene a buscar a su hijo y le atacan perros y detectives rabiosos y tonterías de ésas. Al final se fue sin su hijo y se comprometió a ayudar a la escuela. La única forma que tuvo Eleanor de salvar su orgullo fue con el firme propósito del padre Lou de que el boxeo convertiría a Robbie en un hombre de verdad, y que él se encargaría de controlar su entrenamiento.

—Lo más gracioso es que Robbie quiere aprender a boxear de verdad —le dije a Sal—. El chico que era incapaz de nadar o jugar al tenis para complacer a sus padres, ahora corre como el viento después de la misa de la mañana.

Yo volví a casa, pero no sé por qué extraña razón, todos los días me levantaba temprano y me iba hasta San Remigio para asistir a la misa de las seis. Robbie o algún otro boxeador del padre hacía de monaguillo. El padre Lou me dijo que podía leer si quería. Durante toda la semana, mientras leía el libro de Job, pensaba en las mujeres de Coolis. Si Dios existía, ¿había dejado a aquellas mujeres en manos de Satanás por una apuesta? ¿Y aparecería algún día en medio de la vorágine y las salvaría?

49. Herida abierta

Mi exposición de los hechos en los medios de comunicación fue un éxito rotundo. La mayoría de clientes que me habían dejado para encargar sus negocios a Carnifice llamaron para decirme que nunca habían puesto mi honestidad en entredicho y que me darían trabajo cuando me sintiera con fuerzas para trabajar. Los policías que me conocían también llamaron para preguntarme por qué no había denunciado a Lemour, diciendo que lo habrían solucionado todo en un momento. Me mordí la lengua para no recordarles la de veces que me habían dicho que me ocupara de mis asuntos y que no me metiera en el trabajo de la policía. Mary Louise Neely vino a verme un día muy angustiada.

—Vic, entiendo que no quieras confiar en mí nunca más pero me amenazaron. Amenazaron a mis hijos. El hombre que me llamó sabía la dirección exacta del campamento en el que estaba Emily e incluso me dijo lo que había cenado la noche anterior. Me asusté mucho: me sentí atrapada. No podía enviar a los niños con su padre y no sabía qué hacer con ellos. Pensé que si te lo contaba, montarías en cólera y sólo conseguirías que nos mataran a todos —se apretujaba las manos como si quisiera lavarse la conciencia.

—En parte lo entiendo —intenté sonreír pero no lo conseguí—. No voy a juzgarte por haberte asustado, y mucho menos por querer defender a Nate y a Josh. Lo que me dolió fue que me juzgaras injustamente diciendo que iba por ahí como una loca en busca de peligro cuando en realidad estaba luchando por mi vida. Tuve que adentrarme en el infierno para salvarme. Si hubieras confiado en mí y me hubieras dicho por qué no querías seguir trabajando conmigo, habría sido muy diferente.

—Tienes razón, Vic —susurró—. Podría haber contado lo de Lemour a Terry y quizá hubiera podido evitar que te pusiera drogas en el despacho o que te pegara cuando te arrestó. Lo único que puedo decirte es que lo siento. Aunque si quieres darme otra oportunidad, estaré encantada de ayudarte.

Quedamos en que me ayudaría a poner el despacho en marcha: ordenaría documentos y buscaría clientes mientras yo acababa de recuperarme. Estaría tres meses de prueba y ya veríamos qué pasaba.

Intenté volver al trabajo pero no sabía de dónde sacar las fuerzas. Le había dicho al psicólogo del Instituto Berman que dormiría mejor cuando dejara de sentirme tan humillada. En principio, después de haber derrotado a Lemour y Baladine, mis problemas tendrían que haberse acabado, pero seguía teniendo mucho insomnio. A lo mejor era porque el mes que pasé en Coolis me había dejado tan mal sabor de boca que no podía dejar de pensar que me lo había buscado, que fui idiota por no pagar la fianza enseguida. Había noches que me aterraba ir a la cama porque pensaba en las pesadillas que me esperaban al otro lado.

El día de la presentación a la prensa, invité a Morrell a casa, pero cuando empezó a desnudarse le tuve que decir que se fuera. Me miró unos minutos y se abrochó los pantalones otra vez. Al día siguiente me envió una rosa con una nota que decía que respetaba mi distancia durante el tiempo que yo creyera conveniente, pero que le gustaba hablar conmigo y que podíamos quedar en sitios públicos.

Sabiendo que Morrell nunca me obligaría a hacer nada que no quisiese me resultaba un poco más fácil conciliar el sueño. Un cliente me regaló entradas para ver los partidos de los Cubs de final de temporada y fui con Morrell. Vi en directo el *home run* 46 de Sammy

Sosa. También me llevé a Morrell al parque y a cenar, pero pasé muchas noches con los perros como única compañía.

Durante el día no me aburría. Tenía que hacer un montón de declaraciones para denunciar al Estado, a los guardias de Coolis, a Baladine y a Global. Incluso un día quedé con Alex Fisher. Me pidió que no fuera tan crítica con la relación entre Global y Frenada.

—Sandy, si te llamo Sandy, aunque sé que lo odias, es porque es lo único que me gustaba de ti. Cuando íbamos a la facultad eras insoportable. Querías ser la más radical y conseguir que el proletariado luchara contra el racismo y la injusticia social. Y yo era un estorbo para ti porque era la excepción que confirmaba la regla en aquella facultad. Era la hija de un obrero de verdad. Pero al menos tú eras lo que eras: Sandy Fishbein. Y no intentabas ser otra cosa. Pero después descubriste el capitalismo, y te pasaste el bisturí por la nariz, los labios y el nombre.

—Pero no hemos quedado para hablar de esto —dijo, aunque sin tanto desdén como otras veces.

—Y otra cosa. Tengo una cinta que te pertenece. La hizo Baladine el día de la competición de natación.

—¿Cómo la has conseguido? —preguntó sorprendida— ¿Te la ha dado él?

Sonreí de forma insulsa.

—Él no sabe que la tengo. Es tuya, Alex. Es tuya cuando tenga pruebas de que Global ha despedido a Wenzel, el encargado del taller en Coolis, y me asegures que no trabajará nunca más para Global. Ah, y también Carnifice tiene que despedir a Hartigan y Polsen; despedirlos, no trasladarlos de presidio.

Apretaba los labios con fuerza.

—Ahora tengo muy poca influencia en Global, y yo no trabajo para Carnifice.

Seguí sonriendo.

—Por supuesto que no. Y tampoco creo que Baladine aguante ahí demasiado tiempo, si la empresa se cree lo que han publicado en los periódicos. Entre el e-mail que envió anunciando que dimitía y todo el

428   • *Tiempos difíciles*

revuelo que hemos armado esta semana, la junta le está presionando para que se vaya. Y Jean Claude Poilevy, su gran amigo durante años, está haciendo lo imposible para que no se le relacione con el caso. Dice que él no sabía nada del taller de Baladine en la cárcel y que está escandalizado por los abusos sexuales que se cometen ahí. Creo que a Carnifice le iría muy bien despachar a un par de empleados incompetentes. Si expulsan a Polsen y Hartigan pueden aprovechar para hacerse publicidad y decir que están limpiando la cárcel de indeseables.

—No te puedo prometer nada.

—Claro que no. Por cierto, no eres la única mujer que Baladine grababa en el sofá. También se aprovechó de la ex niñera de sus hijos, la que está muerta. No me parece un tipo muy honesto.

Carraspeó cuando entendió lo que implicaba aquel comentario. Me preguntó qué había visto y luego se fue del despacho sin decir nada más.

Pensé que podía utilizar las cintas de Aguinaldo para hacer chantaje a Baladine y que retirara la acusación de secuestro, pero no quería explotar a Nicola muerta, porque ya la habían explotado lo bastante en vida. Y de hecho, estaba convencida de que podía refutar los cargos de los que se me acusaba. Cuando llegó el día del juicio, el juez me absolvió de todos los cargos. Dijo que en primer lugar no entendía por qué el Estado me imputaba aquellos cargos, y que como los padres del niño no estaban presentes para poder explicar por qué habían llamado a la policía, no tenía la intención de buscar razones para no absolverme. Además, el agente que me había detenido estaba muerto, y punto. Después de tanto sufrimiento, era lo mínimo.

Cuando llegué a casa encontré un paquete de Alex con copias de los despidos de Wenzel, de Global, y Polsen y Hartigan, de Carnifice. A los tres los despidieron por falta de ética profesional y no tenían derecho a cobrar ayudas del Estado. Envié la cinta que le había prometido a Alex, y guardé las otras tres en una caja fuerte del banco.

Al día siguiente publicaron una columna en el periódico anunciando que Baladine sufría una crisis por exceso de trabajo y que la junta de Carnifice había aceptado su dimisión. Ahora se encontraba en Houston recibiendo tratamiento médico. Su mujer se iba a California con las niñas para apuntarlas a un curso de natación muy especial, y ella se encargaría de entrenar al equipo de natación de la University of Southern California. Pobre Eleanor. Seguro que no soportaba estar entre los perdedores.

Seguía sin poder dormir por la noche. Al final decidí que tenía que volver a Coolis. Tenía que hacer una visita ahora que ya no tenía ningún control sobre mi vida.

Estaban segando trigo cuando llegué. El verde intenso del verano había dejado paso al ocre otoñal, pero la temperatura seguía siendo agradable.

A medida que me acercaba a la prisión, me empezó a doler el abdomen, justo allí donde me había dado patadas Hartigan. Había venido por voluntad propia y como ciudadana libre, pero cuando vi la alambrada empecé a temblar y tuve que parar el coche.

Morrell me había preguntado si quería que me acompañara, pero quería ver si era capaz de ir yo sola. Ahora me arrepentía de haberle dicho que no. Tenía ganas de dar media vuelta y volver a Chicago cuanto antes, pero me armé de valor y fui a dejar el coche al aparcamiento de visitas.

El guardia del primer puesto de control no me reconoció. Me dejó pasar y me llevaron a la sala de espera. Cornish me acompañó desde ahí hasta la sala de visitas.

Intentó saludarme de forma jovial.

—Lo echabas de menos, ¿eh?

Hice un ruido con la boca que no significaba nada. Había demandado al correccional en general por daños físicos y a Hartigan y Polsen en particular. Seguramente Cornish tendría que ir a juicio como testigo. Él no me había hecho nada.

La señora Ruby me estaba esperando en la sala de visitas.

—Al final lo conseguiste, Cream. Lo conseguiste y ahora has vuelto. Aquí te consideran una heroína, ¿lo sabías? Las chicas saben que gracias a ti han expulsado a Polsen, Wenzel y Hartigan. También han cerrado el taller de costura pero supongo que ya lo sabes.

Lo sabía. Un artículo en el apartado de economía decía que las camisetas de Global se harían en Myanmar. Supongo que tendría que hacerme feliz que la ropa de Virginwear ahora la hicieran las presas de campos de trabajo de Myanmar en vez de las presas de la cárcel de Illinois.

—Siguen cosiendo cosas, pero no para Hollywood. Hay mucho menos trabajo. Para las mujeres que trabajaban allí no es una gran noticia porque como no hablan inglés sólo pueden trabajar en la cocina, y no está tan bien pagado. Pero supongo que agradecen no tener que trabajar en aquel ambiente tan hostil. Las que trabajaban allí siempre estaban asustadas, así que supongo que eres una heroína.

—Lo dices con resentimiento. Yo nunca tuve intención de convertirme en heroína.

—No, pero mentiste. Te lo pregunté y no me dijiste la verdad. Podrías haberme dicho que eras detective cuando viniste a pedirme ayuda.

—Pero me arrestaron de verdad. Como ya te dije, por secuestrar al hijo de Robert Baladine. La policía me envió aquí porque era un día festivo. Decidí quedarme para intentar averiguar qué le había pasado a la pobre Nicola. No me atreví a decírselo a nadie. No sólo para protegerme a mí misma. Tú tienes mucha influencia en las chicas e incluso algunos guardias te tratan con respeto, pero si estás aquí dentro no dejas de ser vulnerable. Si te hubieran hecho algo para saber la verdad, no me lo habría perdonado en la vida.

Se quedó meditando un rato y al final aceptó que seguramente había hecho lo más apropiado. Le conté todo lo que ya sabía la prensa. Le gustó tener noticias directas del exterior, y disfrutó mucho cuando le conté la pelea con Baladine y Lemour en San Remigio.

—No tuviste suficiente con derrotar a Angie y las Iscariots, que tuviste que enfrentarte a un poli corrupto. Muy bien hecho. Me alegro.

Antes de irme, le pasé una bolsita de cosméticos escondidos entre un montón de papeles que no habían registrado con meticulosidad en la entrada. Cornish me miró pero no hizo nada.

—¡Revlon! Te has acordado. Y crema facial, exfoliante, barra de labios de mi color favorito. En el fondo eres buena, aunque no me contaras la verdad. Ahora que sé que eres abogada, investigadora y todas esas cosas, podrías escribirme una de tus famosas cartas. Llevo catorce años aquí dentro, y creo que ya he pasado la media del tiempo por asesinato en este Estado, pero todavía me quedan ocho años. A ver si puedes ayudarme para conseguir la condicional. Me gustaría ver a mi nieta antes de que se convierta en abuela.

Le prometí que haría lo que pudiera. Cuando llegué al aparcamiento, me quedé mucho rato con la mano en la puerta sin llegar a abrirla. Tenía un Mustang de color verde último modelo, como sustituto del Trans Am y del Skylark. Freeman intentó recuperar mi amado deportivo, pero la policía primero dijo que no lo encontraba y al final tuvo que admitir que lo habían destrozado. Luke fue al depósito de coches a echarle un vistazo, pero dijo que era imposible arreglarlo. Freeman había interpuesto una denuncia a la policía para que me pagaran el precio del coche, pero dudaba que llegara a celebrarse el juicio antes de que cumpliera los setenta.

Lacey Dowell me había dado dinero para el Mustang. Me dio tanto dinero que seguramente podría haberme comprado un Jaguar descapotable de segunda mano, pero aquello era un sueño, no un coche para una detective que tenía que trabajar en la jungla de Chicago.

Lacey vino a verme cuando acabó de rodar *La Virgen VI*. El padre Lou le dijo que había averiguado quién había matado a Frenada, y que aunque Baladine y Trant nunca serían juzgados, ella tenía que saber que aquellos dos hombres habían matado al amigo de su infancia.

—Dije a Global que no quería trabajar en ningún proyecto que incluyera a Teddy Trant. Que les dejaría a media película si sabía que él participaba en el rodaje. Supongo que aún me consideran una estrella y puedo permitirme estas cosas. A Teddy lo han enviado a Chile. El padre Lou me dijo que pusiste mucho empeño en el caso y que nadie te pagó. De hecho, me dijo que estuviste mucho tiempo ingresada en el hospital porque te hicieron daño cuando investigabas. Y he pensado que debería pagarte ya que Lucy y yo éramos amigos de pequeños, y cuando teníamos diez años nos prometimos el uno al otro que nos ayudaríamos en caso de peligro. Creo que este año no pensé mucho en él. Lo mínimo que puedo hacer es darte las gracias por haber cuidado de él.

El cheque era de cuarenta mil dólares. Suficiente para pagar todas las facturas que habían llegado mientras estaba en la cárcel. Suficiente para comprar un coche que sólo tenía diez mil kilómetros. Suficiente para pagar parte de la minuta de Freeman. Pero dinero que venía de las camisetas que cosían las mujeres en prisiones de aquí o del extranjero. Estaba en mis manos. Podría haberlo rechazado, pero no lo hice.

Subí al coche cuando el guardia vino a ver qué pasaba. Le dije adiós con la mano y volví a la autopista.

Cuando llegué a Chicago, fui directa a casa de Morrell. Intenté explicarle lo que me había pasado por la cabeza de camino a casa.

Me acarició el rostro con sus largos dedos.

—Vic, mírame. Siempre pones el listón demasiado alto. Después no puedes saltarlo, te haces daño y te culpas de las heridas. Tienes que vivir en este mundo. Aunque no sea maravilloso, la gracia es estar vivo. Incluso el monje que reniega del mundo y de la carne, consigue la ropa y la comida de alguien que está dispuesto a hacerle el trabajo sucio. No puedes salvar a todo el mundo ni arreglar todas las brechas de este planeta. Y haces más que la mayoría. Aunque el dinero de Lacey surja de la explotación laboral, tú has conseguido mejorar un poco la vida de las mujeres en la cárcel de Illinois. Aunque no se haga justicia con el asesinato de Nicola Aguinaldo, has conseguido que se haga parte de justicia. Es verdad que Trant y Baladine andan a sus anchas, pero Trant ha roto su matrimonio y parece que el estudio quiere quitárselo de encima. Tú misma me has dicho que Lacey te dijo que lo mandaban a Chile. Y mira a Robbie, está encantado de la vida con el padre Lou. Comparte su alegría. Te lo has ganado. Tú le has hecho feliz. ¿De acuerdo?

—De acuerdo —musité.

Aquella noche la pasé con él, y muchas más que siguieron. Y si alguna vez me despertaba por culpa de una pesadilla, al menos tenía a un amigo que compartía el viaje conmigo.

Agradecimientos

Como siempre sucede, ha habido mucha gente que me ha ayudado a crear esta historia. El doctor Robert Kirschner de la Universidad de Chicago me aconsejó sobre cuestiones forenses con acierto: tanto que sus mismos consejos me forzaron a abandonar un primer borrador de este manuscrito y a empezarlo de nuevo. Shelley Bannister, de la Universidad de Northeastern Illinois, me explicó muchas cosas sobre las cárceles del Estado de Illinois, incluida la ley sobre manufacturas en prisión. La abogada Margaret Byrne me fue de gran ayuda en todos los detalles referentes al trato que reciben los reclusos del sistema penitenciario de Illinois. También me sugirió una estructura única para mi prisión mítica en Coolis. Fuerte y cordial, Angela Andrews tuvo la gentileza de compartir conmigo sus experiencias personales.

En cuanto a otros aspectos técnicos, Sandy Weiss, de Packer Engineering, me dio muchísima información, en especial sobre las distintas cámaras de las que V. I. hace uso en el curso de esta historia. Jesús Mata me proveyó de traducciones del español y Mena di Mario hizo lo propio con las del italiano. Rachel Lyle me sugirió lo que acabaría convirtiéndose en el mayor ímpetu para escribir esta novela. Como siempre, Jonathan Paretsky fue de gran ayuda a la hora de aclararme detalles sobre cuestiones legales.

Ésta es una obra de ficción y cualquier parecido entre cualquiera de sus personajes y gente real, viva o muerta, conocidos o desconocidos, es pura coincidencia. Por lo que sé, el modelo de complejo carcelario combinado de Coolis que aparece en esta novela no existe en la realidad en los Estados Unidos de América, pero creo que podría ser plausible. En cualquier caso, extraje los detalles sobre el tratamiento de los reclusos en Coolis del informe *All Too Familiar: Sexual Abuse of Women in the U.S. State Prisons* [Algo demasiado familiar: el abuso sexual a mujeres en las cárceles estatales en los EE UU], realizado por la comisión de vigilancia de los derechos humanos.

Índice

Este libro
se terminó de imprimir
en los Talleres Gráficos
de Rógar, S. A.
Navalcarnero, Madrid (España)
en el mes de junio de 2002